이인규 미스터리 장편소설

심판의 날 1

―화형, 죽어 마땅한 자들

작가의 말

'작가란 아름답게 구성된 글을 쓰는 것으로 만족해서는 안 된다. 작가의 목표는 핍박받는 자를 북돋아 주고, 독재자를 두렵게 하는 것이다' 하고 미국의 시인이자 사상가인 월트 휘트먼은 주장하였다. 이 말에 전적으로 동의하지 않지만, 일부 수용하는 이유는 이 작품의 맥락과 사뭇 일치하기 때문이다.

근래 들어 서민 대상 범죄인 보이스피싱, 기획부동산의 상상을 초월한 사기부터 일부 공직자·문화예술계·연예계·종교 지도자의 일탈, 젊은 친구들의 개념 없는 음란물 제작·배포, 정치인 등 사회지도층의 위선과 타락, 그리고 한계를 넘은 범죄까지, 인간의 존엄성과 생존 자체를 위협하는 사회악이 도처에 널려있다. 무엇보다 우리 현대사는 친일파, 5·18 학살 책임자 등을 제대로 청산하지 못한 통한(痛恨)의 역사가 버젓이 존재한다. 그래서 어떤 시인은 '혁명은 오지 않는다'라는 시로 이를 에둘러 비판하였다. 우리는 이런 죽어 마땅한 자들을 어떻게 해야 할까? 이자들을 죄형법정주의에 따라 재판을 마치면 그저 교도소에 수감되어 있는 것을 보기만 하면 될까? 안타깝지만 이런 자들은 막대한 돈으로 유능한 변호사를 사서 감형을 받거나, 집행유예로 빠져나올 확률이 높다. 그래서 유전무죄(有錢無罪), 무전유죄(無錢有罪)란 말이 나온 거다. 근대적 죄형법정주의는 오늘날 문자 그대로 타당할 수 없다. 입법적 국면에서 법 규정이 복잡한 현실에 대응하여 개괄화되는 경향이 있고, 양형에서도 법관의 재량권이 점차 확대하는 추세이기 때문이다.

　이 소설은 광활한 지리산(智異山)을 배경으로 "아니다!" 하고 당당히 나선 젊은이들의 이야기이다. 소설의 주인공, 두류산과 민채원(민서라)은 보이스피싱과 기획부동산 사기 수법에 당해 스스로 목숨을 끊은 부모님을 대신하여 그들이 직접 나선다. 이들은 죽어 마땅한 자들을 '공정과 정의'의 이름으로 직접 화형에 처한다. 물론 범죄 피해자의 사적 복수는 위법이지만, 공교롭게도 이 글을 쓰고 있을 때 국정원이 서울지방경찰청 보안수사대와 공조해 중국에 머물다 일시 귀국해 지리산 자락 등에 숨어 있던 보이스피싱 조직원 4명을 체포했다는 보도가 나왔다. 소설이란 작가의 상상력과 구상력에 의해 창조해 낸 가공적인 허구의 세계이지만, 그 상상력이 현실에 재현된 것 같아 묘한 기시감이 들었다.

　수도권에 사는 사람들에게 지역이란 '보이지 않는 곳 invisible space', 지역에 사는 사람들을 '보이지 않는 사람들 invisible people'이라고 현 〈경남연구원〉인 이관후 위원이 지적하였다. 그렇다면 지역에서 활동하는 문인들은 '보이지 않는 작가들'쯤 되겠다. 이 주장을 일부 긍정하면서도 반박하고자 소설의 완성도와 문학성을 높이기 위해 지역 시인들과 협업(융합)의 과정을 거쳤다. 이를테면 '시와 소설의 콜라보레이션'쯤 되겠다. 누구나 그렇듯 쉼 없이 달려온 자신의 삶을 돌아볼 겸, 소설과 소설의 중간에 '지리산'에 관한 시를 감상하며 재미있게 읽으면 좋겠다. 작년에 발간한 장편소설 『지리산에 바람이 분다』 서두에 밝혔듯이 '지역 문학 어떻게 할 것인가'를 두고 서로의 의견을 교환하며, 이 지역에 사는 이상 마음의 빚을 문학으로 청산하고 싶다는 마음도 여전하다.

책을 내는 데 도움을 준 경남문화예술진흥원과 산청군청 그리고 이 작품에 기꺼이 참여해준 양곡 시인을 비롯한 산청 문인협회 회원 여러분, 추천사를 써 준 OCN 드라마 '경이로운 소문'의 유명 웹툰 작가 장이, 박경리 문학관 사무국장이자 동화작가, 소설가인 하아무 작가, 그리고 작년에 이어 이번에도 출간을 맡은 도서출판 '전망'의 서정원 대표께 지면을 통해 감사의 인사를 전한다.

2021. 12
지리산(智異山) 산청, 작은 서재에서
이인규

차례 —심판의 날 1

작가의 말	003
달집 태우기	009
합리적 의심	049
분형(焚刑)	072
솔봉 아래 사체	130
공정과 정의	193
혼음의 덫	238
부활	258
사적 복수	327

심판의 날 1

달집 태우기

길게 드러누워 편하게
깊은 잠이 들어 있었다
가만히 들여다보는 사람이 있었다
열반처럼 편한 사람

꿈을 읽는다
삼생三生까지 다 읽는다
산이나 강이나 하늘은 다 알고 있다
아는 사람도 있다

걸어 다녔던 사람
산허리로 구름을 타고 다녔던 사람
잠든 사람은 눈이 없었다
그래서 평화로웠구나
그래서 깊이 잠들었구나
얼굴은 간직하고 있지만 눈이 없다
까마귀가 파먹고
눈 없는 눈이 멍하니 옛날을 돌아본다

그리고 걸었다
구름 속에 부서지는 파도처럼

빠르게 느리게
혹은 좀 다른 민요조로 반복하며
세월을 헤치며 걸었다
소슬바람이 불거나 눈보라가 치거나
길게 드러누운 산맥은 자고 있었다
아무도 모르게 꿈꾸고 있었다

—조종명, 「지리산(智異山)」

    정월 대보름 달집태우기였다.
    바람은 잔잔했고 날씨 또한 좋았다. 앞으로는 도도히 흐르는 경호강이, 뒤로는 민족의 영산인 지리산(智異山)이 있었다.
    도림면 소재지인 K고수부지에는 낮부터 사람들이 모여들더니 어스름 해가 질 무렵엔 달집 주위로 꽉 차버렸다. 그곳에 모인 사람들은 주최 측인 면 체육회 회원들의 열성 어린 준비에 감탄하면서 곧 이어질 축제를 기대하고 있었다. 행사에 앞서 면장과 군의원의 인사말이 끝나자, 드디어 이 행사의 주최자인 체육 회장이 횃불을 들었다.
    '점화!'
    "와아!"
    사람들의 함성이 터지자 불길은 치솟기 시작했다.
    '훨훨!'
    모두 두 손을 모아 소원을 빌기 시작했다. 대다수가 농민이었으므로 그저 올 한해도 농사가 잘되었으면, 하는 바람이었다.
    그때였다. 무리 중에서 어떤 젊은이 둘이 한 사내의 양팔을 끼고 앞으로 나오기 시작했다. 그들은 까만 양복에 둘 다 검은 마스크를 쓰고 있었고, 사내는 머리와 어깨를 축 늘인 채 질질 끌려오고 있었다.

"비켜 봐요!"

젊은이 중 한 명이 사람들을 밀치며 큰 소리로 말했다.

"뭐야? 뭐야?"

비켜나는 사람들은 당황했다. 놀랍게도 끌려 나오는 사내의 손에는 수갑이 채워져 있었고 양발도 묶여 있었다. 그러므로 사내는 자신의 힘으로 걷는 게 아니라, 젊은이들의 완력으로 끌려오는 게 맞았다. 훨훨 타오르는 달집 앞에 젊은이 둘 그리고 사내가 섰지만, 사람들은 불을 구경하느라 별 신경을 쓰지 않았다. 그런데 그때 불구경을 하던 어린아이가 소리쳤다.

"저것 봐요! 사람을 태워요."

어린아이의 말은 맞았다. 젊은이 둘이 사내를 화염 속으로 밀어 넣은 것이다.

"아악!"

사내의 비명이 K고수부지 전체에 울려 퍼졌다. 그제야 놀란 사람들이 이게 무슨 일인가 싶어 고함을 질렀다.

"사람이 탄다."

"불을 꺼!"

하지만 사람들은 고함만 지를 뿐, 어찌할 바를 몰라 모두 발만 동동 구르고 있었다. 그즈음 사내를 밀어 넣은 젊은이들은 그 자리에서 여러 장의 유인물을 뿌린 뒤, 태연히 주차장 쪽으로 빠져나갔다. 하지만 사람들은 불에 타는 사내를 보느라 아무도 신경 쓰지 않았다.

"저건 뭐야? 어이 소방! 얼른 물 뿌려! 경찰! 경찰 없어?"

당황한 면장과 군의원들은 다급하게 소방관과 경찰을 찾았다. 하지만 이 위급한 상황에서 소방관은 물론 경찰도 보이지 않았다. 이상한 일이었다. 분명히 행사가 시작되기 전, K고수부지 근처에 불상사를 대비하여 소방차와 119구급차 그리고 지구대 경찰이 대기해 있었다. 그런데 어찌 된 일인지 이 시각에 현장에는 개미 새끼 한 마리도 없었다. 이제 사내는 곧 죽을 지경에 이르렀다. 사내의 목숨이 경각에 이르자 몇몇 사람들이 그를 구출하려 했지만, 역부족이었다.

"아이고! 저러다 사람 죽겠네. 와 이리 아무도 안 보이노!"

아낙들과 노인들이 발을 굴렀지만, 사태는 점점 악화되었다. 하지만 다행이었다. 저만치서 지구대 소속 경찰과 119 구급대원이 달려오고 있었다.

"뭐하다 지금 오는 거야?"

면장이 달려오는 경찰에게 항의했지만, 그의 입에서는 더 놀랄만한 말이 터져 나왔다.

"면사무소에 빨리 가 봐요. 거기도 불이 났어요. 그래서 지금 오는 거요."

경찰의 말에 사색이 된 면장은 뒤도 돌아보지 않고 뛰었다.

경찰과 119 대원이 오자 행사를 주최한 마을 체육회와 청년회원들도 힘을 합세하여 가까스로 사내를 꺼냈다. 사내는 온몸에 열꽃이 피어나 벌겋게 익었고 낮은 신음을 내고 있었다. 그가 경찰에게 겨우 말을 꺼냈다.

"펜션에, 여자가 있소. 구해주시오. 단성면 P펜션 201호…."

그리고는 사내는 의식을 잃어버렸다. 지구대 경찰은 얼른 무전기로 지원을 요청했다. 마침 그 근처에 순찰 중인 산음경찰서 형사팀들이 있었다. 그 사이 사내는 구급차를 이용해 병원으로 빠져나가고 있었다.

잠시 뒤, 연락을 받고 온 산음경찰서 소속 경찰에 의해 상황은 정리된 듯 보였지만, 그들이 뿌린 유인물은 덩그러니 고수부지에 남았다. 사람들은 그들이 남긴 유인물을 읽기 시작했다. 지원 나온 형사들과 지구대 소속 경찰이 현장을 수습하는 동안 산음경찰서 소속 나태주 형사는 사내가 일러 준 P펜션으로 급히 달렸다.

「이 자는 보이스피싱 총책으로
다수 선량한 시민으로부터 부당하게
이백억 원을 편취하여,
판결자 전원 일치로 극형인 화형에 처함.」

심판의 날, 두류산

P펜션으로 가는 도중 유인물을 읽은 나태주는 고개를 갸웃했다.

'보이스피싱? 심판의 날? 이게 다 뭐지?'

P펜션은 K고수부지에서 대략 이십 여분 거리였다. 펜션 마당에 차를 주차한 나태주는 주위를 둘러보았다. 사람은커녕, 개미 새끼 한 마리도 없는 것을 확인한 그는 그대로 2층으로 뛰어올랐다. 201호 앞에 도착한 그는 혹시나 해 권총을 빼 들었다. 그런 후, 마음속으로 하나, 둘을 세다 셋을 세는 동시에 문을 박차고 들어갔다.

역시 그곳엔 여자가 있었다. 그런데 민망하게도 여자는 실오라기 하나 걸치지 않은 상태에서 입, 손목 그리고 발목이 결박되어 있었다. 나태주는 잠시 머리가 어지러웠지만, 그녀에게 다가가서 결박을 풀어주었다.

"어떻게 된 일입니까?"

나태주는 그제야 속 시원하게 숨을 쉬며 그녀에게 물었다. 하지만 돌아오는 대답은 도무지 알아들을 수가 없었다. 모조리 중국어였기 때문이었다. 단지 알아들을 수 있는 것은 그녀의 몸짓, 물을 마시고 싶다는 정도였다. 나태주는 그녀에게 물을 건네주고 이 상황을 어떻게 할까, 하고 팀장에게 전화를 걸었다. 팀장은 K고수부지 방화사건을 이미 알고 있었다.

"중국 여자야?"

"그렇습니다. 어떻게 할까요?"

"몸 상태는 어때? 병원에 갈 정도가 아니면 이리 데리고 와. 피해자는 병원에 실려갔고 용의자 두 놈은 사라졌으니, 그 여자밖에 없어."

나태주는 펜션 빈방을 뒤져 여자가 입을만한 옷을 챙겼다. 여자와 함께 나오면서 그는 오늘 더럽게 재수가 없다고 생각했다. 차에 올라탄 여자는 불안한 듯 자꾸만 나태주를 곁눈으로 흘끔거리고 있었다.

산음경찰서 형사팀 권필봉 팀장은 조사실에서 나태주와 여자를 기다리고 있었다. 그의 손에는 젊은이들이 남기고 간 유인물이 들려있었다. 현장에 있던 형사팀 직원이 사진을 찍어 전송한 것이었다.

'도대체 이놈들은 뭣 하는 놈들이지? 심판의 날? 이런 것들이 다 뭐야?'

권 팀장은 미리 지능수사팀에서 중국어에 능통한 직원을 따로 불렀다. 잠시 후 나태주가 여자와 함께 들어왔다. 여자는 여전히 겁에 질려 온몸을 떨고 있었다. 따뜻한 차와 담요를 건네주자 조금 진정이 되었다. 통역이 피해자와 어떤 관계이고 왜 이곳으로 들어왔는지, 어떻게 하여 피해자가 납치되었는지를 여자에게 물었다. 여자는 한참을 뜸 들이다, 안 되겠다 싶었는지 통역의 질문에 순순히 대답하기 시작했다.

"뭐래?"

권 팀장이 초조한 표정으로 통역에게 물었다.

"피해자와는 약혼한 사이고, 어제 중국에서 피해자와 함께 그 펜션으로 들어왔는데, 오늘 네 시경 갑자기 괴한 두 명이 들어와 약혼자를 납치하였고 자신을 결박하였답니다."

통역은 들은 대로 대답했지만, 권 팀장은 답답한 표정을 지었다.

"아니! 그 말이 아니잖아. 중국에서 왜 왔으며 피해자가 중국인인지 아니면 한국인인지 그리고 피해자 이름이 뭔지 물어봐야 할 거 아냐?"

통역은 권 팀장의 날카로운 지적에 재차 여자에게 물었다.

"잘은 모르지만, 이곳엔 사업상 왔으며 피해자는 한국인, 왕춘팔이라고 합니다."

통역으로부터 '왕춘팔'이라는 이름이 나오자, 권 팀장과 나태주는 고개를 돌려 서로를 쳐다봤다.

"왕춘팔?"

"왕춘팔이라고 하면 이곳 출신의 그 유명한 보이스피싱 총책?"

권 팀장은 나태주의 얼굴을 똑바로 바라보았다.

"그래서 유인물에 보이스피싱이란 말이 적혀있었네요."

나태주는 자신도 모르게 아!, 하는 탄식을 쏟아냈다. 기억이 났다. '왕춘팔', 이 지역에서 태어나고 성장한 그는 고등학교를 중퇴하고 서울로 올라간 뒤 호스트바에 몸을 담았다. 이후 보이스피싱 방면에 뛰어든 뒤, 탁월한 언변과 비상한 재주로 학생뿐만 아니라 서민 대상으로 무려 몇백억 원을 편취한 극악무도한 자였다. 그에 관한 소관은 서울지방경찰청이었지만, 그의 본적(고향)이 이곳이어서 나태주는 그를 잘 알고 있었다. 그는 수시로 경찰 내부문서에 등장했고 가끔, 서울지방경찰청에서 공조수사 명목으로 이곳에 온 적이 있었다.

그는 이태 전에 검거되어 검찰로 송치되었지만 '도주 위험 없음'이라는 이상한 의견으로 풀려난 뒤, 행방이 묘연해졌다. 소문에 의하면 그는 그길로 필리핀으로 갔다는 말이 있었고, 어떤 정보에 의하면 중국으로 밀항했다는 말이 나돌았다. 그런데 오늘 이 사건의 중심이 된 그가 마침내 고향에 나타나 정체 모를 젊은이에 의해 화형을 당한 것이다.

권 팀장은 여자에게 피해자가 '왕춘팔'이란 말을 듣자마자, 병원에 나가 있는 직원에게 전화를 걸었다. 그는 팀장의 호출에 재빨리 답변했다.

"피해자는 중태입니다."

"중태? 그렇다면 소생할 가망성이 거의 없는 거야? 이거 큰일이네."

"아무래도 현장에 가봐야 하지 않겠습니까?"

나태주의 말에 권 팀장은 잠시 고민하더니 인터폰으로 형사실에 있는 직원 한 명을 불렀다.

"그래야지. 현장과 병원 그리고 펜션에 같이 가보자고. 그전에, 이봐! 박 형사. 이 여자분을 병원에 모셔주고, 국도를 포함해 범인들이 도주할만한 길에 있는 CCTV를 모두 확보해줘."

박 형사가 여자를 데리고 조사실을 나가자, 통역도 슬그머니 자리를 떴다.

"나태주, 너는 이 사건을 어떻게 생각하나?"

팀장의 말에 나태주는 머릿속에 보이스피싱이란 단어가 떠올랐다.

"보이스피싱으로 큰 피해를 본 두 젊은이의 복수극 아닐까요?"

나태주는 간략하게 자신의 의견을 말했지만, 그가 생각해도 이건 적절한 대답이 아닌 것 같았다. 팀장의 갑작스러운 질문에 그저 팀원으로서 한마디를 해야 한다는 의무감 때문이었다.

"그러기엔 문제가 너무 간단해. 이건 그런 게 아니야. 복수한다면 중국이나 다른 장소에서 은밀하게 해야 하는데. 봐, 공공장소에서 보란 듯이 화형을 시켰어. 그것도 피해자의 고향에서. 그뿐만 아니지. 유인물 봤지? 처단이 어떻고 심판의 날이 어쩌고 두류산이 저쩌고 하고 말이야. 이거 아무래도 종교 냄새가 나서 골치 아프겠는걸."

권 팀장은 나태주의 대답을 듣지 않고 수첩을 챙기며 눈짓했다. 현장으로 나가자는 말이었다. 그런데 그때였다. 갑자기 형사팀의 유일한 여성, 남도의 무진이 고향인 김유리 형사가 조사실 문을 박차고 들어왔다. 그녀는 틈만 나면 삼십여 년 전, 무진시에서 민주화를 외치던 시민들을 총검으로 학살했던 태 씨를 비롯한 가해자들을 재조사하여 모조리 처단해야 한다고 주장했다. 왜냐하면, 그때 그녀의 부모님 두 분이 돌아가셨기 때문이다. 어쨌든 그녀가 보고한 내용은 충격적이었다.

"팀장님! 긴급 뉴스에 떴습니다. 오늘 달집태우기 행사에서 화형을 당한 자가 여기뿐만 아니랍니다. 부산 해운대를 비롯한 전국에서 총 10명이랍니다."

그녀의 말에 권 팀장과 나태주는 깜짝 놀라고 말았다.

"뭐? 10명?"

면장이 면사무소에 도착했을 땐, 상황이 이미 끝나 있었다. 다행히 큰 피해는 아니었다. 면사무소 옆에 재활용 쓰레기 집화소 겸 창고로 사용하는 건물 일부가 시커멓게 그을려 있을 뿐이었다. 건물 입구에는 양동이를 든 면사무소 직원 몇 명과 소방대원 그리고 지구대 경찰이 어떤 남자를 에워싸고 있었다. 남자는 마당에 앉은 채 소주를 병째로 마시고 있었다.

지구대 경찰이 면장 앞으로 다가왔다.

"어떻게 하시렵니까? 피해 규모는 얼마 안 되지만, 그래도 실정법을 위반하였으니 방화죄로 고발하시렵니까?"

면장은 일단 불을 지른 놈이 누군가 싶어 직원들을 물리쳤다. 그리곤 남자 앞에 섰다가 혼잣말로 '또 그 놈이군' 하며 눈살을 찌푸렸다.

"잘 아는 분입니까?"

경찰이 의아한 눈으로 면장을 바라보았다.

"한마디로 미친놈이오. 우리 면 악성 민원인이자, 알코올 중독자지. 백우천! 그래, 이놈아! 오늘은 뭐가 뒤틀려 불까지 질렀냐?"

면장은 이곳에 부임한 후로 시도 때도 없이 민원을 제기하는 백우천에게 데여도 크게 덴 상태였다. 그는 남들 보기에 아무것도 아닌 것들 예를 들면 한겨울에 도로가 얼면, 면 개발계 직원의 직무유기, 자신이 면사무소를 방문했을 때, 큰소리로 반기지 않았다고 민원계 직원을 고발하는 것은 물론, 면에서 벌이는 모든 공사 현장에 심심하면 나타나 방해하는 골치 아픈 족속이었다. 게다가 그는 일주일이 멀다 하고 술에 취한 채 면장실에 쳐들어 와, 되지도 않은 민원을 제기하여 직원들의 기피 대상 1호로 정해진 자였다.

남자는 면장의 말에 아랑곳없이 남은 술을 마시더니 갑자기 껄껄하고 웃었다.

"그러게 달집태우기 행사를 왜 고수부지에서 하느냐고! 면사무소 앞에서 하면 좋잖아. 하하, 날 잡아가려면 잡아가. 나는 어디든 좋아. 대신, 면장! 여기 소주 한 병 추가."

면장은 안 되겠다 싶어 경찰을 따로 불렀다.

"일단 지구대로 데려가 주시오. 내 이놈을 이번만큼은 가만두지 않을 거요. 아! 오해는 말고. 그래도 우리 면 주민이니까 교도소에 보낸다는 말이 아니고, 군수님께 보고하여 지자체장의 직권으로 정신병원에 보내야겠소."

면장은 바닥에 침을 퉤! 하고 뱉더니 그만 면사무소로 들어갔다.

이후, 도림면 지구대에서 나경민 경장은 백우천을 마주 보며 조서를 꾸몄다. 어차피 파출소장에게 보고가 끝나면 백우천을 경찰서에 있는 유치장으로 데려가야 했다. 그는 오늘 고수부지에서 일어난 방화·살인사건을 들은 터라, 이 이상한 방화사건을 조용하게 처리할 생각이었다.

"이름과 주소를 말해주세요."

백우천은 이런 상황에서도 꾸벅꾸벅 졸고 있었다. 할 수 없이 나 경장은 탁자를 세게 내리쳤다.

"이봐! 안 들려요? 이름과 주소 그리고 주민등록번호!"

그제야 백우천은 느릿느릿하게 자신의 이름을 비롯한 개인정보를 말했다.

"음, 전과는 없군. 그렇다면 지금 하는 일은요? 직업 말이오."

잠깐 잠이 깬 백우천은 나 경장의 질문에 큰소리로 웃었다.

"시골에서 직업을 물으면 어떡합니까? 당연한 것 아닙니까? 백수죠."

"좋소, 시골에서 농사만 지으라는 법은 없으니. 그건 그렇고 오늘 면사무소 창고에 불을 지른 이유가 아까 면장에게 말한 그 이유요?"

나 경장은 질문하면서도 그의 몸에서 나는 악취와 술 냄새에 머리가 어지질거렸다.

"물론이요. 시골에서 이런 행사 하나 하려면 몇백만 원. 아니, 몇천은 들어갈 거요. 이건 세금 낭비란 말이오. 그럴 바엔 면사무소 앞에서 쓰레기나 태우면서 조촐하게 하면 어떨까, 하는 게 내 생각이오."

"그렇다고 불을 질러요?"

백우천은 또 웃었다. 나 경장은 이런 작자와 계속 신6문하면서 조서를 꾸민다는 사실에 짜증이 났다.

"당신이라면 내 입장에서 불을 안 지를 거요?"

"뭐요? 됐고! 그럼 가족은?"

"없소."

"혼자 산단 말이오?"

그때였다. 순순히 대답하던 백우천이 가족에 관한 질문이 나오자 갑자기 자리에서 벌떡 일어났다. 그리곤 의자를 차며 난동을 부리기 시작했다.

"씨벌! 호구조사 말고 술이나 가져와!"

깜짝 놀란 경찰은 마침 순찰을 마치고 돌아오던 동료와 합세하여 백우천을 제압해버렸다. 그때 몸부림치던 백우천의 옷에서 지갑이 떨어졌다. 나 경장은 그가 술에 깨면 줄 요량으로 지갑 안을 뒤졌다.

"뭐야 이건?"

지갑에는 별것이 없었는데 안쪽에 오래된 신문기사 쪼가리가 있었다. 나 경장을 그 쪼가리를 펼쳤다. 맨 왼쪽 위에 그의 젊은 시절 사진이 보였고 그 다음에 기사가 실려 있었다.

「백우천. 그는 S대 법대를 졸업하고 현재 국내 굴지의 대기업인 H그룹 본사 홍보기획실 직원이다. 이랬던 그가 이번 ○○일보 문학상에 「A Day Of Reckoning」이란 장편소설로 대상을 받았다. 상금은 무려 1억 원. 그런데 그는 이 상금을 어떤 시민단체에 모조리 기부하였다.

소설의 주제와 내용은….」

　김유리 형사의 보고를 받은 권 팀장과 나태주 경장은 얼른 사무실로 들어가 TV 앞에 앉았다. 공영방송의 남녀 앵커는 시종일관 격앙된 표정이었다. 옆에는 언제나 그렇듯 이런 대형사건이 일어날 때마다 자리를 차지하는 소위, 전문가들이 패널로 앉아 있었다.
　남자 앵커가 먼저 목청을 높였다.
　「화성 연쇄살인 사건 이후로 34년 만에 희귀한 살인사건이 전국에서 동시다발로 일어났습니다. 일종의 방화·살인인데요. 현재 확인된 장소만 해도 부산 해운대를 비롯한 10곳입니다. 더욱 이상한 점은 모두 정월 대보름날인 오늘 저녁에 일어났고, 장소는 달집태우기 행사장이었다는 사실입니다. 게다가 범인들은 모두 현장에서 순순히 체포되었으며, 그들이 현장에 뿌린 유인물이 있다는 점입니다. 제가 부산 해운대에서 뿌린 유인물을 한번 읽어보겠습니다. '이 자는 기획부동산 총책으로 다수 선량한 시민으로부터 부당하게 오백억 원을 속여 뺏어, 판결자 전원 일치로 극형인 화형에 처함. 심판의 날, 두류산'….」
　앵커의 말이 끝나기도 전에 권 팀장이 탄식했고, 나태주는 갑자기 가슴이 먹먹했다.
　"세상에! 동일수법이네. 도대체 뭐지? 이건."
　나태주는 순간, 유인물의 내용 중에 피해자의 범죄사실만 다르게 묘사했다는 점에 주목했다.
　'우리 쪽엔 보이스피싱, 부산에는 기획부동산 사기…. 그렇다면 나머

지 8곳 역시 서민들 대상으로 범죄를 저지른 자들이 죽었단 말인가?'

앵커의 발언 이후에 전문가라 칭하는 패널이 말을 꺼냈다.

「이번 사건은 건국 이래 희대의 사건입니다. 그들이 벌인 엽기적인 행각, 즉 피해자를 일제히 화형에 처한 것과 유인물 하단에 나오는 '심판의 날' 등의 단어만 들어봐도 이건 우리 사회 체제에 불만을 품은 이단 종교와 연결된 것 같습니다.」

그러자 앵커가 물었다.

「그렇다면 심판의 날 다음에 나오는 '두류산'이란 단어는 무엇일까요?」

앵커의 질문에 이번엔 다른 패널이 대답했다.

「이 조직의 총책이 아닐까요? 본명은 아닐 테고 일종의 호? 아니면 가명이겠지요.」

나이가 지긋한 패널은 아마 자신이 어릴 때 열광했던 프로레슬러 '역도산'의 이름을 떠올리는 것 같았다. 앵커는 고개를 끄덕이더니 다시 발언을 시작했다.

「잘 알겠습니다. 이번에는 전국 현장에서 자세한 소식을 들어보겠습니다. 아까 부산은 소개해드렸으니 다음은….」

그때 옆에 있던 여자 앵커가 그에게 쪽지를 건넸다. 남자 앵커가 발언하던 중 제작진에서 넘겨 준 것이었다.

「아! 시청자 여러분. 대단히 죄송합니다. 아까 보도해드린 내용 중에 정정할 게 있습니다. 오늘 사건을 일으킨 범인들은 경남 산음을 제외하고는 모두 현장에서 붙잡혔습니다. 다시 한번 더 정정합니다. 현재 10

곳 중에 단 한 곳, 경남 산음에서만 범인 두 명이 현장에서 도주하여 체포하지 못했습니다. 그러면 어찌 된 일인지 현장을 연결해보겠습니다.」

앵커의 보도에 권 팀장과 팀원들은 모두 눈이 흔들렸다.

"하필이면 우리 관할에만 범인이 도주하다니!"

권 팀장은 땅이 꺼질 듯이 한숨을 쉬었다.

화면은 잠시 흔들리나 싶더니 이내 사건이 일어났던 K고수부지로 바뀌었다. 권 팀장을 비롯한 형사팀원들은 모두 마른 침을 삼켰다. 소방대원들이 호스로 달집에 물을 뿌리고 있었고 주변에는 사람들이 망연한 표정으로 웅성거리고 있었다. 잠시 후 기자가 마이크를 잡았다.

「네. 이곳은 얼마 전 사건이 일어났던 고수부지입니다. 피해자는 아직 신원이 알려져 있진 않지만, 유인물에 나와 있듯이 보이스피싱의 총책이라고 짐작하고 있습니다. 그는 현재 인근 병원에 옮겨졌으나, 중태인 것으로 알려졌습니다. 목격자에 의하면 범인들은 건장한 체격의 청년으로서 둘 다 검은 양복에 검은 마스크를 썼으며, 범행 후 유유히 사라졌다고 합니다. 지금 제 옆에는 이곳 치안의 책임자인 산음경찰서장님이 계시는데요, 사건의 경위와 이후 범인 검거에 관하여 들어보겠습니다. 안녕하세요? 서장님.」

화면에 경찰서장이 나타나자 권 팀장의 표정은 급격하게 굳어졌다.

"뭐야? 서장님이 언제 저곳에 가셨지? 우리 팀, 조 형사는 왜 안 보이는 거야?"

권 팀장의 말이 끝나자 이번엔 옆자리에 있던 김유리 형사의 탄식이 이어졌다.

"맙소사! 우린 다 죽었다."

나태주 역시 서장의 불같은 성질을 잘 아는지라 신경이 곤두섰다.

"팀장님! 지금이라도 빨리 갑시다. 그래도 서장님 눈도장이라도 받아야 추후, 수사하기가 쉬울 테니까요."

나태주의 말이 끝나자마자 권 팀장은 자리에서 벌떡 일어났다.

하지만 고수부지에 그들이 도착했을 때는 방송관계자는 물론 서장도 코빼기도 비치지 않았다. 모두 철수한 모양이었다. 다만 형사팀 조민태 형사만 근처에 단서가 될 만한 것들을 면밀하게 조사하고 있었다.

"뭐 좀 알아냈어?"

권 팀장이 마른침을 삼키며 물었다.

"네, 혹 단서가 될 만한 것들은 찾아봤지만, 워낙 사람들이 많이 다녀서. 그래도 이것 하나 발견했습니다. 나머지 목격자 진술도 여럿 확인해두었습니다."

조 형사가 권 팀장에게 건넨 것은 유인물을 담은 누런 봉투였다.

"이게 왜?"

"봉투 밑을 자세히 보십시오. 인쇄소 주소가 있습니다."

조 형사는 의미심장한 표정을 지었다.

"그렇군. 조 형사가 이곳에서 놀지 않았어. 좋아. 그렇다면 중요한 목격자 진술은?"

"범인은 범행 후에 저기 보이는 주차장에서 차가 아니라 오토바이로 도주하였는데 방향이 지리산 쪽이란 게 확인되었습니다. 주차장 관리인이 목격하였답니다."

권 팀장은 머리를 끄덕였다. 몹시 걱정했지만 현장에 있던 조 형사의 초동수사로 어느 정도 감이 오는 것 같았다.

"어이, 나태주, 자네는 아까 방송에서 엉터리 패널이 말한 '두류산'이 정말 사람 이름 같은가?"

"네?"

나태주는 갑작스러운 권 팀장의 질문에 어안이 벙벙했다.

"나는 여기가 고향이잖아. 그래서 잘 알지. 두류산은 지리산의 옛 이름이야. '심판의 날' 그리고 '두류산'이란 낱말로 보면 범인들은 사이비 종교집단의 광신도가 틀림없어. 그들은 이곳, 지리산에 숨어들었어. 분명해."

권 팀장은 자신 있다는 표정을 지었지만, 나태주는 내심 앞으로 있을 수사에 안개 같은 난항이 있지 않을까, 하고 걱정이 앞섰다.

지리산, 천왕봉이 가장 가까운 도평 마을 주차장에 난데없이 남·여 청년 열 명이 나타났다. 하루 두 번 있는 마을버스는 이 시각이 막차였다. 여름도 아닌 한겨울 끝자락에 등산객이 이리 몰리는 것은 이례적이었다. 도평 마을 주차장 인근의 식당과 민박집은 비수기라 모두 문을 닫은 상태였다.

그런데 이 젊은이들의 옷차림이 이상했다. 첩첩산중에 그것도 겨울, 찬바람과 눈발이 희끗희끗하게 날리는 날에 남녀 할 것 없이 방한복 대신에 모두 검은 양복을 입고 있었다. 이미 해는 떨어져 어둑어둑했으므로 주민들은 아무도 보이지 않았다. 청년들은 버스에서 내리자마자 약속이나 했듯이 '천왕봉 가는 길' 팻말을 보고 랜턴을 켜서 일렬로 산을 오르기 시작했다.

두어 시간을 주 등산로로 이동한 그들은 두 갈래 길이 나오는 지점에서 팻말을 확인했다. 팻말에는 '정의와 공정을 지향하는 민들레공동체 마을'이라 적혀있었다. 좌측으로 가면 천왕봉 그리고 우측으로 가는 길이 그들의 목적지였다. 이때부터 그들은 일제히 검은 마스크를 착용했다. 험한 산길이었지만 아무도 불평하지 않았다. 그들은 눈발을 맞으며 한 시간이나 더 걸은 뒤에 목적지에 도착하였다. 주위는 이미 아무것도 보이지 않을 만큼 깜깜했다. 밤이 깊었으므로 안내자에 의해 그들은 일단 숙소로 들어갔다.

다음 날 아침, 그들은 옷을 갈아입고 아침을 먹은 후, 강당에 모였다. 어제 보았던 안내자가 인원을 점검한 후, 강단에서 강사를 소개했다. 강사는 겨우 이십 대 후반으로 보이는 젊고 예쁜 여자였다.

"잘 오셨습니다. 먼 길 오느라 수고하셨어요. 저는 이 마을의 부대표이자 기획실장인 민서라입니다. 아쉽게도 현재 대표님은 세상에 출타 중이라 오늘부터 당분간 여러분의 교육은 제가 책임지겠습니다."

"와아, 너무 젊지 않아?"

젊은이 중 누군가 작은 소리로 말했다.

"쉿!"

"여러분은 수많은 지원자 중 우리 마을의 지향하는 바와 여러분 개개인의 종교관, 학력 및 스펙 등 총체적인 역량을 바탕으로 엄선된 분들입니다. 공지한 것과 같이 기본교육은 3개월입니다. 상황에 따라 보충 교육도 있으나 그건 그때 공지하겠습니다. 이 기간에 여러분은 세상 어디에도 없는 제대로 된 교육과정을 밟게 될 것입니다. 한 분의 낙오 없이 무사히 통과하여 우리가 지향하는 정의와 공정의 심판 대원이 되시길 희망합니다. 질문 있습니까?"

민서라는 간단한 인사를 마치고 좌중을 둘러보았다. 아직 긴장이 채 가시지 않은 청년들이지만, 눈빛과 표정이 살아있어 그녀는 크게 만족하고 있었다. 그때 맨 끝줄에 앉아 있던 청년이 손을 들었다.

"대표님이 출타 중이라는데 언제 뵐 수 있습니까? 또, 그분은 정확히 어떤 분이신지 말씀해 주실 수 있나요?"

그의 질문은 다른 젊은이들도 궁금한 모양이었다. 모두 민서라의 입만 바라보고 있었다. 그녀는 숨을 고른 뒤 말을 이었다.

"대표님에 관하여 여러분은 대충 아시리라 생각됩니다. 제가 말씀드릴 수 있는 건, 그분은 처음이자 마지막, 신성(神性)과 인성(人性)을 함께 지닌 이 시대 마지막 심판자이십니다. 또한, 그분은 기존의 유불선의 교리를 뛰어넘어, 온 세상을 심판할 수 있는 종교, 그러니까 우리 '화형교'의 창시자이자 집행자이십니다."

그녀의 말에 청년들은 아, 하는 짧은 탄식을 내뱉었다. 과연 기대한 대로 어긋나지 않은 사람인 걸 확인한 그들은 안도의 한숨을 내쉬었다. 이번에 젊은 여성이 손을 들었다.

"그렇다면 그분은 우리가 몇천 년을 기다리던 그분, 하나님의 아들, 재림예수입니까?"

너무나도 당돌한 질문에 민서라뿐만 아니라 주위의 청년들은 당황했다.

"자매님! 분명히 말씀드리는데, 우리는 사이비 교단이 아닙니다. 실천과 연대, 정의와 공정, 심판과 구원의 가치를 실행하는 지극히 현실적인 교단입니다. 따라서 그분은 예수그리스도와는 다른, 또 하나의 처음이자, 마지막인 분입니다."

그녀의 말에 질문하는 여자와 청년들이 고개를 끄덕였다. 그중에서 마지막으로 질문이 있었다.

"이 공동체 마을에서는 어떤 일을 해서 먹고사는지와 어떤 분들이 함께하시는지 궁금합니다."

민서라는 그의 질문에 가볍게 손뼉을 쳤다.

"좋은 질문입니다. 조금 있다 밖에 나가보면 마을 위쪽에 꽤 규모가 큰 양계장이 있는 걸, 아시게 될 겁니다. 마을 분들은 양계 그리고 밭농사와 꿀, 약초 등으로 자급자족을 하며, 우리를 후원하는 각종 시민단체와 협회에서 후원금을 받기도 합니다. 그리고 여기 거주하는 마을 분들은 살기 위해서 열심히 노력하였으나, 국가의 부당한 권력, 가진 자의 착취, 그릇된 종교 등으로 인하여 사기당하고 버림받은 최하층민들이 대부분입니다."

민서라의 진솔한 답변에 청년들의 눈에 빛이 나기 시작했다. 그녀의 인사말이 끝나자 안내원은 청년들을 데리고 마을 곳곳을 보여주었다. 과연 마을 뒤편에는 유정란을 생산하는 큰 규모의 양계장이 있었고, 여러 종류의 밭과 양봉장 그리고 약초 농장이 있었다.

그곳에서 일하던 마을 사람들은 청년들을 열렬히 환영하였다. 그렇게 오전을 보낸 뒤 청년들은 간단한 점심을 먹은 후, 강당에 다시 모였다. 이번에는 민서라가 상기된 표정으로 젊은이 두 명과 함께 강단에 서 있었다. 강단 뒤편에는 PC와 연결된 대형 화면도 있었다. 젊은이 둘은 다부진 체격에 눈빛이 날카로웠다. 민서라는 PC를 켜 어제 녹화한 뉴스를 틀었다.

강당의 불은 꺼지고 화면은 어제 전국 10곳에서 일어났던 정월 대보름날 화형에 관한 속보였다. 부산 해운대를 비롯한 10곳에서 차례대로 가자들이 나와 아비규환이 되어버린 사건 현장에 관하여 설명을 하고 있었다. 경찰과 목격자들이 번갈아 인터뷰한 것을 보도하면서 앵커는 이 희대의 사건이 도대체 왜 일어났는지 도무지 알 수 없다며 떠들고 있었다. 민서라는 이쯤에서 PC를 꺼버리고 불을 켰다. 그러자 청년들 사이에서 휘파람 소리가 나는가 싶더니, 이내 열렬한 박수와 환호성이 터졌다.

"심판의 날을 위하여!"

"사악한 자에겐 복수를!"

"위대한 화형교 교주님 만세, 만세, 만만세!"

청년들의 열렬한 환호에 민서라는 무척 흡족한 표정을 지으며 손을 들었다.

"이때가 어제, 저녁 무렵 형제분들이 이곳으로 올 때였습니다. 어제 드디어 우리의 위대한 '제1기 심판 대원'들이 큰일을 벌였습니다. 무려 10곳에서 그동안 민중을 수탈하고 자기네들 배를 불린 사악한, 짐승만도 못한 놈들 10명을 불로 처단하는 데 성공했습니다. 하지만 안타깝게도 심판 대원 11명 중 2명을 제외한 9명이 그 자리에서 경찰에 의하여 체포되었습니다. 우리는 대의를 위해 순교한 그들을 결코, 잊지 않을 것입니다."

민서라는 진심으로 그들을 위해 눈물을 지었다. 그러자 청년들은 그녀를 위해 더욱더 열렬하게 박수를 보냈다.

"하지만 그들 중 용케 살아온 대원이 있습니다. 여기, 그들을 소개합니다."

민서라의 소개에 깍듯이 허리를 굽힌 젊은이 둘은 놀랍게도 어제 K 고수부지에서 보이스피싱 총책, 왕춘팔을 화형에 처한 장본인들이었다. 그들이 인사하자 청년들은 우레와 같은 함성을 질렀다.

"최고!"

"존경합니다."

청년들의 환대에 젊은이 둘은 고무된 듯 차례대로 마이크를 잡고 자신의 소개에 이어 이곳에 입교한 동기 그리고 성전(聖戰)의 전 과정을 무용담 읊듯이 말하기 시작했다. 그들의 이야기 중 막판에 그놈을 불구덩이 속으로 밀어 넣을 때 느꼈던 손맛에 관하여 말하자, 분위기는 절정에 다다랐다. 그렇게 오후 시간에는 영웅이 된 젊은이와 청년들 간의 대화로 시간이 금방 가버렸다.

저녁이 되었다. 해가 산 밑으로 완전히 떨어지자 마을회관 앞마당에는 장작불이 훨훨 타오르기 시작했다. 앞서 민서라가 말한 대로 이 시간에는 임무를 완수한 두 영웅에 대한 축하 자리가 마련됐다. 장작불 주위 탁자 위에는 기름진 고기와 술이 가득했고 어디서인지 사람을 홀리는 듯한 아름답고 신비로운 음악이 흘렀다.

영웅이 된 젊은이들은 마을 주민들과 청년들에 둘러싸여 축하를 받았다. 그들은 탁자 위의 고기를 안주로 마음껏 술을 마시며 음악에 취해 춤을 추는 등, 기분 좋게 취했다. 오늘 처음 자리를 한 청년들 역시 영웅들을 진심으로 축하하면서 그들도 언젠가 영웅이 될 것이라는 희망을 품었다. 축하연은 밤늦게까지 계속되었다.

이윽고 자정이 가까워지자 마을 사람들은 모두 집으로 돌아갔고 마당에는 젊은 영웅 둘과 청년들 그리고 민서라만 남았다. 그런데 그때였다. 민서라가 갑자기 타오르는 장작불 사이로 비치는 달을 보더니 무릎을 꿇었다. 그러더니 달을 보며 갑자기 기도를 시작했다. 기도는 청년들이 전혀 알아들을 수 없는 방언 같기도 하고 주술 같기도 했다. 얼마나 기도에 집중했는지 그녀의 이마에 땀이 송골송골 맺혔다.

한참 후에 그녀는 기도를 마치고 마당 한가운데에 섰다. 그러자 안내원이 마당에 넓고 평평한 돗자리를 깔았다. 민서라는 젊은이 둘과 청년들에게 낮고 위엄 있는 목소리로 말했다.

"이슬람교에서는 지하드를 성스럽게 마친 자들은 천국에서 72명의 처녀를 소유하고 그들을 마음대로 할 권리를 얻는다고 합니다. 이에 우리 화형교에서는 약속했듯이 비록 그 수만큼은 아니더라도 성전을 수행한 두 분에게 기꺼이 육체의 즐거움을 선사하겠습니다. 왜냐하면, 타 종교에서는 사후에 천국과 지옥이 따로 있지만, 우리 화형교에선 바로 이곳이 천국이기 때문입니다."

놀라운 일이었다. 민서라는 말을 마치자마자 걸치고 있는 옷을 벗고 돗자리에 누워버렸다. 달빛 아래 그녀의 농염한 육체가 드러나자, 잠시 주저하던 오늘의 영웅, 젊은이 둘은 누가 먼저랄 것 없이 옷을 벗더니 그녀를 탐하기 시작했다. 한겨울 밤의 일이었고, 청년들은 이 기이한 현상에 너무 놀라 머뭇거렸지만, 이내 그들도 서둘러 옷을 벗기 시작했다.

밤이 깊었지만, 산음경찰서 형사팀 전원은 사무실, 오른쪽 방 조사실에 모여 있었다. 나태주와 함께 현장을 다녀온 후, 권 팀장은 수사과장 방에서 그로부터 한참이나 무엇인가를 지시받은 모양이었다. 하긴, 사건이 일어나자마자 이곳의 최종 책임자인 서장이 그곳을 다녀갔다는 것은 예삿일이 아니었다. 조사실의 분위기는 어두웠고 칙칙했다. 아까 현장에서 자신 있는 표정을 내비친 권 팀장은 의외로 풀이 죽어있었다. 아마 수사과장으로부터 엄청난 압박을 받은 듯 보였다. 나태주는 대충 예상은 했지만, 권 팀장이 이토록 기가 꺾였다는 게 믿기질 않았다. 그러거나 말거나 이 엽기적인 사건의 해결을 위해 권 팀장은 애써 태연한 척 회의를 주재했다.

"피해자는 어떻게 되었나?"

"중태인데 아까 말씀드린 대로 아무래도 오늘 밤을 넘기기가 어려울 것 같습니다."

사건 이후 병원에 실려 간 피해자 곁을 지켰던 형사의 대답이었다.

"음, 그렇군. 자넨 그가 누구인지 확실히 알고 있나?"

"네, 잘 알고 있습니다. 보이스피싱 총책 '왕춘팔'."

"좋아, 어떻게 될지 모르니 회의 끝나면 병원으로 가서 계속 지켜봐. 무슨 일 있으면 즉각 보고하고. 참! 그 여자는 어떻게 되었지?"

피해자 왕춘팔의 약혼녀 중국인 여자를 말하는 거였다.

"두통과 어지러움을 호소하기에 근처 병원에 입원시켜두었습니다."

박 형사가 손을 들어 대답했다.

"좋아, 내일 병원 문이 열리는 대로 그대가 한번 다녀와. 여자를 통해 왕춘팔에 관한 정보를 몽땅 알아오라고. 다음, 범인들 도주 경로를 CCTV로 확인하고 있지?"

"네, 일부 확인하였고 오늘 밤부터 계속 돌릴 계획입니다."

형사의 말에 권 팀장은 수첩을 책상에 내리쳤다.

"그래, 각자 맡은 분야에 열심히 하면 분명 뭔가 나오겠지. 자, 여러분! 이 사건이 우리 구역에서 일어난 것에 관하여 매우 유감스럽지만, 이 기회에 우리 합심하여 범인을 잡아봅시다. 그래서 승진도 하고 표창도 받아 이 지긋지긋한 촌구석에서 가족이 기다리는 도시로 금의환향합시다. 어떻습니까? 열심히 해보시렵니까?"

권 팀장의 제안은 참으로 현실적이었다. 사실, 이런 시골에서 형사팀이 그동안 한 일은 거의 없었다. 관내에서 살인사건은 물론이고 폭력이나 절도사건도 흔치 않았다. 그래서 도시보다는 업무적으로 편하다는 장점이 있긴 하지만, 형사라는 특수성을 고려하면, 오히려 시끄럽고 바쁜 게 지겨운 것보다 훨씬 나을 수 있었다. 거기에다 형사팀원들은 기혼, 미혼 구분 없이 모두 집이 인근 도시인 J시였다. 승용차로 출

퇴근하는 데 40여 분밖에 걸리지 않은 거리였다. 그러니 도시에 비해 모든 면에서 뒤떨어진 이곳 시골 경찰서에 계속 근무하고 싶은 경찰은 아무도 없었다.

"질문 있나?"

권 팀장의 말에 아무도 이의를 다는 자는 없었다. 그만큼 이 사건이 엄중하다는 방증이었다. 그때 형사팀 유일한 여성인 김유리가 손을 들었다.

"사건에 관하여 팀장님의 개인적인 의견을 듣고 싶습니다. TV에서 나오는 뉴스를 모니터링한 결과, 이 사건은 정말 묘한 것 같습니다. 우리 구역뿐만 아니라 전국에서 살해당한 피해자들의 대략적인 신상이 나왔거든요."

모두 현장에 나가 있어 TV를 시청할 시간이 없던 형사들은 김유리 형사의 발언에 주목했다.

"그래? 어떤?"

권 팀장은 마른침을 삼켰다.

"확실하진 않지만, 피해자의 유형이 보이스피싱 총책, 기획부동산 대표, 가정폭력범, 사이비 종교 교주, 음란물 제작·배포자, 그루밍 성범죄자, 불법 대출·사기범, 서민 대상 조직폭력배 두목, 다단계업체 대표 등이었습니다. 그러다 보니 지금 인터넷에서는 정부와 경찰도 못하는 일을 이들이 했다고 오히려 범인들을 영웅시하고 있습니다. 그들을 두둔하는 댓글도 엄청나게 많이 달리고요. 심지어 어떤 유튜브 방송자는 그들을 '행동하는 의적'이라고 칭송합니다."

김유리의 말에 권 팀장을 비롯한 대다수는 경악했지만, 나태주는 대충 예상하였기에 팀장이 어떻게 나올지 궁금했다.

"피해자들이 모두 서민들의 피를 빨아먹던 이 사회의 좀 같은 놈들이란 말이지. 그래서? 우리 구역에서 이 지역 출신인 피해자를 불에 태워 죽인 놈들을 우리도 두둔하자는 말이야?"

권 팀장은 예상외로 화를 내었다. 팀원들은 평소 그답지 않은 태도에 모두 놀라고 말았다. 이에 별수 없이 나태주가 나섰다.

"김 형사의 말은 그게 아니잖아요. 제가 봐도 이번 사건은 보통 사건이 아니라 봅니다. 저는 우리 구역의 범인 검거도 중요하지만, 이 전국적인 사건을 기획한 자, 즉 사건의 배후를 파헤치는 게 급선무라 생각합니다. 그러지 않으면 제2, 제3의 화형식이 연속해서 일어날 수도 있으니까요."

나태주의 발언에 권 팀장은 얼굴이 붉으락푸르락 하였다.

"이것 봐! 자꾸 배후 운운하는데, 그건 서울지방청 수사팀에서 알아서 할 일이야. 우린 우리 구역에서 일어난 사건의 범인 두 놈만 잡으면 끝이야. 알겠어? 내 생각에는 범인들은 '종말론' 같은 사이비 종교에 빠진 광신도야. 그러니 '심판의 날'이니, '판결'이라는 말을 쓰고 있는 거야. 그놈들은 분명히 지리산 어딘가에 은신하고 있어. 이건 확실해. 범행 동기야 그놈들이 실제 보이스피싱 피해자인지 아니면 나태주가 주장하는 어떤 배후에 의해 벌인 것인지는 그놈들을 잡아 족치면 나올 거잖아. 안 그래? 그러니 내일부터 전원 지리산 일대를 뒤진다. 이게 내 수사방침이야. 알겠어?"

권 팀장의 말에 또 나태주가 되받았다.

"그들이 오토바이로 지리산 쪽으로 갔다고 해서 꼭 산으로 들어갔다는 보장은 없습니다. 아시다시피, 중간지점에서 갈라지는 길이 세 군데나 있습니다. 그들은 다른 지역을 통해 도주했을 확률도 있습니다. 또한, 두류산이란 용어는 지리산의 옛 이름일 수도 있지만, 방송에서 말하는 어떤 사람의 '호'나 '닉네임'일 수도 있습니다. 무엇보다 심판의 날, 판결 등의 글귀가 있다고 해서 그들이 사이비 종교에 속한 자라고 볼 수 없다는 말씀도 드립니다."

믿었던 나태주가 사사건건 자신과 다른 의견을 내자 권 팀장은 정말 화가 많이 난 것 같았다. 그는 책상 위에 놓인 회의 서류를 손으로 신경질적으로 밀쳤다.

"시끄러워! 그렇게 자신 있으면 네가 팀장 하든지! 아니면 다른 팀으로 가든지. 여긴 내가 팀장이야. 잔말 말고 내가 시키는 대로 해. 내일 아침에 서장에게 보고할 수사계획서나 작성해줘. 이상! 이것으로 회의는 끝낸다. 각자 일 보도록 해. 난 과장 방에 또 들어가야 해."

권 팀장의 화를 억누르며 조사실을 나가버렸다. 그 자리에 남은 팀원들은 민망한 얼굴을 피하려 한 명씩 자리를 떴다.

나태주는 자신의 자리에서 팀장이 지시한 수사계획서를 작성했다. 자신의 의견을 무시한 팀장이 괘씸했지만, 어쨌거나 팀장은 그의 상관이었다. 그러므로 별수 없이 나태주는 범인이 팀장의 말대로 종말론을 신봉하는 사이비 신도라 보고, 이들이 도피한 곳으로 추정하는 지리산 일대를 수색하겠다고 운을 뗐다.

그리곤 A조는 사건의 단서가 되는 유인물 봉투의 주소지를 찾아가 조사하는 한편, 피해자 왕춘팔이 태어나고 자란 마을을 방문하여 내밀하게 수소문하고 병원에 있는 그의 약혼녀를 만나겠다고 썼다. 나머지 B조는 사건 현장인 고수부지와 약혼녀가 감금되었던 펜션을 다시 한번 방문하여 결정적인 증거를 확보하겠다고 썼다. 결론적으로 필요하다면, 경남지방경찰청의 지원을 받아 지리산 일대를 샅샅이 뒤져 반드시 범인을 검거하겠다고 밝혔다. 보고서를 모두 작성한 시각이 새벽 5시였다. 이때부터 나태주는 책상에 엎드려 쪽잠을 잤다.

다음 날 아침, 나태주는 보고서를 권 팀장에게 건네고 유인물의 봉투가 만들어진 J시로 출발했다. 서에서 대략 40여 분 거리였다. 인쇄소는 주택과 상가 밀집 지역에 있었다. 다행히 아침나절이어서 인쇄소는 한가했다. 사장은 나태주가 건넨 봉투를 물끄러미 보더니 무릎을 쳤다.

"맞습니다. 우리가 만들었어요. 기억납니다. 올해 초쯤 될 겁니다. 오랜만에 그 여교사가 불쑥 찾아와서 아이들 탐정 놀이에 쓸 유인물이라고 의뢰했습니다."

"네? 여교사요? 그리고 아이들이라뇨?"

나태주는 유인물 의뢰자가 여자인 점에 의아했다.

"에이! 요 앞에 A유치원 있잖습니까? 그 예쁘장한 여교사 말입니다. 그런데 이상한 건 작년까지 한 달에 한 번 오던 그 여교사가 한동안 우리 가게에 오지 않았거든요. 그래서 다른 유치원으로 자리를 옮겼냐고 물어봤더니 그냥 아무 대답도 하지 않았어요."

나태주는 아무리 생각해도 범인과 유치원 여교사가 매칭되지 않았다.

"그날 바로 인쇄해갔습니까?"

"물론입니다. 내용도 간단하고 쉬운 작업이라 즉석에서 처리했었죠."

사장은 자신 있게 대답했다.

"혹시, 그 여교사라는 분 이름은 아십니까?"

나태주는 제발 사장이 그녀의 이름을 알고 있다고 대답해주길 바랐으나, 그건 그의 희망 사항이었다.

"글쎄요. 이름까지는 잘 모릅니다. 그냥 민 선생이라고 동료들이 부르더군요."

"그렇군요. 그렇다면 A유치원은 어디?"

"저기 편의점 보이시죠? 그 뒤편에 있습니다."

나태주는 사장에게 정중하게 인사하고 유치원으로 성큼성큼 걸었다. 걸어가는 동안 그 여교사의 성은 민 씨이고, 얼굴은 상당히 예쁜 편이었으며 한때 그 유치원에 근무했다는 정도의 정보를 되뇌었다.

과연 편의점 뒤에 화사한 노랑 바탕의 유치원이 있었다. 원장은 불쑥 찾아온 경찰이 그리 달갑지 않은지 용건만 간단히 말하라고 팔짱을 꼈다. 그래서인지 나태주의 말을 들은 원장은 고민 없이 대답했다.

"민 선생? 그 여자는 작년 연말에 퇴사했습니다. 왜요? 그 선생에게 무슨 일이 있습니까?"

원장은 그녀를 잘 알고 있었다.

"아닙니다. 단지, 제가 알고 싶은 것은 올해 초에 유치원 측에서 인쇄소에 이런 걸 의뢰했는지를 알고 싶습니다."

그러면서 그는 고수부지에서 수거한 유인물을 보여 줬다.

"이거, 어제 산음에서 발생한 고수부지 방화 살인사건 때 범인이 뿌린 거잖아요. 결단코 우리 유치원에서 이런 걸 의뢰한 적은 없어요. 그런데 이것과 민 선생과 무슨 상관이 있단 말이죠?"

원장의 말에 그제야 나태주는 그녀가 말하는 민 선생과 범인 사이에 어떤 연관이 있을 거라는 강한 의심이 들었다.

나태주는 별수 없이 경찰서로 돌아왔다. 아까 그 깐깐한 유치원 원장은 여교사의 이름은 물론 신상정보를 일절 말을 하지 않았다. 아무리 퇴사한 직원이지만, 그녀의 동의 없이 개인정보 유출은 있을 수 없는 일이므로 영장을 가져오든지 아니면 공문으로 신청을 하라는 원장의 입장이었다. 나태주는 더 이상의 입씨름이 싫어 경찰서로 돌아와 팩스로 공문을 보내기로 하였다.

산음경찰서 입구였다. 주차장에 차를 댄 나태주는 뜻밖의 인물을 만났다. 그와 입사 동기이자 먼 친척이기도 한 도림면 지구대 나경민 경장이었다. 그의 옆에는 수갑을 찬 어떤 사내가 먼 산을 보고 서 있었다.

"웬일이야?"

나태주는 경민을 반갑게 맞았다. 경민 역시 오랜만에 만나는 태주를 보더니 환한 웃음을 지었다.

"수사지원과에 가는 길이야. 저기, 저 친구 유치장에 잠시 넣어두려고."

"누군데?"

"응. 어제 고수부지에서 사건 일어나던 날, 우리 면사무소에 불 지른 사람이야."

그의 말에 나태주는 사내를 응시했다. 행색은 남루한데 눈매는 의외로 날카로웠다.

"아! 들었어. 그래서 저 친구를 방화범으로 넣으려고?"

"아니. 도림 면장이 그냥 정신병원에 넣길 원해. 군수 직권으로 가능하다기에 될 수 있는 대로 그렇게 하려고. 그나저나 어제 사건 때문에 매우 바쁘지? 언제 시간 내서 소주 한잔해야 하는데."

나태주는 경민의 따뜻한 말에 피로가 풀리는 것 같았다. 먼 친척이라서가 아니라 경민은 항상 그런 동기생이었다. 그는 태주가 힘들면 언제든 도와주고 먼저 손 내밀어주는 사람이었다.

"시간 내야지. 네가 원한다면."

"좋아, 참! 저 친구 있잖아."

경민은 사내가 먼 산을 보고 있을 때 태주 곁으로 다가섰다.

"뭐?"

"저 친구 저래 봬도 S대 출신이야. 게다가 소설을 쓰는 작가이고. 몇 년 전에 그 뭐더라? ○○일보 문학상에 「A Day Of Reckoning」이란 장편소설로 대상을 받았던 인물이야. 놀랍지? 그러니 이해가 되지 않아. 저런 친구가 왜 이런 시골로 들어와서 술주정뱅이에다 방화범으로 살아가는지."

"「A Day Of Reckoning」가 무슨 뜻인데?"

"나도 잘 몰라."

경민의 말에 태주는 사내를 또 한 번 응시했다. 이번에는 둘의 시선이 정면으로 부딪쳤다. 태주는 그가 비록 행색은 남루해도 범상치 않은 인물인 것 같은 느낌을 받았다.

"무슨 사연이 있겠지. 그래, 알겠어. 나 빨리 사무실로 올라가야 해. 다음에 봐. 꼭 소주 한잔하자고."

나경민 경장과 헤어져 사무실에 들어가니 권 팀장이 형사팀원들과 회의하고 있었다. 그런데 팀장은 나태주를 보더니 반색했다.

'뭐지? 어젯밤에는 길길이 날뛰며 화를 내더니?'

나태주는 팀장의 반응에 겁부터 났다.

"나 형사! 고마워. 네가 만든 보고서 있잖아. 오늘 아침에 서장에게 크게 칭찬받았어. 그렇게 수사를 진행하라네. 서장님이 무엇보다 범인이 종말론을 신봉하는 사이비 신도인 점과 그들이 지리산 일대에 숨어 있다는 보고에 박수를 보냈어. 네가 요청한 대로 사흘 후에 경남지방경찰청에서 지원 병력이 온다니까 본격적으로 수색을 하자고."

나태주는 팀장의 반응에 그제야 마음을 놓았다.

"아니, 지원하려면 당장 와야지 왜 사흘 후입니까?"

나태주는 은근슬쩍 기분 좋음을 이렇게 표현했다.

"CCTV 판독에 시간이 좀 걸려. 현재 모든 국도와 심지어 농로 주변 방범 CCTV까지 조사하다 보니 사흘쯤 걸릴 것 같아. 그건 그렇고 J시의 인쇄소에 간 일은 어떻게 되었어? 범인들이 그쪽에 유인물을 의뢰한 거야?"

권 팀장은 이제야 나태주가 인쇄소에 간 결과를 물었다.

"아닙니다. 유인물은 인근 유치원 교사였던 어떤 여자가 맡겼습니다. 유치원 원장이 그녀의 신상정보 공개를 거절하여 공문을 보내려고 들어왔습니다."

"뭐야? 전직 유치원 교사가?"

"네, 저도 그녀의 신상파악을 해봐야 범인과의 유착관계를 알 것 같습니다."

나태주의 말에 권 팀장은 고개를 주억거렸다.

"여자가 끼어들었다? 그래, 얼른 공문을 보내서 그 여자에 관하여 내밀하게 알아봐. 뭔가 도움이 되겠어."

팀장의 이해에 나태주는 훨씬 심적으로 안정되었다.

"다른 팀원은요? 피해자 고향 마을과 병원, 현장, 펜션에 간 직원들은 아직 돌아오지 않았습니까?"

"응, 중간에 전화로 보고받았는데, 뭐, 별것이 없어. 그래도 그들이 돌아오면 같이 회의 좀 하지."

그날 오후 현장에서 돌아온 팀원들의 보고는 팀장의 말처럼 별것이 없었다. 나태주는 유치원에 팩스로 작성한 공문을 보내고 회의에 참석했다. 회의는 그동안 확보한 CCTV 자료를 토대로 범인들이 도주한 경로를 추정하고, 사흘 뒤 지원 병력과 함께 어떻게 수색할 것인지 초점을 맞추었다.

사흘 뒤였다. 경남지방경찰청에서 병력이 온다는 연락을 받고, 그들이 도착할 시간에 맞추어 정문 앞 복도를 지날 때, 나태주는 묘령의 여인과 부딪쳤다. 급히 나가려다 보니 그만 여자를 보지 못한 까닭이었다. 그 충격으로 여자의 핸드백이 바닥에 떨어졌다.

"죄송합니다. 제가 그만 앞을 못 봤습니다."

나태주는 당황하여 바닥에 있는 핸드백을 급하게 들었는데 그만 거꾸로 든 모양이었다. 갑자기 백 속에서 책 한 권이 떨어져 나왔다. 그런데 이상하게도 책 꺼풀이 신문지로 싸여 있었다. 마침 첫 장이 펼쳐져 무심히 봤는데 책 제목이 눈에 익었다.

「A Day Of Reckoning」

'뭐지? 내가 이걸 어디서 봤지?'

그럴 찰나에 여자가 책과 핸드백을 재빠르게 낚아챘다. 그제야 나태주는 자신이 또 실수한 것을 알아챘다.

"죄송합니다."

겨우 눈을 들어 여자를 본 나태주는 그만 깜짝 놀라고 말았다. 롱코트에 짙은 화장을 하고 선글라스를 낀 여자는 그가 최근에 본 여자 중에서 가장 매혹적이고 요염했다. 그는 속으로 중얼거렸다.

'이런 시골에 저런 미인이 있었나?'

여자에게는 짙은 향수 냄새도 함께 풍기고 있었다. 나태주는 정신이 몽롱했다. 그건 이 사건 때문에 사흘 동안 집에도 못 가고 잠도 제대로 못 잔 탓도 있었다.

"됐어요. 수사지원과에 가려면 어디로 가죠?"

"네?"

"유치장에 면회요."

나태주는 정신이 번쩍 들었다.

"네, 저리로 가십시오. 그렇죠. 본관 옆문을 통과해서 별관 건물 1층입니다."

여자는 고맙다는 의미로 고개만 까딱하고 발길을 돌렸지만, 나태주는 그녀가 본관을 나서기까지 눈을 뗄 수가 없었다. 하지만 이런 몽롱함도 잠시, 권 팀장의 호통이 뒤에서 들렸다.

"뭐해! 지금 버스가 왔잖아. 빨리 가봐."

버스에는 의무경찰 30명이 타고 있었다. 나태주는 그들을 경찰서 뒤편 의무경찰 숙소에 삼삼오오 방을 배정하고 사무실로 돌아왔다.

드디어 권 팀장이 팀원들을 모아놓고 내일 아침부터 있을 지리산 일대 수색작전을 지시하고 있었다. 그때 기다리던 팩스가 도착했다. 그 유치원에서 온 거였다. 팩스에는 그 여교사의 인적사항이 대충 적혀있었다.

「이름 : 민채원, 나이 : 28세, 학력 : ○○여대 영문과 3년 중퇴, 주소 : 서울시 서대문구 ○○동 234번지 ○○아파트 나동 201호」

나태주는 권 팀장의 열띤 지시에 상관없이 팩스만 뚫어지게 바라보았다. 아쉽게도 팩스에는 그녀의 전화번호가 없었다.

'○○여대 출신이라? 그런 그녀가 서울이 아닌 지방의 소도시까지 왜 왔을까?'

그때였다.

"이봐! 나태주. 뭘 보는 거야? 내일 출동 안 할 거야?"

팀원들의 시선이 일제히 나태주에게 쏠렸다. 나태주는 어떻게 할까,

하다 솔직하게 대답했다.

"팀장님! 그 유치원에서 팩스가 도착했습니다. 아무래도 전 그 여교사의 주소지인 서울에 다녀와야겠는걸요."

나태주의 말에 팀장은 끙, 하고 신음했다.

"좋아, 그렇게 해. 그렇다면 나태주 구역을 김유리가 맡아. 서울에 다녀온 후 나태주에게 인계하도록. 그럼, 나 형사는 지금 집에 가도록 해. 모처럼 쉬었다가 서울 다녀온 후에 복귀해."

팀장의 배려에 나태주는 오랜만에 그의 숙소가 있는 읍의 원룸으로 향했다.

다음 날 새벽 나태주는 서울로 향하였다. 첫 시외버스를 이용했으므로 서울은 아직 아침이었다. 출근 시간은 지났지만, 지하철은 여전히 혼잡했고 사람들로 붐볐다. 몇 번이나 갈아타 민채원의 주소가 있는 아파트에 도착한 나태주는 입구에서 숨을 골랐다. 잠시 후, 초인종 소리를 듣고 나온 이는 삼십 대 초반의 여자였다.

나태주는 신분증을 보여주고 민채원 씨를 만나러 왔다고 말하곤, 경계하는 여자에게 자초지종을 설명했다. 여자는 모든 것을 포기한 듯 나태주를 방으로 안내하였다.

"채원이는 제 동생입니다. 하지만 현재 이곳에 살진 않아요. 집을 나간 지 몇 해가 되었으니 저도 그 아이가 어디서 무엇을 하며 사는지 잘 모른답니다."

여자는 묻지도 않았는데 순순히 나왔다. 표정을 보아 해서 거짓말은 아닌 것 같았다.

"그런데 정말 제 동생이 그 사건에 연루된 게 맞나요?"

여자는 얼마 전 사건을 잘 알고 있었다. 하긴 전국적이고 엽기적인 희대의 사건이라 모를 수가 없었다.

"아직 단정할 순 없습니다. 그저 누구의 부탁을 받고 유인물을 만들었는지, 아니면 걱정하신 대로 범인들과 어떤 연관이 있는지를 알기 위해 꼭 만나고 싶을 따름입니다."

나태주는 여자를 안심시키기 위해 최대한 부드럽게 말했다. 여자는 한눈에도 동생을 무척 아끼는 것 같았다. 여자는 나태주에게 잠시 앉아 있으라고 하더니 커피를 내어왔다. 모카 향이 물씬 나는 커피였다. 이런 경우, 자연스러운 대화가 가능한 분위기란 것을 나태주는 경험적으로 알고 있었다.

"혼자 사시나 봐요?"

나태주의 질문에 여자는 한동안 침묵했다. 그 침묵이 무엇을 말하는지 나태주는 알 수 없었다. 그러다 여자는 무엇인가 결심한 듯 툭, 하고 내뱉었다.

"부모님은 채원이가 대학 3학년 때 돌아가셨어요."

"아! 그렇군요. 혹 지병 아니면 사고입니까?"

나태주는 직감적으로 두 분이 동시에 죽었다는 느낌을 받았다.

"사기에 의한 화병이니 지병일 수도 아니면 사고사일 수도 있네요."

"네?"

"아버지와 어머니는 보이스피싱에 의해 동시에 사기를 당하였다가 온 재산을 날리는 바람에 동반 자살을 하셨죠."

충격적이었다. 나태주는 이 서먹하고 막막한 분위기 때문에 눈을 둘 곳이 없어 거실 벽면을 보다, 한 장의 가족사진을 바라보았다. 액자에는 살아생전 그녀의 부모 그리고 나태주가 찾던 어린 민채원이 활짝 웃고 있었다.

합리적 의심

능선만 넘으면
고향이다

달이 떠도
갈 수 없는
고향

눈물의 선
투쟁의 선
목숨의 선
빨치산의 선

지리산 동쪽
달 뜨는
능선

—이학근, 「달뜨기 능선」

 영웅이 된 젊은이 둘의 축하연 중 맨 끝에 일어난 나체의 향연은 입교한 지 하루밖에 되지 않은 청년들에게는 충격이었다. 하지만 그날 밤, 남·여 청년들은 민서라와 젊은이 둘처럼 스스로 옷을 벗고 집단 혼음에 동참하였다. 이것이 종교적 의식인지 아니면 단순한 섹스파티인지 그들은 알지 못하였다. 어쩌면 공동체 마을에서 미리 기획한 혼음 의식일 수도 있었고 아니면 자연 속에서 환한 보름달과 타오르는 불을 보고 충동적으로 발생한 사건일 수도 있었다.

다음 날 아침, 청년들이 눈을 떴을 때 자신들이 나체로 잠들었다는 사실에 충격을 받았다. 이미 민서라와 젊은이 둘은 현장에 없었다. 청년들은 서로 마주 보며 부끄러워할 뿐 무엇을 어떻게 해야 할지 알지 못하였다. 그때 안내원이 수건을 여러 장 들고 나타났다. 수건을 걸치고 숙소 별관에 있는 공동 목욕탕으로 집합하라는 소리였다. 청년들은 부끄러운 곳을 수건으로 가리고 목욕탕으로 뛰었다.

그런데 놀랍게도 목욕탕 입구에 민서라가 붉은 비단옷을 걸치고 서 있었다. 민서라는 청년들에게 부끄러운 곳을 가리는 수건을 벗으라고 지시했다. 청년들은 얼떨떨했지만, 그녀의 지시에 기꺼이 복종했다.

"벌거벗은 몸은 결코 부끄러운 일이 아닙니다. 이곳에 입교한 이상, 여러분은 화형교 안에서 모두 형제·자매입니다. 그 옛날 아담과 하와가 벌거벗고 함께 지낸 것을 기억하세요. 그게 지극히 자연스러운 행위입니다. 앞으로 여러분들은 보름 동안 세상에서 행했던 모든 악과 관습, 묵은 때를 깨끗이 씻고 새사람이 될 준비를 할 것입니다. 오늘부터 매일 아침 이 목욕탕에서 경건한 의식을 거행할 것입니다. 기도와 혼음, 이 둘을 통해 우리는 진정한 하나가 될 것입니다. 거부감 가질 필요 없이 욕정이 생기면 나를 포함한 누구라도 섹스를 하십시오. 분명히 말하지만, 이건 잡스러운 행위가 아니라 교육이요, 경건한 의식입니다. 알겠습니까?"

그렇게 말하고는 민서라는 스스로 옷을 벗었다. 청년들의 입에서는 아!, 하는 옅은 탄성이 나왔다. 민서라가 욕탕으로 들어가자 청년들은 하나, 둘씩 그녀 주위로 모여들었다. 민서라는 청년들이 알아들을 수 없는 방언으로 기도를 시작했다. 마치 여왕개미가 일벌들에게 먹이를 구하기 전에 나름의 방식으로 위로와 평안을 주는 광경과도 같았다. 기도가 끝나자 민서라는 청년들을 차례로 안아주었는데 그중에는 환희의 눈물을 흘리는 자도 있었다. 그러는 사이에 욕정에 충만한 남·여 청년 중 몇 명은 이미 탕 속에서 희열에 찬 표정으로 섹스하고 있었고, 용기 있는 몇은 민서라와 몸을 밀착하고 있었다.

성스러운 목욕이 끝나자 청년들은 강당으로 올라갔고, 민서라는 어제 영웅이라고 치켜세웠던 젊은이 둘을 자신의 방으로 불렀다. 젊은이들은 어젯밤 일로 두 눈이 벌겋게 충혈되어 있었다. 민서라는 책상 위에 각각의 여권과 봉투 두 개를 내밀었다. 젊은이들은 이게 어떤 의미인지 아는 것 같았다.

"어디로?"

둘 중 피부가 하얀 젊은이가 물었다.

"중국입니다. 아! 영원히 가는 건 아니고, 잠시. 소나기 올 때 비를 피하는 것같이."

"설마 이번 일을 끝으로 용도 폐기되는 것은 아니죠?"

나머지 젊은이가 물었다. 그러자 민서라는 큰소리로 웃었다.

"당연하죠. 우린 아직 할 일이 많습니다. 그러니 형제님들의 힘도 여전히 필요합니다. 다만, 아시다시피 경찰들이 냄새를 맡고 곧 들이닥칠 겁니다. 조직을 위하여 잠수 타는 것도 좋은 방법이에요."

민서라는 용의주도한 인물이었다. 그새 그녀는 그들이 도주할 때 필요한 여권과 중국 측 브로커, 은신처를 준비해두었다. 젊은이들은 그녀의 뜻을 알아차리고 두 손을 모았다. 그리곤 마치 여왕께 경배드리듯 엎드려 절했다.

한편, 지리산 수색작전에 앞서 형사팀 전원은 지능수사팀이 확보하고 판독한 CCTV 사본을 보고 있었다. 사건 당일, 범인들은 K고수부지 주차장에서 오토바이를 각각 나눠 타고 분명히 지리산 쪽으로 가고 있었다. 이후, 한동안 국도에 나타나지 않던 오토바이는 덕산면 방면에서 잠깐 보였다. 그곳은 지리산 중산리와 대원사 방면으로 갈라지는 지점이었다. 범인들이 이곳에 나타난 거로 봐서 나태주가 예상한 방향은 아닌 것 같았다. 그렇다면 권 팀장이 예상한 지리산이 분명히 맞았다. 그런데 이 지점에서 오토바이는 각각 다른 길로 갔다. 한 대는 중산리, 나머지 한 대는 대원사 방면이었다.

다급해진 권 팀장은 자신이 직접 마우스로 중산리 쪽을 찾았다. 하지만 오토바이는 겨우 5분여를 달리다 농로로 빠져버렸다.

"이런! 어이, 대원사 쪽 보여줘 봐!"

나머지 한 대, 즉 대원사로 향하던 오토바이도 마찬가지였다. 범인은 마찬가지로 10여 분 달리다, 좌측 산 쪽으로 사라지고 말았다.

"끝입니다. 더는 범인들의 흔적이 없습니다."

범인들은 이곳 지리를 잘 알고 있는 놈들이 분명했다. 그러지 않고서는 국도가 아닌 농로나 좁은 길을 이용하여 CCTV에 안 걸리고 K고수부지에서 덕산면까지 갈 수가 없었다. 이어 그들은 재차 농로와 산길을 이용하여 그들의 목적지로 간 것이 분명했다.

'그렇다면 최종 목적지는 중산리도 대원사도 아닌 천왕봉?'

권 팀장은 잠시 고민하다 김유리 형사를 불렀다.

"이봐! 김 형사. 어제 내가 부탁한 것 모두 파악했어?"

팀장의 말에 김유리는 재빨리 지도를 그의 앞에 펼쳤다.

"여기 빨간 점으로 표시된 게 오늘 수색할 곳입니다. 그런데 수가 너무 많아 하루, 이틀로는 도저히 안 되겠습니다."

지도를 보던 권 팀장도 깜짝 놀랐다.

"뭐야? 산속에 서원, 사원, 점집, 기도원, 기도터가 이렇게 많아?"

어림잡아 80곳이 넘는 것 같았다.

"그것도 해당 면사무소에 등록된 곳만 이렇다는 말입니다. 무허가 점집, 기도원을 합치면 최소 100곳이 된다 합니다."

김유리는 행여 팀장의 심기를 건드릴까 봐 조심스럽게 대답했다.

"이런! 우리나라가 언제부터 종교 공화국이 되었어! 최초 발상지인 나라에서는 이미 쇠퇴일로에 있다던데, 우리만 성행하고 있는구먼. 쯧!"

"네?"

김유리가 무슨 말인지 몰라 눈을 껌뻑거렸다.

"잘 생각해 봐. 요즘 미국이나 유럽에서 교회나 성당에 신도들이 있어? 기껏해야 늙은이 몇 정도로 유지하고 있잖아. 그런데 우리나라는 대형교회만 몇 개야? 유교는 또 어때? 발상지인 중국은 조용한데, 우리만 아직도 공자 운운하며 각처에서 제사를 모시고 있고, 불교 발상지인 그곳은 이미 태반이 이슬람교로 개종했는데. 우린, 초파일 날 봐. 절에 얼마나 사람이 많은지."

김유리는 팀장의 비유가 다소 황당했지만, 뭐라고 대꾸할 수가 없었다.

"알겠습니다. 그런데 팀장님."

"뭐?"

"문제는 이 장소들이 모조리 산 중턱이나 그 위쪽에 있다는 사실입니다. 승용차는커녕 자전거로도 올라갈 수 없는 곳이라, 수색에 시간이 오래 걸릴 것 같습니다."

김유리의 말에 권 팀장은 대꾸도 하지 않았다. 그는 속으로만 중얼거렸다.

'하여간 요즘 젊은 것들이란. 당연히 두 발로 뛰어야지. 그게 형사의 의무요, 힘인데 말이야.'

그리곤 그는 수색작전의 조를 짜서 팀원들에게 지시했다. 권 팀장과 김유리가 한 조, 조민태 형사와 다른 형사가 한 조, 나머지 한 조는 남은 형사들이었다. 조마다 여러 명의 경찰병력이 붙은 것은 당연한 일이었다.

마침내 세 대의 봉고차가 그날, 고수부지 방화 살인사건의 범인을 찾으러 경찰서를 나섰다. 정월 대보름이 지난 지 며칠 되지 않아, 지리산 초입에는 벌써 눈발이 흩날리고 있었다. 권 팀장과 유리는 대원사 쪽으로, 조민태 형사 조는 중산리 쪽으로, 나머지는 범인들이 갈라진 곳, 즉 덕산면 범산으로 직행하였다.

권 팀장의 생각으론 범인들이 향한 곳은 지리산의 중심인, 천왕봉 쪽이라고 판단했기 때문이었다. 세 군데에서 토끼몰이씩 수색을 하다 보면 분명 어느 한 곳에서 걸릴 것이고, 그게 아니라면 천왕봉과 가까운 곳에서 필연적으로 만나게 될 것이었다. 권 팀장이 그렇게 생각한 이유에는 아까의 지도도 한몫했다. 지도상의 천왕봉 아래에 빨간 점들이 유독 많았기 때문이었다.

시천면 두 갈래 지점에서 세 대의 봉고차가 섰다. 권 팀장은 차에서 내려 손수 팀원들의 손을 잡아주며 격려했다. 그리고는 가장 먼저 차를 출발시켜 대원사 쪽으로 향했다. 봉고차가 대원사 앞을 지나 민박촌으로 들어설 때 권 팀장을 차를 세울 것을 지시했다.

"팀장님! 이 길로 계속 가면 도평 마을이 나옵니다. 그곳까지는 차량 이동이 가능한데요."

김유리가 의아한 듯 권 팀장의 팔을 끌었지만, 그는 고개를 저었다.

"아니야. 저기 민박집 사이로 외길 보이지? 저리로 올라가자. 어이! 모두 내려."

권 팀장의 느닷없는 결정에 모두 어안이 벙벙했다.

나태주는 실례를 무릅쓰고 여자에게 민채원의 방에 들어가도 되냐고 물었다. 나태주로서는 꼭 필요한 과정이었다. 하지만 여자로서는 아무리 상대가 형사라 해도 영장도 없이 자신의 동생 방을 조사하는 게 께름칙하였다. 그래서 그녀는 한동안 대답하지 않다가 한 가지 제안을 했다. 그건 자신도 알 수 없는 동생의 행방을 수소문하면 꼭 연락해달라는 소박한 제안이었다. 언니로서 동생을 끔찍하게 사랑하는 마음이었다. 나태주는 꼭 그렇게 하겠다고 약속하고 민채원의 방으로 들어갔다.

민채원의 방은 단출했다. 그런데 뭔가 이상했다. 비록 지금은 사람이 없다고는 하나, 여성의 방에 꼭 있어야 할 화장대와 벽장, 침대 위에 있을 법한 곰 인형을 비롯한 액세서리 따위가 일절 없었다. 대신 방에는 침대 하나와 책상 그리고 간이 옷장이 덩그러니 놓여있었다. 책상 위에도 그 흔한 잡지 하나 없이 텅 비어 있었다.

"별것 없죠? 원래 이러지 않았는데 부모님 사건 이후로 채원이가 많이 달라졌어요. 이전에 그리 잘 꾸미고 예쁘게 치장하던 아이가 서서히 달라지더군요."

언제 들어왔는지 여자가 뒤에 서 있었다.

"그렇군요. 하긴 갑작스러운 부모님의 죽음으로 충격을 받은 건 당연하겠지요. 그런데 그때 경찰에 신고는 하셨죠? 물론 범인들을 잡는 건 어려웠을 거지만."

나태주는 건성으로 대답하고 물었다. 그런데 여자는 낯빛이 갑자기 바뀌었다.

"네. 잘 아시네요. 우리나라 경찰은 왜 그리 무능한지. 부모님 휴대전화 두 대에 그놈들의 목소리가 생생하게 녹음되어 있었는데, 경찰은 범인들이 중국에 있다는 이유로 안 잡는 것인지, 못 잡는 건지 차일피일 수사를 미루다 끝내 미제 사건으로 남았답니다."

나태주는 그녀의 말에 이의를 달지 않았다.

최근 금융감독원이 발표한 대로 보이스피싱에 의하여 한해에 무려 4,440억 원의 피해액과 4만 8,000명의 피해자가 발생하였다. 피해자의 반은 대부분 직장에서 높은 직급에 있거나, 인생 2막 준비를 시작하는 웬만큼 사회 경험이 있는 사람들이었다. 이 말은 보이스피싱범들의 수법이 나날이 정교하게 진화한다는 증거였다. 게다가 보이스피싱 범인들은 중국, 대만, 필리핀 등 해외에 전용 콜센터를 두고 점조직으로 운영하기 때문에 경찰이 아무리 해당 국가와 공조수사를 한다 해도 한계가 있기 마련이었다.

"그런데 우스운 건 뭔지 아세요?"

여자가 팔짱을 낀 채 나태주를 노려보았다. 나태주는 자신이 그 사건의 담당도 아니면서 괜스레 몸과 마음이 위축되었다.

"무슨?"

"경찰 대신 내 동생이 중국으로 건너가 직접 그놈을 만났다는 사실입니다."

나태주는 순간적으로 정신이 번쩍 들었다. 이게 무슨 소리냐고 당장 묻고 싶지만, 그냥 여자가 계속 말하는 게 더 나을 것 같았다.

"물론 무모한 일이었죠. 저도 나중에 안 사실인데, 동생은 부모님이 돌아가신 후, 부모님이 남기고 간 휴대전화로 그놈과 통화를 한 모양이었습니다. 그러더니 곧장 중국으로 건너가 그놈을 직접 만났습니다."

나태주는 여자의 말에 더욱 귀를 기울였다.

"그래서요? 그런데 그게 가능한 일입니까? 스물두 살 여대생의 몸으로 범죄조직을 찾아갔다는 게? 좀처럼 이해가 되질 않습니다만."

"저도 동생이 어떤 방식으로 그놈과 통화하여 간 것까지는 잘 모릅니다. 어쨌든 동생은 범인에게 두 가지를 요구했다더군요. 첫째는 돌아가신 부모님께 진심으로 사죄하는 것, 둘째는 피해액의 반은 돌려달라는 것입니다."

나태주는 입이 바짝 타들어 갔다. 가끔 범죄자로부터 피해를 본 피해자가 경찰을 믿지 못하고 직접 해결을 하는 경우가 있긴 하지만, 이 상황은 매우 이례적이었다.

"그래서 성공했나요?"

나태주는 자신이 생각해도 우스운 질문을 하고 말았다. 나태주의 말에 여자는 피식, 하고 웃었다.

"형사님도 그게 성공할 일이라 보시는 겁니까? 아니죠? 그냥 한번 해보신 말로 알아듣겠습니다. 이후, 그곳에서 무슨 일이 있었는지는 모르지만, 동생은 만신창이가 되어 돌아왔긴 했습니다."

"만신창이라면?"

"생각하신 그대로입니다. 폭력, 구타, 성폭행 등등."

그제야 나태주의 입에서는 아, 하는 탄식이 나오면서 정신이 들었다.

"그렇다면 그 이후로 동생분이 집을 나갔단 말입니까?"

"아닙니다. 동생은 몸과 마음을 추스른다 하곤, 이 집에서 일 년을 더 머물렀습니다."

나태주는 여자의 말에 고개를 끄덕였다.

"가슴 아프시겠지만, 그 일 년 동안 동생분의 행적은요?"

"그냥 방에만 틀어박혀 있었죠. 그때 저는 당장 먹고살 일이 급해 하루 몇 건씩 아르바이트하느라 사실상 동생을 내버려 뒀습니다."

그때, 현관에서 누군가 초인종을 눌렀다.

"참! 오늘 싱크대업체에서 오기로 했어요. 너무 낡아서 바꾸기로 했거든요."

여자가 방에서 나가자 나태주는 재빨리 민채원의 방을 뒤졌다. 마침 책상에 딸린 서랍이 층층으로 4개가 있었다. 나태주는 차례대로 서랍을 열었다. 첫 번째와 두 번째 서랍은 별것이 없었으나, 세 번째 서랍에서 두툼한 서류 뭉치가 보였다.

'이게 뭐지?'

나태주는 얼른 봉투를 열었다. 봉투 안에는 편지들이 수북했다. 나태주는 이상한 느낌이 들었다. 민채원은 젊은 여성이었다. 그런데 손쉬운 이메일을 두고 굳이 편지를 주고받았다는 게 마음에 걸린 것이다. 나태주는 그중 하나의 편지를 펼쳤다. 그런데 내용을 본 나태주는 그만 깜짝 놀라고 말았다. 이건 영어도 아니고 스페인어도 아닌 이상한 언어로 쓰인 편지였다. 나태주는 다른 편지도 모두 열어보았으나 결과는 똑같았다. 편지는 모두 이상한 언어로 되어 있었다. 나태주는 얼른 편지 몇 통을 자신의 휴대전화로 찍어두었다. 아마 자신이 근무하는 경찰서 지능범죄팀에 의뢰하면 해독이 될 것 같은 생각에서였다. 그렇게 생각하고 사진을 찍다 편지 끝부분에 공통으로 쓰여 있는 이상한 언어와 이름을 발견했다.

'amas, durusan.'

나태주는 한글 발음으로 조심스럽게 따라 읽었다.

"아마스, 듀류산? 뭐야? 아마스는 모르겠지만, 뒤에 나오는 단어는 우리 발음으로 두류산?"

나태주는 그날 고수부지에서 뿌려진 유인물의 맨 끝부분에 나오는 말, '심판의 날, 두류산'을 떠올리자 입이 다물어지지 않았다. 아직 예단할 수 없지만, 민채원과 두류산은 어떤 연관이 있는 게 확실했다. 나태주는 가슴이 벌렁거렸다. 무엇보다 보이스피싱 범죄와 민채원은 확실한 연관이 있었다. 그녀의 부모님은 보이스피싱 범죄단체에 사기를 당해 스스로 목숨을 끊었고, 그녀는 그런 그들을 중국에서 직접 만났다. 게다가 그날 고수부지에서 화형당한 자는 보이스피싱의 총책 왕춘팔이었다. 그리 생각하자, 나태주는 민채원과 두류산 그리고 왕춘팔은 이 사건의 열쇠 같은 느낌을 받았다.

나태주는 서랍을 닫고 방을 나왔다. 이리된 이상 민채원의 행적을 파악하는 게 급선무인 것 같았다. 그는 여자에게 민채원을 찾으면 꼭 연락을 주겠다고 하며 급히 서울역으로 갔다. J시의 유치원, 한때 민채원이 근무했던 그곳이 목적지였다.

자꾸 눈이 내리고 있었다. 산 중턱으로 올라갈수록 발이 빠질 만큼 눈이 쌓였다. 김유리는 입이 툭 튀어나왔지만, 팀장의 명을 거역할 수 없었다. 뒤를 돌아보니 젊은 의무경찰들도 몹시 힘들어하고 있었다. 하긴 이곳은 전문 산악인도 혀를 내두른 험한 지리산이었다. 더구나 이곳은 정상적인 길이라고도 할 수 없었다. 나무꾼이나 약초꾼들이 가끔 다니는 오솔길이었다. 그제야 권 팀장은 아까 김유리에게 차로 도평 마을로 올라가는 길 대신 이쪽으로 올라가는 이유를 설명했다.

"이쪽 길은 옛날 빨치산들이 마을로 보급 투쟁하러 다니던 옛길이다. 빨치산이라니 넌 무슨 소리인지도 모르겠지? 난 알아. 어릴 때 약초 캐러 갈 때면 할아버지가 늘 말씀하셨지. 도평 마을 쪽보다 이쪽 길로 가면 천왕봉이 훨씬 가깝다는 거야. 그 말은 뭐겠어? 산이 험하니 이리 가야 점집이나 기도하는 곳이 더 많다는 말 아냐? 그리고 또 알아? 이곳 지리를 잘 아는 범인들이 이쪽 길로 올라갔는지."

김유리는 권 팀장의 말을 듣는 둥 마는 둥 하며 계속 산을 탔다. 그렇게 한 시간쯤 올라가니 지도에 표시된 점집이 하나 보였다. 김유리와 의무경찰들은 그제야 입구에서 안도의 한숨을 쉬었다. 그때였다. 계곡 쪽으로 소변을 보러 가던 한 의무경찰이 소리를 질렀다.

"팀장님! 여기!"

의무경찰은 넋이 나간 듯 그 다음 말을 잇지 못하고 손가락으로 계곡 쪽을 가리켰다. 권 팀장과 김유리는 단숨에 그곳으로 갔다. 놀랍게도 계곡 입구에 오토바이 두 대가 쓰러져 있었다. 오토바이를 보자 권 팀장의 입가에는 미소가 돌았다.

"내 이럴 줄 알았어. 어때? 내 말이 맞지? 범인들은 아까 수사에 혼선을 주기 위해 한 놈은 중산리 쪽, 다른 한 놈은 대원사 쪽으로 갔지만 결국, 여기서 만난 거야. 이곳에 오토바이를 버려두고 걸어서 목적지로 간 게 틀림없어. 그렇다면 저 점집이 범인들의 은신처?"

김유리는 팀장의 말에 긴가민가하면서 일단 오토바이 번호판을 확인하고 사진을 찍었다.

"됐어. 지문 뜰 필요는 없어. 장갑을 꼈으니 지문은 없을 거야. 딱 봐도 그놈들이 탄 오토바이가 맞아."

김유리는 팀장의 말에 고개를 끄덕이면서도 이런 험한 길을 오토바이로 올라왔다는 게 믿어지질 않았다.

"저 집이 맞을까요?"

김유리는 긴장의 끈을 놓지 않았다.

"가보면 알겠지."

그러면서 권 팀장은 벌써 품속에 있는 권총에 탄알을 장전하고 있었다. 김유리는 권 팀장의 용의주도함에 잠시 존경의 마음이 일었다.

"너희들! 일부는 입구에, 나머지는 입구 근처에 뿔뿔이 흩어져서 내 명령 있을 때까지 매복한다. 이 시간 이후로 입구 밑으로 내려가는 자는 무조건 검문하고 행여 이상하다 싶으면 제압한 후, 날 불러라. 알겠나?"

권 팀장의 말에 의경들은 각자 제 위치로 갔고 김유리는 마찬가지로 권총을 빼 장전했다. 점집은 보기보다 크고 넓었다. 본채가 있었고 그 외 별채도 몇 있었는데, 특이한 점은 본채 위에 바위가 여럿 있다는 점이었다. 그 바위들에서도 기도하는 사람이 있다는 말이었다. 권 팀장과 김유리는 일단 본채로 조심스럽게 들어갔다.

본채 안에는 불상 아래에 몇몇이 엎드려있었고 가운데에 무당으로 보이는 여자가 신들린 듯 주문을 외고 있었다. 권 팀장은 재빠르게 내부를 스캔했으나 젊은이가 보이지 않자 얼른 별채로 건너갔고 김유리는 권 팀장의 눈짓에 본채 뒤, 바위로 올라갔다.

별채는 다닥다닥 붙어 있었다. 아마 기도하러 온 사람들이 사용하는 일종의 숙소인 모양이었다. 권 팀장은 빠짐없이 별채의 문을 열어 내부를 확인하였으나, 모두 중늙은이 아니면 할머니밖에 보이지 않았다. 그때였다. 본채 위 바위 근처에서 자지러지는 비명이 들렸다. 그 목소리의 주인공은 김유리였다.

권 팀장이 별채에서 다급하게 바위 쪽으로 올라가자 김유리는 혼자 바닥에 쪼그려 앉은 채 오들오들 떨고 있었다. 그런데 그 앞에는 놀랍게도 자신의 치부를 당당하게 잡고, 벌거벗은 채로 서 있는 기이한 사내가 있었다. 이런 추운 날씨에 옷을 하나도 걸치지 않은 사내는 아무리 봐도 정상적으로 보이지 않았다. 그의 뒤로 움푹 팬 바위 안이 보였다. 은은하게 불붙은 초 몇 자루, 매캐한 냄새를 풍기는 향, 이상한 부적들 그리고 작은 불상 몇이 가지런히 놓여있었다.

"뭐야?"

권 팀장은 권총을 사내에게 겨눴다. 그런데도 그는 별 반응을 하지 않았다.

"별것 아니오. 기도하는데 갑자기 이 아가씨가 들어오기에 누군가, 하고 뒤돌아 일어섰을 뿐이오."

권 팀장은 김유리가 사내의 알몸을 보고 순간적으로 놀란 것으로 이해했지만, 이런 곳에서 아무것도 걸치지 않은 그에게 짜증이 났다. 여긴 분명히 여신도도 있을 것인데, 이건 정말 아니다 싶었다.

"당신 뭐야? 뭐 하는 사람이야!"

권 팀장의 말에 사내는 어리둥절한 표정을 지었다.

"나요? 보시다시피 기도하고 있잖소. 왜요? 뭐가 잘못되었습니까?"

권 팀장은 사내와 입씨름이 길어질 것 같아 얼른 김유리를 일으켰다. 권 팀장이 낮게 속삭였다.

"뭐야? 남자 거시기 처음 봐? 쪽팔리니까 얼른 일어나. 형사가 되어서 이리 약해 빠져 어디 써먹을 데가 있겠어. 쯧."

그런데도 김유리는 계속 손으로 얼굴을 파묻은 채 바위 안쪽을 가리키고 있었다. 그제야 권 팀장은 김유리가 놀라 비명을 지른 이유가 사내의 알몸이 아니란 걸 눈치챘다. 권 팀장은 위풍당당한 사내를 밀치고 바위 안으로 들어갔다. 역시 아까는 미처 보지 못한 끔찍한 것이 제단 위에 있었다. 그건 아직 살아 꿈틀거리는 것 같은 심장이었다. 그것을 담은 그릇에는 피가 흥건히 고여 있었다. 맨눈으로 봐선 이게 사람의 심장인지 짐승의 심장인지 구별이 되지 않았지만, 권 팀장은 이게 사람의 것으로 판단했다.

섬뜩한 기분이 든 권 팀장은 일단, 무전기로 입구에 있는 의경 몇을 불렀다. 그리곤 다짜고짜 벌거벗은 사내를 힘으로 눌러 제압했다. 사내는 영문을 모른다는 듯 거칠게 반항했으나, 권 팀장의 손아귀에서 벗어나지 못하고 엎드린 채 다리를 심하게 떨었다.

"저 안에 있는 게 뭐야?"

"뭘요? 뭘 말하는 겁니까?"

"피가 뚝뚝 떨어지는 심장!"

그러자 사내는 아무 말도 하지 않고 이마를 바닥에 댔다. 권 팀장이 고함을 지른 탓이었을까. 주위엔 어느새 사람들이 모여들기 시작했다. 겉보기와는 달리 바위에서 기도하는 사람이 많은 모양이었다. 그때, 주변을 물리치는 사람이 있었다. 백발의 머리에 하얀 수염을 늘어뜨린, 마치 산신령 같은 남자였다.

"무슨 일입니까?"

남자는 작게 말한다 했으나 목소리는 위엄 있고 쩌렁쩌렁했다. 그새 의경 몇 명이 달려와 김유리와 함께 권 팀장을 에워싸고 있었다.

"일단 이자에게 수갑부터 채우고 포박해!"

권 팀장은 호흡을 가다듬고 권총을 품 안에 넣었다. 그러는 사이에 산신령 같은 남자와 권 팀장의 눈이 마주쳤다.

"당신은 누구요?"

"난 이 점집을 운영하는 윤 보살이오. 그러는 선생님은 누구신데 우리 손님을 그리 막 대하십니까?"

남자는 지지 않았다. 여전히 목소리는 착 가라앉아 있었지만, 위엄은 대단했다. 권 팀장은 그에게 신분증을 보여주었다.

"저자는 여러 사람이 드나드는 장소에서 벌거벗은 채 여러 사람에게 성적 수치심을 유발했습니다. 따라서 현행범인 저자를 공연음란죄로 긴급체포합니다. 또한, 바위 안, 제단 위에 있는 심장. 저건 제가 보기엔 사람의 심장인 듯합니다. 따라서 살인의 죄가 있는지 한번 조사를 할까 합니다."

 권 팀장의 말이 끝나자 포박된 사내가 큰소리로 웃었다.

 "아니, 이게 무슨 공연음란죄란 말인가? 내가 하루 이틀도 아닌 지난 일 년을 이곳에서 벌거벗고 기도하고 있는 건 모두 다 아는 사실 아니야? 내가 그걸 꺼내놓고 있다 해서 여기 있는 할망구들이 꼴려? 그건 아니잖아. 또! 뭐? 살인? 아니 죽은 놈 심장 하나 꺼냈다고 해서 살인이야? 모르지, 죽은 놈의 것이니까 절도면 절도지 살인은 절대로 아니지. 안 그래요? 윤 보살님."

 사내의 말에 권 팀장과 김유리는 간담이 서늘했다. 어쨌거나 제단 위의 심장은 사람의 것이 맞았다. 그러자 윤 보살이란 자가 사내에게 큰소리로 꾸짖었다.

 "이봐! 김 씨, 또 꺼냈어? 남의 무덤에서 그런 짓 하지 말랬잖아. 그냥 산짐승 것을 제단에 놓아도 된다고 몇 번이나 말했어?"

 그의 말에 사내가 억울한 표정을 지었다.

 "아니! 언제는 사람의 심장을 꺼내 제단 위에 올려야 효험이 있다며? 그게 제일이라고 말한 사람은 윤 보살 아니요? 그리고 저건, 내가 분명히 말하지만, 그냥 산에서 아무렇게나 버려진 무연고 시신에서 꺼낸 거요. 그 대신 내가 시신을 재차 잘 묻고 기도도 엄청나게 해주었으니, 저승 가는 그자는 오히려 내게 고맙다고 할 거요."

 권 팀장은 사내가 시신을 훼손했다는 말을 듣고 기겁했다. 김유리 또한 사내가 시신에서 심장을 꺼낸 것을 단순한 절도로 여겼다는 말을 듣자 어이가 없었다. 민족의 영산인 이곳에서 어떻게 이런 일이 일어날 수 있는지 이해가 되지 않았다. 권 팀장은 범인을 잡으러 왔다가, 범인은커녕 골치 아픈 혹 하나를 달고 가야 하는 자신이 한심했다.

"끌고 가!"

권 팀장은 사내를 에워싸고 있는 의경에게 단호히 지시했다. 그리고는 점집의 주인에게 조용히 대화하고 싶다고 요청했다.

결국, 사내는 의경에 의해 포승줄에 묶인 채로 산 아래 세워둔 봉고차로 끌려가고 말았다. 끌려가는 사내에게 누군가 입을 옷을 던져주었다. 이제 점집에는 권 팀장과 김유리밖에 남지 않았다. 점집 주인인 윤 보살은 권 팀장과 김유리 형사를 자신의 방으로 안내했다. 그의 방은 본채 기도실 안쪽에 있었다. 아까와는 달리 윤 보살은 권 팀장에게 나긋나긋하게 굴었다. 그는 손수 차(茶)를 타서 그들 앞에 두고 합장했다.

"형사님들인 줄 모르고 아까는 죄송했습니다. 보시다시피 조금 전에 추태를 보였던 그 손님과 저는 아무런 상관이 없습니다. 그러니 형사님들께서 쓸데없는 오해는 안 했으면 합니다."

윤 보살은 금방 찻잔을 비운 권 팀장과 김유리에게 재차 찻물을 따라주었다.

"상관이 없다면 무슨 까닭으로 저자에게 사람의 심장을 제단 위에 두고 기도하라고 시켰습니까?"

이번에는 김유리가 날카롭게 되받았고 권 팀장은 그가 어떻게 나오나, 하고 헛기침만 했다. 그러자 윤 보살은 손사래를 쳤다.

"무슨 당치도 않은 말씀을 하십니까? 사람의 심장이라뇨? 전 아까 말한 대로 짐승의 심장을 말했을 뿐입니다."

윤 보살의 거짓말에 권 팀장은 마시던 찻잔을 툭, 하고 바닥에 놓았다. 윤 보살의 이마에는 땀이 배어 있었다. 다시 김유리가 물었다.

"어쨌든요. 요즘같이 과학과 의학이 발전한 시대에 왜 그런 미신 같은 행위를?"

"그건 저도 모릅니다. 사실, 저자는 이 일대에서 꽤 유명한 박수무당입니다. 그가 자신의 영업장소를 마다하고 이곳에 온 이유는 일 년 전에 심장병으로 죽은 그의 아들의 환생 때문이었습니다."

윤 보살의 말에 권 팀장과 김유리는 무언가 잘못 들었다고 생각했다.

"환생?"

"네, 예수가 부활한 것처럼, 사람이 다시 살아나는 것 말입니다."

윤 보살은 아무렇지도 않게 말했으나 듣는 권 팀장과 김유리는 기가 찼다.

"그게 말이나 되는 소리입니까? 죽은 사람이 살아나다뇨?"

김유리가 어이가 없는 표정으로 되물었다.

"두 분은 물론 못 믿으실 겁니다. 하지만 할아버지께서 분명히 제 귀에 대고 약속하셨습니다. 매달 대보름이 뜬 날, 사람이나 짐승의 신령한 심장을 제단 위에 두고 벌거벗은 채로 일 년을 지극정성으로 기도하면 죽은 자가 다시 살아난다고요. 그래서 저는 그분에게 들은 대로 전해준 것뿐입니다."

"할아버지라뇨? 누구를 말씀하시는 겁니까?"

"누구긴요. 제가 모시는 할아버지 신이죠."

윤 보살의 말에 권 팀장은 이번엔 웃음이 나왔다. 아무리 이곳에 사이비 종교와 미신이 판을 친다 하더라도 이건 정말 아닌 것 같았다. 김유리 역시 더는 이 문제로 이야기를 하고 싶지 않은지 고개를 저만치 돌려 벽 쪽을 보고 있었다. 그런데 그 순간, 권 팀장은 아까 그 사내가 한 말 중, 이상한 부분이 기억났다.

"참, 아까 그자가 아무렇게 버려진 시신에서 심장을 꺼내왔다던데 그게 무슨 말입니까?"

권 팀장의 날카로운 질문에 윤 보살은 잠시 머뭇거리나 싶더니 이내 입을 열었다.

"그거요? 그게 사실…, 아! 이런 건 확실치 않아서 말씀을 드려야 할지 모르겠지만, 여기서 두 시간쯤 올라가면 천왕봉 밑에 솔봉이라는 봉이 하나 나옵니다. 그 솔봉을 넘으면 공동체 마을이 있는데 어찌 된 영문인지 그 마을에서 한 달에 한 명꼴로 시신을 솔봉 밑에 버리거든요. 그걸 우연히 본 이후로 그놈이 보름달이 뜬 날만 되면 일부러 가서 시신의 심장을 꺼내오곤 했습니다. 그건 제가 아무리 말려도 안 되더군요."

윤 보살의 말에 권 팀장과 김유리의 눈이 빛났다.

"시신을 버려요?"

"네, 저도 한두 번 봤습니다. 그런데 이상한 점은 볼 때마다 시신은 모두 불에 그을려 있었어요. 암요. 그렇고말고요. 정말 괴이한 일이었습니다."

윤 보살의 말에 권 팀장은 순간적으로 고수부지에서 화형당한 피해

합리적 의심 69

자가 생각났다.

"분명히 시신이 불에 그을려 있었습니까?"

"네, 확실합니다."

"그 공동체 마을이라는 데가 어디쯤입니까?"

권 팀장은 윤 보살 앞으로 지도를 내밀었다. 그는 지도를 보니 정확하게 그 장소를 손가락으로 찍었다. 권 팀장은 김유리를 지긋이 바라보았다.

"넌 어떻게 생각해?"

김유리는 그렇지 않아도 할 말이 있다는 표정이었는데 권 팀장이 묻자 재빠르게 대답했다.

"제 생각은 조금 있다가 말씀드리겠습니다. 그보다 팀장님, 지금 하는 이야기는 조금 물리시고 이분께 오늘 우리가 온 목적을 확인하는 게 순서가 아닙니까? 오토바이…."

김유리의 말에 그제야 권 팀장은 자신들이 이곳에 온 이유가 생각이 난 듯, 쓴웃음을 지었다.

"아! 그렇지, 미안. 아까 벌거벗은 그놈 때문에 정신이 잠시 나갔어. 하하."

이후, 권 팀장은 정색하고 윤 보살에게 입구에 버려진 오토바이를 거론하며 혹 범인들이 이곳에 머무르거나 지나가지 않았냐고 물었다. 그러자 윤 보살도 정색하며 오토바이가 왜 점집 아래에서 발견되었는지 전혀 모르는 일이라며 시치미를 뗐다. 게다가 수상한 젊은이 둘은 점집 안으로 들어온 적도 없고 본 적도 없다고 딱 잘라 말하였다.

시간도 많이 흘렀고 눈 때문에 더 이상의 수색은 무의미했다. 권 팀장은 철수를 결정했다. 그리곤 김유리와 점집을 나오는데, 윤 보살이 한 말 중에 솔봉 밑의 공동체 마을이 자꾸 눈에 아른거렸다.

분형(焚刑)

거대한 쓰나미처럼 백야의 유빙이 되어 밀려오는
저 짙은 운무의 용기백배한 가장행렬

지리산 밑 산청에도 간혹 희한하게
선창가 괴기 배 따는 바다 냄새가 흘러온다

희미한 안개 속으로 따라오는 저것의 정체는
화장실 냄새도 아니고 거름 냄새도 아닌

굴풋한 비린내가 짙어졌다 옅어졌다
바람에 씻긴 사천대교 사타구니 사이에서 날아드는가

청송 보호감호소의 높은 담장보다 더 치솟아있는
철옹성 같은 저 산맥의 철책들

그 묏굽이 너매 강 따라 들판 따라 가다보면
사천 삼천포대교 남해대교 이순신대교까지 이어진다

도대체 어느 여인의 샅에서 지리산 남정네를 쫓아
산앤청 여기까지 찾아왔는가

비바람 몰아쳐도 꿈쩍도 않는 저 장삼이사 필부필부
긴 한숨 속에 구름만 유유히 머물렀다 가는데

어쩌면 저 묏부리에서 건너오는 바람이 되기 위해
그 먼 길을 에돌아 왔는지도 모르겠구나

—예박시원, 「구름의 사타구니」

공동체 마을 마당에 눈이 내리고 있었다. 그런데도 민서라는 얇은 점퍼 차림으로 마당 가운데에 서 있었다. 더 놀라운 건 마당에 집합한 청년들의 옷차림이 그녀보다 더하면 더했지, 덜하진 않았다. 그들은 짧은 반팔 티셔츠와 팬츠만 입고 있었다. 눈발이 거세지면서 앞이 보이지 않을 정도로 폭설로 변했지만, 누구 하나 움직이는 사람은 없었다. 그들은 첫 야외훈련에 설레는 마음 반, 두려운 마음 반으로 임했다. 모두 긴장한 표정이 역력했고 어떤 청년은 벌써 뛸 준비를 하고 있었다.

"목표는 천왕봉입니다. 지금 시각이 오후 2시니까 왕복 3시간해서 5시까지는 돌아옵시다. 준비되었습니까?"

민서라의 말이 끝나자 청년들은 모두 "네!" 하는 함성과 함께 그녀의 뒤를 따르기 시작했다. 공동체 마을은 이미 해발이 높은 곳에 있어 천왕봉과 비교적 가까운 거리였지만, 이렇게 폭설이 내리는 날씨에 왕복 3시간은 사실 무리였다. 하지만 민서라는 추후, 이들을 실전에 활용하려면 무엇보다 강인한 체력을 다지는 게 관건이라 보았다. 그래서 일반인들이라면 네다섯 시간이 걸리는 등반을 세 시간이라 못 박은 것이다.

청년들은 정확히 남자 5명, 여자 5명으로 구성되었다. 그런데도 선두에는 여자들이 섰고 남자는 그 뒤를 따랐다. 낙오자 없이 전원이 천왕봉 등반에 통과하려는 일종의 전략이었다. 그래서 청년들은 처음부터 등반의 개념이 아닌 산악마라톤으로 생각하고 뛰기 시작했다. 앞뒤에서 구호를 외치고 서로를 격려하며 목표지점을 향해 달리고 또 달렸다. 하지만 산 중턱에 다다르자 모두 힘이 빠지고 말았다. 더구나 발목이 눈 속에 빠지는 바람에 더는 달릴 수가 없었다.

그런 상황에서도 민서라는 포기하지 않고 선두를 유지하는 여자들을 보며 흐뭇한 표정을 지었다. 오히려 남자 중에서 호흡이 달려 뒤처지는 자가 있었는데, 그를 붙잡고 데려오는 자도 선두에 선 여자 중 한 명이었다. 출발한 지 겨우 한 시간이 지났지만, 청년들에겐 마치 하루가 지난 것 같은 시간으로 느껴졌다. 더군다나 그들 앞에 버티고 있는 것은 높고 험한 봉우리였다. 그때 민서라가 호루라기를 불었다.

"휴식! 여기서 10분간 쉬었다 갑니다. 모두 쉬면서 제 말을 잘 들으세요."

청년들은 하나같이 무릎에 두 손을 대고, 가쁜 숨을 쉬었다. 개중에는 목이 말랐는지 나뭇가지에 얹힌 눈을 퍼먹기도 했다. 민서라가 자신도 호흡을 가다듬은 후, 말을 이었다.

"여기가 솔봉 입구입니다. 어제 강의할 때 솔봉 이야기를 했는데 모두 기억나죠? 그래요. 여기서 언젠가 여러분들이 실전에 대비한 훈련을 할 겁니다. 지금은 눈에 덮여 잘 보이지 않지만, 저기 저곳! 제일 큰 소나무 밑이 훈련장소입니다. 이곳을 잘 기억하세요. 오늘은 웃으면서 이곳을 찾은 여러분 중 낙오자나 배신자는 형을 집행할 심판자로 오는 게 아니라, '그 형을 당하는 자'로 오게 될 겁니다. 저번 기수에도 애석하지만, 대여섯 명이 이곳에서 형을 집행당하였습니다. 그러니 모두 열심히 하시기 바랍니다."

　민서라의 경고 같은 발언에 청년들은 모두 얼어붙었다. 청년들은 쉬어도 쉬는 것 같지 않은 기분이 들자, 얼른 출발하여 목적지인 천왕봉에 가고 싶었다. 이미 자신들은 어제 전임기수들의 사정을 빤히 알고 있었기에 더 그럴 수가 있었다.

　"아직 시간이 남았는데 그만, 출발할까요?"

　청년들의 뜻을 간파한 민서라가 이렇게 말하자, 누가 먼저라 할 것 없이 가파른 솔봉을 다투어 오르기 시작했다.

　J시에는 눈은 오지 않았으나 하늘은 한바탕 눈이 올 것 같이 잔뜩 찌푸리고 있었다. 서울에서 일찍 출발한다고 했으나, 차편이 여의치 않아 나태주가 이곳에 도착한 시각은 밤 8시가 훌쩍 지나 있었다. 유치원은 이미 문을 닫은 후였으므로 내일 아침 일찍 가면 될 일이었다.

　나태주는 아까 서울에서 있었던 일을 권 팀장에게 문자로 보내고 저녁을 먹으러 시내 쪽으로 들어가다, 문득 그때 경찰서 마당에서 만난 동기생이자 먼 친척인 나경민이 생각났다. 어차피 혼밥과 혼술을 하는 바에야 그와 함께라면 좋을 것 같아 나태주는 그에게 전화를 걸었다. 마침 그는 퇴근 후에 집에 있었다.

　시내의 허름한 선술집이었다. 나태주는 간단한 안주를 주문하고 소주를 시켜두었다.

"하! 웬일? 지금쯤 한창 바쁜 나 형사님이 날 보자 그러고."

잠시 후 기분 좋은 얼굴로 나경민이 술집에 들어왔다.

"서울에 출장 갔다 지금 오는 길이야. 그때 너랑 소주 한잔하자고 약속했잖아. 어때 너도 잘 있지?"

나태주 역시 그와 오랜만에 사적으로 술자리를 가지는 게 너무 기분이 좋았다. 둘은 허심탄회하게 술 마시면서 그동안의 회포를 풀었다. 그러다 보니 탁자 위에는 밥은 없고 소주병만 대여섯 병이 놓여있었다. 시간도 금방 흘러 옆 좌석엔 조금 전만 해도 붐비던 손님들이 거의 나가버린 상태였다. 나태주는 경민에게 남은 술을 따라주었다. 이것만 마시고 나가서 2차를 할 요량이었는데, 경민이 자신이 메고 온 가방에서 주섬주섬 무엇을 하나 꺼냈다.

"이게 뭔데? 책?"

경민은 술을 깨려는 듯 고개를 몇 번이나 저었다.

"응, 한 번 읽어 봐. 나는 대충 다 읽었어. 얼마나 재미있던지 어제 비번 때 단숨에 다 읽어버렸어."

나태주는 경민이 건네준 책 표지를 보면서 그의 여유로움에 감탄했다.

"역시 지구대가 좋긴 좋은가 보네. 이리 소설책도 읽을 시간이 있고 말이야. 그런데 무슨 내용이야? 로맨스? 판타지?"

나태주는 무심코 한 말이었다. 그런데 경민은 갑작스럽게 진지한 표정을 지었다.

"가볍게 읽을 책은 아니야. 음, 뭐랄까? 추리 소설이면서 사회 비판적인 작품? 그러네. 그리 표현하면 되겠네. 우리 같은 경찰도 못 잡는 사회악들을 추적하고 처단하는 정의로운 사람들의 이야기."

나태주는 경민의 표정이 너무 엄숙하여 웃음이 나왔다.

"도대체 무슨 소설이기에 책과는 아무 연관이 없는 네가 감동을 다 하냐?"

그러면서 제목을 보다 설핏 놀랐다. 어디서 보고 들었는지 꽤 낯이 익은 제목이었다.

"이거?"

"맞아, 그때 경찰서 마당에서 만난 그 친구, 면사무소 방화범이자 전직 대기업 사원, 소설가였던 그의 작품이야."

나태주는 경민에게 따라 준 마지막 잔을 뺏어 자신이 얼른 마시고는 주인에게 한 병을 더 주문했다.

"A day of Reckoning."

나태주가 제목을 읊조리자 경민은 큰 소리로 말했다.

"우리말로 하면 '심판의 날'이지."

"심판의 날?"

나태주는 경민의 말에 단 며칠 사이에 있었던 이 단어와 관련된 기억이 머릿속을 헤집고 다닐 만큼 머리가 어질했다.

"내용이 뭔데?"

그때 주문한 소주가 왔다. 경민은 자신이 병마개를 열어 나태주에게 한 잔 따르더니 그는 병째로 마셨다.

"내가 지금 경찰을 하고 있지만, 이 소설을 읽고 나서 곰곰이 생각해

보니 난 경찰 자격이 안 되는 것 같아."

"책 내용이 뭐냐고 물었더니 웬 자책이야?"

경민은 고개를 저었다.

"역사적으로 우리는 임진왜란, 동학혁명, 기타 조선 후기에 민란 등을 겪었잖아. 잘 생각해 봐. 임진왜란 때 이순신 장군을 빼고 쪽발이들을 응징한 사람은 이 땅의 천대받는 민중들이었어. 동학혁명의 도화선이 된 고부 군수 조병갑을 실질적으로 처단한 것도 농민이었지. 기타, 모든 민란이 발생하였을 때 탐관오리를 응징, 처단한 사람들은 모두 백성이라는 한낱 이름 없는 자들이었어. 그들은 오직 '정의'의 이름으로 탐관오리와 기타 사회악을 스스로 처단했단 말이야."

경민이 갑작스럽게 역사를 들추자 솔직히 나태주는 당황했다.

"그야 그렇지. 그런데 책 내용과 방금 네가 한 말이 무슨 연관이 있는 거야?"

나태주는 경민이 쥐고 있는 소주병을 빼앗아 자신도 병째로 한 모금 마셨다.

"이 소설의 주인공도 마찬가지야. 부당한 국가권력과 질 낮은 사회 지도층, 온갖 악을 행하는 나쁜 새끼들을, 경찰도 감히 어떻게 하지 못하는 그런 새끼들을 직접 잡아 문초하고 죽이는 거야. 아! 물론 혼자는 아니지. 그와 연대한 시민단체, 피해자 모임. 그리고 자신이 직접 훈련한 심판 대원들을 활용해. 그런데 태주야. 그들이 어떤 방법으로 그 나쁜 새끼들을 죽이는 줄 알아?"

경민의 말을 듣다 보니 나태주는 자꾸 이상한 생각이 들었다.

"어떻게 죽이는데?"

나태주가 조심스럽게 묻자 경민은 식당이 떠나갈 듯 크게 웃었다.

"모두 불에 태워 버려."

"뭐?"

"불에 태워버리는 게 뭔지 몰라? 그야말로 나쁜 새끼들을 화형에 처한다는 말이야."

그제야 나태주는 정신이 번뜩 들었다.

"책에 그런 내용이 들어있단 말이야? 그게 언제 쓴 책인데?"

"출판 일자? 몰라. 그건 책 뒤에 있잖아. 어쨌든 나는 이 소설을 읽으면서 얼마나 통쾌했는지 몰라. 속이 다 후련하더라고."

나태주는 얼른 책 뒤편을 열었다. 거기엔 이 책을 발간한 날짜가 있었다. 그건 벌써 지금으로부터 몇 년 전이였다. 나태주는 조바심이 나서 경민을 다그쳤다.

"또 기억나는 건 없어?"

"있지, 더 재미있는 건 그 화형식을 거행하는 날이 매번 보름달이 뜬 날이야. 어때? 환상적이지?"

나태주는 경민이 말한 책의 내용과 이 사건이 제발 우연이면 좋겠다는 생각 외엔 아무것도 생각나지 않았다.

다음 날 아침. 나태주는 어젯밤의 일을 까마득하게 잊어버리고 말았다. 경민과의 술자리가 새벽까지 이어지는 바람에 그는 오랜만에 대취하고 말았기 때문이다. 늦은 아침에 깬 그가 생각했던 것은 오로지 민채원이 근무했던 유치원에 빨리 가는 것뿐이었다. 나태주는 얼른 욕실에 들어가 샤워하고 모텔을 나섰다.

다행히 유치원은 아이들의 점심 식사 전이였다. 인형 같은 아이들 여럿이 유치원 마당에서 바깥 놀이를 하고 있었다. 그런 아이들을 살가운 눈으로 바라보는 유치원 교사는 이십 대 초반쯤 보이는 젊은 여자였다.

"안녕하세요? 원장님 계십니까?"

나태주는 공손하게 그녀에게 인사했다. 하지만 여자는 약간 당황한 듯 말꼬리를 흐렸다.

"아뇨, 오늘 출장 가셨는데요. 무슨 일이시죠?"

그녀의 입에서 나온 출장, 이란 말에 나태주는 미리 연락하고 올 걸, 하며 후회했다. 그런데 곰곰이 생각하니 민채원에 관하여 물을 거라면 굳이 원장이 아니라 평교사가 더 낫지 않을까, 라는 생각이 들었다. 나태주는 그녀의 경계심을 누그러뜨리려 신분증을 보여주었다.

"경찰이 왜요? 혹 원장님에게 나쁜 일이 있나요?"

나태주는 불안해하는 그녀에게 자신이 방문한 목적을 그대로 말하는 게 나을 듯싶었다.

"선생님은 여기 얼마나 근무하셨죠?"

"일 년이 다 되어갑니다만, 왜요?"

"아! 별건 아닙니다. 작년부터 있었다면 혹시 민채원 선생이라고 아십니까?"

그제야 그녀는 형사가 찾아온 게 원장과 유치원 때문이 아니란 것을 알고 마음을 놓는 것 같았다.

"작년에 제가 입사했을 때 계셨던 분입니다. 하지만 작년 연말에 이곳을 나갔었죠."

나태주는 속으로 다행이라 생각했다. 그녀는 민채원을 알고 있었다. 이제 관건은 그녀가 민채원을 얼마만큼 아는지에 있었다.

"민채원 씨에 관하여 조금 상세히 말씀해 주실 수 있습니까? 수사상 아주 중요한 일이 있어서요. 몇 가지만 참고로 알면 되는데."

나태주의 말에 그녀는 시계를 보았다. 아마, 아이들 점심시간이 다 되어가는 모양이었다.

"중요한 일이라니까 그렇게 할게요. 하지만 곧 아이들 밥도 먹여야 해서 시간이 좀 필요해요. 저기 저 앞 카페 보이시죠? 이따 30분 후에 그리로 갈게요."

의외였다. 경험상 대다수 참고인은 형사를 피하는 게 정상인데, 그녀는 직접 자신의 시간을 내주겠다고 했으니 나태주로서는 그저 고마울 따름이었다.

그는 그녀에게 고개 숙여 인사하고 뒤돌아서서 근처 편의점으로 들어갔다. 어제 마신 술이 아직 깨지 않는 것 같아 차가운 음료 한 병을 마신 후, 그녀가 말한 카페로 들어갔다. 과연 여자는 자신이 말한 것처럼 시간에 맞추어 왔다. 나태주는 계산대로 가서 커피 두 잔을 주문하고 재빨리 그녀 앞에 앉았다.

"채원 언니에게 무슨 일이 있는 거죠? 그렇죠?"

여자는 아까의 표정이 아니었다. 조금 전 대화에서는 원장과 유치원에 관한 문제가 아니어서 담담한 표정을 짓던 그녀였는데 어째서일까,

하고 나태주는 생각했다. 그는 민채원에 관하여 속속들이 알고 싶어, 여자에게 그간의 일을 짧게 설명했다.

"그렇군요. 그래도 아직 아무것도 확정된 것이 없으니 다행이네요."

"민채원 씨와 친했습니까?"

그러자 여자가 손사래를 쳤다.

"친하다는 말은 어울리지 않아요. 언니는 보통 사람이 아니었거든요. 그냥, 인간관계에서 상, 하 정도로 표현하는 게 맞을 것 같네요. 저는 아직도 언니를 무척 존경하고 있습니다."

"어떤 의미에서?"

나태주는 입술을 지그시 깨물었다.

"언니는 많이 배웠고 똑똑하면서도 원장 같은 부류의 인간이 아닌 점에서 그래요. 언니는 특히 인문학, 역사, 종교 분야에 꽤 해박했어요. 그리고 자신이 가장 싫어하는 인간에게 확실하게 응징하는 놀라운 용기도 있거든요."

대충은 짐작했지만, 나태주는 여자가 무슨 말을 하는지 조금 의아한 표정을 지었다.

"무슨?"

"사립 유치원이란 게 아시다시피 정부 보조금을 받거든요. 그런데 원장이란 사람은 아이들 급식비 같은 부분에서 많이 떼먹었어요. 유치원에서 알 만한 사람은 다 알고 있었지만, 아무도 지적하는 사람이 없었는데 언니가 문제를 제기했더랬어요. 결국, 그 일로 언니가 유치원을 나가게 되었지만요."

나태주는 원장이 그래서 민채원에 관하여 탐탁지 않게 생각했구나, 하고 생각했다.

"그런데 언니가 유치원을 그만두는 날, 무슨 일이 벌어졌는지 아세요?"

"네?"

"정말 통쾌했어요. 언니는 많은 사람이 보고 있는데도 불구하고 원장의 뺨을 세차게 때렸어요. 더 재미있는 건 원장이 자신의 죄를 알고 있으니 경찰에 신고조차 못 했다는 점이에요. 아! 그리고 하나 더. 언니의 마지막 말이 걸작이었어요."

여자는 신이 났는지 그가 묻지도 않은 말을 술술 풀어냈다.

"어떤?"

"원장에게 그랬어요. 때가 되면 당신을 화형에 처하러 올 테니까 그때까지 자신의 죄에 대해 속죄하지 않으면 반드시 그렇게 될 거라고 했어요."

여자의 말을 들은 나태주는 속이 뜨끔했다. '화형'이란 말은 그 사건이 일어난 후부터 언론 그리고 일반인들에게 상식으로 통용되는 말이 되었다고 생각하니 머리가 어질했다. 나태주는 얼른 여자가 한 말을 자신의 수첩에 기록하기 시작했다.

"민채원 씨가 보통 여자가 아니었네요. 또 그녀와 관련된 이야기가 있습니까? 아. 아까 인문학, 역사와 종교에 해박하다는 말이?"

여자는 말을 잇기 전에 커피를 한 모금하고 자세를 고쳐 앉았다.

"언니는 프랑스 혁명, 조선 후기의 민란, 동학농민혁명 등을 자주 언급했어요. 민중을 괴롭히고 수탈하는 지배 세력에게 저항하고 갈아 뒤엎는 혁명 이야기를요."

여자가 이 말을 할 때 그녀의 눈은 한낱, 유치원 교사의 눈이 아니라 마치 혁명가의 눈처럼 빛이 났다.

"언니는 어느 날, 프랑스 혁명은 성공했으나 조선의 민란과 동학농민혁명은 실패한 원인에 관하여 설명하였죠. 그건 프랑스 혁명 때는 다수의 민중과 일부 깨어 있는 지식인이 함께 참여하여 성공했으나 우리의 경우, 민중의 힘으로만 산발적으로 저항하다 보니 한계가 있었다고 하더군요."

나태주는 이쯤에서 여자의 말을 끊었다. 그건 여자가 잘못 알고 있는 부분이 있었기 때문이었다.

"민란의 경우는 그렇죠. 하지만 고부 군수 조병갑이 도화선이 된 동학농민운동은 한때 이 씨 조선의 근간인 전주성을 점령하고, 정부와 협상 끝에 전북 여러 지역에 양반과 평민, 노비 그리고 남녀노소 구분 없는 평등을 기초로 마을을 운영하는 집강소도 설치했습니다."

그러자 여자는 약간 당황한 듯했다.

"맞아요. 언니도 그렇게 말했어요. 아! 형사님도 잘 아시네요. 사실 저는 그때 동학농민혁명이란 걸 자세히 알게 되었거든요. 그런데 동학농민혁명이 실패한 진짜 원인을 아세요?"

여자는 진지하게 물었다. 나태주는 대충 알고 있었으나, 여자의 기분을 더는 상하게 하고 싶지 않아 그냥 침묵했다.

"진짜 원인은 고종과 명성황후였대요. 그들이 자신들의 정권을 지키고자 청군과 일본군을 불러들였기 때문에 동학군들은 모조리 참수당하거나 잡혔던 거죠. 그리 생각하니 당시 왕을 비롯한 조정 관료들이 정말 한심한 거 같아요."

나태주는 여자의 말에 고개를 끄덕이다, 이번엔 민채원이 했던 종교에 관한 이야기를 물었다. 물론 이 이야기도 수첩에 모두 적을 예정이었다.

"언니의 종교는 매우 독특했어요. 기독교인도 아닌데 성경에 밝았고 이슬람교도 웬만큼 알고 있었지만, 언니는 아마 다른 종교를 믿는 것 같았어요."

여자의 입에서 민채원이 특정한 종교를 믿는다는 말이 나오자 나태주는 눈이 번뜩 뜨였다.

"어떤 거였죠?"

"뭐라더라? 유불선(儒佛仙)에다가 정감록 그리고 외래 종교의 장점만 따서 그분이 만든 종교라고 했나? 맞아요. 그분이 직접 창시한 것이라 했어요."

"그분? 그분이 누군데요?"

나태주는 여자가 뜬금없이 그분이라 말해서 의아했다.

"언니의 남자 친구였어요. 그런데 이상하게 언니는 자신의 남자 친구를 '그분'이라고 표현했어요."

"남자 친구? 그렇다면 혹 그분이란 사람을 한 번 본 적이 있습니까?"

"그럼요. 가끔 퇴근 무렵에 언니를 만나러 왔거든요. 멀찍감치 봐서 자세히는 못 봤지만 어쨌든 예사롭지 않은 분이었어요. 겉모습은 마치 시골 사람처럼 수수한데, 얼굴엔 광채가 났고 눈빛이 살아있는 사람 같았어요."

여자의 말에 나태주는 웃었다.

"아니? 멀리서 봤으면서 그걸 어떻게 알죠?"

"그러니까 그분이 신비하다는 거예요. 멀리서 저와 한번 눈이 마주쳤는데 제가 마치 죄인처럼 느껴지는 그런 기분? 레이저광선 같은 그분의 눈빛 때문에 내 안의 죄성(罪性)이 모두 드러나는 것 같았어요."

여자와 이야기를 나누다 보니 시간이 꽤 흘렀다. 여자를 통해 민채원의 세세하고 내밀한 정보를 파악했다지만, 여전히 나태주는 그녀의 행방에 관하여 종잡을 수 없었다. 하지만 그녀와 '그분'이라고 지칭한 남자가 이번 사건을 푸는 중요한 열쇠임을 금방 깨달았다.

"지금 어디 있는지는 모르시죠? 아니, 혹 민채원 씨가 유치원을 그만둘 때 어디로 간다고 말하진 않았어요?"

여자 역시 시계를 보고 있었다. 이제 들어갈 시간이 된 모양이었다.

"음, 그때 산으로 들어간다고 했어요. 그곳에서 수련에 매진한다고 그랬거든요."

"산? 무슨 산?"

"그건 나도 모르죠. 그건 저도 궁금해요. 어디쯤 있는지. 정 알고 싶으면 언니가 살았던 원룸을 알고 있으니 주인에게 물어보시든지요."

여자는 메모지에 원룸 이름과 호수를 메모지에 적어 나태주에게 건네주었다. 아마 직접 안내하기엔 시간이 부족한 모양이었다. 나태주는 오늘 이 정도의 얘기만으로도 충분하다며 여자에게 머리를 숙였다.

민채원이 살았던 원룸은 다행히 유치원과 그다지 멀지 않았다. 마침 건물주도 그 원룸에 살고 있었다. 건물주는 배가 나온 전형적인 중년 남자였다. 그런데 나태주가 민채원의 말을 꺼내자 그는 화를 냈다.

"이년은 지금 어디 있소?"

그러면서 그는 바닥에 침을 퉤, 하고 뱉었다. 나태주는 직감적으로 그와 민채원 간에 어떤 사정이 있는 것으로 파악했다. 이로써 사건은 점입가경이 되고 있었다.

경찰서로 들어온 권 팀장은 의기양양했다. 그는 곧바로 김유리를 시켜 오늘의 전과를 있는 그대로 작성하여 보고서를 만들라고 지시했다. 내일 아침에 서장에게 직보할 생각이었다. 마침 그 시간대에 경찰서로 들어온 나머지 형사팀들도 권 팀장이 범인들이 버리고 간 오토바이를 발견한 사실에 안도의 한숨을 쉬었다. 특히 오전에 중산리 쪽으로 수색 나간 조민태 형사는 기뻐 어찌할 줄 모르는 표정이었다. 그만큼 눈발이 흩날리는 중산리 일대 수색에 곤혹스러웠던 모양이었다. 그는 권 팀장에게 다가가서 갖은 아양을 떨었다.

"역쉬! 팀장님입니다. 우린 아무리 발로 뛰어도 찾지 못한 증거품을 이리 쉽게 손에 넣다뇨. 최고! 입니다."

그의 말에 권 팀장은 우쭐했으나 겉으로는 차분하게 대응하였다.

"무슨 소리! 그저 운이 좋았을 뿐이야. 다들 추운데 고생했어."

"그럼, 이제부턴 중산리와 시천면 범산 쪽은 접고 오토바이가 발견된 그 주위를 수색하면 되겠네요. 이거, 뭐. 게임 끝인데요?"

조 형사의 말에 권 팀장은 발끈했다.

"쓸데없는 소리! 그놈들이 오토바이만 그곳에 놓고 갔을 뿐이야. 그러고는 어디로 튀었는지 우리가 알 게 뭐야? 그냥 예정대로 샅샅이 뒤져. 암자든 기도원이든 젊은 놈이 있을 만한 곳이면 모조리 수색해. 여기 지리산이 좀 넓어? 그러니 긴장의 끈을 풀지 말고 잘하자. 응?"

권 팀장의 말에 모두 고개를 숙였다. 그 의미는 내일도 모레도 그놈들을 잡을 때까지 눈 내리고 매서운 바람이 부는 지리산 일대를 돌아다녀야 한다는 말이었다.

권 팀장은 팀원들에게 이리 말했으나 내심, 아까 점집의 윤 보살이 말해 준 공동체 마을을 생각하고 있었다. 어쩌면 그곳에 범인들이 숨어 있을 거라는 막연한 생각이 들었기 때문이었다.

"참! 아까 산에서 데려온 박수무당은 어디 있어?"

"조사실에서 조사받고 있습니다."

김유리가 차렷 자세로 팀장의 말을 받았다.

"그래? 담당 형사에게 강도 높게 조사하라고 그래라. 저놈은 공연음란죄에다 사체 유기·절도죄를 공공연히 저지른 놈이야. 어떻든 우리 김유리 형사를 놀라게 한 놈이니 철저하게 죄를 묻도록!"

권 팀장은 걱정하는 투로 김유리에게 말했지만, 그녀의 기분은 썩 좋지 않았다.

"네."

"그리고, 출장 중인 나태주에게 연락 온 건 없어? 어제 보고받기론 오늘쯤 J시로 온다 했는데."

권 팀장의 질문에 또 김유리가 대답했다.

"아까 제게 문자가 왔었습니다. 팀장님이 전화를 받지 않는다고 하면서. 오늘 J시에 내려와서 그때 유인물을 맡긴 유치원 교사, 이름이 뭐라더라? 아! 민채원에 관한 행적을 조사하고 있다고 했습니다."

김유리의 보고를 받은 권 팀장은 그냥 대수롭지 않은 듯 말했다.

"아까 박수무당이 소란 피울 때 전화했었구먼. 민채원? 오토바이도 발견된 마당에 그 여자의 행적을 굳이 밝힐 필요가 있을까?"

"그래도 수사는 언제나 다각도로 이루어져야 한다고 수사 지침서에 나와 있잖습니까?"

"그건 그렇지. 자자! 오늘 모두 수고했으니 우리, 나가지. 경찰서 앞 국밥집에서 내가 쏜다. 김유리도 일단 밥부터 먹고 보고서를 작성해. 의경들에게는 별도로 돈을 좀 주어 밥 먹이고 식사 후에 치킨을 좀 사 주도록 해. 피곤하니 국밥에 소주 한잔해야겠어."

권 팀장의 말에 그제야 팀원들은 사기가 오르는 듯 손뼉을 치며 좋아했다.

청년들이 천왕봉을 제시간에 주파하고 마을로 내려오자, 마당에 고기 굽는 냄새가 진동했다. 한 명의 탈락자 없이 완주한 것에 대한 보답이었다. 이상한 것은 고기를 굽고 음식을 준비하던 마을 주민들이 청년들이 오자마자, 약속이나 한 듯 모두 집으로 들어갔다는 점이었다. 이에 청년들은 의아했다. 처음 이곳에 오던 날을 제외하곤, 유달리 마을 주민들은 그들에게 배타적이었고 살갑게 굴지도 않았다. 이 점에 관하여 청년들이 민서라에게 물어보면 그녀는 시간이 지나면 알게 될 것이라는 말만 되풀이하였다. 후에 알았지만, 마을 사람들은 그들과 필연적으로 헤어질 수밖에 없어 정을 주기 싫어서였다. 한번 정이 들면 그걸 떼는 게 무척 어려운 일임을 저번 기수를 통해 마을 사람들은 잘 알고 있었다. 그러거나 말거나 산을 오르내리느라 허기진 청년들은 잘 구워진 고기와 맛난 음식에 환장하였다. 그래서 누구 먼저라 할 것 없이 상 주위로 모였는데, 이때 또 민서라가 제동을 걸었다.

"모두 잠깐! 오늘 한 분의 낙오자 없이 제시간에 천왕봉을 완주한 것에 대해 진심으로 축하드립니다. 술과 고기는 많습니다. 그런데 이 맛있는 걸 먹으려면 또 하나의 미션을 통과해야 합니다. 모두 저쪽을 보십시오."

민서라의 말에 청년들은 고기가 있는 불판 너머에 있는 장소로 눈을 돌렸다. 그곳은 여러 개의 원형이 어림잡아 열 개 정도가 일렬로 배치되었는데, 더 놀라운 것은 마치 서커스 공연처럼 원을 따라 동그랗게 불이 타고 있었다.

"저것도 훈련입니다. 모두 지금 당장 옷을 벗고 한 명씩 통과하세요. 물론 낙오자는 이 잔치에 참여할 수 없습니다."

청년들은 모두 주저하고 있었다. 통과해야 할 원이 하나도 아니고 무려 열 개였다. 자칫하면 큰 화상을 입을 수 있는 상황에서 누구도 나서지 않았다. 무엇보다 맨정신에 나체로 저곳을 통과해야 한다는 사실에 모두 망설이고 있었다. 이에 민서라는 마음이 몹시 상한 듯 보였다.

"다들! 이러실 겁니까?"

그러자 청년 중 한 명이 모기만 한 목소리로 물었다.

"이 훈련은 어떤 목적에서 하는지요?"

그러자 민서라는 한 치의 망설임 없이 바로 대답했다.

"불에 대한 두려움을 없애는 것입니다. 우리는 '화형교' 신봉자입니다. 이런 우리가 불과 친해지는 건 당연한 이치 아닌가요?"

"그런데 꼭 옷을 벗어야 합니까?"

옆에 있던 청년이 용기를 내었다. 그러자 민서라는 한심하다는 듯 고개를 저었다.

"왜 그런 바보 같은 질문을 하는 거죠? 옷을 입은 상태에서 몸에 불이 붙으면 치명적입니다. 대신 맨몸에는 불이 붙더라도 가벼운 화상밖에 입지 않아요. 설령 불붙는 정도가 심하다 싶으면, 여기 있는 안내원이 곧바로 호스로 물을 뿌려줄 겁니다."

상황이 이리되자 청년 중 한 명이 옷을 완전히 벗었다. 너무 긴장하여 한겨울 지리산 자락의 강풍에도 그는 춥지 않은 듯 보였다. 그리고는 이내 그는 첫 번째 불타는 원을 통과하더니 두 번째, 세 번째 원을 향해 용감하게 나아갔다. 이 모습을 본 나머지 청년들도 일제히 옷을 벗고 그의 뒤를 따랐다. 그런데 제일 먼저 원을 통과하던 청년이 갑자기 비명을 질렀다. 여섯 번째 원을 통과하다 몸에 불똥이 튄 모양이었다. 그런 경우 움직이지 말고 그 자리에서 손을 이용해 털어내어야 하는데 너무 뜨거워 그는 원 안에서 몸부림을 치다가 그만 일곱 번째 원에 몸이 닿은 것이다.

"아악!"

그는 비명을 지르며 원 밖으로 튀어나왔다. 그런데 옆에 있던 안내원은 호스 대신 채찍을 휘둘렀다. 다행히 채찍은 쓰러진 그의 몸 옆을 때렸다.

"빨리 일어나서 뒷줄에 붙어 다시 시작해!"

청년은 화상의 고통도 잊고 벌떡 일어나 뒷줄로 뛰었다. 이 광경을 지켜보던 청년들은 기겁하여 너도나도 열 개의 원을 최대한 빨리 통과하고 있었다. 그중에는 앞선 청년처럼 불똥이 몸에 튀어 화상을 입는 자도 있었고, 너무 급한 나머지 원 중심이 아닌 가장자리로 통과하다 팔과 다리에 심한 화상을 입은 자도 있었지만, 누구도 아프다거나 불평하는 자가 없었다.

원룸 건물은 인근의 다른 건물보다 높이가 낮아 대낮에도 햇빛이 들오지 않았다. 1층에 주인 가족이 살고 2, 3, 4층에 세입자가 사는 구조였다. 원룸 건물 입구에서 이야기를 나누다 보니 몹시 추웠다. 나태주는 주인으로부터 민채원의 행적에 관하여 더 자세히 알고 싶었으나 선채로 이야기를 나누는 데는 분명, 한계가 있었다. 그때 마침, 주인이 제안했다.

"형사 양반. 우리 여기서 이럴 게 아니라, 근처 따뜻한 대폿집에 가는 게 어떻겠소? 당최 여긴 추워서 말이요."

아무리 출장 중이라도 지금은 근무 시간이었다. 하지만 주인은 따뜻한 해장국과 술을 먹고 싶어 하는 눈치였다. 나태주는 못 이기는 체하고 그를 따라나섰다. 그가 안내한 대폿집은 허름한 가게였지만, 그야말로 북새통이었다. 아직 해가 떨어지지 않는 낮임에도 여기저기 술을 마시는 사람들이 많다는 점에 나태주는 아연실색하였다.

"놀랐소? 대낮부터 사람이 많아서?"

주인은 예상했다는 듯 큰소리로 웃었다.

"다 갈 곳 없는 불쌍한 사람들이오. 저기 메뉴판을 한번 보시오. 소주가 2,500원, 안주류는 제일 싼 게 2,000원, 많아 봐야 5,000원을 넘지 않소. 그러니 돈 없는 서민들은 이곳이 제격이지요."

주인의 말에 나태주는 고개를 돌려 손님들의 면면을 살펴보았다. 주인의 말대로 하나같이 초라하고 볼품없는 사람들뿐이었다. 일거리가 없는 막노동자부터 백발이 성성한 노인들, 백수, 중년의 등산객까지 모두 시대를 비켜난 사람들이었다.

"그래도 사장님은 이 사람들보다 낫지 않습니까? 건물주시잖아요."

나태주의 말에 주인은 뭘 잘 모른다는 투로 웃음을 지었다.

"그야 형사님 생각이지요. 건물주도 건물주 나름입니다. 요새 너도 나도 원룸을 신축 분양하는 바람에 빈방만 여러 곳이오. 그래도 여기 있는 사람들에 비하면 나은 편이지만."

소주와 안주가 나왔다. 안주는 달랑 계란말이 하나였다. 슬쩍 메뉴판을 보니 가격은 2,000원이었다. 주인은 두 개의 맥주잔에 소주를 똑같이 따르더니 나태주에게 한 잔을 건넸다.

"이것도 인연인데 우리 건배합시다. 그년을 위하여. 아니! 그년에게 꼬여 지금쯤 어디 있는지 행방도 모르는 우리 아들을 위해!"

나태주는 엉겁결에 그가 건네준 잔을 들어 건배했다. 그런데 어찌 된 일인지 소주가 달았다.

"말씀을 들어보니 민채원 씨와 아드님이 어떤 형식으로든 엮였군요. 사장님, 어찌 된 사연인지 말씀해보시죠."

나태주는 행여 참고될 만한 사항이 있는가 싶어 몰래 휴대전화의 녹음 버튼을 눌렀다. 원룸 주인의 이야기는 과히 충격적이었다. 하지만 술자리가 길어질수록 그가 횡설수설하는 등 이야기의 초점이 흐려졌으므로 그의 이야기를 아래와 같이 정리하면 이렇다. 주인이라는 호칭 대신 영감으로 하는 게 나을 듯하여 그리하였다.

젊을 때 고생 고생하다가, 각고의 노력 끝에 건물을 짓게 된 영감에게는 늘그막에 얻은 아들이 하나 있었다. 아들은 어릴 때부터 영특하여 중고교시절에 반에서 1, 2등을 다툴 만큼 공부를 잘했다. 다만 몸이 약하고 성격이 내성적이라 걱정이었지만, 공부는 물론 부모에게 워낙 효자라서 그는 이 세상을 사는 낙이 오로지 아들 때문이라 해도 과언이 아닐 정도였다. 아들은 고등학교를 졸업하고 기대한 대로 J시의 모 국립대학 법학과에 진학했다. 하지만 대학 2학년 때부터 아들은 사법고시 대신 행정고시를 준비하였는데 매번 아깝게 떨어졌다. 해서, 졸업 후에도 아들은 원룸 1층에 기거하며 고시 공부를 하고 있었다.

민채원이 그의 원룸으로 들어온 것은 대략 2년 전이였다. 영감은 그녀의 인상이 워낙 좋고 직장도 확실하여 2층, 제일 좋은 방을 임대로 내어주었다. 그녀가 들어온 지 두어 달 후에 아들은 행정고시 1차 시험을 봤는데 또 아깝게 떨어졌다. 다른 과목은 잘 봤는데 영어가 문제였다. 그래서 영감은 아들을 서울의 유명한 영어학원에 보내려 작정했는데, 우연히 민채원이 원룸 입구에서 길을 묻던 미국인과 대화하는 광경을 목격했다. 영어의 알파벳도 잘 모르던 그였지만 그가 듣기에도 그녀의 영어회화는 유창하였다. 그길로 그는 민채원에게 사정을 이야기하곤 아들의 영어 과외를 부탁하였다. 물론 그 대가는 월세를 받지 않는다는 조건이었으므로 그녀도 흔쾌히 승낙했다.

그녀의 방에서 처음으로 영어 과외를 받고 오던 아들은 꽤 만족하는 눈치였다. 후에 아들로부터 말을 들어보니 그녀는 영어뿐만 아니라, 한국사에도 능통하여 여러 가지로 큰 도움이 되었다고 했다. 그때부터 영감은 그녀를 깍듯이 모시는 한편, 월세 면제에 이어 매달 웃돈을 주면서 사례했다.

무엇보다 아들이 공부뿐만 아니라 성격 면에서도 점점 좋아졌다. 워낙 외골수이면서 내성적이던 아들은 그녀를 통해 점점 적극적이고 활동적인 성격으로 바뀌었다. 이에 영감은 속으로 아들이 시험만 합격하면 건물 일부를 그녀에게 물려줄 생각까지 했다. 그런데 좋았던 일은 여기까지였다. 일 년 후 아들이 행정고시를 봤는데, 당연히 합격할 줄 알았던 시험에 그만, 떨어지고 말았다. 이상한 일이었다. 시험이 있기 전 아들은 모의고사를 통해 영어 성적이 월등히 오르고 다른 과목도 거의 만점 가까이 나왔다고 했다. 그래도 그는 시험 당일에 아들이 컨디션 난조로 실수를 많이 해서 떨어진 모양이라 생각하고 내년을 기약했다. 그리 생각하니 마음이 편했다. 아들 역시 내년에는 꼭 붙을 테니 걱정하지 마시라는 농담까지 했다.

영감은 여전히 아들과 그녀를 신뢰하였다. 하지만 이상한 일은 곧 벌어지고 말았다. 어느 날 그의 부인이 공부하는 아들을 위해 간식을 갖다 주려 그녀의 방을 들렀는데 마침 문이 열려있었다. 부인은 공부에 방해되기 싫어 조심조심 들어갔는데 아들과 민채원이 거실에서 손을 붙잡고 기도하는 장면을 목격하였다. 아들이 그 나이 되도록 교회 한 번 나가지 않은 무신론자임을 잘 알던 부인은 그 점이 꽤 이상했다고 영감에게 알렸다.

그뿐만 아니었다. 이후에도 부인은 간식을 들고 그녀의 방에 몇 번 갔는데, 이상하게도 문이 늦게 열렸고 그때마다 문을 열어주던 아들의 옷매무시는 헝클어졌으며 그녀 역시 당황한 표정이 역력했다. 게다가 그즈음 아들은 입에도 못 대던 술까지 종종 마셨다. 물론 영감은 시험 압박 때문에 스트레스가 쌓여 그런 줄 알았다.

그런데 아들의 음주가 일주일에 서너 번이 되자, 영감은 서서히 걱정하기 시작했다. 그래서 아들 몰래 그녀를 따로 불러 아들의 근황을 말해주었으나, 그녀는 자신도 모르는 일이라고 딱 잡아떼었다. 그래서 어느 날 아들이 외출한 사이에 그는 아들의 방에 들어가 보았다. 평소 자신의 방엔 허락 없이 들어오는 것을 싫어하였기에 그가 아들의 방에 들어온 것은 실로 오랜만이었다. 놀랍게도 아들의 방에는 소주병이 뒹굴고 있었다. 더 이상한 것은 아들의 책상 위에 있는 책들이었다. 아무리 배운 게 없다 하더라도 영감은 이 책들이 고시 공부에 도움이 되지 않는다는 것을 알고 있었다. 『자본론』, 『공산당 선언』, 『신자본주의 비판』 등등의 책들이었다.

그래도 이 책들은 행여 공부에 관련이 있나 싶었는데, 그 옆에 읽다 만 책들은 아무리 생각해도 아니었다. 『화형의 역사』, 『건물주 그들은 신보다 높은 존재인가?』, 『복수의 열망』, 『정의란 무엇인가?』, 『정감록』, 『민중의 적, 처형론』 등의 책들이었다. 영감은 내친김에 아들의 책상 서랍을 열어보았다. 그곳에는 여러 통의 편지가 있었다.

궁금해진 그는 편지를 꺼내 읽어보았는데, 이건 당최 읽을 수가 없었다. 영어도 아닌 이상한 글자로 된 외국어투성이 편지였다. 더욱 아들이 수상하다고 느낀 영감은 맨 마지막 서랍을 열었다. 그 서랍에는 아들이 고이 모셔 둔 책 한 권이 있었는데 자세히 보니 성경 같은 종교 서적이었다. 책 표지에는 빨간 글씨로 『화형교 입문』이라고 적혀있었다.

그제야 아들이 사이비 종교에 빠진 것을 확인한 영감은 너무 화가 나고 분통이 터져 아들이 외출하고 돌아오기만을 기다렸다. 그러면서 얼마 전 자신의 아내가 말해 준 아들과 그녀의 기도장면을 떠올렸다. 마음 같아선 당장 민채원의 방에 가서 따지고 싶었지만, 일단 아들의 말을 들어보자는 심산으로 그날 그도 거실에서 술을 마시며 아들을 기다렸다.

아들은 자정이 다 되어서야 들어왔다. 어디에 다녀오냐고 묻자 아들은 답답해서 산에 다녀왔다고 말했다. 아들의 입에선 역한 술 냄새가 풍겼다. 영감은 아들이 태어나고 처음으로 손찌검을 했다. 그러면서 아들의 방에서 이상한 책들과 종교 서적을 봤다며 이게 다 민채원과 관련된 일이 아니냐고 따져 물었다. 하지만 아들은 이건 자신이 취미 삼아 보는 책이라며 극구 부인하다, 영감이 당장 민채원을 이 집에서 쫓아내겠다는 말을 듣자, 일부 인정하였다. 그렇지만 민 선생을 쫓아내면 자신도 집을 나가겠다고 협박하는 바람에 영감은 이 상황을 일단락 지을 수밖에 없었다. 그나마 아들은 자신의 잘못을 뉘우치고 앞으로 술을 끊고 공부를 열심히 하겠다고 맹세하는 바람에 영감은 안도의 한숨을 내쉬었다.

이후 아들은 약속한 대로 공부에만 전념하는 것처럼 보였다. 그즈음에 민채원도 바쁜 모양이었다. 원룸에 들어오지 않는 날이 많아지면서 어떤 날은 남자를 데리고 온 적도 있었다. 그래도 일주일에 한두 번은 아들의 공부를 봐주었기에 영감은 그간의 일을 모르는 척 덮어주었다. 어쨌거나 평상시의 모습을 되찾은 아들 때문에 일상은 평온했다.

그런데 그런 평온한 일상이 깨진 날이 결국 오고 말았다. 그날은 친척의 부음에 영감과 부인이 장례식에 가던 날이었다. 꽤 가까운 친척이어서 영감 내외는 밤을 새울 계획이었으나 아내가 몸이 좋지 않아 자정 무렵에 귀가하였다.

그날도 문이 열려있었다. 영감은 아들이 혹 외출하였다가 깜빡 잊고 문을 잠그지 않았다고 생각했다. 그래서 아무 생각 없이 열린 문을 젖히고 거실로 들어갔는데 너무나도 충격적인 일이 벌어지고 있었다. 거실엔 전등이 꺼져있었고 중앙 탁자 위에 초 한 다발이 켜져 있었다. 게다가 생전 처음 들어보는 괴이한 음악이 흐르고 있었고 탁자 양편에 사람 둘이 흐느적거리며 춤을 추고 있었다. 영감은 혹시 누구 생일이라서 파티를 하고 있나 싶었는데, 자세히 보니 춤을 추는 사람 둘은 완전히 나체였다. 깜짝 놀란 영감은 거실 등을 켰다. 불을 켜보니 놀랍게도 그 둘은 아들과 민채원이였다.

상황파악이 된 영감은 그다음 날 아침, 민채원을 찾아가 방을 빼달라고 했다. 그런데도 그녀는 아무 말도 하지 않았다. 이런 상황에서도 아들은 민 선생을 나가게 하면 자신은 죽어버리겠다고 협박했다. 영감은 아들의 요구를 차마 거절할 수 없었다. 그래서 아들과 타협점을 찾았는데 그건 아들이 여기를 떠나 인근 산에 있는 절로 들어가서 공부하는 대신에 민채원은 그대로 두고 주말에 한 번 과외를 받게 했다.

이후 아들은 절에서 사나흘 정도 머물다 집으로 돌아오곤 했다. 그때부터 아들은 대기업 입사를 목표로 취업준비를 하는 친구 한 명을 끌어들여 민채원에게 과외를 함께 받았다. 친구 역시 영어 실력이 부족한 모양이었다. 영감은 아들이 친구와 함께 있어 민채원과 더는 해괴한 짓을 하지 않으리라 판단했다. 과연 아들과 친구는 기대한 대로 그녀의 방에서 공부만 열심히 하는 것 같았다.

하지만 거기까지였다. 한동안 공부에만 열중하는 줄 알았던 아들은 그해 겨울 무렵, 돌연 민채원이 원룸을 떠나자 다음 날 종적을 감추었다. 아니, 아들뿐만 아니었다. 아들의 친구마저 집을 나갔다는 소식을 그의 부모에게서 들었다. 영감은 하늘이 무너질 듯한 충격을 받았고 이 모든 것이 민채원, 그녀 때문이라고 생각했다.

나태주는 그의 이야기를 다 듣고 '악연(惡緣)'이라는 단어를 떠올렸다. 그러면서 그의 이야기 중 몇몇은 사건을 해결하는 데 중요한 단서가 될 거라는 생각이 들었다. 원룸 주인은 자신의 사정 이야기를 다 털어내어 마음이 후련했던지 소주 한 병을 더 시켰다.

"지금도 아드님이 사라진 일이 민채원 씨와 연관이 있다고 생각합니까?"

나태주가 그에게 술을 따라며 묻자 원룸 주인은 크게 화를 냈다.

"아니, 형사 양반! 지금까지 내 이야기를 콧구멍으로 들었소? 백번 천 번 생각해도 나는 그 미친년이 순전한 내 아들과 친구를 꾀어 어디론가 데려갔다고 믿어요. 그년은 악마입니다."

갑작스러운 주인의 말에 나태주는 멈칫했다. 정황상 그의 말은 맞지만, 그녀에 관한 악감정이 이렇게 큰 줄은 미처 생각지 못하였다. 그러면서도 나태주는 민채원이 왜 그의 아들과 친구를 함께 데려갔는지, 데려갔다면 어디로 갔는지, 그들을 설득할 만한 게 무엇인지에 관하여 고민했다. 그때 주인이 심드렁하게 말을 했다.

"그년이 내 순진한 아들과 친구를 꾀어 데려갈 수 있었던 건 딱 두 가지, 하나는 그녀의 천박한 몸뚱어리와 '화형교'라는 사이비 종교의 힘이요."

그러면서 원룸 주인은 나태주에게 편지를 하나 건넸다. 그건 민채원과 아들이 평소 주고받은, 역시 이상한 외국어로 쓴 편지였다.

지리산에 기록적으로 눈이 많이 내려 등산객은 물론 모든 사람의 출입이 제한되었다. 범인들의 오토바이를 발견한 다음 날, 대대적인 수색 계획을 세웠던 권 팀장과 일행은 별수 없이 사무실에 앉아 눈이 그치기만을 기다릴 수밖에 없었다. 다행인 점은 김유리가 작성한 보고서를 들고 서장을 방문했을 때, 서장이 크게 칭찬한 점과 이 사건을 속전속결로 해결하지 말고 천천히 시간을 두고 하라는 지시를 받은 것이었다.

그렇게 사나흘이 지난 오후 무렵이었다. TV에서 이 사건에 관한 속보가 나오고 있었다. 권 팀장과 팀원들은 하나같이 사무실에 앉아 어떤 내용인지 궁금했다. 화면에는 중년의 앵커와 패널인 모 대학 법학과 교수가 각기 맡은 방송 분량을 소화하고 있었다. 먼저 앵커가 속보를 전했다.

「지난 해운대를 비롯한 전국 달집태우기 행사에서 살인을 저지른 범인들의 윤곽이 대략 드러났다고 오늘 경찰이 밝혔습니다. 현장 취재기자가 경찰청에 나가 있습니다. 연결하겠습니다. 윤 기자. 어떤 상황이죠?」

화면에 두꺼운 안경을 쓴 기자가 서 있었다.

「네. 저는 경찰청에 와 있습니다. 오늘 아침 사건 관련 수사관계자에게서 나온 말입니다. 범인들은 모두 20대에서 30대 초반의 나이로 대부분 공시생 또는 일반 기업 취업준비생으로 알려졌습니다. 그들은 우리 사회의 불공정과 빈부격차, 기회불균등에 대한 불만 등을 이유로 모두 한 인터넷 커뮤니티에서 활동한 것으로 나타났습니다.」

기자의 말에 앵커가 물었다.

「모두 젊은 나이군요. 그렇다면 그 인터넷 커뮤니티 이름은 뭔가요?」

「카페 이름은 '두류산'이라고 합니다. 그들은 이 모임을 특정인의 지시 없이 자발적으로 만들고 참여했다고 합니다. 초창기에는 아까 말씀드렸듯이 단순히 부조리한 사회 비판에 초점을 맞추다가, 어느 순간 일반 시민을 상대로 사기 치는 보이스피싱, 기획 부동산업자 그리고 사회에 기생하여 막대한 부를 챙기거나, 사회 혼란을 부추기는 악인을 특정하여 직접 처단하자는 뜻을 모았다고 합니다.」

기자의 말에 앵커가 또 물었다.

「그렇다 하더라도 놀라운 일입니다. 이들은 전국에서 동시다발적으로 피해자 10명을 특정하여 죽였습니다. 범인들은 10명 중 현재 8명이 잡혔지만, 아직 행방을 알 수 없는 2명이 있습니다. 그들에 관한 소식은 나왔나요?」

「네. 이번 동시다발 범죄에서 유일하게 경남 산음군 도림면 K고수부지에서 범행한 둘은 아직 행방이 묘연하다고 합니다. 하지만 해당 경찰서에서 그들이 버리고 간 유력한 증거물인 오토바이 2대를 지리산 인근에서 찾았다고 하니, 범인 검거는 시간문제일 것입니다.」

「잘 알겠습니다. 범인들은 조사가 끝나는 대로 검찰로 송치되겠군요. 그 외 범인과 관련된 다른 소식은 없습니까?」

「네. 경찰은 빠르면 다음 주 내 이 사건을 마무리 짓고 모든 자료와 함께 범인들을 검찰로 넘길 예정입니다. 그런데 특이한 점은 범인들 모두 자신의 죄를 순순히 인정했으며 또한 아무도 변호사 선임을 하지 않았다고 합니다.」

기자의 말이 끝나자 앵커는 옆자리의 패널인 교수에게 물었다.

「참으로 기이한 사건입니다. 교수님께 묻습니다. 방금 경찰에서 나온 내용대로 범인들은 모두 이삼십 대 청년들입니다. 아무리 현 사회에 불의와 부조리가 팽배하더라도 자신들이 직접 부조리의 당사자들을 살해한다는 건 어떤 의미입니까? 또 변호사 선임을 하지 않았다고 하는데, 그렇다면 이들은 무조건 자신들의 죄를 인정하여 법원에서 판결한 형을 그대로 받겠다는 말인지요? 혹시 형량은 어느 정도 될 것 같습니까?」

교수는 넥타이를 바로 고쳐 매고 아주 근엄한 얼굴로 자신의 의견을 말했다.

「저는 이 사건을 조선 후기에 발생한 민란으로 규정하고 싶습니다. 방송으로 말하긴 좀 그렇지만 살해당한 피해자들의 면면을 보시면 이해가 될 것입니다. 유족들에겐 죄송하지만, 피해자들은 당시의 탐관오리처럼 민중의 피를 빨아먹는 파렴치한 인간들이 대부분입니다. 물론 시대 상황이 그때와 똑같진 않지만, 잘 보십시오. 요즈음 청년들은 취업할 데가 없습니다. 돈을 벌고 싶어도 제대로 된 일자리가 없는 실정입니다. 거기에다 최근 고위공직자 같은 사회지도층 자녀들의 입시와 취업 비리에 맞물려 그들은 이중의 고통을 겪었을 것입니다. 그런 상황에서 그들은 자신뿐만 아니라 주변에서 일어나는 거대한 악에 관하여 참고 있을 수만은 없었을 것으로 보입니다.」

이야기의 주제가 조금 다른 곳으로 흐르자 앵커가 급히 교수의 말을 막았다.

「물론 이 말씀은 교수님의 사견으로 간주하겠습니다. 그리 말씀하시면 시청자들이 오해하실 수 있으니 제가 드린 질문에만 답변해 주시는 게….」

앵커가 그의 말을 가로막고 나서자, 교수는 감히 전문가인 자신의 말을 끊는다고 생각했는지 화를 냈다.

「아니, 들어보세요! 무슨 사건이든 본질적인, 근원적인 원인이 있는 겁니다. 저는….」

"야! TV 꺼!"

그때 권 팀장이 소리쳤다.

"저 교수, 미친놈 아냐? 지금이 어떤 시대인데 민란 운운하다니. 또 그놈들이 무슨 의인이야? 어쨌든 이 땅에서 세금을 내는 시민들 10명을 죽인 살인자 아냐? 저리해서 무슨 대학에서 학생들을 가르친다고. 쯧!"

권 팀장은 말을 하면서도 팀원들을 둘러보았다. 그런데 팀원들은 자신의 의견에 동조하지 않는지 그냥 무표정이었다.

"어이, 김유리 형사. 내 말이 틀렸어?"

김유리가 참다못해 한마디 했다.

"팀장님은 인터넷 안 보십니까? 시민들이 이 사건으로 들고일어났습니다. 하물며 청와대 국민청원 게시판 청원자만 벌써 30만 명이 넘었어요."

권 팀장은 김유리의 말에 무슨 소리인 줄 몰라 한동안 멍했다. 무엇 때문에 시민들이 들고일어났고, 무슨 이유로 국민청원이 등장했는지 도통 몰랐다.

"왜? 그게 무슨 말인데?"

그러자 김유리가 답답한 듯 한숨을 쉬더니 조곤조곤 말했다.

"그때 말씀드렸듯이 요즘 인터넷 게시판에는 그들은 영웅이라 부릅니다. 이 땅의 경찰이나 검찰도 못 한 일을 이 젊은이들이 했다고 난리도 아닙니다. 경제는 엉망이고 정치권은 당리당략에 사로잡혀 민생을 돌보지 않는 이 상황에서 그들만이 제대로 사회정의를 실천했다고 믿는 거죠. 그들이 처단한 자들은 아까 TV에서 교수가 말한 것처럼 서민들의 고혈을 짜 자신의 배만 부르게 한 천하의 나쁜 놈들입니다."

김유리의 말에 권 팀장은 아직은 입술을 깨물었다.

"국민청원엔 어떤 글이 올라왔단 말이야?"

"한마디로 그들을 석방하란 말입니다. 조사도 하지 말고 기소도 하지 말며, 그들을 방면하여 영웅 대우를 해주자는 의견입니다."

그러자 옆에 있던 조 형사가 김유리의 말을 거들었다.

"솔직히, 피해자들은 죽어도 마땅한 자들입니다. 어제 우리 경찰서 게시판에는 K고수부지 방화 살인범 두 명을 잡지 말라는 의견도 올라왔습니다."

기가 찰 노릇이었다. 김유리의 말까진 그나마 참을만하였는데 조 형사까지 거들자 권 팀장은 그만 폭발하고 말았다.

"이것들이! 보자보자 하니까. 야! 너희는 일개 댓글이나 다는 일반 시민이 아니라 법과 공공의 안녕과 질서를 지키는 국가공무원, 경찰이야. 어디서 되먹지도 않은 소리를 지껄여? 응? 그럼, 이 세상의 나쁜 놈들은 앞으로 모조리 시민들 개개인이 직접 처단하면 되겠네. 그러면 우리 경찰이나 검찰은 당연히 필요 없잖아."

권 팀장은 화를 삭이려 담배를 물고 옥상으로 올라가 버렸다. 남아 있는 김유리를 비롯한 형사들은 자신들이 권 팀장에게 너무 심한 말을 했나 싶어 서로 자책하였다. 옥상에서 담배를 피우며 화를 삭인 권 팀장은 사무실에 오자마자 불현듯 김유리에게 그날 점집에서 체포한 박수무당에 관하여 물었다.

"네. 조서는 다 꾸며두었고 내일쯤 검찰에 송치할 계획입니다."

김유리는 행여 권 팀장이 아까의 일로 시비를 걸까 봐 차렷 자세로 묻는 말에 답했다.

"내 말대로 공연음란죄에다 사체유기, 사체 절취·절도죄도 추가했지? 그놈 어디 있지 지금? 내게 데려올 수 있나?"

권 팀장은 눈만 그치면 지금이라도 당장 수색을 전개할 생각이었다. 그전에 그를 불러 그때 윤 보살이 한 말의 사실 여부를 확실히 하고 싶었다.

잠시 뒤, 유치장에 있던 박수무당이 조사실로 들어왔다. 오늘 보니 그는 그때 눈 내리던 점집에서 당당하게 벌거벗고 활개 치던 자가 아니라, 그저 한심하고 초췌한 중늙은이일 뿐이었다. 권 팀장은 분위기를 띄우기 위해 그에게 따뜻한 커피 한 잔을 권했다. 처음엔 경계하는 모습이 역력했던 그는 권 팀장이 권하는 커피에 이내 긴장을 풀었다.

"윤 보살에게 이야기 다 들었으니 제게 숨기려 하지 마십시오. 하나만 묻겠습니다. 정말 한 달에 한 번 솔봉에 올라가면 건너편 공동체 마을에서 버리는 사체가 있단 말입니까?"

권 팀장의 질문에 그는 모든 걸 체념했는지 의외로 순순했다.

"이왕 이리된 것. 제가 숨길 게 뭐 있겠습니까? 맞습니다. 거의 한 달에 한 번꼴입니다."

"매월 보름달이 뜨는 밤, 사체는 늘 불에 시커멓게 그을렸다고 했다던데, 맞습니까?"

"네."

"사체의 성별이나 나이대는 어떻던가요?"

"주로 남자가 많았고 모두 젊은이들이었습니다."

"그런데 그 사체가 건너편 공동체 마을에서 왔다는 건 확실한가요? 선생은 그 마을에 가본 적이 있습니까?"

권 팀장의 날카로운 질문에 그는 잠시 주저하는 듯 보였으나, 이내 입을 열었다.

"사실, 처음에는 그들이 어디서 온 사람들인지 몰랐습니다. 그러다 아마 세 번째 되던 날, 저도 너무 궁금하여 그들을 미행한 적이 있습니다. 그들을 따라 솔봉에서 아래쪽으로 내려갔는데 그곳에는 거대한 마을이 있었습니다. 그때 제가 팻말을 봤거든요. 얼핏 봐서 상세한 이름까지는 모르겠지만 분명, ○○공동체 마을인 것은 확실합니다."

권 팀장은 그의 말을 듣고 있자니 그 마을이 점점 궁금해졌다.

"선생은 어찌 생각하십니까? 왜 그 마을에서 한 달에 한 번 젊은이의 사체가 나오는지. 그것도 불에 탄 채로."

그때였다. 여태 순순히 자백하던 그가 돌연 권 팀장 앞에 무릎을 꿇었다. 권 팀장은 이자가 왜 이러나 싶어 의아했지만, 일단 그를 일으켜 세웠다.

"팀장님. 저를 좀 살려주십시오. 이제 열흘만 기도하면 제 아들이 살 수가 있습니다. 제발 저를 이곳에서 좀 빼주십시오. 그리해주신다면 권 팀장님이 알고 싶어 하는 모든 것을 말씀드리겠습니다."

순간, 권 팀장은 이자가 의외로 범인을 찾을 열쇠를 쥐고 있을 수도 있다는 생각이 퍼뜩 들었다. 이건 그간의 경험에서 나온 수사관의 감이었다. 그러지 않아도 권 팀장은 윤 보살이 사체 운운할 때부터 범인과 어떤 연관성이 있지 않을까, 하는 의심이 있었기 때문이었다. 무엇인가 사건의 실마리가 술술 풀린다는 느낌이 든 권 팀장은 김유리에게 커피 두 잔을 더 시켰다.

"죽은 당신 아들이 죽은 자의 심장과 기도로 살 수 있다는 건 좀 그렇네요. 뭐, 아무튼, 좋습니다. 내가 필요한 건 그놈들의 행방이니까. 자. 뭐부터 말씀하실래요?"

그러자 그는 금방이라도 석방이 된 듯한 표정을 지었다.

"저도 여기 와서 들었습니다. 형사님들은 점집 계곡에 버려진 오토바이의 주인을 찾는 것 아닙니까? 그 젊은이 두 명."

그의 말에 권 팀장은 심장이 터질 것 같은 느낌이 들었다. 입은 바짝 마르고 숨이 차오르고 있었다.

"아십니까?"

"알다마다요. 그 친구들이 솔봉에 매번 사체를 버리고 간 사람입니다. 그리고 자기네 마을을 빠져 나와 어디선가에서 일을 보다 돌아갈 때는 항상 우리 점집을 통해 올라갔거든요. 그러다 보면 가끔 점집에 들러 물도 얻어 마시고 가곤 했었죠."

권 팀장은 속으로 만세를 불렀다. 이제 곧 초미의 사건, 전국적인 전대미문의 사건 중 자신의 구역에서 일어난 사건의 범인을 잡을 수 있다는 생각에 그만 뜨거운 커피를 단번에 마시다 혓바닥을 데었다. 그런데도 권 팀장은 범인을 잡은 뒤의 상상들, 이를테면 서장으로부터 칭찬과 격려, 포상금과 1계급 특진 그리고 언론의 화려한 스포트라이트 등을 꿈꾸었다. 그리되면 그는 이 지긋지긋한 시골을 떠나 도시에 있는 지방경찰청으로 가게 될 것이었다.
　"그렇다면 범인들 얼굴을 보면 알 수 있다는 것 맞죠?"
　"뭐, 자세히는 못 봤지만 그래도 대충 보면 알 수 있습니다."
　그는 그제야 자신이 이 사건의 실마리를 쥐고 있는 목격자 같은 거만한 태도를 보였다. 권 팀장은 이런 그가 가소로웠지만, 일단 참기로 했다.
　"그런데 왜 윤 보살은 아무것도 모른다며 시치미를 뗐을까요?"
　권 팀장의 말에 그는 웃었다. 그 웃음이 야비하게 보였다.
　"그야, 귀찮으니까요. 세상 어느 점집에 경찰이 들락날락하는 걸 좋아하는 사람이 있습니까? 그러니 그저 모르는 척했던 거죠."
　권 팀장은 여기서 그와의 대화를 끝내기로 하였다. 그리곤 눈이 그치기만을 기다리면서 눈이 그치면 이 자를 앞세워 그가 말하는 공동체 마을을 찾아가기로 마음먹었다. 이제 범인 검거는 시간문제였다. 의외로 사건이 술술 풀리자 권 팀장은 하늘이 자신을 돕는다고 생각했다.

　청년들이 공동체 마을로 들어온 지 일주일 되는 일요일 아침이었다.

어제 토요일까지 학습과 훈련과정을 소화했던 이들은 모처럼 쉬는 날이었으므로 모두 늘어지게 숙소에서 자고 있었다. 아침 먹을 시간이었음에도 누구 하나 일어날 생각조차 하지 않았다. 그만큼 이곳에서의 일주일은 밖의 일주일보다 훨씬 고되고 힘들었다는 방증이었다. 그래도 그중에는 식성이 좋은 청년 몇이 있었다. 그들은 아침 식사 시간에 맞추어 식당에 갔는데 어쩐 일인지 문이 닫혀있었다. 별수 없이 밥 먹기를 포기한 청년 몇은 숙소로 돌아와서 잠을 자다, 이번엔 점심시간에 맞춰 식당에 내려갔지만 역시 식당 문은 닫혀있었다. 나머지는 세상모르게 자느라 이런 사정을 까마득히 몰랐다.

"어찌 된 일이지?"

"오늘은 우리 모두 굶는 건가?"

식당을 다녀온 청년 몇과 이제 막 잠이 깬 청년이 자신의 침상에 앉아 갑론을박할 때 민서라가 들어왔다.

"모두 잘 잤어요? 배가 매우 고프죠? 어제 깜빡하여 공지를 못 했네요. 뭔고 하니, 이곳은 일주일에 한 번, 일요일은 식당이 쉬어요. 그래서 예전 훈련생들은 하루 금식하든지 아니면 나가서 자체적으로 먹을 것을 구해 먹었답니다. 자! 여러분들은 어떤 선택을 하실 건지요?"

청년들은 민서라의 말에 고개를 갸우뚱했다.

"금식 외에 자체적으로 먹을 것을 구한다는 말은 이곳에서 서너 시간 걸리는 마을의 식당을 이용한다는 말씀인가요?"

민서라는 가볍게 고개를 저었다.

"그런 의미가 아니죠. 밥 한 끼 먹겠다고 왕복 대여섯 시간 걸리는 마을식당까지 간다는 것은 시간 낭비일 뿐입니다."

또 다른 청년이 질문했다.

"그렇다면 이렇게 눈이 많이 내리는 날에 산에 올라가서 나무뿌리를 캐서 먹는단 말입니까?"

그러자 그의 말은 농담이라 여겨 모두 웃었다. 그런데 민서라의 표정이 의외로 진지하여 청년들은 불길한 예감이 들었다.

"정확하진 않지만 대충 맞추었네요. 나무뿌리가 아니라 산짐승을 직접 잡아먹을 겁니다."

청년들은 얼굴에 핏기가 가시면서 웅성거렸다.

"산짐승이라면?"

"눈 때문에 산 중턱에 올라가면 옹기종기 모여있는 멧돼지 식구들이 있을 겁니다. 그중에 가장 맛 나는 어미 멧돼지를 말하는 거죠. 여러분의 선배들도 용감하게 사냥하여 멧돼지 통구이를 해 먹었죠."

그제야 청년들은 어제 훈련 중 화살 사용하는 방법과 칼 쓰는 법을 배운 게 생각이 났다. 이곳의 모든 훈련은 항상 실전에 대비한 것임을 깨달은 청년들은 한숨이 절로 나왔다.

"저는 차라리 금식을 택하겠습니다. 그래도 꼭 사냥에 참여해야 합니까?"

어떤 청년이 물었다.

"아니요. 쉬고 싶은 사람은 이곳에서 쉬어도 됩니다. 단, 사냥에 참여하지 않으면 평가점수에 약간의 영향이 있습니다만."

민서라의 말에 청년들은 탄식했다. 결국, 모두 참여하라는 소리였다.

"한 시 반까지 마당에 집합합니다. 나올 때 활과 화살 그리고 개인용 칼을 꼭 준비 바랍니다."

그 말만 남기고 민서라는 숙소를 나갔다. 그녀가 나가자 어디선가 욕지거리가 나왔다. 하지만 누구도 침상에 그대로 있지 않고 그녀가 말한 장비를 챙기고 있었다.

눈 덮인 지리산은 절경이었다. 청년들은 산으로 올라가면서 서로 감탄을 자아냈지만, 그건 그때뿐이었다. 마을을 벗어나 중턱으로 올라갈수록 휘몰아치는 눈바람과 발이 푹푹 빠지는 상황에서 모두 녹초가 되었다. 그런데도 민서라는 맨 앞에서 그를 따르는 안내원과 함께 눈길을 잘도 헤쳐 나가고 있었다.

민서라를 비롯한 일행은 일전에 오른 솔봉에서 천왕봉으로 오르지 않고 오른쪽 범 바위 쪽으로 산을 타기 시작했다. 범 바위 근처에 다다랐을 때 민서라가 손을 들었다. 청년들은 직감적으로 이 근처에 멧돼지 떼들이 있음을 직감했다. 긴장감이 순식간에 맴돌았다. 앞을 바라보니 큰 나무 사이로 작은 굴이 있었다. 꼭 멧돼지가 아니더라도 산짐승이 있을 법한 눈에 잘 띄지 않은 굴이었다. 민서라가 청년들을 모은 뒤 작은 소리로 작전계획을 설명했다.

"동굴 입구에서 불을 피울 겁니다. 그러면 5분에서 10분 내로 멧돼지 떼들이 밖으로 나올 겁니다. 그놈들의 특성상 맨 먼저 어미가 나와 주위를 둘러볼 겁니다. 그 뒤로 새끼들이 줄줄이 있습니다. 우리 목표는 어미입니다. 새끼들은 절대로 죽이면 안 됩니다. 대신 어미를 죽이면 새끼들은 모두 마을로 데리고 갑니다. 첫 화살은 저와 안내원이 쏩니다. 그런데 화살을 맞은 어미 멧돼지는 절대, 바로 죽지 않습니다. 화살을 쏜 방향을 정확히 알아내곤 우리 쪽으로 돌진해올 것입니다. 그때 일제히 여러분들이 동시에 화살을 쏘면 됩니다. 주의할 점은 절대 당황하면 안 된다는 겁니다."

청년 한 명이 질문했다.

"TV 등에서 보니 여러 발의 총을 맞아도 멧돼지는 죽지 않고 저항하던데, 그럼 어떡합니까?"

"맞습니다. 멧돼지는 어느 동물보다 생명력이 강한 편입니다. 여러분들은 동시에 멧돼지를 향해 화살만 정확히 쏘면 됩니다. 그 뒤는 여기 계시는 안내원분이 알아서 할 겁니다."

민서라의 말이 끝나자 그녀와 안내원이 먼저 굴 입구로 살금살금 다가갔다. 안내원은 가방에서 휘발유와 종이 그리고 준비한 나무 막대기 몇을 꺼내 불을 붙였다. 안내원이 손과 모자를 사용하여 굴 안쪽으로 연기를 보내자 뒤쪽에 있던 청년들은 활을 꺼냈다. 연기가 어느 정도 굴 안으로 들어갔다고 판단한 민서라는 재차 손을 들어 뒤쪽을 향해 흔들었다. 물러서라는 뜻이었다.

잠시 후, 동굴 입구에서 몇 발자국 비켜 난 민서라와 안내원이 활시위를 당겼다. 과연 민서라의 말대로였다. 연기가 들어간 지 채 오 분이 되지 않아, 꿀꿀, 하는 소리와 함께 어미 멧돼지가 동굴 밖으로 목을 내밀었다. 뒤에는 서너 마리의 새끼들이 어미 뒤를 바짝 따르고 있었다. 그때였다. 순식간에 화살 두 개가 어미를 향해 날아가더니 정확히 머리와 가슴팍에 꽂혔다. '퍽' 하는 소리와 함께 어미가 쓰러질 듯했으나 놈은 그 순간에도 새끼들이 걱정되는지 벌떡 일어나더니 뒷발로 새끼들을 굴속으로 밀어 넣었다. 그리고는 귀신같이 냄새를 맡고 화살을 쏜 방향으로 돌진했다. 민서라는 안내원과 함께 멧돼지가 돌진하는 방향의 산 뒤쪽으로 물러나면서 고함을 질렀다.

"사격!"

청년들은 일제히 10개의 화살을 날렸다. 그중 대여섯 개가 멧돼지의 몸통에 정확히 꽂혔다. 드디어 꽥, 하는 비명과 함께 멧돼지는 눈밭에 쓰러졌다. 어림잡아도 매우 큰 체구를 가진 놈이었다. 멧돼지는 바닥에 누워 거친 숨소리만 내고 있었다. 하지만 누구도 섣불리 다가서진 못하였다. 놈이 언제 벌떡 일어서서 공격할지 모를 일이었다. 그때 아까 민서라가 말한 대로 안내원이 날이 잘 든 칼을 들고 멧돼지에 접근하더니, 단번에 놈의 멱을 땄다. 눈밭은 순식간에 뻘건 선혈이 낭자했다. 청년 중 일부는 고개를 돌렸지만, 이내 민서라의 호통에 놀라 멧돼지 주위로 모였다.

"이것도 엄연히 훈련의 일부입니다. 사람도 아닌 한낱 산짐승의 사체를 보고 역겨워하는 것은 원대한 뜻을 품은 그대들의 태도가 아닙니다."

민서라는 제일 먼저 멧돼지 사체에 꽂힌 화살을 수거하더니 이리저리 살피기 시작했다. 청년들은 그 의미를 몰라 어리둥절했으나, 곧 화살마다 번호가 표시된 것을 알았다. 결과적으로 멧돼지 사냥에 성공한 자와 실패한 자의 명확한 구분이었다. 그만큼 민서라는 주도면밀한 여자였다. 그렇게 청년들은 이곳에 온 지 일주일도 채 되지 않은 시점에서 성전을 치를만한 전사(戰士)가 되고 있었다.

나태주는 원룸 주인의 2차 제안을 겨우 뿌리치고 밖을 나섰다. 나와 보니 밖은 해거름이었다. 술집에 들어갈 때 하늘엔 성긴 눈이 하나씩 뿌리더니 나올 때는 상당량의 눈이 내리고 있었다. 원래대로라면 유치원에서 민채원의 행적을 파악한 뒤, 곧바로 경찰서에 복귀할 생각이었지만, 예상외로 원룸 주인을 만나는 바람에 시간상 어려웠다.

나태주는 술도 깰 겸 시내를 배회하며 민채원에 관한 탐문과정을 머릿속으로 정리하고 싶었다. 그러다 문득, 민채원의 얼굴이 필요하다는 생각이 퍼뜩 들었다. 나태주는 얼른 휴대전화 속 전화번호부에서 어떤 이름을 검색했다. 다행히 그의 전화번호가 있었다. 그는 전직 경찰이자, 한때 몽타주전문가이기도 한 나태주의 동기생이었다. 대학에서 미술을 전공한 그는 그림으로만 먹고 살기 어려워 경찰에 입문했는데, 작년에 돌연 사표를 내고 시내에서 화실을 운영하고 있었다. 마침내 그와 연결이 되었다. 그와 만나기로 한 장소는 시내의 한 식당이었다.

"웬일이야? 경찰서 높은 양반이?"

두꺼운 안경에 파마한 머리가 꽤 잘 어울리는 그는 영락없는 화가였다. 그가 경찰을 그만둔 뒤 처음으로 만나는 거였다. 나태주는 그간의 사건을 설명하고 다짜고짜 민채원의 몽타주를 그려달라고 부탁했다.

"그러니까 유치원 선생과 그 여자가 살았다던 원룸 주인의 진술을 토대로 몽타주를 작성해달란 말이야?"

나태주는 고개를 끄덕이면서도 이 작업이 만만치 않다는 것을 잘 알고 있었다. 몽타주 작업은 단순히 그림을 잘 그린다고 되는 것은 아니었다. 그 작업은 목격자와의 인터뷰를 통해 목격자의 심리상태를 먼저 파악하는 게 급선무였다. 즉, 제대로 몽타주 제작에 필요한 진술을 할 수 있는 상태인지 알아야 하고, 이때 필요에 따라서 최면을 이용하여 숨어 있는 기억들을 끄집어내는 고도의 심리 전문작업이었다. 그래서 목격자와 인터뷰를 통하여 상태를 파악하고 목격자와의 친밀도를 높인 후 실제 몽타주 작성에 들어가야 했다. 원활한 대화가 이뤄지지 않으면 목격자가 심리적인 부담을 느껴 자신이 본 모습을 제대로 설명하지 못하기 때문에 몽타주 작성에 앞서 대화를 통해 안정시키고, 사건 당시를 떠올리게 하는 것도 몽타주 작성의 기법이었다. 그나마 나태주가 다행이라고 생각한 것은 민채원의 목격자가 오랜 시간 그녀와 함께 있었다는 사실이었다.

"아니, 그 여자의 언니 집도 방문하고 유치원도 갔다 왔다면서? 사진이 있잖아. 그러면 게임 끝인데 왜?"

나태주가 그걸 생각하지 못한 것도 아니었다.

"최근 사진이 없어. 아주 어린 시절에 찍은 가족사진이 다야. 아마 의도적으로 자신의 흔적을 모두 지운 것 같아."

나태주의 말에 그는 난감한 표정을 지었다.

"이제 그런 일은 그만하려 했는데. 친한 동기생이 부탁하니 거절할 수도 없고. 좋아. 대신, 몽타주 작성 기일은 내일뿐이야. 그러니 유치원 선생과 원룸 주인과의 인터뷰는 생략하자. 나도 곧 있을 국전 때문에 아주 바빠. OK?"

나태주는 그가 승낙해준 것만 해도 무척 고마웠다.

"내일 하루면 되겠어?"

"야! 내가 누구냐? 현직에 있을 때 몽타주 전문경찰관 중 서열 1위였 잖아. 그리고 사진이 있다며?"

"응?"

"그 여자 어릴 적 사진이 있다면서? 그러면 게임 끝이지."

나태주는 그의 승낙이 떨어지자 당장 그 유치원 선생과 원룸 주인에게 내일 이러한 일로 시간을 내달라고 요청했다. 그들 역시 민채원을 필요로 했으므로 흔쾌히 승낙했다.

내일 약속은 오후 1시로 정하였다. 장소는 그의 화실이었다. 그의 실력이라면, 유치원 선생과 원룸 주인의 진술을 토대로 두어 시간이면 작업이 끝날 것 같았다. 그런 후에 보강작업을 거쳐 휴대전화로 민채원의 얼굴을 그 두 사람에게 보여주고 확인만 하면 몽타주는 완성이었다. 나태주는 고마움의 표시로 밥을 산 것은 물론 별도로 그에게 미리 사례비까지 챙겨주었다.

식당을 나온 나태주는 근처 모텔을 잡고 샤워한 뒤, 권 팀장에게 그간의 사항을 보고하기 위해 전화를 걸었다. 그런데 의외로 권 팀장이 술에 많이 취해있었다. 시계를 보니 저녁 9시가 채 되지 않은 시간이라, 수사가 잘 안 되었는지 걱정이 되었다.

"무슨 일이 있습니까? 팀장님."

"일은 무슨 일? 너 어디야? 뭐 J시라고? 그럼 안마. 빨리 들어와서

같이 한잔하자."

　권 팀장은 벌써 혀가 꼬여있었다. 난감한 나태주는 권 팀장에게 혹 옆에 김유리나 조 형사가 있는지 물었다. 있다면 차라리 그들에게 그간의 탐문 내용을 대신 말할 작정이었다.

　"같이 있었는데 이것들이 사라졌네. 뭐야? 내게 할 말 있어?"

　할 수 없이 나태주는 그간의 탐문과정을 대충 전화로 보고했다.

　"그래서? 민채원인가 그 여자의 몽타주를 받아서 내일 복귀하겠다고?"

　"그런 셈입니다."

　그러자 권 팀장이 크게 웃었다.

　"얀마! 상황 끝인데 몽타주는 무슨 몽타주야? 그냥 내일 아침에 들어와."

　나태주는 무슨 말인지 이해가 되질 않았다.

　"상황 끝이라뇨? 범인을 검거했습니까?"

　"아니, 아직은 아닌데. 내일 검거하려고. 그 새끼들은 이미 독 안에 든 쥐야. 동선을 벌써 파악해 두었어. 꺼억. 나 잘했지? 이뻐! 주모. 소주 한 병 더. 야! 태주야. 사랑한다. 우리 태주."

　상황이 이쯤 되자 나태주는 그만 전화를 끊는 게 낫다고 생각했다. 권 팀장이 막판에 "사랑해" 하고 말한다는 것은 이미 술에 몹시 취했다는 증거였다.

　'그런데 내일 범인 검거하러 간다는 말은 뭐지?'

　나태주는 혼잣말로 중얼거리다 동그란 탁자를 두고 의자에 앉았다.

그리곤 종이 위에 그간의 민채원에 관한 탐문과정을 천천히 적어 내려갔다.

「민채원. 28세. ○○여대 영문과 3년 중퇴. 대학 3학년 때 보이스피싱 사기를 당해 부모님이 돌아가심. 이후 중국으로 건너가 보이스피싱 총책을 만났으나 사과와 보상은커녕 (성)폭행으로 만신창이가 됨. 이후 1년 동안 두문불출. 이 시기에 두류산과 연결되어 이상한 외국어로 서신 교환. 이후 J시로 내려와 A유치원에서 2년간 근무. 원장과의 불화로 작년 12월 퇴사. 이 시기에 원룸 주인의 아들에게 영향력을 행사하여 그와 친구는 동시에 행방불명. 이 과정에서도 그녀는 원룸 주인 아들과 또 이상한 외국어로 서신교환.」

나태주는 대충 기록을 마친 후, 유치원 교사와 원룸 주인과 녹음 내용을 들었지만, 아무런 결론을 내리지 못하였다. 단지 그가 추측할 수 있는 건 그녀가 K고수부지 방화 살인사건의 범인과 두류산이라는 정체 모를 인물, 그리고 그녀가 데려간 원룸 주인 아들과 강력한 연결고리가 있다는 점이었다. 나태주는 내일 일을 마치고 서에 들어가면 지능범죄팀의 협조를 얻어 그 이상한 외국어가 무엇인지부터 알아봐야겠다고 생각했다.

다음 날이었다. 나태주는 오랜만에 늦잠을 잤다. 그리곤 모텔 근처에서 아침 겸 점심을 먹고 그가 운영하는 화실로 향하였다. 정확히 오후 1시였다. 화실에는 이미 유치원 교사와 원룸 주인이 와 있었다. 동기생은 예전 경찰에 있을 때처럼 컴퓨터에 몽타주 프로그램을 띄워, 작업을 시작했다.

그는 미리 입력된 11,000개에 이르는 여러 가지 형태의 얼굴을 이루는 머리, 눈, 코, 입 등의 부분들을 유치원 교사와 원룸 주인에게 보여주면서 민채원의 얼굴을 완성해 나갔다. 얼굴형이 완성되자 모발을 작성하고 기타 얼굴 이외에 그들이 알고 있는 민채원의 특징 등을 입혀 최종적인 몽타주를 완성했다. 그리고서 완성된 몽타주를 그들에게 다시 한번 보여주어 확인시켰다.

"어머. 비슷해요. 눈, 코, 입이 실물과 똑같습니다. 그림이 어쩜 이리 언니와 닮았죠?"

유치원 교사는 감탄을 자아냈다. 반면 원룸 주인은 시큰둥한 표정이어서 나태주가 물었다.

"사장님은 어떻게 보입니까? 민채원 씨 얼굴과 비슷합니까?"

그러자 그는 마지못해 말하는 것처럼 혀를 찼다.

"쯧. 꼬락서니는 뭐, 비슷하네. 그런데 이년이 혹시 성형이라도 했으면 어떻게 잡는단 말이오. 요새 젊은것들은 너도나도 얼굴을 고치잖소."

어쨌든 그 역시 몽타주와 그녀의 얼굴이 비슷하다는 것을 인정했으므로 나태주는 그들에게 진심으로 고맙다는 인사를 건네고 그들을 돌려보냈다.

"수고했어. 넌 정말 천재야."

나태주는 동기생에게 감사의 인사를 건넸다. 그런데 이번에 그가 시큰둥했다.

"아직 멀었다."

"뭐?"

"이 여자 어릴 적 사진이 있다며? 그걸 보여줘야지."

나태주는 역시 그가 프로라고 생각하고 얼른 휴대전화를 열어 민채원의 어린 시절 사진을 보여주었다. 그는 몽타주에 그 사진을 수정, 보완하더니 마침내 완성작을 나태주에게 건넸다. 비록 몽타주였지만 민채원은 상당한 미인이었다. 갸름한 얼굴에 눈, 코, 입 등의 조화가 동양과 서양의 미를 골고루 갖춘 모습이었다.

"그래, 넌 이 여자가 일전 발생한 K고수부지 방화 살인사건의 배후라고 생각한다는 거지?"

동기생이 담배를 꺼내며 나태주에게 권했다.

"꼭 그런 건 아니야. 하지만 정황상 이 여자를 의심할 수밖에 없어. 어쩌면 그녀도 이 사회, 범죄의 피해자이기도 하지만."

"뭐?"

"그런 게 있어."

나태주는 더 이야기했다간 그에게 너무 많은 정보로 인하여 혼선을 줄까 봐 그만 이 시점에서 화실을 나가고 싶었다.

"태주야, 온 김에 명함 하나 주고 가. 이메일로 몽타주 원본 보내줄게."

그의 부탁에 나태주는 얼른 지갑을 뒤졌으나 명함이 없었다. 곰곰이 생각하니 가방에 있을 것 같아 가방을 챙기려다 뭔가 툭, 하고 떨어졌다. 책이었다. 동기생이 허리를 굽혀 그 책을 주웠다.

"뭐야? 너도 이 책 읽어?"

나태주는 가방을 뒤져 겨우 명함 몇 장을 찾았다.

"아니, 아직 안 읽어봤어. 넌?"

"야! 이런 건 즉각 읽어야지. 얼마나 흥미진진하고 스릴 넘치는데? 제목부터 재미있잖아.『심판의 날』. 나는 이 책을 읽고 정말 감탄했다. 기획부동산 사기로 억울하게 죽은 부모의 복수를 위해 주인공이 가해자를 직접 처단하는 내용인데, 급기야 그들뿐만 아니라 우리 사회의 악들을 차례대로 제거하는 멋진 이야기지."

'복수? 처단?'

나태주는 문득 그때 경찰서 마당에서 나경민과 함께 만난 그 사내, 백우천이 떠올랐다.

권 팀장은 아침 일찍 김유리를 비롯한 형사팀 전원과 의무경찰들을 대동하고 박수무당이 말한 공동체 마을로 향하였다. 물론, 출발 전에 서장을 비롯한 경찰서 고위 간부들에게 반드시 범인을 검거해오겠다고 보고했다. 하지만 아직 눈이 그치지 않아 일부 간부들은 만류하는 분위기였다. 행여 그곳에서 수색작업을 하다 아직 경험이 없는 의무경찰들이 안전사고를 당하면 낭패를 본다는 이유를 들었다. 그런데도 권 팀장이 범인 검거에 돌입하게 된 데에는 경찰서장의 강력한 의지가 작용했다. 연일, 매스컴에서 이 사건으로 떠들어대는 바람에 그도 윗분들을 볼 면목이 없었기 때문이었다.

이번에는 봉고차 두 대를 동원하였다. 대원사 방면으로 가는 내내 차장을 때리는 눈 때문에 권 팀장을 제외한 형사팀 전원은 인상을 찌푸렸지만 어쩔 수 없는 일이었다. 의경들 역시 하필이면 날씨도 궂은 날에 지리산으로 출동하는 것을 불평했다.

선두 봉고차가 마침내 대원사를 지나 일전에 차를 대었던 곳에 주차하자, 권 팀장과 대동하던 박수무당이 난감한 표정을 지었다.

"왜 그래? 이 길이 맞잖소. 우리도 그때 이리 올라갔는데."

권 팀장은 혹시 박수무당이 마음이 바뀔까 봐 걱정스러운 얼굴을 하였다.

"맞긴 맞지만, 저 내리는 눈을 보십시오. 이리 올라가다간 조난 당하기 딱 좋은 날입니다."

그러자 옆에 있던 김유리도 거들었다.

"맞습니다. 팀장님. 아까보다 눈이 더 내리고 있습니다. 무리하게 올라가는 것보다 이다음에 눈이 완전히 그치면 올라가시는 게…."

그러나 권 팀장의 의지는 확고했다. 여기까지 와서 눈앞에 있는 범인들을 포기하고 싶지 않았다. 하지만 그도 주위에서 날씨 운운하자 잠시 고민에 빠졌는데, 그때 문득 김유리가 한 말이 생각났다.

"이봐! 김유리 형사. 그렇다면 이 길로 가지 말고 일전에 네가 말한 대로 직진하여 도평 마을인가? 그래, 거기 차를 대고 올라가는 게 어때? 그쪽이 더 빠르다며."

권 팀장의 말에 김유리는 아차, 했지만, 자신이 한 말도 있고 해서 어쩔 수 없다고 생각했다. 그리하여 결국, 봉고차 두 대는 좁은 산길을 따라 한 시간이나 걸리는 도평 마을로 올라갔다.

도평 마을 주차장엔 마을 주민들의 트럭 몇 대만 있을 뿐, 등산객 차량은 아예 없었다. 아무리 겨울이라지만 이곳에서 천왕봉까지의 거리가 제일 가까워 평소에는 차량이 있는 편이었다. 그만큼 이곳 날씨가 안 좋다는 말이었다. 권 팀장은 박수무당을 제일 앞에 세웠다.

"하긴, 이리로 올라가는 게 아까 그 길보다는 무려 한 시간 정도 단축될 겁니다."

박수무당은 포기했는지 선두에 서서 성큼성큼 걸었다. 그 뒤로 권 팀장과 형사팀원 그리고 의경들이 줄을 지어 따랐다. 하지만 얼어붙은 땅 위로 폭설이 내리는 산길은 상상외로 힘들었다. 오랫동안 산에서 살던 박수무당조차 걸은 지 30분이 채 안 되어 권 팀장에게 쉬어가자고 제안할 정도였다. 그때마다 권 팀장은 박수무당을 비롯한 형사팀원, 그리고 의경들을 다독이며 한발 한발 산으로 올랐다. 그렇게 하여 평소 두어 시간 걸리던 공동체 마을로 가는 팻말 앞에 무려 세 시간이나 걸려 도착했다.

"뭐야? 정의와 공정을 지향하는 민들레공동체 마을? 어이, 무당 선생. 여기가 맞소?"

도평 마을 주차장에서 제일 선두로 걷던 박수무당은 지쳤는지 중간부터 뒤처지더니, 겨우 권 팀장 무리로 들어왔다.

"맞습니다. 여기서부터 우측으로 가면 대략 한 시간이면 도착합니다."

그는 가쁜 숨을 몰아쉬며 재차 선두에 섰다. 인제 조금만 있으면 마을에 도착하여 범인을 검거한다고 생각한 권 팀장은 피곤하기는커녕 신이 나서 박수무당 곁에 재빨리 붙었다. 하지만 뒤를 따르던 모든 자는 이곳에서 10분도 안 쉬어서 불만을 터뜨렸다. 마을까지 한 시간 정도라고 여겼던 일행은 발이 눈더미에 빠지는 악조건 때문에 한 시간 반 만에 겨우 도착했다.

고개를 넘어 마을이 훤히 보이는 언덕에 섰을 때 시간은 벌써 오후 1시였다. 권 팀장은 언덕 근처에서 잠시 쉴 겸 작전계획을 짜야 했으므로, 휴식을 명령했다. 형사팀과 의경들은 각자 가지고 온 도시락으로 점심을 해결했다.

언덕에서 바라본 마을은 꽤 넓었다. 권 팀장의 눈에 먼저 들어온 것은 넓은 밭과 큰 규모의 양계장이었다. 그 앞으로 마을이 형성되어 있었는데 중간에 큰 목조건물이 보였다.

"무당 선생. 저기 저, 큰 목조건물은 무엇이오?"

박수무당은 김밥을 먹다 말고 고개를 돌렸다.

"뭐, 대충 마을회관이나 강당쯤 되지 않겠습니까? 저도 그때 얼핏 봐서요."

"음, 그렇다면 우리는 먼저 저 건물로 간다. 시골 사람들은 비나 눈이 내리는 날엔 쉬기 때문에 아마, 저 건물에 모두 모여있을 거야. 이봐! 조 형사. 그 사이에 자네는 팀원 몇 명과 의경들을 데리고 마을 주변을 에워싸도록! 특히 저 밭과 양계장 주변에 제일 먼저 의경들을 배치하여 단 한 명도 마을을 빠져나갈 수 없게 조치해. 알았어?"

조 형사는 밥을 먹다 말고 건성으로 네, 하고 답했지만, '눈발이 이리 휘날리는데 누가 얼어 죽으려고 마을을 빠져나간단 말이야.' 하고 속으로 중얼거렸다.

"김유리는 여기 무당 선생과 나와 함께 저 건물로 간다. 알았지?"

"그러죠."

"자! 우리 팀원들은 혹시나 모르니 반드시 실탄 장전을 하도록! 그리고 무슨 일이 생기면 아까 지급한 호루라기를 불어. 자! 조금만 참아. 이제 우리는 범인 검거에 들어간다. 그놈들만 잡으면 우리는 게임 끝이야. 다들 알겠나?"

잠시 후, 아까의 느슨한 분위기와는 달리 권 팀장을 비롯한 형사팀들은 발 빠르게 움직였다. 조 형사가 다른 형사와 함께 조를 나누어 의경들을 마을 주변에 배치하였고 권 팀장 일행은 정문으로 들어가 마당을 가로질렀다. 김유리가 앞서 건물 문을 세차게 두드렸다. 그러자 어떤 사내가 나왔다. 그는 민서라의 수행원이자, 청년들의 안내원이었다.

"누구시죠? 무슨 일로?"

권 팀장이 재빠르게 앞으로 나서서 사내에게 신분증을 보여주었다. 그래도 사내는 시큰둥한 표정을 지었다.

"여기 책임자가 누구요? 책임자를 만나고 싶습니다."

"무슨 일인지 묻지 않습니까?"

사내는 경찰을 눈앞에 두고도 튕겼다. 권 팀장은 약간 당황했으나, 대수롭지 않은 태도로 일관했다.

"이봐요. 경찰이 이곳을 방문했을 땐, 뭔가 이유가 있겠지요. 당신은 누구요? 여기 책임자요? 아니면 얼른 그 사람을 불러주세요."

그런데도 사내는 막무가내로 출입문 앞에 서서 여기에 온 이유를 말하라며 실랑이를 벌였다. 그때였다. 출입문이 열리면서 젊은 여자가 나왔다.

"무슨 일인가요?"

권 팀장과 김유리 그리고 박수무당은 도도한 자태를 뽐내는 그녀를 보고 깜짝 놀랐다. 피부는 백옥 같고 얼굴은 석류 같이 붉으며, 눈은 초롱초롱한 여자는 한눈에 봐도 굉장한 미인이었다. 그녀는 민서라였다. 그런 그녀에게 권 팀장은 언제 준비했는지 영장을 꺼냈다. 그리고는 그녀에게 일전 K고수부지에서 일어난 방화 살인사건 때문에 제보가 들어와 이곳을 수색하러 왔다고 딱 부러지게 말했다.

"그래서 범인 두 명이 우리 마을에 있다, 그 말씀인가요?"

민서라의 말이 워낙 추상적이어서 권 팀장은 자신도 모르게 대답 대신 고개만 끄덕였다.

"일단, 들어오세요. 날이 차갑습니다. 손님을 현관 앞에 두는 것도 예의가 아니죠."

그녀의 말에 권 팀장은 박수무당을 앞세우고 김유리와 함께 안으로 들어갔다. 복도를 따라가니 맨 안쪽에 사무실이 있었다. 민서라는 안내원에게 차를 준비시키면서 모두를 소파에 앉게 하였다.

"누가, 어떤 제보를 했기에 이렇게 춥고 폭설이 내리는 날에 형사님들이 이곳에…."

그때 권 팀장이 기선제압을 위해 민서라의 말을 끊었다.

"먼저 이곳 분들, 마을 사람들 명부를 보여주시고, 우리 팀원들이 마을 수색을 할 수 있도록 허락해주시기를 요청합니다."

갑작스러운 권 팀장의 요청에도 민서라는 차를 준비하는 안내원에게 눈짓으로 뭔가를 지시했다. 마치 경찰이 이곳으로 올 줄 알고 있었다는 표정이었다. 잠시 후, 따뜻한 차와 함께 마을 명부가 탁자 위에 놓였고, 안내원은 권 팀장의 요청대로 마을방송을 하였다. 어떤 일로 경찰들이 집을 수색하는데 협조를 당부한다는 내용이었다. 그제야 권 팀장은 밖에 있는 조 형사에게 전방위적인 마을 수색을 명령했다.

"이제 됐나요? 그래, 형사님들이 찾는 범인들은 도대체 누군가요?"

민서라는 짐짓 아무것도 모른다는 표정을 지으며 손님들에게 차를 권했다. 그때 그녀와 박수무당의 눈이 마주쳤는데, 웬일인지 옆에 있던 김유리도 느낄 만큼 박수무당이 움찔했다.

"여기 보니 대부분 연세 드신 분들 같은데…. 아! 아래쪽 명단에 청년들이 열 명이나 있네요."

권 팀장이 의기양양한 듯 볼펜으로 청년들 이름을 확인하며 내려갔다.

"산골 공동체 마을이 다 그렇죠. 그 청년들은 얼마 전, 산골 생태 마을 체험차 전국에서 온 분들입니다. 여긴 연로한 분이 많으시니 농사와 양계 일을 도와주고 있죠."

"언제 왔단 말입니까?"

"형사님이 말씀하시는 K고수부지 방화 살인사건이 있던 날요. 시외버스 승차권을 보관해 두었으니 금방이라도 확인 가능합니다."

권 팀장은 묻지도 않았는데 청년들은 확실한 알리바이가 있다는 그녀의 말에 약간 이상한 느낌이 들었다. 어차피 그건 잠시 후, 청년들을 따로 불러 조사하면 되겠다 싶어 그녀에게 단도직입적으로 물었다.

"제보에 따르면 이곳에서 한 달에 한 번씩 솔봉 근처로 사체를 운반하여 불법으로 매장했다는데 사실입니까?"

그러자 민서라가 크게 웃었다. 그녀의 웃음에 김유리와 박수무당은 그만 깜짝 놀라고 말았다.

"사람의 시신을 말하는 건가요? 아니면 동물?"

그러자 권 팀장이 이런 분위기에선 사실조사가 이루어지지 않겠다고 판단했는지 그녀를 향해 고함을 질렀다.

"이봐요! 당신. 내가 지금 장난하는 것 같소? 난 K고수부지 방화 살인사건의 범인이 이 마을로 잠입했다는 첩보를 입수하고 그들을 체포하러 온 대한민국 경찰이란 말이오. 빨리 묻는 말에 대답이나 하세요. 사체를 불법으로 매장한 사실이 있는지, 그리고 범인들을 어디에 숨겨뒀는지."

하지만 권 팀장의 말에도 그녀는 태연하게 탁자 위에 있는 담뱃갑에 손을 넣어 한 개비를 빼 입에 물었다. 그러자 옆에 서 있던 안내원이 불을 붙여주었다.

"무슨 개뼈다귀 같은 말을 그리 함부로 하시나요? 여기가 어디라고."

"뭐?"

민서라의 무례한 대응에 권 팀장은 결국, 권총을 빼 들었다.

솔봉 아래 사체

그녀의 뱃속에 꽃이
붉은 꽃이 만발했다네요
그토록 붉은 꽃이 피어 있을 줄이야.
아무도 몰랐다네요
무화과처럼 속으로 피어난 꽃
억장이 무너집니다

하필이면 오월에
이젠 마음 비웠다는 한마디만 두고
마흔 살의 꽃은 산화되어
영원한 숲으로 흐트러집니다
뻐꾸기 말고도 피 흘리며 우는 이들은
명주실 같은 파리한 영혼을 놓지 못해
시퍼렇게 혼절합니다
얼마나 오랜 세월이 지나야만
무심한 얘기가 되는지 모릅니다.

—길영수, 「산화(散花)」

그러자, 민서라의 수행원이 그녀를 가로막으며 공격 자세를 취했다.

김유리 역시 이 돌발적인 사태에 자신도 허리춤에 있는 권총을 꺼냈다. 그러다 보니 탁자 위에 있던 찻잔들이 바닥으로 떨어지는 등 좁은 사무실 안은 아수라장이 되었다. 오직 한 사람, 박수무당만 고개를 파묻고 벌벌 떨고 있었다.

"아니, 하지 마요. 비켜요."

이 상황을 정리한 것도 민서라였다. 그녀는 수행원을 바깥으로 밀치더니 권 팀장에게 자신의 무례한 언행에 관하여 정중히 사과하였다. 그녀의 사과에 권 팀장은 못 이기는 체하며 자리에 앉으니 사태는 일단락되는 듯 싶었다.

"제가 해명을 해드리죠. 솔봉 밑의 사체는 우리가 키우는 짐승들의 사체입니다. 네. 그것도 불법이라 하면, 불법이니 그에 합당한 과태료는 물겠습니다. 그리고 자꾸 범인 운운하시는데, 여긴 국가와 사회로부터 버림받은 오갈 데 없는 노인들이 모여 그저 짐승이나 키우고 농사지으며 자급자족하는 공동체 마을입니다. 이런 곳에 우리가 범인을 왜 숨겨줄 것이며, 설사 그들이 우연히 우리 마을에 왔다면 당연히 제가 신고하지 않았겠습니까? 형사님은 이리 주장하시는 연유와 근거가 뭣인지요?"

민서라가 의외로 차분하게 답변하자 권 팀장도 질세라 자신도 논리적으로 나가야겠다고 생각했다.

"좋소, 동물의 사체라 칩시다. 그런데 사체를 왜 마을 안에 묻지 않고 그곳에 파묻는 이유는 무엇이고, 또 그것들은 불에 태운 연유는 무엇인지 이번엔 내가 묻고 싶네요."

민서라는 권 팀장이 만만치 않은 경찰이라 판단했다.

"그건 솔직히 말씀드리면 마을 예산이 부족하기 때문입니다. 여기가 겨울이 되면 좀 춥습니까? 나름대로 짐승들을 잘 보살피고는 있지만, 난방비가 턱없이 부족합니다. 그러니 얼어 죽고 병들어 죽은 짐승들이 생길 수밖에요. 그러다 보니 마을 매장지에는 죽은 짐승들이 포화상태입니다. 또한, 그들을 불에 태우는 이유는 우리 고유의 종교의식 때문입니다. 사람과는 달리 짐승들은 불에 태워야만 그들만의 천국에 다다를 수 있다는 믿음 때문이지요. 이 정도면 만족할만한 답변인지요?"

권 팀장은 민서라의 말이 맞는 것 같기도 하고 아닌 것 같기도 하여 대꾸를 망설이다, 옆에 아직도 머리를 처박고 있는 박수무당의 허벅지를 발로 찼다.

"어떻게 된 거야?"

박수무당은 갑작스러운 발차임에 권 팀장과 민서라의 눈치만 살폈다.

"호호, 이제야 알겠네요. 이 모든 것의 제보자가 저기 앉아 있는 박수무당님인가 보군요."

민서라가 야릇한 웃음을 지었다.

"이자를 아시오?"

"그럼요. 지리산 바닥에서 저 황당무계한 박수무당을 모른다면 그건 지리산 사람이 아니죠. 그래, 박수 양반! 아직도 죽은 아들을 살리기 위해 우리가 버린 짐승의 심장을 훔쳐가나요?"

민서라의 말에 권 팀장은 어안이 벙벙했다. 그녀는 박수무당을 잘 알고 있을 뿐 아니라, 이 자의 괴이한 행각까지 파악하고 있었다. 그렇다면 자신은 아무런 검증 없이 박수무당의 거짓말에 놀아난 셈이었다.

"이봐! 어떻게 된 거야? 저 여자분의 말이 사실이야? 그런데 왜 나한테는 다른 말을 했어? 응? 너 지금 날 놀려!"

권 팀장은 얼마나 화가 났던지 아까까지만 해도 그를 선생이라 부르며 존대했건만, 이제 아예 말을 놓고 있었다.

"아닙니다. 제가 팀장님께 거짓말을 할 리가 있습니까? 저기 저분, 네, 저, 저 여자분이 거짓말을 하는 겁니다."

그는 얼마나 떨었는지 말을 더듬고 있었다. 그런 박수무당을 민서라는 매서운 눈초리로 꼬나보았다.

"아니, 제 말은 저 여자분이 잘 못 알고 있다는 말입니다. 그때 사체를 옮긴 사람들은 젊은 남자였거든요. 그래서 저 여자분은 잘 모를 수도 있지 않겠습니까?"

"뭐? 이 새끼가! 똑바로 말해 봐. 횡설수설하지 말고."

권 팀장이 재차 손을 들어 박수무당의 머리를 때리려 하자 그는 잽싸게 옆으로 피하며 민서라의 눈치를 보았다. 이번에 그녀가 한마디 했다.

"이봐요. 박수 양반. 저를 잘 아시죠? 또 제가 여기 책임자인 것도 아시고 있죠? 그렇다면 제가 모르는 일을 직원들이 몰래 할 수 있다고 생각하진 않죠? 그 일은 당신이 잘못 본 겁니다. 사람 사체라뇨? 그건 가당치 않은 말이고, 분명 짐승의 사체입니다. 알겠습니까?"

권 팀장은 비로소 자신이 이 황당무계한 박수무당의 말만 믿고 무작정 이곳으로 온 것을 후회했다. 그런데 그때 옆에서 침묵을 지키던 김유리가 나섰다.

"사람 시체건 동물 사체건 그건 현장 확인만 하면 금방 알겠네요. 팀장님. 오늘은 무리이니 내일 다시 와서 솔봉을 수색해요. 그러면 누구의 말이 맞는지 알 수 있을 거잖아요."

그러고 보니 김유리의 말이 맞았다. 그러자 박수무당도 권 팀장에게 넌지시 눈짓으로 그렇게 하자고 하였다. 결국, 권 팀장도 그렇게 하기로 하고 민서라에게 이곳에 체험 와있던 청년들을 불러 달라고 요청했다. 그녀의 말이 맞는지 아닌지는 자신이 직접 조사해보면 알 것이었다.

"정 그들을 만나보시려면 우리가 그들이 있는 곳으로 가죠. 바로 옆 강당에 있습니다."

민서라가 일어서자 안내원이 먼저 사무실 문을 열었다. 권 팀장은 김유리에게 청년들의 명부를 챙길 것을 지시했다. 이번에도 권 팀장은 박수무당을 앞세웠다. 지금까지 행적으로 봐서 권 팀장은 비록 그가 탐탁지 않았으나, 범인들의 얼굴을 아는 유일한 자란 것을 상기했다. 권 팀장은 그가 대충 그린 범인들의 몽타주를 품속에서 꺼냈다.

청년들은 강당 안에 둥글게 모여 앉아 토론하고 있었다. 민서라와 낯선 사람들이 들어왔는데도 아무렇지도 않은 듯 어떤 문제에 관해 열띤 논쟁을 벌이고 있었다. 권 팀장이 언뜻 듣기에 '농사'에 관한 내용이었다.

"물론 유기농 농법이 땅을 살리고 여러 생명을 살리는 데 동의하지만, 이 마을 특성상 그런 방식은 무리가 있다고 봅니다. 대다수가 환갑을 넘긴 노인분들이 일일이 잡초를 뽑고 인분을 뿌리는 것은 불가능합니다. 게다가 유기농 농작물을 수확한다 하더라도, 가격이 비싸 마트나 백화점 등에 납품이 어렵다는 거죠."

한 청년이 자신의 주장을 펴자, 다른 청년이 또 다른 자신의 견해를 폈다.

"그 말도 일리는 있어요. 하지만 이곳은 자급자족에 뿌리를 둔 마을입니다. 우선은 생산된 농산물을 마을 주민이나 이웃분들이 소비하고, 남으면 굳이 마트나 백화점 등에 납품하지 않더라도, 인근 도시의 아파트와 직거래할 수 있습니다. 노동력 문제도 그래요. 우리 같은 청년들이 농사철에 투입되어 마을 주민들을 도우면 충분히 가능하다 봅니다."

청년들끼리 논쟁을 벌이는 동안 권 팀장은 박수무당이 그려준 몽타주를 꺼내 청년들 하나하나를 대조하는 한편, 박수무당에게도 그들을 자세히 살펴보라고 시켰다. 그때 민서라가 나섰다.

"잠깐만요. 잠시만 토론을 멈추어 주시고 여기를 봐주세요. 이분들은 우리 지역 경찰서에서 나온 분들입니다. 여러분께 몇 가지 조사할 게 있다 하니 협조해주시기 바랍니다. 자, 권 팀장님 물어볼 게 있으면 지금 하시죠."

권 팀장은 몽타주 대조를 멈추고 청년들에게 간략하게 자신을 소개했다. 그리곤 민서라에게 대략 30여 분의 시간을 청년들과만 있겠다고 정중하게 부탁했다. 그 말은 수사에 방해되니 민서라는 빠져달라는 소리였다. 그러자 민서라는 흔쾌히 승낙하고 수행원과 함께 강당을 나갔다. 권 팀장은 청년들과 면담 전에 박수무당에게 넌지시 물었다.

솔봉 아래 사체 135

"어때? 여기에 놈들처럼 보이는 자가 있나?"

권 팀장은 자신도 모르게 침이 꿀꺽, 하고 넘어갔다. 속으로 제발 청년 중에 범인이 있었으면, 하는 애타는 바람이 있었다. 하지만 박수무당은 절레절레 고개를 저었다.

"없습니다."

"확실해? 그래도 한 번 더 자세히 봐봐. 당신이 잘 못 볼 수도 있잖아."

"아무리 봐도 제가 본 그자들은 여기에는 없습니다."

박수무당의 대답에 권 팀장은 힘이 쭉 빠졌다. 그렇다면 굳이 자신이 청년들을 면담할 필요가 없었다. 권 팀장은 김유리를 시켜 청년들을 조사하라고 지시하고 박수무당을 데리고 강당을 나왔다. 밖엔 아직도 많은 양의 눈이 내리고 있었다. 권 팀장은 담배 한 개비를 물었다. 그의 옆에서 박수무당은 안절부절못하고 있었다.

"당신, 설마 내게 거짓말한 건 아니지? 분명히 이 마을 사람들이 솔봉에 사람의 시신을 묻었고, 그 시신을 묻은 자, 즉 범인이 이 마을로 들어간 건 확실하지?"

"그럼요. 제 두 눈으로 똑똑히 봤습니다. 제가 감히 거짓말을 올릴 수가 있겠습니까?"

"그런데 아까는 왜 확실하게 주장하지 못하고 그 여자 앞에 죽은 뭐처럼 찍소리 못하고 있었어? 둘이 원래부터 아는 사이였어?"

권 팀장이 다그치자 박수무당은 별다른 대답도 못 하고 그저 고개만 숙이고 있었다. 그건 박수무당이 차마 밝힐 수 없는 자신의 또 다른 범죄행각 때문이었다. 민서라와 관련된 그 사건이 일어난 것은 지난해 늦여름 무렵이었다. 점집 바위 안에서 기도하던 박수무당은 피로를 풀 겸 솔봉으로 산책하러 나갔다. 솔봉에는 작은 계곡이 하나 있었는데 평소 사람이 거의 다니지 않아 그는 그곳에서 목욕이나 할까, 하고 찾은 것이다. 그런데 그 계곡에는 마치 하늘에서 내려온 선녀 같은 여자가 이미 목욕을 하고 있었다. 그는 순간적으로 음욕이 생겨 그녀가 목욕이 끝날 때까지 그녀의 옷을 들고 기다렸다.

이윽고 여자가 옷 있는 곳으로 올 때 그는 여자를 덮쳤는데, 웬걸, 그는 순식간에 여자의 발차기에 뒤로 꼬꾸라지고 말았다. 당연히 그 여자는 민서라였다. 여자가 예사 사람이 아닌 것으로 판단한 그는 그날, 몇 시간 동안 그녀 앞에 무릎 꿇고 용서를 빈 다음에야 풀려날 수 있었다.

"그, 그저 지리산에 왔다 갔다, 하며 얼, 얼굴 정도 아는 사이일 뿐입니다."

권 팀장은 박수무당이 말 못 할 사연이 있는 것으로 짐작했지만, 별로 중요한 일이 아니어서 그냥 넘기기로 했다. 그보다 마을을 수색 중인 조 형사 일행이 어떤 성과가 있는지가 궁금하였다. 권 팀장은 즉각 조 형사에게 무전을 날렸다.

"어때? 뭐 좀 발견했어?"

"지금 집집마다 수색 중입니다. 그런데 팀장님! 여긴 말 그대로 노인들뿐, 젊은이는 도통 보이지 않습니다. 어떡할까요? 지금 대원들이 춥고 배고프다고 난리입니다. 여기서 그만둬야 할 것 같은데요?"

"무슨 개소리야! 안 돼. 집뿐만 아니라 축사, 창고 등을 다 뒤져서라도 오늘 그놈들을 꼭 잡아야 해. 기다려. 내가 그리 갈 테니."

조 형사의 말대로 오후가 되자 눈은 더 내리고 날은 몹시 추웠다. 그런데도 권 팀장은 놈들을 꼭 잡고 말겠다는 전의를 불태우고 있었다.

나태주는 화실을 나와 곧바로 자신이 근무하는 서로 갈까, 하다 문득 어제 권 팀장과의 전화통화를 기억해 내었다. 그들은 아마 지금쯤 범인을 잡기 위해 지리산 일대를 수색하거나, 지금쯤 하산하고 있을 것이었다. 따라서 지금 들어가도 한참을 기다려야 권 팀장을 비롯한 팀원들을 볼 거로 생각하고, 이참에 J시의 경찰서에 잠시 들러야겠다고 생각했다.

민채원의 언니 집 그리고 원룸 주인의 아들 방에서 발견한 그 이상한 외국어 편지를 해독하려면 자신이 근무하는 서보다 이곳에 있는 경찰서 과학수사팀이나 지능범죄팀의 수사관들이 나을성싶었다. J경찰서는 나태주가 경찰학교를 졸업하고 처음 발령받은 곳이었다. 당연히 그곳에는 안면 있는 선후배와 동기생이 몇 있었다. 정문을 통과한 나태주는 지능범죄팀으로 가려다 별관에 있는 과학수사팀으로 향했다. 문득 대학에서 에스파냐어를 전공하고 대학원에서 역사를 전공한 후배, 성용옥 경장이 떠오른 것이었다.

작년 연말에 업무 때문에 통화한 적이 있어 그가 생각이 났다. 단지 그가 이 시간에 외근을 갔는지가 관건이었는데 다행히 그는 사무실에 있었다. 나태주는 바쁘게 일하는 직원들에게 눈인사한 후, 그의 곁으로 갔다. 그는 컴퓨터 화면에 눈을 고정한 채 나태주가 온 줄도 모르고 있었다.

"뭐야? 왜 이리 바빠? 사람이 왔는데도 모르고."

나태주가 그의 어깨를 살짝 건드리자 그제야 그는 놀란 얼굴로 나태주를 보았다.

"아니? 언제 왔습니까? 요즘 그 사건 때문에 아주 바쁠 텐데. 에이, 미리 연락이나 주시지."

"그 사건 때문에 왔어."

"네?"

나태주는 대충 오늘 방문한 이유를 설명하고 민채원의 방에서 찍은, 휴대전화에 저장된 이상한 외국어로 쓰인 편지를 그에게 보여주었다.

"이게 혹시 에스파냐어 아냐? 아님, 그 비슷한 언어?"

나태주의 다그침에 성용옥 경장은 한참이나 휴대전화를 바라만 보고 있었다. 그러더니 한참 후에 입을 열었다.

"에스파냐어와 비슷하게 보이죠? 하지만 아닙니다. 이건, 국제공용어인 '에스페란토어'입니다. 물론, 한때 대학가에서 굉장히 유행했지만, 지금은 거의 사용하지 않는 사어(死語)라고 할까요?"

"에스페란토어?"

"네."

에스페란토어는 1887년에 폴란드 안과 의사 '루드비코 라자로 자멘호프' 박사가 창안한 배우기 쉬운 국제공용어이자 가장 대표적인 인공어였다. 에스페란토 사용자들은 '1 민족 2 언어주의'에 입각해 같은 민족끼리는 모국어를, 다른 민족과는 중립적인 국제 공용 보조어인 에스페란토를 사용하며 그 언어를 사용하는 자를 '에스페란티스토'라고 하고 에스페란토어를 상징하는 것은 초록별로서 초록은 평화를, 별은 희망을 나타낸다고 알려져 있었다.

나태주는 기억이 설핏 났다. 대학 다닐 때 에스페란토 동아리가 있었는데 그때만 해도 그는 그게 에스파냐어인 줄 알았다. 그래서 성용옥 경장을 찾아왔는데, 오히려 더 잘된 일이 되었다.

"그러니까, 이게 그 사건의 용의자와 '두류산'이라는 자가 주고받은 편지네요."

성 경장은 몇 번이나 고개를 끄덕이며 휴대전화의 편지를 아래위로 훑어 내려갔다.

"그렇지, 어때? 판독이 가, 가능해? 무슨 내, 내용이야?"

나태주는 조급증 때문에 말까지 더듬었다. 하지만 성 경장은 이내 풋, 하는 웃음을 터뜨렸다. 나태주는 그의 웃음이 무엇을 의미하는지 궁금해 미칠 지경이었다.

"뭔데? 빨리 말해 봐."

성 경장은 한참을 웃은 뒤에 말을 이었다.

"둘만의 암호입니다. 사랑의 암호. 하하."

"뭐?"

나태주는 성 경장의 말에 힘이 쭉 빠졌다. 행여 이 편지에 사건의 중요한 단서가 있지 않을까, 하고 내심 기대했던 나태주로선 솔직히 허탈했다.

"그래도 한 번 더 봐봐. 행여 '두류산'이란 자의 행적이나 정보 같은 건 없어?"

"글쎄요. 그런 것은 없는데, 약간 생소한 단어가 보입니다. 예를 들면, 심판, 화형, 처단, 초월, 영생, 종말, 환생, 극락, 나락, 응? 이건 뭐지?"

"뭔데? 무슨 단어인데? 마이트리야?"

"불교 용어입니다. 친구를 뜻하는 미트라의 파생어입니다. 그러니 구태여 우리말로 번역하자면 '미륵'쯤 되는데요?"

나태주는 난생처음 들어보는 단어에 머리가 어질했다. 그나마 성 경장이 독실한 불교 신자이자, 인문, 언어, 종교 등에 밝은 게 정말 다행이었다.

"편지 주된 내용이 사랑이라며? 그런데 왜 그런 단어가 나오는 거지?"

나태주는 정말 몰라서 물었다.

"음. 제가 실수했네요. 전 단지 이 '그대가 곁에 있어도 나는 그대가 항상 그립다.' 하는 말이 첫 구절에 있어서 단순히 연애편지인 줄 알았습니다. 왜냐하면, 그 구절은 유명한 시인이 쓴 시집 제목이잖아요. 우리 대학 다닐 때 연애편지를 쓴다 하면 꼭 들어가는 말이어서 유치하다 생각했는데, 아닌 것 같습니다. 특이하게도 이 두 사람은 육체적인 사랑을 경멸하고, 오로지 높은 차원의 정신적인 사랑을 추구하는 사람 같습니다. 거기에다 종교적인 색채가 굉장히 강해요. 무엇보다 여자가 '두류산'이란 남자를 무척 존경하는 것 같습니다. 매 구절에 '두류산'을

'생사를 초월한 미륵 선생님'이라고 부르고 있어요."

"종교라, 그럼 어떤 종교적인 색깔이란 말인지."

"글쎄요. 이 편지에 불교 용어가 나온다고 해서 단순히 불교라고 볼 수 없습니다. 기독교는 더더군다나 아니고, 아마 신생 종교인가 본데요?"

성 경장의 말을 들을수록 나태주는 자신이 나락으로 떨어지는 것 같았다. 도무지 종잡을 수 없는 민채원과 두류산의 관계였다.

"혹, 사이비 교주와 신도 같은 관계는 아닐까?"

나태주는 자신이 이런 질문밖에 할 수 없는 게 스스로 한심스러웠지만, 수사를 위해 어쩔 수 없다고 생각했다.

"단순히 그런 관계는 아닙니다. 둘은 정신적으로, 영적으로 매우 긴밀한 관계입니다. 마치 한 몸에 두 명의 인간으로 살아가는 '샴쌍둥이', 아니면 전생에 한 몸이었으나 현생에 두 몸으로 태어난 사람 같다고나 할까요?"

성 경장의 말이 완전히 이해되는 것은 아니었지만, 나태주는 일단 고개를 끄덕였다. 자신이 생각해도 이 두 사람은 보통 사람들의 남녀관계가 아닌 것이 확실했다. 왜냐하면, 요즘 젊은 사람 중에 자신의 연인, 혹은 배우자더러 '존경'이라는 말을 쓰는 자가 하나도 없기 때문이었다. 그런 생각으로 나태주가 고개를 절레절레 흔들 때였다. 성 경장이 편지의 한 구절을 직접 읽어주었다.

"종말의 날에 악인들은 모조리 불에 태워지고, 우리는 그날에 구름 타고 죽음도 고통도 없는 천상(天上)으로 올라갈 것이다. 이거 꽤 무시

무시한데요?"

성 경장은 섬뜩한 기분이 들었는지 혀를 내둘렀다. 나태주는 그가 읽어주는 구절을 듣고 민채원과 두류산은 신비주의 종교와 어떤 연관이 있다는 사실이 확실했다.

"그런데 선배님, 이거 조금 이상합니다. 가만히 생각해보니 그 구절은 기독교인들이 주장하는 '심판의 날'에 예수께서 구름을 타고 와 믿는 자만 하늘로 들어 올린다는 말과 흡사하네요. 따라서 이들이 추종하는 종교는 기독교의 교리를 본뜬 유사종교 같습니다."

"그런 것 같네. 실제로 종말론을 앞세우는 어떤 교회에서 휴거를 주장하여 사회적으로 큰 문제가 된 적도 있었지."

"자! 그렇다면 이젠 됐죠? 대충 번역해주었으니 제 소임은 끝난 겁니다."

성 경장은 자기 일도 바쁘다는 듯 아까 보고 있던 문서를 컴퓨터 화면에 불러들였다. 그때 나태주는 또 하나의 편지가 퍼뜩 생각났다. 그건 민채원 때문에 아들이 집을 나갔다던 원룸 주인이 나태주에게 건네준 것으로, 아들의 방에서 발견한 같은 종류의 편지였다.

"미안해. 하나가 더 있어. 이것만 번역해주면 고맙겠다."

"이건?"

"말하면 긴데, 간단히 아까 그 여자와 어떤 젊은이와의 편지야. 역시 네 말대로 에스페란토어로 쓰여 있어."

나태주의 부탁에 성 경장은 서너 장 되는 편지를 미동도 하지 않고 그 자리에서 읽었다. 하지만 아까처럼 쉽게 내용을 알아보지 못하는 것 같았다. 나태주는 편지 내용이 꽤 어렵구나, 하고 생각할 뿐이었다.
"왜 그래? 너무 어려워?"
성 경장은 그제야 내용파악이 되었는지 고개를 끄덕였다.
"이건 아까처럼 사랑 편지가 아닌데요? 어떤 종교에 관한 교리와 맹세, 의식에 관하여 누군가 일방적으로 남자에게 보낸 편지입니다. 그 '누군가'는 아까 그 여자가 되겠지요."
"그래? 그럼 뭐라 쓰여있지?"
나태주가 궁금해하자 성 경장은 고개를 살랑살랑 저었다.
"초반엔 이 종교의 교리를 설명한 듯합니다. 내용이 어려워서 이건, 제가 정확히 말씀드릴 순 없지만, 밑으로 내려가니 첫째, 때가 임박했다. 종말? 심판? 대충 그럴 때를 말하는 모양입니다. 둘째, 불의 신성함을 믿으라는 구절이 있네요. 그리고 세 번째가 이 모든 것은 나와 그대를 주관하시는 이, 곧 '처음이자 마지막이요, 알파요 오메가인 미륵, 그분이 영원히 보호하시리라' 하고 끝맺습니다."
나태주는 앞이 캄캄했다. 편지 속 내용이 진정으로 뭘 말하는 건지, 도대체 민채원과 원룸 주인 아들은 어디에 있는지, '두류산'이란 자가 실재하는지, 한다면 그 역시 어디에 있는지 등 그들과 그들이 추종하는 종교가 무엇인지 모든 게 궁금했다.
"아! 선배님. 편지 초반 내용을 조금 알 것 같습니다. 이건, 우리 고유 신앙인 증산도에 관한 교리 같은데요?"
성 경장의 뜬금없는 말에 나태주는 깜짝 놀랐다. 그러거나 말거나 성 경장은 갑자기 인터넷을 검색하기 시작했다.

"확실합니다. 편지 첫 구절에 관한 내용은 증산도 교인들이 읽는 『격암유록』입니다."

"격암유록?"

나태주는 갈수록 힘이 빠지고 있었다.

권 팀장은 낭패를 맛보았다. 조 형사와 합류하여 그때부터 두어 시간을 샅샅이 마을을 수색했지만, 아까 강당에서 봤던 청년 외에 젊은이들을 아예 볼 수가 없었다. 조금 있으면 날이 저물 수 있어 늦어도 삼십 분 내에 하산해야 할 처지에 놓이자 권 팀장은 무엇인가 결심하였다.

"모두 하산하도록 해. 단, 나와 여기 박수무당은 여기 남는다. 조 형사와 김유리가 책임지고 의경들 인솔해서 경찰서로 돌아 가."

권 팀장의 표정이 워낙 비장하여 그의 지시를 따르지 않을 수 없는 분위기였다.

"남아서 뭘 하시게요? 행여 솔봉에 올라가시려고?"

김유리가 혹시나, 하는 마음으로 물었는데 권 팀장은 고개를 끄덕였다. 옆에 있던 조 형사는 한숨을 쉬었다.

"팀장님! 그냥 함께 복귀하시고 내일이 아니라 눈이 완전히 그치면 그때 함께 오시죠? 내일도 지리산 일원은 대설주의보랍니다."

김유리의 말에도 권 팀장은 아랑곳하지 않고 마침, 마을을 찾아온 민서라에게 오늘 하루 이곳에서 묵겠으니 빈방이 있으면 하나만 쓰겠다고 요청했다. 민서라는 권 팀장과 김유리의 대화를 들은 것 같았다.

"방이야 많지만, 저기 여형사님 말씀대로 내일도 눈이 많이 내린답니다. 그냥 눈 그치고 나면 솔봉에 가시죠?"

그런데도 권 팀장은 이곳에 남아 내일 아침 일찍 솔봉에 가겠다고 의지를 굽히지 않았다. 이에 할 수 없이 김유리와 조 형사는 의경을 인솔하여 하산했고 권 팀장과 박수무당은 마을 가운데 허름한 농가로 들어갔다. 민서라 측에서 제공한 반주를 곁들인 권 팀장과 박수무당은 그날 밤 세상모르게 잠이 들었다. 하지만 야심한 시각에 솔봉에 오르는 자가 있었으니 그들은 민서라의 수행원과 청년들이었다.

다음 날 아침, 간단히 아침을 먹은 권 팀장은 박수무당을 재촉하여 마을을 나섰다. 마을을 벗어나 사무실이 있는 본관 쪽을 걸어 나오자 어느새 민서라가 나와 있었다. 그녀의 손에는 까만 비닐봉지 하나와 휴대용 삽, 그리고 곡괭이 한 자루가 있었다.

"이건?"

"산에서 먹을 간단한 요깃거리입니다. 그리고 땅을 파려면 최소한 이것들도 필요할 것 같아서요."

그렇게 민서라는 야릇하게 웃었다. 권 팀장은 한편 자신을 배려한 그녀가 고마우면서도 이상한 열패감을 느꼈다. 오랜 기간 강력사건에 관여한 권 팀장은 심증은 있는데 물증은 없다는 생각이 퍼뜩 들었다. 그때 멀리 산에서 마을 입구로 들어오는 한 무리의 사람들이 있었다.

"저 사람들은…."

권 팀장은 실눈으로 마을 입구를 쳐다보았다.

"수행원과 어제 본 청년들입니다. 아침마다 산을 오르내리며 운동하죠. 요새 보기 드문 청년들입니다."

민서라의 말이 끝나자, 권 팀장은 그녀에게 묵례하고 마당을 가로질 렀다. 이어 마당으로 들어오는 수행원과 눈이 마주쳤는데 그의 눈빛도 민서라의 눈빛과 비슷했다. 수행원은 가볍게 고개 숙여 인사했고 청년들은 말이 없었는데 다들 땀이 비 오듯 흐르고 있었다.

"재수 없어!"

박수무당이 입을 삐쭉거렸다.

"누가?"

"아까 그년이나 지금 저놈 둘 다요!"

박수무당의 말에 권 팀장은 웃으면서 그의 허벅지를 발로 찼다.

"그러니까 오늘 솔봉에서 네가 봤다던 사체를 반드시 찾으면 될 것 아니야? 어때 장소는 확실하게 기억하고 있지?"

권 팀장은 이제 노골적으로 박수무당을 하대하고 있었다.

"그럼요. 기억하다마다요. 오늘 그것만 확인되면 당장 저 연놈들을 연행합시다."

"시끄러워! 네가 경찰이야? 넌 그 장소만 확인하고 삽과 곡괭이로 땅만 잘 파면 돼."

역시 솔봉으로 가는 길은 멀고 험했다. 대설주의보가 내렸다는 말은 사실이었다. 가는 내내 눈은 그치지 않고 내렸으며, 눈 쌓인 땅은 발만 디뎌도 푹, 하고 빠질 정도였다. 그렇게 힘들게 걸어 세 시간 만에 솔봉에 도착했다.

"여깁니다."

박수무당은 숨을 헉헉거리면서도 자신의 결백을 증명할 장소를 찾은 게 기쁜 모양이었다.

"그래? 확실해? 그럼, 시작하자."

권 팀장 역시 마음이 바빴다. 이곳에 묻힌 게 짐승의 사체가 아닌 사람 사체란 게 확인만 된다면, 민서라의 진술은 거짓이 되고, 그렇게 되면 박수무당의 말대로 범인은 분명 마을에 있거나 마을에서 숨긴 게 되는 거였다. 둘은 추운 것도 배고픈 것도 잊고 삽과 곡괭이로 땅을 파 들어갔다. 그렇게 한참을 팠을까. 과연 하얀 천으로 덮인 무엇인가가 있었다.

'제발!'

권 팀장은 속으로 제발 이게 사람의 시신이길 바랐다. 그건 박수무당도 마찬가지였다.

"열어 봐!"

땀이 비 오듯 흐르고 있었다. 박수무당이 하나, 둘을 세다 셋, 하며 하얀 천을 벗겼다. 그런데 엉성한 나무로 짠 관 안에 들어 있는 것은 돼지 두 마리였다.

"야! 시신이 몇 구 된다 했지? 얼른 옆에 파 보자."

권 팀장은 정신이 나가 미친 듯이 옆을 파기 시작했다. 하지만 결과는 마찬가지였다. 이 일대의 사체는 모두 짐승들의 사체였다. 권 팀장은 아연실색하여 한참을 멍하니 서 있다가, 돌연 방향을 바꾸어 미친 듯이 박수무당을 패기 시작했다.

"내가 너 같은 놈을 믿고 여기까지 와서 개고생하다니, 야! 이놈아. 그냥 죽어버려!"

권 팀장은 그래도 분이 안 풀리는지 그를 개 패듯이 패고는 눈 바닥에 벌렁 드러누워 버렸다.

나태주는 민채원이 추종하는 신흥종교가 증산도와 관련이 있나 싶어 성 경장에게 되물었다. 왜냐하면, 자신이 아는 증산도는 동학농민운동 과정에서 발생한 교로서, 편지 내용에 등장하는 심판의 날이니, 화형이니 하는 건 좀 지나친 면이 있지 않나, 하고 생각해서였다.
"글쎄요. 이들이 추종하는 종교가 백 프로 증산도가 아니더라도 분명, 여기서 분파하여, 다른 종교의 교리를 추가한 것으로 보입니다. 미륵, 격암유록 등의 단어가 그 증거이지요."
그랬다. 사실 증산도는 1974년 봄, 안세찬이 대전에서 처음 창시한 민족주의 성향의 증산계 종교였다. 증산 강일순을 세상의 주재자인 옥황상제라고 믿으며 또한, 동양 우주론의 삼극설을 차용해 강증산을 무극제(無極帝), 창교주 안세찬을 태극제(太極帝), 2대 교주 안중건을 황극제(皇極帝)라 칭한다. 교단 내에서는 강일순의 셋째 부인인 고판례가 1911년에 개창한 선도교가 기원이며, 종통 고판례를 거쳐 전달되었다고 주장한다. 강일순과 고판례의 언행을 수록한 증산도 도전과 환단고기를 주요 경전으로 삼고, 태을주를 중심으로 하는 주문수행을 하며, 치성(천주교의 미사, 기독교의 예배)을 종교행사로 치르고 있었다.
"좋아, 그렇다면 내가 찾는 이 여자, 민채원은 어쨌든 두류산과 관련된 신흥종교 교단에 속해있지만, 원뿌리인 증산도와도 관련이 깊다는 말이네. 증산도 조직을 파헤치면 그녀를 찾을 수 있겠어."

나태주의 말에 성 경장은 고개를 끄덕이다 말고 갸웃했다.

"이론상 그렇다는 거죠. 증산도 조직을 보면 그리 간단치가 않을 겁니다. 전국 52개소에 달하는 방대한 포교조직이 있어, 그 명단 확보도 쉽지 않은 것은 물론, 지도부에서 과연 경찰에게 그 명부를 넘겨줄지도 의문입니다. 그보다는 차라리 권위 있는 이단 종교연구소에 찾아가 현재 한국의 이단 종교의 종류와 소재지를 파악하는 게 더 좋을 것 같은데요?"

"그럴 수도 있겠네. 그래도 영장 들고 증산도 본부에 찾아가 시도는 해봐야겠지. 안되면 네 말대로 이단 종교연구소에 찾아가 보도록 하지. 그런데 성 경장! 도대체 『격암유록』은 무슨 내용일까?"

나태주는 자못 궁금한 표정을 지으면서 성 경장에게 물었지만, 설마 그가 이 책의 내용까지 알 수 있겠는가, 하는 의문이 있었다. 그런데 그건 기우였다.

"역학, 풍수, 천문, 복서 등의 원리를 이용해 한반도의 미래를 기록한 일종의 예언서입니다. 실제로 임진왜란, 동학농민운동, 한일병합, 한반도의 해방과 분단, 한국전쟁, 4·19혁명, 5·16군사정변 등 역사적 사건뿐만 아니라, 이승만, 박정희 등 한국의 역사적 인물의 행적을 정확히 예언했다고 해서 언론과 학계에 주목을 받았습니다."

나태주는 그의 해박한 지식에 또 한 번 놀랐다.

"그 정도 정확한 예언서였어? 그런데 우리 같은 일반인들은 그동안 왜 잘 몰랐을까?"

성 경장은 나태주의 질문에 싱긋 웃었다.

"잘은 모르겠습니다만, 학계에서 이 예언서를 『정감록』 같이 취급한 결과이겠지요. 그래서 사람들이 잘 모를 수도 있을 겁니다. 하지만 예전 대통령 선거 전에 박근혜 당선을 예언한 바가 있어, 증산도 교인들은 이 책을 백 프로 신뢰하고 있습니다."

"대통령 당선까지 예언한 것 같으면 대단한 것 같은데?"

"글쎄요. 그 정도는 일개 무당뿐만 아니라 정치에 관심 있는 사람이라면 누구나 가능합니다. 어차피 이 예언서는 기독교의 요한계시록처럼 읽고 해석하는 방법이 여러 개다 보니, 학계에서 위서라는 판정을 내렸겠지요."

성 경장의 말이 끝났을 때, 나태주는 이만 자리에서 일어나야겠다고 생각했다. 자기 일도 바쁠 터인데 갑자기 찾아온 선배에게 이 정도의 협조와 조언을 해준 성 경장에게 피해를 그만 주고 싶었기 때문이었다.

마침 밖에 해가 지고 있었고 이 정도 시간에 버스를 이용하여 산음경찰서로 가면 권 팀장을 비롯한 팀원들이 사무실에 있을 거로 생각했다. 나태주는 성 경장에게 진심으로 고맙다는 인사를 건네고 J시외버스터미널로 향했다. 버스 안에서 나태주는 깜빡 잠이 들었다. 며칠 동안 민채원의 신상을 파악하러 이리저리 돌아다닌 게 피곤의 원인이었다. 잠에서 깨어보니 산음 시외버스터미널이었다. 오랜만에 찾아온 친정에 권 팀장이 없었다. 김유리와 조 형사에게 그간의 수사 진행 상황과 권 팀장이 아직 지리산에 남아 있다는 소식을 들은 나태주는 권 팀장에게 보고할 보고서만 작성하곤 퇴근했다.

권 팀장은 다음 날 오후 무렵에 얼굴이 벌겋게 상기된 채, 사무실로 들어왔다. 그 옆에는 만신창이가 된 박수무당이 있었다. 권 팀장은 한눈에 보기에도 초췌했다.

"이 새끼는 도로 유치장에 처넣어. 그리고 검찰로 넘겨버려."

권 팀장은 화가 잔뜩 난 채로 조사실로 들어가 버렸다. 그러니 나태주가 복귀한 것도 눈에 들어오지 않은 모양이었다.

"빨리 들어가자."

조 형사가 이후에 있을 권 팀장의 화풀이를 대비하여 팀원들을 독려했다. 겨우 조사실에 들어서서야, 권 팀장은 나태주를 아는 체하였다. 조사실은 그야말로 침통한 분위기였다. 팀원들은 권 팀장의 솔봉 수색이 실패한 것으로 짐작되어 모두 숨을 죽였다. 모두 앞으로 사건 수사는 지리멸렬할 것으로 짐작했다. 권 팀장은 팀원들이 자리에 앉자 침통한 표정으로 입을 열었다.

"결론부터 말하자면, 어제, 오늘 범인 검거에는 실패했다. 여러분 모두 수고가 많았다. 본인 생각에는 범인들은 아직도 지리산 일대에 있다. 그러니 내일부터 다시 그 일대를 그때처럼 샅샅이 수색할 것이야. 그리 알고 미리미리 준비하도록 해. 그리고 김유리! 어제 그 마을 수색한 보고서는 작성해두었지? 조금 있다가 서장실에 내가 들어갈 거야. 지금 출력해줘."

권 팀장은 속전속결로 수사계획을 발표했다.

"팀장님! 솔봉 수색은 어떻게 되었습니까?"

이때 눈치 없는 한 형사가 뻔한 결과를 질문했다. 옆에 있던 김유리가 그의 옆구리를 찔렀지만, 그는 더 나갔다.

"그것만 해결되면 만사 OK라고 말씀하지 않으셨습니까?"

권 팀장은 그를 노려보더니 한마디 했다.

"짐승 사체였다. 됐냐? 이 좀만아! 어쨌든 모두 그리 알고 있도록. 이상! 그리고 나태주, 넌 일단 남아봐."

팀원들이 나가자 권 팀장은 피곤한 듯 크게 기지개를 켰다.

"보고해 봐."

나태주는 권 팀장이 곧 서장실로 갈 것을 염두에 두고, 그간 민채원과 관련된 조사과정을 빠짐없이 세밀하게 보고했다. 하지만 권 팀장은 시큰둥한 반응을 보이다, 결국 서장에게 간다며 나태주의 말을 끊어버렸다.

"아니, 팀장님. 그래도 끝까지 들어보십시오."

"됐어, 대충 알아들었어. 그러니까 민채원이란 여자가 '두류산'과 연결된 이 사건의 배후라는 말 아냐?"

나태주는 이때다 싶어, 팀장에게 매달렸다.

"맞습니다. 그러니까 민채원을 공개수배해야 합니다. 이 점을 꼭 서장님께 말씀드려 승낙을 받아주셔야 합니다. 그 여자의 몽타주도 그려왔습니다. 그렇지 않으면 아까 말씀드린 대로 제가 증산도나 이단 종교 연구소 같은 곳에 발로 뛰어야 한다니까요."

권 팀장은 나태주의 말이 한심한지 뚫어지게 쳐다보다 최종적으로 결론을 내렸다.

"이봐, 내가 그때도 말했잖아. 우리에게 이 사건의 배후는 중요하지 않아. 급선무는 지금도 지리산에 은신하고 있는 범인들을 검거하는 거야. 몽타주 뿌려서 전국적으로 공개수배한다 쳐. 그러면 우리가 뭐가 돼? 응? 전국 동시다발적 범죄라 해도 다른 곳은 범인이 다 잡혔잖아. 그런데 배후를 파기 위해 전국 경찰서에 몽타주를 나누어 준다? 그러면 우리 꼴이 뭐가 되겠어. 또 내년에 승진을 목표로 열심히 뛰는 우리 서장님 얼굴은 어떻게 되냔 말이다. 이 한심한 놈아."

권 팀장의 고집에 나태주는 며칠 동안의 고생이 수포가 되는 기분이었다. 온몸에 힘이 빠지면서 다리가 후들거렸다. 평소 권 팀장의 고집을 잘 아는 나태주로선 방법이 없었다.

"그럼, 제가 어떻게 해야 하겠습니까?"

"뭘 어떡해? 내일부터 조 형사를 비롯한 김유리와 함께 지리산 일대를 수색해야지."

권 팀장은 옷매무시를 가다듬고 조사실을 나갔다. 나가면서 나태주에게 한마디 했다.

"우린 이 사건의 배후 검거 따윈 필요 없어. 범인만 잡으면 돼. 알겠어?"

나태주는 어젯밤 권 팀장에게 보고할 거라고 피곤한 상태에서 쓴 보고서만 바라보았다.

민서라는 권 팀장이 떠난 뒤, 오랜만에 마당에 불을 피웠다. 눈 내리는 겨울밤에 타오르는 불꽃은 이색적이었고 아름다웠다. 펑펑 쏟아지는 눈 때문에 안내원이 자신의 팔뚝보다 큰 장작을 때느라 정신이 없었지만, 청년들은 어젯밤 일을 자축하듯 어깨동무하여 타는 장작불 중심으로 춤추며 돌고 있었다. 그런 청년들을 바라보는 민서라의 눈은 촉촉해졌다. 처음 들어올 때 과연 이들은 전사로 키울 수 있을까, 하고 고민했지만 그건 기우였다. 청년들은 불같이 뜨거웠고 범같이 용맹하였다. 그리하여, 단 몇 시간 만에 솔봉의 골칫거리를 해결한 것이다. 민서라는 이때 그가 있었으면 얼마나 좋았을까, 하는 마음이 들자 그만 눈시울이 붉어졌다.

마침내 장작불 더미 위에 꼬챙이로 끼워졌던 멧돼지 한 마리가 다 익었다. 민서라가 호루라기를 불자 청년들은 뜨거운 불길을 뚫고 각자 손으로 살을 찢어 먹기 시작했다. 어떤 청년은 멧돼지 뒷다리를 통째로 뜯어 게걸스럽게 먹었고 또 다른 청년은 멧돼지의 성기를 찢어 먹기도 했다. 이제 그들은 완전히 야생의 전사였다. 그리고는 민서라가 주는 술잔을 받고 기쁨에 겨워 춤추고 마시며 즐거워했다. 민서라는 어제 가장 수고한 수행원에게 손수 잔을 따라 주었다. 그녀보다 열 살이나 많은 그였지만, 언제나 그렇듯 그는 민서라가 주는 술잔을 공손히 받았다. 그러자 이번에는 청년들이 너 나 할 것 없이 그녀에게 다가와 술을 권했다. 기분이 좋아진 민서라는 청년들이 주는 술을 남김없이 받아 마셨다. 그리곤 그들과 함께 장작불 주위로 돌며 춤을 추었다. 그러면서 그들은 완전히 하나가 되어 노래를 불렀다.

"때가 왔음이라! 온 세상 악한 자들이 불에 태워질 때, 미륵이 왔음이라. 태워라, 처단하라, 때가 왔음이라, 심판의 날이 왔음이라."

권 팀장이 서장실에 들어갔다 나왔을 때 형사팀에서 서무를 맡던 김유리가 편지 한 통을 가져왔다. 권 팀장은 이렇다 저렇다 하는 표정 없이 자신의 의자에 앉아 컴퓨터만 바라보고 있었다. 나태주를 비롯한 팀원들은 그런 권 팀장이 어떻게 나올지 몰라, 모두 숨죽이며 자리를 지키고 있었다. 간혹 전화벨 울리는 소리가 날 뿐, 사무실은 적막 그 자체였다.

"뭔데?"

권 팀장의 목소리에는 짜증과 권태가 묻어있었다.

"팀장님 앞으로 등기우편물이 왔습니다. 여기."

김유리는 편지를 공손히 책상 위에 두고 물러났다.

"우편물?"

편지였다. 겉봉투엔 정확히 자신의 이름, '권필봉'이라고 적혀있었지만, 발신인은 아무 표시가 없었다. 권 팀장은 아무 생각 없이 편지 겉봉을 찢었다.

'이게 뭐지?'

그러면서도 발신인이 누군지도 모르는 편지를 쭉 읽어나갔다. 그런데 내용을 확인한 그의 얼굴이 심하게 굳어졌다. 급기야 그는 적막한 사무실 분위기를 깰 만큼 심한 욕을 했다.

"이런 개새끼!"

계속 곁눈질로 권 팀장을 쳐다보던 나태주와 팀원들은 무슨 일인가 싶어 모두 고개를 들었다. 권 팀장은 편지를 붙잡고 부들부들 떨고 있었다.

"이봐! 태주."

권 팀장의 목소리마저 심상치 않다는 것을 확인한 나태주는 즉각 그의 앞으로 갔다.

"이거 한번 읽어 봐."

권 팀장은 나태주에게 편지를 던지듯 주더니, 의자를 뒤로 돌려버렸다. 나태주가 얼른 편지를 펼쳤다.

「권 필봉 팀장님께.

폭설이 내리는 영하의 기온 속에서도 범인 검거를 위해 지리산 온 일대를 수색하시느라 고생이 많습니다. 그런 팀장님을 보니 존경심보다는 안타까움이 물밀 듯 밀려와 이 서신을 보냅니다. 이 세상에는 꼭 해야만 하는 일이 있고, 해서는 안 될 일이 있듯이, 이번 사건은 우리 군민, 나아가 우리 국민이 정녕 원하고 바라는 일이었습니다.

지리산을 품은 청정지역, 선비의 고장이라 불리는 우리 고장에서 태어나고 자란 자가 누구도 상상할 수 없는 극악무도한 범죄를 저질렀습니다. 그로 인하여 피해자만 수십 명, 피해액만 수백억 원입니다. 그 때문에 자살하고 가정이 깨진 집도 여럿입니다. 그러니 민중의 피를 빨아먹을 뿐 아니라 최소한의 인간이길 포기한 그자를 처단하는 것은 우리 군민, 우리 국민이 명령한 것이지, 결코 사사로운 감정으로 한 것이 아닙니다.

존경하는 권 팀장님.

경고합니다. 인제 그만 이 사건에서 손을 떼든지, 아니면 멈춰주십시오. 당신들은 범인들을 잡을 수도 없고 잡을 자격도 없습니다. 왜냐하면, 그들은 범죄자가 아닌 '민중의 영웅'이기 때문입니다. 거듭 경고합니다. 만약 여기서 멈추지 않으면, 제2, 제3의 '왕춘팔'이 나올 것입니다.

모쪼록 바른 판단을 내리길 바랍니다. 건강 유의하십시오.」

심판의 날, 두류산.

나태주는 권 팀장이 몸을 떨 수밖에 없었다고 생각했다. 가뜩이나 확신에 찬 범인 검거에 실패한 상황에서, 자신을 조롱하는 편지가 왔으니 얼마나 분노가 치밀까, 하는 생각이 들자 그가 외려 불쌍하게 느껴졌다. 그럴수록 나태주는 그날 고수부지에서 방화·살인했던 범인들의 검거 보다 그들의 배후를 캐는 게 이 사건의 근원을 해결하는 것이라는 자신의 판단이 옳다고 생각했다. 나태주는 편지를 읽자마자 우체국 소인을 확인하였다. 편지는 어제 보냈고 발신 우체국은 인근 H읍이었다. 권 팀장이 뒤로 돌아앉은 채 넋이 나간 목소리로 중얼거렸다.

"이젠 이런 엿 같은 놈마저 날 갖고 노네. 뭐? 수사를 중지하라고? 이런, 좀만한 새끼가."

그러면서 권 팀장은 의자를 휙 돌려 나태주에게 물었다.

"이봐! 태주. 도대체 두류산이란 게 뭐야? 사람 이름인지 아니면 얼마 전 TV에서 보도한 대로 범인들이 자발적으로 모였다는 인터넷 카페 이름이야?"

나태주는 그가 너무 화가 나 있어, 분위기를 바꿀 필요가 있다고 판단했다.

"지리산의 옛 이름이잖습니까."

나태주의 생각은 적중했다. 권 팀장은 어이가 없는지 너털웃음을 지었다.

"새끼! 기억력은 좋아가지고. 그래, 알았어. 내가 잘못했어. 이제 말해 줘. 뭐야?"

나태주는 오히려 이 상황이 잘 되었다고 생각했다.

"어제 말씀드렸지 않습니까. 두류산은 사람 이름입니다. 물론 가명이겠지요. 제가 추정하기론 두류산은 폭력(살인, 방화 등)으로 사회변

혁을 꿈꾸는 몽상가이자, 신흥종교 창시자 그리고 민채원의 연인입니다. K고수부지의 범인들은 바로 두류산과 민채원의 꼭두각시이자, 하수인일 뿐입니다."

이번엔 어제와 달리 권 팀장의 눈에 빛이 났다.

"그래서 그놈은 누구이며, 어디에 있는데?"

"그건 모릅니다. 그건 민채원을 찾아야지만 풀 수 있는 문제입니다."

나태주의 말에 권 팀장은 곰곰이 생각하더니 형사팀 모두에게 큰 소리로 말했다.

"전부 모여 봐. 회의 좀 하자!"

그제야 나태주는 이번 사건 수사의 희망의 빛이 보이기 시작했다. 결국, 권 팀장은 회의 끝에 두 갈래 수사 방향을 잡았다. 하나는 기존 방향대로 지리산 일대를 샅샅이 뒤져 범인들의 행방을 쫓는 거였고, 나머지는 나태주의 의견을 전격 수용하는 것이었다. 따라서 자신을 비롯한 형사팀은 다소 시간이 걸리더라도, 발로 뛰는 수사를 하고 나태주가 민채원과 두류산을 쫓도록 허락한 것이다. 그 결정적인 이유는 앞서 그에게 보내온 두류산의 편지 때문이었다.

H읍은 자신이 근무하는 산음군에 비교하여 꽤 크고 넓은 곳이었다. 나태주는 두류산이 보낸 편지의 소인이 찍힌 우체국을 찾았다. 읍 소재지의 우체국은 면 단위의 그곳보다 훨씬 컸다. 주변엔 상가와 식당들이 즐비하여 웬만한 도시 못지않은 풍경이었다. 나태주는 우체국 여직원을 설득하여 마침내 해당 일자 소인이 찍힌 날의 CCTV를 돌려보았다.

"이 아이예요."

여직원은 CCTV 속 어린 여자아이를 지목하였다.

"네?"

"제가 정확히 기억해요. 머리를 쌍갈래로 땋아 너무 귀엽다고 생각했거든요. 이 아이가 편지를 보낸 게 확실해요."

나태주는 순간 머리가 어질했다. 설마 이 아이가 두류산이라고 생각하진 않았지만, 두류산이 아이를 이용하여 편지를 보냈으리라곤 생각조차 못 한 까닭이었다.

"이 꼬마 아이를 아세요?"

"네. 그리고선 이 아이를 잊고 있었는데 어제, 건너편 식당에 점심을 먹으러 가니 이 꼬마가 있었어요. 그 집 딸이었어요."

나태주는 우체국 창문을 통해 여직원이 말하던 식당을 바라보았다. 조그만 분식집이었다. 나태주는 여직원에게 고맙다는 인사를 하곤 바로 식당으로 향하였다. 과연 그곳엔 젊은 부부와 아까 CCTV에서 본 꼬마 여자아이가 있었다. 대략 5, 6세 된 아이였다. 나태주는 젊은 부부에게 상황을 설명한 뒤 꼬마 아이와 마주 앉았다. 아주 귀엽고 예쁜 얼굴이었다.

"그러니까 그날 놀이터에서 친구들과 놀고 있는데, 어떤 여자가 편지를 주며 심부름을 시켰단 말이지?"

"네. 맞아요."

"남자가 아니라 여자 맞아?"

"네, 확실해요. 언니였어요."

나태주는 편지 심부름을 시킨 이가 남자가 아닌 여자란 말에 또다시 머리가 어질어질거렸다. 도대체 어떻게 된 일이란 말인가. 두류산은 이렇게 이중삼중으로 자신의 정체를 숨기는 모양이었다.

"언니라…. 그래, 어떻게 생겼지?"

"까만 안경을 쓰고 키가 작았어요."

"음, 안경 때문에 얼굴을 잘 못 봤겠구나."

"네."

나태주는 그만 이 아이와 대화를 끝내고 싶었다. 왜냐하면, 그도 그 지만 자꾸 옆에 있던 젊은 부부가 둘 사이의 대화를 꺼리는 것처럼 보였기 때문이었다. 아마 아이의 안위를 걱정하는 모양이었다. 나태주는 젊은 부부에게 깍듯이 인사한 후, 아이가 말한 놀이터로 향하였다. 행여 놀이터나 인근에 CCTV를 기대했지만, 불행히도 그곳엔 아무것도 없었다. 두류산은 철두철미하게 자신을 숨기고 권 팀장에게 경고편지를 한 셈이었다.

다음 날 나태주는 재차 서울로 향했다. 서울 중랑구에 있는 국제종교문제연구소를 찾아가기 위해서였다. 그날 성 경장이 일러준 대로 증산도 본부와 이단 종교연구소 두 곳 중 아무래도 민채원의 행방을 빨리 찾으려면 이곳이 나을성싶었다. 전날 이 연구소의 설립목적 등을 미리 검색하였으므로 나태주는 민채원이 신봉하는 종교의 키워드 등을 단단히 숙지하였다. 출발 전에 나태주는 미리 찾아가는 목적을 말했으므로 소장은 반갑게 그를 맞이하였다.

"그러니까 나 형사님은 몇 년 사이 증산도에서 분파한 신흥종교에 관하여 알고 싶다는 거죠?"

"그렇습니다."

"그 종교는 특히 불을 신성시하고 미륵을 내세우며 격암유록을 교재로 쓴다고요?"

"불을 신성시한다기보다 불을 이용한 의식, 즉 '화형'을 숭배하는 집단일 것으로 추정하고 있습니다."

나태주의 말에 소장을 고개를 주억거렸다.

"화형이라…."

"그런 집단이 있긴 있습니까?"

그러자 소장은 어디론가 전화를 했다. 잠시 후 비서로 보이는 여자가 자료 하나를 가져왔다. 소장은 얼른 자료를 열어 나태주에게 보였다.

"이게 가장 최근에 수집한 신흥종교에 관한 보고서입니다. 1~2년 사이에 우리나라에 발생한 종교를 망라한 것이죠. 그동안 비서가 최종적으로 정리하고 있었습니다. 자, 나 형사님."

소장은 눈이 어두운지 안경을 써서 자료에 차례대로 밑줄을 치다 어느 한 부분에 멈추었다. 덩달아 나태주도 긴장되어 의자를 바짝 당겼다.

"여기 보십시오."

"어딜?"

"보이시죠? 노란색으로 밑줄 친 부분."

"아! 화형교!"

"이게 맞는 것 같습니다. 잠시만요."

소장은 또 전화를 걸었다.

"15번 화형교에 관련된 자료를 출력해서 한 번 더 오세요."

나태주는 가슴이 두근거렸다. 어쩌면 소장의 비서가 가져오는 자료에서 민채원과 두류산의 행방을 알 수도 있지 않을까, 하는 기대감이 생겼다.

'똑똑.'

드디어 여비서가 소장과 그의 앞에 화형교에 관한 자료를 펼쳤다.

"작년에 발원했고 교주는 두류산, 본산지는 지리산?"

"지리산?"

소장이 자료를 천천히 읽자 나태주는 얼른 그 자료를 자신 앞으로 가져와 자세히 검토했다. 교주가 두류산인 것은 알겠는데 본산지가 지리산이란 말에 나태주는 가슴이 떨렸다. 그런데 이상하게도 자료엔 민채원의 이름은 없었다.

"나머지 더 구체적인 자료는 없습니까?"

그러자 비서가 대답했다.

"불행히도 이것뿐입니다."

소장 역시 안타까운 표정이었다.

"본산지가 지리산으로 되어 있는데 정확한 주소는요?"

"그것까지는 알 수가 없습니다. 저희도 그 자료를 신도라고 밝힌 어떤 청년에게서 겨우 얻었거든요."

비서는 무안한 듯 얼굴을 붉혔다.

"그럼, 그 청년이라는 자의 연락처가 혹 있습니까?"

나태주는 말을 하면서도 가슴이 벌렁거렸다.

"찾아보면 있을 겁니다. 제 컴퓨터를 한번 확인해볼 터이니. 여기서 기다리십시오."

잠시 후 나태주는 비서로부터 청년의 주소지 정보를 얻었다. 비록 민채원의 행방에 관하여 직접 도움을 받지 못했지만, 그로선 큰 수확이었다. 나태주는 소장과 비서에게 몇 번이나 감사의 인사를 하고 건물을 나왔다. 그 청년의 주소는 전남 광양이었다. 나태주는 권 팀장에게 보고한 후, 곧장 광양으로 향했다.

하지만 광양에 도착한 나태주는 그만 실망하고 말았다. 광양에서도 도심을 벗어난 청년의 집에는 노모 혼자 살고 있을 뿐이었다. 청년은 스무 살 때 집을 나가 벌써 8년째 가출 상태였다. 노모는 아들이 어디에 있는지 도통 알지 못하였다. 단지 몇 해 전에 친척 하나가 지리산 인근에서 아들을 본 적이 있다는 말만 들었다고 했다.

그때부터 나태주는 그 친척이 봤다는 청년을 쫓기 위해 혼자 별도로 지리산 일대를 여러 날 돌아다녔다.

나태주와는 별도로 권 팀장을 비롯한 팀원들은 그때와 마찬가지로 세 구역으로 나누어 범인을 행방을 쫓고 있었다. 지리산은 봄이 가까워져 오려는지 눈발도 그쳤고 기승을 부리던 맹추위도 주춤거리고 있었다. 권 팀장은 김유리와 함께 예전 범인의 오토바이를 발견한 점집 일대의 위쪽으로 올라가면서 혹시나 그들이 은신처로 삼을만한 또 다른 점집, 사원, 암자 등을 샅샅이 뒤지고 있었다. 하지만 여전히 수사는 난항이었다.

하루에도 몇 번이나 그 험한 산길을 올라 암자 등을 살폈지만, 그들을 찾기엔 역부족이었다. 다른 두 팀도 마찬가지였다. 그들도 사력을 다해 범인 추적에 나섰지만, 범인은커녕 그들의 작은 흔적도 찾을 수 없었다.

"지리산을 벗어난 건 아닐까요?"

김유리 형사가 산에서 내려오다 권 팀장에 조심스럽게 의견을 타진했다. 벌써 수색 일주일 째 되는 날이었다.

"……."

권 팀장은 대꾸조차 못 할 정도로 지쳐있었다.

"팀장님!"

"왜?"

"인제 그만 수색작업을 포기하는 게 어떨까요?"

김유리의 말에 권 팀장은 미간을 찌푸렸다.

"뭐야? 그게 무슨 말이야."

"제 생각에는 범인들은 지리산을 이미 벗어난 것 같습니다. 생각해 보자구요. 이런 시골에서는 개 한 마리 없어져도 하루면 온 마을, 이틀이면 옆 마을 그리고 일주일이면 전체 마을로 소문이 퍼집니다. 마찬가지로 범인들 또한 우리 경찰이 자신들을 쫓고 있다는 걸 잘 알고 있을 겁니다."

권 팀장은 김유리 형사의 항변에 끙, 하고 신음했다.

"걔네들이 어디로 피신한단 말이야? 우리가 세 팀으로 나누어 각각 밑에서부터 치고 올라왔잖아. 이제 얼마 안 남았어. 세 방향에서 모두 8부 능선까지 수색했으니, 나머지 2부 능선, 그러니까 천왕봉 인근만 잘 살피면 돼. 그들은 분명히 그곳에 있어."

김유리는 권 팀장의 말에 자신이 팀원이라는 것도 잊고 화를 내었다.

"그건 아니죠. 아니 그놈들이 오토바이가 없지, 발이 없습니까? 아무리 우리가 세 방향으로 치고 올라왔지만, 그건 우리 산음 방향만 해당하지 않습니까? 놈들이 나머지 하동, 구례, 함양 쪽으로 달아날 거라는 생각을 왜 못하십니까? 예를 들어 그놈들이 천왕봉을 넘어 노고단으로 가서 뱀사골 밑으로 하산하여 구례 쪽으로 갈 수도 있잖아요."

김유리가 예상외로 강한 어조로 나오자 권 팀장은 마음이 약해졌다. 그녀의 말이 사실이기도 했고, 사실은 자신도 그런 점을 염려하고 있었다.

"그러니까 네 말은 놈들이 벌써 우리 쪽 지리산을 완전히 벗어났다는 말이지?"

"네, 충분히 가능한 일입니다."

"음, 알았어. 네 말도 사실, 일리는 있다. 그러니 자세한 이야기는 일단 서로 들어가서 해보자. 나머지 두 팀과도 의논을 해봐야지. 아! 참. 나태주는 연락 왔어? 아까 휴대전화를 확인하니 전화는 들어왔더구먼."

김유리는 팀장이 자신의 말에 일단 수긍했다는 사실에 마음이 놓였다. 그러면서 한 시간 전, 그와의 통화 내용을 기억해내었다.

"네, 죄송해요. 전화 끊고 바로 팀장님께 보고드리려 했는데. 깜빡했어요. 그쪽도 그냥 미진한가 봐요."

"그럴 거야. 지리산이 얼마나 넓은데 청년의 어머니로부터 달랑 사진 한 장 얻어 그놈을 찾는다는 것도 어불성설이지."

"……."

그날 밤, 모처럼 권 팀장을 비롯한 팀원 총원, 그리고 나태주는 조사실에 모였다. 권 팀장뿐만 아니라 팀원들의 표정은 굳어있었다. 사건 발생 후 몇 주가 지났지만, 아무런 단서조차 확보하지 못한 권 팀장으로서는 마음이 몹시 무거웠다. 반면 약간의 단서는 확보했지만, 사건 해결의 실체가 될 인물들을 특정하지 못한 나태주 역시 자신의 무능력을 탓하면서 고개 떨구고 있었다. 마침내 침통한 분위기를 깨면서 권 팀장이 입을 열었다.

"이제 수사 범위를 넓힌다. 뭔가 하면, 내일부터 범인이 빠져나갈 지리산 인근 시외버스터미널 한 곳에 한 명씩 배치하여 검문과 검색을 실시한다. 해당 장소는 잘 알겠지만, 산음, 함양, 구례, 함양, 남원 등이다. 아! 단, 나태주는 기존하는 방식대로 수사를 진행해도 좋다. 이상! 질문은 받지 않겠다."

권 팀장의 말에 김유리는 어이가 없어 한동안 조사실에 멍하니 앉아 있었고 나머지는 한숨만 내쉬었다.

그래도 수사는 지지부진하였다. 권 팀장과 팀원들은 지리산 일대뿐만 아니라 범위를 넓혀 인근 하동, 구례, 함양 방면으로 수사를 확대하였지만, 별다른 성과가 없었다. 나태주 역시 민채원은커녕, 두류산의 화형교에 참여했던 청년의 신원조차 확보하지 못하였다. 따라서 그들은 자신들의 절망과 무능력에 치를 떨며 하루하루를 보내고 있었다.

시간은 화살처럼 흘러 사건 발생 3개월째 되는 날이었다. 그날 밤도 권 팀장과 나태주를 포함한 팀원들은 각각 수색과 조사를 마친 후 사무실로 돌아와 늦은 저녁밥을 먹고 있었다. 저녁밥이라 해봐야 인근 중국집에서 시킨 짜장면과 만두였지만, 그들은 별 불평 없이 꾸역꾸역 그것들을 먹고 있었다.

"오늘도 달이 밝네."

누군가 밥을 먹다 말고 창밖을 바라보다 툭, 하고 내뱉었다. 보름달이었다. 달은 지리산 주 능선에서 둥근 쟁반 모양으로 솟아 올랐다. 그때였다. 사무실 모퉁이에서 서류를 복사하던 김유리 형사가 놀란 얼굴로 그들이 밥 먹는 쪽으로 달려왔다.

"뭔데?"

그런데 김유리는 무엇에 매우 놀라서인지 말은 못 하고 TV 리모컨만 찾았다.

"리모컨 어디 있어요?"

권 팀장은 가뜩이나 수사 난항으로 인해 심기가 불편한데, 김유리가 천방지축 날뛰는 것 같아 못마땅한 표정을 지었다.

"저기 있네. 도대체 왜 그래? 밥이나 먹지 않고!"

김유리는 권 팀장의 말에 아랑곳없이 TV를 켰다. 사실 김유리는 복사하는 동안 스마트폰을 켜놓고 뉴스를 검색하고 있었다.

"봐, 봐요!"

TV에는 정규방송 대신 긴급 뉴스가 흘러나오고 있었다.

「긴급 속보입니다. 오늘 오후 5시 30분경 B교도소를 비롯한 전국 교도소 9곳에서 살인사건이 동시다발적으로 일어났습니다. 법무부 교정국에 따르면 B교도소 등 전국 교도소 9곳에서 수감 중이던 재소자들이 동료 재소자들을 동시에 살해했는데요. 아직 살해 동기나 목적 등은 밝혀지진 않았지만, 가해자들의 살해수법이 똑같다고 합니다. 가해자들은 예리한 흉기로 피해자의 목 등에 1차 피해를 입힌 후, 피해자들의 몸에 기름을 붓고 불을 붙였다고 합니다. 이에 교도소 측은 즉시 진압에 성공하여 가해자들은 모두 체포되었는데, 안타깝게도 피해자들은 모두 현장에서 사망했다고 합니다.」

뉴스를 보던 권 팀장은 시큰둥하였다.

"뭐야? 요샌 감방에서도 살인하나? 내, 참! 미친놈들이 많네."

그러고는 별 반응 없이 짜장면을 입으로 털어 넣었다. 하지만 뉴스를 지켜보던 나태주는 그만 젓가락을 놓고 말았다. 그때 TV 밑 자막에 뭔가 떠오르고 있었다.

'오늘 오후 5시 30분경 전국 9개 교도소에서 동시다발 방화·살인 사건 발생. 경찰은 지난 정월 대보름날 발생했던 동시다발 방화·연쇄 살인 사건과 모종의 연관이 있다고 확신.'

앵커가 현장을 부르고 있었다.

「현장을 연결해보겠습니다. 김 기자!」

「네, 여기는 B교도소입니다.」

「뭔가 좀 나왔습니까? 어떻게 된 일인지 설명해 줄 수 있습니까?」

「네, 이곳은 경찰과 몰려드는 각 언론사 취재진으로 인산인해입니다. 현재 교도소 측은 보안을 이유로 정문을 봉쇄하여 경찰과 일부 관계자만 안쪽을 드나들고 있는데요. 교도소 관계자의 말에 의하면 사건은 오늘 오후 5시 30분경 오후 작업을 마치고 식사를 위해 각자의 방으로 들어가던 와중에 발생하였다고 합니다. 7동 하에 수감 중이던 재소자 A 씨가 7동 상에 수감 중이던 재소자 B 씨에게 갑자기 달려들어 목을 찌른 후, 몸에 기름을 붓고 불을 붙였습니다.」

「아니, 원래 교도소 안에서는 화기는 물론 칼, 기름 같은 위험한 것을 소지할 수 없는 것 아닌가요?」

「규정은 그렇습니다. 그러니까 재소자 A 씨는 사전에 치밀하게 준비한 것 같습니다. 확인 결과 A 씨는 목공장에 화기 담당으로 있어 라이터나 기름, 칼 등을 쉽게 준비할 수 있었습니다.」

「사건이 일어난 곳에는 동료 재소자나 담당 교도관이 있었을 텐데, 아무도 제지할 수 없는 상황이었습니까?」

「네, 그렇습니다. 피해자 몸에 끼얹은 기름이 불꽃과 함께 튀면서 누구도 쉽게 접근할 수가 없었다고 합니다.」

「알겠습니다. 사건 배경이나 이유는 물론 아직은 모르겠지만, 혹시 가해자와 피해자의 신상은 공개되었습니까? 도대체 재소자 A 씨는 누구입니까?」

「아마, 앵커와 국민 여러분은 다 아는 사람일 겁니다. 놀랍게도 가해자는 지난 정월 대보름날 부산 해운대에서 방화살인범으로 체포되어 이곳에 수감 중인 ○○○입니다. 피해자는 아직 누구인지 밝혀지지 않았습니다만, 흉악범인 것으로 파악됩니다. 곧 브리핑이 있을 예정이니 그때 알게 될 것입니다.」

"잉?"

"세상에!"

"뭐야, 뭐야?"

그제야 권 팀장을 비롯한 팀원들은 충격에 빠졌다. 나태주 역시 입에 넣은 짜장면을 뱉어낼 만큼 머리가 어지러웠다.

"지금 인터넷 댓글이 야단이에요!"

김유리는 직접 스마트폰을 권 팀장 앞으로 내밀었다. 화면에는 벌써 '좋아요'가 수십만이 넘고 있었고, '의인', '불멸의 희생자', '우리 시대 구원자', '경찰보다 백배 나은 심판자' 등 희한한 댓글이 달려있었다.

"그때 두류산의 경고가 맞았습니다."

나태주는 권 팀장에게 한숨 쉬듯 말을 뱉었다.

"무슨 경고?"

"그놈이 그때 말했잖습니까? 우리가 수사중단을 하지 않으면 제2, 제3의 왕춘팔 사건이 일어난다고."

그러자 권 팀장은 먹던 짜장면 그릇을 탁자 위로 내팽개쳤다.

"야! 나태주! 너 왜 이리 약해 빠졌어? 아직 모르잖아. 이건 두류산과 상관없는 일이야. 그냥 감방에서 사이가 틀어진 재소자 두 놈 간의 사적인 다툼에서 일어난 살인사건일 수도 있잖아."

"아뇨, 그렇지 않습니다."

"뭐가?"

"이건 충분히 계획된 살인입니다. 그때 일어났던 정월 대보름날 방화·살인 사건의 2차 집행입니다."

"말도 안 되는 소리!"

"팀장님! 이 사건이 B교도소에만 일어났다면 저도 그리 생각하지 않겠습니다마는, 보십시오. 똑같이 9곳에서 동시다발적으로 발생했습니다. 그것도 가해자들은 모두 그때 정월 대보름날 방화·살인 사건으로 체포·수감 중인 그놈들입니다. 아마 모르긴 해도 피해자들은 보나 마나 왕춘팔과 마찬가지로 죽어 마땅한 놈들일 것입니다."

나태주의 말에 김유리를 비롯한 팀원들은 고개를 주억거렸다. 갑자기 사무실 분위기는 침통하다 못해 암울한 분위기로 바뀌고 있었다.

"……."

"맞습니다. 그래서 그때 현장에서 체포된 범인들은 변호사 선임도 하지 않고 순순히 자신들의 죄를 인정했습니다. 빨리 형을 받아 교도소로 가려고요. 그 9명에 걸맞은 제2의 심판당할 자들을 처단하려고."

그렇게 말하면서도 나태주는 두류산의 주도면밀한 계획에 치가 떨렸다. 이 모든 것은 그의 내밀하고 세세한 작전임이 틀림없었다.

"너희들 생각은 어때?"

권 팀장의 얼굴은 이미 붉은색을 띠었다.

"나 형사님의 추론이 맞는 것 같습니다."

"음…, 그래?"

그때였다. 김유리가 고함을 질렀다.

"여기, 떴습니다. 팀장님! 보세요."

"뭐가 떴단 말이야?"

"피해자들의 신상정보입니다."

놀랍게도 인터넷상에 피해자들의 신상이 드러났다. 그런데 이번에는 그때 1차 피해자처럼 직접 민중들을 수탈한 놈들이 아닌, 이른바 우리 사회에서 힘깨나 쓰다가 부정부패나 개인 비리로 교도소에 갇힌 자들이었다.

'전직 국회의원, 정치인, 학교장, 시의원, 고위공무원, 퇴역한 장성….'

"와우! 이건 대단한데?"

"댓글 조회 수가 폭발하는 이유를 알겠어."

"맞네, 피해자들은 그때처럼 죽어 마땅한 놈들이네."

팀원들이 여기까지 말하는 것은 그나마 괜찮았다.

"이 친구들은 진짜 의인이네, 의인이야. 우리 사회가 앞으로 맑아지겠어."

이 말에 권 팀장은 정말 화가 났는지 이번에 탁자를 엎어버렸다.

'쿠당탕!'

나태주를 포함한 팀원들은 권 팀장의 돌발적인 행동에 모두 어찌할 바를 몰랐다.

"이런 시벌놈들이! 야! 이 새끼들아. 흉악무도한 살인을 저지른 재소자가 또 다른 살인을 저질렀는데, 뭐? 의인이라고?"

그러자 그 말을 한 형사가 납작 엎드렸다. 나태주는 권 팀장의 그런 마음은 이해되지만, 자신도 어떻게 할지 모르는 상태라 그저 가슴이 먹먹했다.

"죄송합니다. 앞으론 조심하겠습니다."

권 팀장은 씩씩거리다 이곳이 사무실인 것을 잊고 담배를 하나 물었다.

"불 없어? 누가 불 좀 붙여봐."

그때 김유리가 나섰다.

"팀장님. 여긴 사무실인데요?"

"어잉?"

머쓱한 표정을 짓던 권 팀장은 담배를 문 채 사무실을 나가버렸다. 나태주는 팀장을 따라나서야 하나, 하고 혼자 깊은 고민에 빠졌다. 나머지 팀원들은 TV를 보면서 사태 추이를 지켜보았다. 모두 걱정이 앞선 표정이었다. 그런 가운데 선임자 격인 조 형사가 한마디 했다.

"어이! 다 모여 봐. 자! 다들 TV를 봤으니 알겠지만, 이놈들은 보통내기가 아니야. 뭔가 작정하고 이런 일들을 벌이고 있는 것 같단 말이야. 그래서 하는 말인데. 지금 우리가 쫓고 있는 범인들은 솔직히 지리산 일대에 없는 게 확실해. 그렇지 않아? 그놈들이 지리산 안에 있었다면 벌써 잡혀도 잡혔을 거야. 내 생각엔…."

그러자 다른 형사가 물었다.

"조 형사님 생각엔요?"

"그들은 김유리 형사가 짐작한 대로 멀리 튀었어. 아마 지금쯤 외국에 있을는지도 몰라."

"그래서 어떻게 하자는 말씀입니까?"

조 형사는 뭔가 골똘히 생각하더니 이내 말을 뱉었다.

"팀장님을 설득해서 이 일대 수색을 포기하고 공조체제로 나가는 게 맞을 것 같아. 사실, 우리도 이 사건에만 매달릴 수는 없잖아. 안 그래? 다들 맡은 사건이 있는데 이건 뭐, 일주일에 5~6일을 이쪽 사건에 매달려 있으니 죽을 맛이야. 그렇지 않아?"

"지명수배하자는 말씀입니까?"

그제야 나태주가 나섰다. 하긴 이 의견은 일전에 그가 권 팀장에게 강력하게 권고한 것이었다. 민채원의 몽타주를 전국적으로 배포하여 하루빨리 그녀를 찾는 게 이 사건의 핵심인 것을 권 팀장은 여러 이유를 들어 반대한 거였다.

"그래, 지금으로선 그 방법밖에 없어. 일전에 나 형사가 주장한 바야. 그때 팀장님이 자네 의견을 들었어야 했어."

나태주는 조 형사의 말을 듣고 주위를 돌아보았다.

"다들 어떻게 생각하십니까?"

그러자 김유리 형사를 비롯한 팀원들은 모두 손을 들어 찬성의 뜻을 나타내었다.

"권 팀장님은 옥상에 계시겠죠?"

"그래, 아무래도 나 형사가 팀장님을 설득하는 게 가장 좋을 것 같아. 부탁해, 우리도 좀 살자."

나태주는 사무실을 빠져 나와 옥상으로 갈 채비를 했다. 아무래도 방법은 이것밖에 없었다. 그때 휴대전화로 한 통의 전화가 왔다.

"여보세요?"

"네, 나태주 형사입니다."

"나 형사님! 저예요. 그때 J시의 A유치원에서 뵈었던…."
"아! 네, 은영 선생님. 알다마다요. 잘 계셨죠? 그런데 무슨 일로?"
그녀의 목소리는 떨고 있었다.
"큰일 났어요. 원장 선생님이…."
"네? 원장이 왜요?"
"오늘… 죽었습니다."

　공동체 마을 앞마당에서 오랜만에 여는 보름날 축제였다.
"때가 왔음이라. 온 세상 악한 자들이 불에 태워질 때, 미륵이 왔음이라. 태워라, 처단하라, 때가 왔음이라, 심판의 날이 왔음이라."
　달은 마치 구슬 같은, 쟁반처럼 떠서 마을을 환하게 비추고 있었다. 민서라와 그녀의 수행원 그리고 청년들은 다 같이 술 마시고 노래 부르며 축제를 즐기고 있었다. 마당 중앙에는 장작불이 타오르고 있었고 주위 둘레에는 언제든 먹고 마실 수 있는 음식이 놓인 탁자가 있었다. 탁자 위에는 멧돼지고기와 토끼, 꿩 등 야생동물을 요리한 것과 마을에서 직접 키운 싱싱한 채소 그리고 술이 가득했다. 청년들은 오랜만에 마시는 술이라 그런지 꽤 과음하였다. 노래가 끝나자 그중 한 명이 자신의 잔에 술을 가득 붓고 민서라 앞으로 나왔다.
"미륵님께 제가 한잔 드리려고 나왔습니다. 꺼억~"
　옆에 있던 수행원이 미간을 찌푸렸다.
"미륵? 호호! 지금 들으니 그리 기분이 나쁘진 않네요. 하지만 저는 미륵이 아니랍니다. 단지 미륵님을 보좌하고 그분의 뜻을 행하는 자일

뿐!"

민서라는 술에 취한 청년의 말이라 생각하고 가볍게 넘기려 했다. 그때였다. 그 광경을 바라보던 청년들이 갑자기 자신의 잔에 술을 채우고 민서라의 앞에 무릎을 꿇었다.

"우리에겐 님이 미륵이십니다!"

그제야 상황이 이상하게 돌아간다고 판단한 민서라는 옷매무시를 가다듬었다.

"무슨 말이죠?"

그러자 제일 처음 술을 준비한 청년이 말했다.

"우리가 여기 온 지 어언 4개월이 다 되어 갑니다. 그동안 님은 미륵이 따로 계신다고 하셨지만, 우리는 한 번도 그분을 뵌 적이 없습니다. 그래서 님이 미륵이신 것을 확신합니다."

민서라는 청년의 말에 코웃음을 쳤다.

"그리 부르면 오늘도 나와 제일 먼저 섹스를 하리라 믿어요?"

"네?"

민서라는 꿇어앉은 청년들에게 큰소리로 꾸짖었다.

"다들 잘 들어요. 분명히 말하는데 이 자리에 있는 저는 미륵이 아닙니다. 그분은 따로 계십니다. 물론 어떤 사정 때문에 이곳에 당분간 오실 수는 없습니다. 그러니 그런 해괴망측한 발언은 당장 삼가시고 오늘은 그저 이 축제만 즐겨주시기 바랍니다. 알겠습니까?"

청년들이 멋쩍은 표정으로 일어서기를 꺼리자 민서라는 예전에 하는 대로 그 자리에서 옷을 훌렁 벗어버렸다. 그녀의 빛나는 몸매가 달빛 아래에 흐느적거리자 비로소 청년들은 넋이 나가 자리에서 일어섰다.

"자! 다시 한번 더 우리 노래를 부릅시다!"

민서라가 벌거벗은 몸으로 빙글빙글 돌자 청년들도 덩실덩실 춤을 추며 노래를 부르기 시작했다.

"때가 왔음이라. 온 세상 악한 자들이 불에 태워질 때, 미륵이 왔음이라. 태워라, 처단하라, 때가 왔음이라, 심판의 날이 왔음이라."

떼창으로 부른 노래가 끝나자, 언제나 그랬듯이 공동체 마을 마당은 혼음의 시간이 되었다. 민서라와 청년들은 아무런 부끄러움 없이 서로 엉켜 몸을 섞었다. 여전히 달은 보름달이었다. 황홀하고 격렬했던 시간이 시나브로 지나자, 민서라는 옷매무시를 가다듬고 장작불 앞에 섰다.

그녀가 자세를 바로잡자 옆에 있던 수행원이 기다렸다는 듯이 붉은 망토와 지팡이, 그리고 무언가를 건네주었다. 청년들도 그새 걱정을 끊고 옷을 고쳐 입었다. 민서라는 시계를 보고 있었다. 아마 이 시간에 올 사람들이 있는 듯했다. 그때 공동체 마을 위쪽으로 검은 그림자 둘이 재빠르게 내려오고 있었다. 그제야 민서라의 입가에 웃음이 번졌다.

"여러분! 저기 오네요. 우리 모두 박수로 환영합시다."

청년들도 들은 바가 있었는지 입장하는 그들에게 크게 소리치며 손뼉을 치기 시작했다.

'와~'

"환영합니다. 축하드려요."

민서라 앞에 선 그들은 놀랍게도 그때 K고수부지 방화 · 살인 사건의 가해자인, 이곳에서는 영웅이 된 젊은이들이었다. 젊은이 두 명은 민서라를 보자 깍듯이 고개를 숙였다. 그들이 중국으로 떠난 지 거의 3개월 만이었다.

"수고했어요."

민서라는 그들의 손을 따뜻하게 잡았다.

"그리고 과업 성공을 격렬하게 축하드려요."

"모두 님의 은덕입니다."

젊은이들은 겸손하게 말한다고 했으나 아직도 호흡이 거칠었다. 단 몇 시간 만에 J시에서 이곳으로 오느라 제대로 숨을 못 쉰 것 같았다. 청년들은 젊은이들이 오는 것을 알고 있었으나, 자세한 내막은 모르는 모양이었다. 민서라가 젊은이들을 자기 양쪽으로 세우고 큰 소리로 말했다.

"오늘 이 두 분은 그때와 마찬가지로 우리 '화형교'를 대표하여 큰 과업을 성공적으로 마치고 돌아왔습니다. 바로 J시에 있는 악덕 유치원 원장을 직접 처단하고 무사히 돌아온 이 두 분을 위해 다시 한번 격렬하게 환영합시다!"

그러자 청년들은 수첩에 적힌 유치원 원장의 이름을 빨간색으로 그었다. 그들은 점검표를 만들어 처단한 자는 반드시 지움으로써 나름대로 결속을 다지는 것 같았다. 민서라는 젊은이 둘 앞으로 가서 섰다. 옆에 있던 수행원이 미리 준비한 상장과 부상을 가져왔다.

일종의 시상식이었다. 민서라가 상을 수여하자 젊은이들은 황공한 듯이 고개를 90도 숙였다. 이어 부상을 건넸는데, 놀랍게도 상은 금두

꺼비였다. 공동체 마을 앞마당은 순식간에 환호가 쏟아져 나왔고 열광의 도가니가 되었다. 젊은이들은 미리 준비한 탁자 위에 앉아 술과 음식을 게걸스럽게 먹어치웠다. 그들의 옆에 아리따운 여자들이 시중을 드는 것은 당연하였다. 물론 여자들은 청년 수련생 중 여성 5명이었다.
'오늘은 너무 기쁜 날이야. 그분은 제2의 심판을 성공적으로 이끄셨고 난, 오랜 염원이던 그년을 손쉽게 해치웠잖아. 호호.'
민서라는 그녀들에게 젊은이들과의 유쾌한 혼음을 부탁하며 유유히 자리를 떴다. 여전히 보름달은 밝았다.

A유치원 교사 은영에게는 정말 꿈같은 일이었다. 그동안 아무런 소식도 없던 민채원으로부터 연락이 온 것이다. 그때가 원장이 살해되기 몇 시간 전이였다. 은영은 원생들이 낮잠을 자고 일어난 후라 막 간식을 챙기고 있었다. 그때 낯선 번호로 전화가 왔다.
"여보세요?"
"은영 선생님? 오랜만이네요. 나, 민채원이에요."
은영은 너무 놀라 목소리도 나오지 않았다.
"채원 선생님? 아니 언니?"
민채원의 목소리를 확인한 은영은 이번엔 너무 기뻐 가슴이 벌렁거릴 지경이 되었다.
"맞아요. 자주 연락 못 드려서 죄송해요."
민채원은 몹시 바쁜 듯 일방적으로 자신의 이야기만 전했다. 이야기를 다 듣고도 은영은 민채원의 의도를 금방 알아차리지 못하였다.

"그러니까 언니 말씀은 우리 원장 선생님을 처단하러 '심판자'가 올 터이니 모르는 척하고 있으라는 말씀이세요?"

"그런 셈이에요."

"처단이란 게 무슨 말씀인지?"

그제야 겁이 난 은영은 민채원에게 조심스럽게 물었다.

"제가 일전에 말하지 않았나요? 민중들을 수탈하고 부정부패로 제 배만 불린 자는 반드시 화형으로 처단한다는 말? 그때 누누이 제가 말했잖아요."

"그래서 오늘 그렇게 한다는 건가요?"

"호호. 뭘 그리 놀래요? 나쁜 년 하나 이 세상으로부터 없앤다는 건데."

은영은 손이 떨려 휴대전화를 놓칠 뻔하였다.

"그래도 그건 살인이잖아요?"

"살인 아닙니다. 처단!"

민채원은 급기야 화를 내었다. 은영은 일단 놀란 가슴을 진정시키고 대화로 풀어갈 요량으로 그때 나태주가 자신을 찾아온 사실을 슬쩍 이야기했다.

"나태주 형사? 그가 찾아왔다구요? 그 외, 딴말은 없었고?"

"네, 저는 그냥 선생님, 아니 언니가 작년 말에 유치원을 나간 후 연락이 끊겼다고만 했어요."

"잘했어요. 음… 산음경찰서 나태주 형사라. 어쨌든 알겠어요. 은영 씨는 그리 알고 너무 놀라지 말아요. 혹 그분들이 와서 원장을 찾으면 그냥 눈짓만 하면 될 겁니다. 그럼, 이 다음에 우리 한번 만나서…."

민채원이 전화를 끊으려 하자 은영은 급히 말을 꺼냈다.

"언니는 지금 어디 계시죠? 이 번호로 연락하면 되나요?"

그러자 '철컥'하고 전화가 끊어져 버렸다. 은영은 얼른 휴대전화의 발신지 표시를 확인하였으나 이상하게도 표시가 전혀 없었다. 그 후로 은영은 이 사실을 원장에게 알려야 하는지 아니면 나태주 형사에게 알려야 하는지를 두고 고민에 휩싸였다. 그간 민채원의 성격으로 봐서 꼭 일이 터질 것만 같았지만, 이런 대낮에 설마 살인사건이 일어나리라곤 생각지 못하였다. 결국, 안절부절못하던 은영은 한 시간 후에 일단 원장에게 귀띔이라도 할 요량으로 원장실을 찾았다.

"그러니까 채원이 그년이 사람을 시켜 오늘 나를 해치러 온다는 말이죠?"

원장은 카랑카랑한 목소리로 은영에게 물었다.

"네."

"호호. 기가 막혀. 그년이 이젠 별소리를 다 하네. 아니, 그때 일이 언제라고 아직도 내게 앙심을 품는단 말이야. 김 선생! 일단 알았어요. 내 알아서 대처할 터이니 그만 일 봐요. 곧 아이들 하원 시간이죠?"

"원장님! 그래도 경찰에 신고는 하시죠? 아무래도 기분이 이상합니다."

"알았어요. 내가 지금 바쁘니까 나중에 할게요. 그러니 일단 나가세요."

원장은 그 와중에도 컴퓨터에서 눈을 떼지 못하였다. 보나 마나 또 아이들 급식비를 조작하고 있는 모양이었다. 은영은 하는 수없이 교실로 돌아와 아이들 하원 준비를 하였다. 그런 후에 대충 교실을 청소하고 자신도 막 퇴근하려 할 때였다. 이미 다른 두 선생은 퇴근한 후였다.

'드르륵.'

그때였다. 검은 양복에 검은 마스크를 쓴 두 남자가 유치원 정문을 열고 들어왔다.

"누구?"

은영은 깜짝 놀라 누구냐고 물었지만, 이들이 아까 민채원이 말한 사람들이란 것을 금방 눈치챘다.

"원장실은?"

은영은 떨면서 눈짓으로 원장실을 가리켰다. 잠시 후 원장의 비명이 들리더니 원장실은 화염에 휩싸이고 말았다. 그때가 정확히 오후 5시 30분 경이었다.

한 청년이 병원에서 불을 질렀다. 보름달이 뜬 밤이었다. 저녁 식사 후 투약을 마치고 약간의 자유 시간이 있던 시각이었다. H읍 정신병원 3층 개방 병동 안에 있는 식당에서 사건이 벌어졌다. 식당은 자유 시간에 환자들이 가끔 흡연하는 장소로도 이용되었다. 그 시각 의사들은 퇴근하였고, 간호사들은 간호사실에서 이브(Eve) 근무와 나이트(Night) 근무자 간 인수인계를 하고 있었다.

"간호사!"

"사람이 타고 있다!"

"저것 봐! 죽어가고 있어."

"저게 누구야? 반장 아니야?"

"물을 가져와."

이 광경을 목격한 일단의 환자들이 이리 뛰고 저리 뛰며 고함을 질렀지만, 식당과 떨어진 간호사실에서는 이 사실을 전혀 눈치채지 못하였다. 한 사내가 온몸에 불을 붙인 채 바닥에 뒹굴고 있었다. 그는 타는 불로 심히 괴로워하고 있었다. 그 앞에 불을 붙인 가해자인 청년이 통쾌한 표정으로 웃고 있었다.

"으하하. 잘도 타네. 그래, 네놈은 진작에 죽어야 마땅했어."

환자들은 불을 끄려 했지만, 이미 활활 타버린 사내를 어찌할 바 몰라 모두 발만 동동 구르고 있었다. 그때 누군가 목욕탕에서 물통에 물을 담아왔다.

"비켜!"

그 누군가가 불타는 사내에게 물을 부으려 하자, 앞에서 웃고 있던 청년의 표정이 찌그러졌다.

"놔둬!"

그 말에 누군가는 무슨 말인가 싶어 고개를 돌렸다. 그러자 청년은 누군가를 향해 주먹을 뻗었다.

"어어? 왜 그래?"

'퍽!'

그 누군가는 그 자리에서 쓰러졌고 물통은 불타는 사내와는 멀리 쏟아졌다. 이를 지켜보던 환자들은 어리둥절했다.

"모두 그대로 있어. 이놈의 마지막 가는 길을 잘 보란 말이야."

청년은 험상궂은 얼굴로 환자들을 위협했다.

"……."

"살려 줘! 제발."

불타는 사내는 고통스러운지 단말마적인 비명을 질렀다. 그래도 청년은 아무 반응을 보이지 않았다.

'웨에에엥~'

그때 요란한 비상벨이 울렸다. 아마 또 다른 누군가가 간호사실에 신고한 모양이었다. 청년은 환자복 상의에서 종이 뭉치를 꺼내더니 불타는 사내를 바라보며 그것을 뿌렸다.

"이게 뭐야?"

몇몇 환자들이 종이를 주웠다.

"모두 비키세요!"

연락받고 제일 먼저 온 보호사가 이 아찔한 상황을 보더니 식당 옆에 있는 소화기를 들어 이내 불타는 사내에게 뿌렸다. 뒤이어 온 간호사들은 너무 놀라 손바닥으로 얼굴을 가리기에 급급했다. 그런 와중에 남자 보호사는 그런대로 용감했다. 사내의 몸에서 화기가 조금 사그라들자, 자신이 입던 옷을 벗어 사내의 몸에 덮었다. 그리고는 사내의 상태를 확인했다.

"간호사! 119 불러!"

그새 정신을 차린 한 간호사가 119에 전화를 했고, 다른 간호사는 동요하는 환자들을 모두 방으로 보내려고 통제를 했다. 마침 나머지 보호사들도 식당으로 올라왔다. 간호사와 보호사들은 모든 환자를 방으로 내몰았다. 그런데 사건의 주범인 청년은 꼼짝하지 않고 그 자리에 서 있기만 했다.

"민철 씨는 왜 안 들어가요?"

간호사가 물었다.

"내가 그랬거든요."

"네?"

"내가 저놈을 화형에 처했단 말입니다."

그때 아직 방으로 들어가지 못한 환자가 소리쳤다.

"맞아요. 저놈이 반장에게 시너를 붓고 불을 붙였어요. 김민철, 저놈이 범인입니다."

간호사는 아직도 상황파악이 되지 않는지 고개를 갸우뚱했지만, 옆에 있던 남자 보호사가 그 말을 듣고 바로 청년을 제압했다.

"엎드려."

보호사는 재빨리 청년을 엎드리게 한 후 가지고 있던 줄로 손과 발을 묶어버렸다. 그 와중에도 청년, 김민철은 고함을 지르듯 노래를 부르고 있었다.

"때가 왔음이라. 온 세상 악한 자들이 불에 태워질 때, 미륵이 왔음이라. 태워라, 처단하라, 때가 왔음이라, 심판의 날이 왔음이라."

잠시 후, 119가 와서 불에 탄 사내는 이송되었고, 간호사의 연락으로 원장과 담당 의사가 현장에 왔다. 담당 의사는 아직 바닥에 엎드려있는 민철이라는 청년을 일으켰다.

"왜 그랬어?"

"……."

"요즈음 약 잘 먹고 착실하게 잘 지냈잖아."

"그랬죠."

"그런데 왜?"

"일단 이것부터 좀 풀어주시죠? 손과 발이 묶여 있으니 중심을 못 잡겠네요."

"음, 보호사! 이 자를 풀어서 면담실로 데려와요. 면담 좀 하게."

3층 간호사들은 이 뜻밖의 상황을 있는 그대로 보고하느라 진땀을 빼고 있었다. 묵묵히 듣고 있던 원장이 바닥에 떨어져 있는 종이를 발견하고 눈짓을 했다. 그러자 눈치 빠른 보호사가 그걸 원장에게 건넸다. 원장은 종이를 빠르게 읽어갔다.

「이 자는 3병동 환자 반장으로
그동안 다수 선량한 환자를 부당하게
취급하고, 힘없는 환자를 폭행, 구타
했으며, 또한 지위를 이용하여
담배, 간식비 등을 무단으로 횡령했으므로
판결자 전원 일치로 극형인 화형에 처함.」

심판의 날, 두류산

원장은 고개를 갸웃거렸다.

"김 간호사! 아까 그놈 이름이 두류산이야?"

"아닌데요. 김민철입니다."

"김민철? 그럼 두류산은 뭐야?"

간호사는 무슨 말인지 몰라 고개를 갸우뚱했다.

"네?"

"됐고! 저놈은 뭐로 들어왔어? 오늘 왜 그랬대?"

"알코올입니다. 오늘 사건은 솔직히 아직 잘 모르겠습니다."

"불에 탄 자가 이 병동 반장이라고?"

"네."

"야! 너희들! 도대체 환자 관리를 어떻게 했기에 이런 사고를 내냐? 이 종이에 적힌 대로라면 반장이란 놈이 그동안 환자들을 폭행하고 금전을 갈취했다는 말이잖아. 응?"

원장의 다그침에 3병동 주임간호사를 비롯한 직원들은 마땅한 대답을 못 할 만큼 고개를 들 수가 없었다. 이런 상황인데도 어떤 눈치 없는 보호사가 원장에게 물었다.

"경찰을 부를까요?"

원장은 이 말을 한 보호사를 노려보았다.

"너 같으면 경찰을 부르고 싶냐? 이런 머리 안 돌아가는 놈 같으니. 그래, 경찰이 와서 면밀하게 다 조사했다 치자. 만약 반장이 죽기라도 하면 지금 너희들과 나는 어떻게 되겠어? 모조리 관리 태만 및 업무 부주의 혐의로 실형까지는 아니더라도 죄를 물을 거야. 그리고 병원은 영업정지가 되겠지?"

"……."

"일단 비밀로 해. 경찰이 들이닥치고 언론이 떠들면 그때부터 우리는 다 함께 죽는 거야. 알겠어?"

"네, 알겠습니다."

"지금 당장 원무과장과 간호과장 들어오라 해. 바로 대책회의를 해야 하니까."

"네."

한편, 면담실에 들어간 청년은 담당 의사의 질문에 묵비권을 행사하였다. 아무리 의사가 어르고 달래도 그는 벙어리처럼 입을 닫았다. 별수 없이 의사는 간호사를 불러 그를 독방에 가두라 하고 리스트레인트, 아티반 주사 놓을 것을 지시했다. 청년은 알 듯 모를 듯 얼굴에 웃음을 띠며 순순히 간호사의 지시에 따랐다. 그러고는 마음이 편한지 침대에 묶여 코를 골며 잤다.

다음 날, 응급실로 이송 갔던 반장이란 작자는 끝내 사망했다. 곧이어 누군가의 제보로 병원에는 H경찰서에서 형사들이 들이닥쳤고 지역 언론은 이 사건을 대대적으로 보도했다. 형사들이 청년을 끌고 갈 때 먼발치서 이 장면을 보며 싱긋 웃는 환자가 있었다. 그가 제보자였다. 둘은 멀리서나마 서로 눈을 맞추었다.

나태주는 유치원 교사 은영에게 사건의 전말을 듣고 착잡한 심정이 되었다. 이런 상태가 계속되다간 두류산의 말대로 제2, 제3의 왕춘팔이 계속 나올 것만 같았다. 따라서 그는 오늘은 무슨 일이 있더라도 권 팀장을 설득하여 이 사건의 열쇠를 쥐고 있는 민채원의 공개수배 건을 관철하리라고 결심했다. 권 팀장은 옥상 난간에 기대어 담배를 연거푸 피우고 있었다. 그도 이 사건으로 몹시 힘든 모양이었다.

"태주? 너도 담배 피우러 왔어?"

해가 지기 전까지는 꽤 무더운 날씨였지만 밤이 되자 옥상엔 선선한 바람이 불었다.

"팀장님! 그때 말씀드린 것, 오늘은 꼭 들어주십시오."

그런데도 권 팀장은 고개를 돌리지 않고 혼잣말로 중얼거렸다.

"뭘? 다른 건 몰라도 너 하고 싶은 건 다 들어줬잖아."

나태주는 권 팀장의 심정을 모르는 바는 아니었지만, 매사에 원칙적이고 고집불통인 그를 보고 있자니 답답했다.

"이러다간 조만간 또 여러 사람이 죽게 됩니다. 팀장님도 오늘 TV 보셨잖아요? 두류산과 민채원 그들은 예사 조직이 아닙니다. 대한민국을 거덜 나게 할 수 있는 범죄 역량이 뛰어난 자들입니다."

"……"

"팀장님이 그랬잖습니까. 그들이 비록 시민들에게 주목을 받고 있지만, 엄연한 범죄자라고. 그래서 꼭 잡아야 한다고 그러지 않았습니까?"

그제야 권 팀장은 입에 물고 있던 담배를 바닥에 떨어뜨리고 구둣발로 껐다.

"그래서?"

"민채원의 공개수배를 허락해주십시오."

"……"

"부탁입니다."

"그 방법밖엔 없겠어?"

권 팀장의 얼굴은 잿빛이었다.

"네, 방법이 없습니다. 하루빨리 그녀를 잡아야 합니다. 그래야만 이들의 범죄행각을 멈출 수 있습니다. 사실은…."

권 팀장은 담배 하나를 더 입에 물었다.

"사실은 뭐?"

"아까 옥상으로 올라오기 전, 한 통의 전화를 받았습니다. 민채원이 다녔던 그 유치원 원장이 당했습니다."

"당하다니?"

"마찬가지로 화형입니다."

화형이란 단어가 나오자 권 팀장의 얼굴은 더욱 굳어졌다.

"응? 왜?"

"일전에 제가 말씀드리지 않았습니까? 민채원이 그 유치원에 있을 때, 그 원장이 부정부패를 일삼고 직원들에게 갑질했던 것 말입니다. 민채원이 유치원을 나갈 때 원장을 꼭 화형에 처하겠다고 엄포를 놓았거든요. 그게 오늘 실제로 벌어졌습니다."

"그래?"

"이제 결단하셔야 합니다. 두류산과 민채원의 범죄는 솔직히 우리 관할의 능력 밖에 있습니다."

"……."

권 팀장은 나태주에게 생각할 시간을 달라는 의미로 먼 산을 바라보았다. 중년의 그는 오늘만큼은 경찰이 아니라 일개 소시민으로 비추어질 만큼 뒷모습이 외롭고 쓸쓸해 보였다. 마침내 권 팀장이 결심한 것 같았다.

"내일 J시 유치원에도 가봐야겠네?"

"네?"

나태주는 그의 엉뚱한 제안에 고개를 갸우뚱거렸다.

"관할이야 J경찰서지만, 자넨 이 사건에 특화된 형사잖아. 당연히 가봐야지."

"뭐, 그러죠."

"서장에게 보고할 수사보고서는 자네가 써주겠지?"

권 팀장의 말에 나태주의 얼굴에 화색이 돌았다.

"당연하죠."

"그럼, 그렇게 하지. 내일 아침에 정식으로 서장에게 보고하고 민채원의 공개수배 승낙을 받아내겠네."

권 팀장은 뒤돌아서서 나태주의 어깨를 몇 번 다독이더니 먼저 사무실로 내려갔다. 나태주는 그제야 안도의 한숨을 쉬며 담배 한 개비를 물었다.

공정과 정의

사람의 마음자리
본래 어디에도 없었던 것을

양단수(兩端手) 합수머리
오장에 있다면 티끌까지 씻어내는 푸른 하늘

쏜살같이 내달리는 덕천강
천왕봉이 굽어보네

점(點) 하나
획(劃) 하나가 꿈틀댄다

—양곡, 「세심정(洗心亭)」

나태주가 J경찰서 성용옥 경장을 다시 만난 것은 A유치원 방화·살인 사건의 현장이었다. 어제 사건이 일어나자마자 성 경장은 현장에 투입되어 지문 채취, 혈흔 증거 수집 등 1차 감식을 하였고 오늘은 2차 감식을 위해 현장에 온 거였다. 어젯밤 권 팀장의 승낙을 받은 후 나태주는 성 경장과 미리 연락한 터였다. 유치원은 정문부터 폴리스 라인이

쳐져 있었고 전경들 몇이 근무를 서고 있었다. 나태주는 신분증을 그들에게 보여주고 안쪽으로 들어갔다. 사건이 일어나고 하루가 지났음에도 유치원 안쪽은 불에 그을린 냄새와 피비린내가 진동하고 있었다. 성 경장은 동료와 함께 원장실에서 감식 활동을 하고 있었다.

"오셨네요?"

나태주가 등장하자 성 경장은 반갑게 그를 맞아주며 동료들에게 인사시켜주었다.

"잠시, 나가서 담배 한 대 피울까?"

살인사건 현장에 익숙한 나태주는 오늘따라 피비린내가 역겨웠다.

"그러죠. 저도 좀 쉬고 싶었습니다."

둘은 유치원 바깥으로 나갔다. 이곳은 그때 나태주가 민채원을 잘 알고 있는 교사 은영과 잠시 대화를 나눈 장소였다.

"참으로 공교롭게 되었습니다. 마치 운명 같군요."

성 경장이 자신과 나태주의 담배에 불을 붙이면서 자조적으로 말을 내뱉었다.

"그러게 말이야. 내가 쫓던 사건이 여기서도 발생할 줄은 꿈에도 몰랐는데 말이야."

나태주는 유치원 교사 은영으로부터 사건의 전말을 들어 약간 알고 있었으나 성 경장에게 자세하게 듣고 싶었다.

"범인들은 어때? 그때 우리와 똑같은가?"

"아뇨, 조금 다른 점이 있습니다."

성 경장은 이마에 흐르는 땀을 옷소매로 닦았다.

"어떤 면에서?"

"K고수부지에선 산 사람을 그대로 불구덩이에 던졌지만, 이번엔 예리한 칼로 정교하게 목을 먼저 찔렀습니다. 그런 후에 기름을 붓고 불을 붙였습니다."

성 경장의 말을 듣던 나태주는 TV에서 본 교도소 방화·살인 사건을 떠올렸다.

"범행수법이 진화되었나? 9개 교도소에서도 범인들이 같은 방식으로 살해했잖아."

"그렇긴 하죠, 하지만 수법이 진화된 게 아니라, 피해자들의 고통을 조금 줄인다는 측면이 더 강하죠. 먼저 숨통을 끊어놓으면 불로 인한 이차적인 고통은 줄어들 것 아닙니까?"

하지만 나태주의 생각은 달랐다. 어차피 죽일 거라면 단 한 번으로 끝내지, 두 번씩이나 피해자를 고통의 나락으로 떨어뜨리는 것은 인간으로선 차마 못 할 짓이라고 생각했다.

"음, 범인은 두 명?"

"네, 목격자의 말로는 두 명입니다."

"은영이라는 여교사가 신고했지?"

"그걸 어떻게 아십니까?"

"어제 그 여교사의 전화를 받았다네. 예전 민채원 때문에 이곳을 방문했을 때 그녀와 이야기를 나누어 구면이거든."

"그렇군요."

그때였다. 유치원 원장실에서 수사 요원이 성 경장을 다급하게 불렀

공정과 정의 195

다. 뭔가 발견한 모양이었다.

"왜? 뭐 있어?"

"어젠 발견 못 했는데, 희미하게나마 범인들의 발자국이 한군데 있습니다."

"족적? 원장 방에서?"

수사 요원은 얼굴에 홍조를 띠었다.

"아뇨, 원장실 밖 복도인데 화병이 있던 자리입니다. 범인 중 한 명이 다급하게 나오다 화병을 떨어뜨린 모양입니다. 그 자리에 깨진 화병 조각과 발자국이 있습니다."

"좋아, 좋은 증거가 되겠네. 잘 채증하여 보관하고 대조해 봐."

"네, 그러죠."

성 경장은 입가에 미소를 띠었다. 조금이나마 성과를 얻었으니 수사관으로서는 당연한 일이라고 나태주는 생각했다.

"성 경장도 당연히 이 사건의 배후가 두류산과 민채원이라고 생각하지?"

"그렇죠. 그때 선배님으로부터 그들의 이야기를 안 들었으면 저도 좀 황당할 뻔했습니다. 그래, 그동안 두류산과 민채원의 행방을 좀 알아내었습니까?"

나태주는 성 경장과 헤어진 지가 3개월이 지났지만, 만족할만한 성과를 못 낸 게 내심 부끄러웠다. 그래서 그는 그동안의 수사 진행 과정을 세밀하게 성 경장에게 말해주었다.

"잘하셨습니다. 민채원을 공개수배하는 게 최선입니다. 그녀의 신병만 확보하면 나머지 두류산과 K고수부지 범인 및 어제 발생한 유치원 원장 방화살인범을 잡을 수 있을 겁니다. 그런데….”

성 경장이 갑자기 말을 끊었다.

"그런데 뭐?”

“선배님은 고수부지 범인과 유치원 원장 살해범이 동일범이라고 생각하지 않습니까?”

"뭐?”

나태주는 성 경장의 뜬금없는 추리에 어안이 벙벙했다. 그로서는 생각한 바가 전혀 없는 추리였다.

“어째서?”

“어제 범인들은 목격자에 의하면 고수부지 범인들과 인상착의가 거의 흡사합니다. 검은 양복에 검은 마스크 그리고 단단한 체격, 무엇보다 피해자를 화형시킨 범행수법 등이 비슷하단 말입니다.”

“설마 우리 형사팀에서 3개월 넘게 쫓고 있는 상황에서 그놈들이 다시 나선다는 건 현실적으로 어려운 일 아냐? 그때 사건 이후로 권 팀장님을 비롯한 우리 팀원들이 지리산 일대를 샅샅이 뒤졌지만, 놈들의 흔적조차 찾을 수 없었어. 그러니 우리로서는 놈들이 해외로 잠적했다는 결론을 냈는데?”

그러자 성 경장은 피우던 담배를 끄고 팔짱을 꼈다.

“그러니까 하는 말입니다. 놈들은 고수부지 사건 이후 바로 해외로 빠져나갔습니다. 그러니 흔적조차 없을 수밖에요. 그러다 놈들은 어떤 경로로 이틀 전이나 어제 범행이 일어나기 전에 왔습니다. 어때요?”

"설마?"

"선배님도 아시겠지만, 민채원이 이 방화 · 살인을 교사했습니다. 그건 역으로 K고수부지 사건도 그녀가 같은 방법으로 범인들을 조정했다는 말이죠. 유치원 여교사와 민채원의 통화기록이 그 증거입니다."

나태주는 성 경장의 추리가 일리가 있다고 생각했다.

"출입국 기록을 살펴볼까?"

"아뇨, 이 정도 솜씨를 볼 때 민채원이라는 여자의 실력은 뛰어난 것으로 보입니다. 여권 정도는 충분히 위조할 수 있죠."

"아! 이젠 어떻게 하지?"

"어떻게 하긴요? 어차피 공개수배한다면서요? 차라리 잘되었습니다. 아마 경남지방청에서 지시가 내려올 겁니다. 합동 수사본부가 내일이나 모레쯤 만들어질 겁니다. 그리되면 선배님과 제가 그 연놈들을 재빠르게 일망타진하는 거죠. 하하, 그래서 우리는 함께 상도 받고 특진도 하는 거죠."

"그리만 되면 얼마나 좋겠나."

나태주와 성 경장의 대화가 막바지에 이를 때, 유치원 원장실에서 감식하던 수사 요원들의 일도 끝난 모양이었다.

"오늘 고마웠어. 족적 확인되면 연락 줘."

"그러죠. 빨리 들어가셔서 공개수배 건이 결정되었는지 알아보시고 제게도 연락 한번 주십시오."

나태주는 그와 진하게 악수한 뒤 뒤돌아섰다. 하지만 나중에 성 경장은 그때 범인들이 남긴 족적은 너무 희미해서 감식할 수 없다고 통보

해왔다.

성 경장의 예상은 맞았다. 나태주가 사무실로 들어가서 컴퓨터를 확인하니 민채원의 공개수배 공문이 경남지방경찰서까지 올라가 있었다. 그뿐만 아니라 성 경장의 말대로 민채원의 검거를 위한 합동 수사본부를 꾸린다는 경남지방경찰청장의 지시가 내려져 있었다.

"많이 놀라셨죠?"

김유리 형사가 따뜻한 커피를 한 잔 들고 나태주의 옆에 앉았다. 어젯밤 서장에게 보고할 보고서를 작성하여 권 팀장에게 건네주었는데, 서장의 승인 후엔 김유리가 뒤처리한 모양이었다.

"벌써 청장에게도 보고되었단 말이야?"

"네, 나 형사님이 J시로 간 뒤, 서장님과 과장님, 그리고 권 팀장님이 청장님께 직접 보고하러 창원으로 가셨어요. 그런 후에 바로 지시가 떨어졌네요. 하긴, 우리 쪽뿐만 아니라 J시, 그리고 H읍에도 비슷한 사건이 벌어졌으니 그럴 만도 하죠."

"J시는 알겠는데 H읍 사건은 또 뭐야?"

그러자 김유리는 깜짝 놀라는 모습을 보였다.

"아직 모르세요? 지금 H경찰서는 난리래요. 뭐라더라? H읍 소재 정신병원에서 환자가 다른 환자를 칼로 찌르고 불에 태워 죽였다는데요?"

"화형? 뭐야, 그런 일이 있었어? 언제?"

"사건은 어제 일어났고, 경찰이 사건을 인지한 건 오늘 아침이래요."

나태주는 마치 꿈을 꾸고 있는 것 같았다. 보름달이 뜬 어제만 해도 전국 9개 교도소 재소자와 J시 유치원 원장, 그리고 H읍 정신병원 환자가 희생된 거였다. 나태주는 이제 화형이란 말만 들어도 온몸이 떨렸다.

"그럼, 그 사건도 두류산이?"

"그건 아직 모르겠어요."

나태주는 잘은 몰라도 이 역시도 두류산이나 민채원이 연루되었다는 의심을 지울 수가 없었다.

"그건 그렇고."

"또 뭐?"

"합동 수사본부가 결성된다면 아무래도 선배님이 차출될 거라는 소문이 돌아요. 우리 중에 원체 이 사건의 핵심 부분을 많이 알고 있는 분이잖아요."

"내가?"

김유리 형사는 고개를 끄덕였다.

"합수부가 어디 차려진대?"

"글쎄요. 아마 최초 사건이 우리 관할에서 일어났으니 이곳 아닐까요? 안 그러면 어제 사건이 일어났던 J시?"

나태주는 김유리가 타준 커피를 입도 안 대고 사무실을 나왔다. 가슴이 울렁거리고 머리가 어지러워 도저히 자리에 앉아 있을 수가 없었다. 5월의 하늘은 청명하고 바람은 따뜻했지만, 그는 온몸이 떨리면서 추위를 느꼈다. J시에 이어 H읍까지 방화 살인사건이 일어났다면, 조만간에 경남 전체로 확대될 것은 뻔했다. 그리 생각하니 나태주는 온몸에 힘이 빠졌다.

경찰서 민원실 앞 쉼터에서 한참을 쉬고 있던 나태주는 그만 깜빡 잠이 들었다. 봄 햇볕이 따뜻한 것도 있었지만, 요즘 밤에 잠을 잘 이루지 못한 이유 때문이었다. 얼마나 잤을까. 휴대전화의 벨이 요란하게 울려 그는 잠이 깨었다. 김유리 형사였다.

"왜?"

"빨리 올라오세요. 손님이 찾아왔어요."

"누구?"

"여자인데요? 아주 예쁜."

김유리는 나태주와 장난을 치고 싶은 모양이었다.

"쓸데없는 소리 하지 말고 빨리 말해."

"J시 유치원 선생님이라는데요?"

"뭐? 은영 씨가?"

나태주는 옷매무시를 가다듬은 후 급히 사무실로 향했다. 그녀가 경찰서로 직접 찾아오리라고는 상상도 못 한 일이었다. 나태주로서는 이틀이나 사흘 후에 그녀를 볼 생각이었다. 은영은 자신의 자리 옆에 다소곳이 앉아 있었다. 나태주가 허겁지겁 도착하자 동료들이 모두 힐끔거리며 한 소리 했다.

"민원인 같진 않은데?"

"맞아, 숨겨둔 애인일 거야."

그 말에 나태주는 발끈했다.

"다들 일이나 보세요. 여긴 신경 쓰지 말고!"

그런 그를 보고 앞에 앉아 있던 조 형사가 혼잣말로 중얼거렸다.
"새끼! 좋으면 좋다 할 것이지, 여자도 예쁘고 괜찮구만."
나태주는 은영의 손을 잡고 1층에 있는 휴게실로 데려갔다.
"여기까지 웬일입니까? 그러지 않아도 제가 모레쯤 뵐까 했는데."
"아까 유치원에 왔다고 들었어요. 저는 당연히 저부터 찾을 줄 알았죠."
"그땐 목격자 진술 때문에 경찰서에 계셨잖습니까? 그래서 전 현장만 둘러보고 바로 온 겁니다. 어쨌든 많이 놀랐을 건데 이렇게 찾아오신 이유는?"
나태주가 진심으로 걱정하는 모습을 보이자 은영은 갑자기 소리를 낮추었다.
"언니가 어디에 있는지 알 것 같아요. 그래서 나 형사님께만 말해주려고요."
"네?"
은영의 말에 나태주는 불이 붙은 것같이 온몸이 뜨거웠다. 그녀는 몸을 낮추더니 조심스럽게 자신의 휴대전화를 열었다. 나태주 역시 반사적으로 의자를 바짝 당기고 고개를 숙였다.
"혹시나 해 녹음을 해두었답니다."
"녹음파일이 있어요?"
"네, 당연히 아직 아무에게도 말하지 않았구요."
나태주는 온몸이 긴장되어 숨을 제대로 쉴 수가 없었다.
"시작할게요. 중간 부분에 나오는 어떤 남성의 말을 잘 들어보세요."

'철컥!'

「…호호, 뭘 그리 놀래요?… '네, 감사합니다. ○○○○입니다.'… 나쁜 년 하나 이 세상으로부터 없앤다는 건데.」

"?"

하지만 녹음상태가 별로 안 좋은지 나태주의 귀에는 여자 목소리 사이에 남자 목소리는 희미하게 들렸다.

"모르겠어요?"

"네, 자세히 들리지 않네요."

그러자 은영은 답답한지 볼륨을 높여주었다.

"한 번 더 주의해서 들어보세요."

'철컥!'

「…호호, 뭘 그리 놀래요? …'네, 감사합니다. 프레드릭입니다.'… 나쁜 년 하나 이 세상으로부터 없앤다는 건데.」

볼륨을 높이니 확실히 들을 수가 있었다.

"프레드릭?"

"맞아요. 프레드릭."

"프레드릭이 뭐죠?"

은영은 나태주의 질문에 잠시 고개를 들었다.

"정말 몰라서 묻는 거예요?"

"아뇨. 아주 유명한 그림책에 나오는 들쥐 이름이란 건 알고 있어요. 그런데 왜 여기서 프레드릭이 나오는지…. 아! 알겠습니다. 카페나 술집이군요."

"맞아요. 카페였습니다. 언니는 그 카페에서 제게 전화를 한 거였어요. 물론 전화기는 대포폰이었겠죠. 확인해보니 발신자 표시가 뜨지 않더군요."

"그 카페가 어디에 있는지 혹 확인해보셨나요?"

"네, 언니 목소리가 너무 가까이 들려, 전 제가 있는 곳과 그리 멀지 않은 것으로 생각했어요. 그 이름으로 찾아보니 바로 나 형사님 관할 구역에 있었습니다."

"산음에?"

"여기서 그리 멀지 않을걸요? 차로 가도 30여 분?"

나태주는 얼른 자신의 휴대전화를 열어 '프레드릭'을 검색했다.

'단계면?'

과연 은영의 말대로 그 카페는 가까운 거리에 있었다. 은영은 자신의 할 도리를 다했다고 생각했는지 자리에서 일어섰다. 나태주는 고마움에 밥이라도 대접하고 싶었지만, 그녀의 심신이 많이 지쳐있어 그대로 보낼 수밖에 없었다.

"녹음파일은 지금 바로 전송해드릴게요. 수사에 도움이 되었으면 해요."

"저로선 너무 고맙습니다."

그녀가 간 후, 나태주는 주차장으로 달려가 자신의 차 안으로 들어갔다. 그리고는 은영이 보내준 민채원과의 통화 내용을 듣고 또 들었다.

5월의 아침햇살은 뜨거웠다. 어제 오후에 곧장 프레드릭으로 가려던 나태주는 경남지방경찰청에 다녀온 권 팀장에게 붙들려 민채원 공개수배 이후의 수사보고서를 작성하느라 시간을 내지 못하였다. 결국, 새벽이 되어서야 보고서 작성을 끝내고 사무실 한쪽에서 쪽잠을 자고 난 후, 아침이 되어서야 겨우 경찰서를 빠져나올 수 있었다. 어제 은영에게 받은 녹음파일 관련 내용은 권 팀장에게 보고하지 않았다. 자신이 직접 확인한 후 상황을 정리하여 보고할 생각이었다.

카페는 의외로 한적한 곳에 있었다. 안쪽으로 면사무소와 농협, 우체국 등이 있었지만, 카페는 면 중심지에서 한발 물러난 곳에 호젓이 있었다. 나태주는 이런 곳도 장사가 되나, 하고 생각했다. 나태주는 주차장에 차를 세우고 카페 문을 열었다. 이른 시간이었으므로 안에는 커피를 내리는 남자 외엔 아무도 없었다.

"어서 오세요!"

은은하고 고소한 커피 향에 나태주는 정신이 맑아지는 것 같았다.

"네, 사장님을 좀 뵈러 왔는데요."

"제가 운영자입니다만."

남자는 커피 물을 조절하느라 제대로 고개를 들지 않고 말했다. 나태주는 시간 끌어 좋을 게 없다고 판단하고 신분증을 꺼냈다.

"경찰입니다."

그제야 남자는 조금 놀란 얼굴로 고개를 들었는데, 나태주는 순간 낯이 익은 얼굴이라고 생각했다.

"무슨 일이시죠?"

"잠시면 됩니다. 어떤 사건 때문에 몇 가지 물어볼 게 있어서요."

그 말에 남자는 수건으로 손을 닦더니 나태주를 테이블로 안내했다.

"어떤?"

남자는 습관적인지 아니면 불안한지 한쪽 다리를 떨고 있었다.

"어제 오후에 이곳을 방문했던 여자 손님에 관해 알고 싶은… 그런데 사장님! 우리 어디선가 본 적이 없습니까? 굉장히 낯이 익은데요?"

"여자 손님에 관하여 말씀하시죠. 전 형사님을 본 적이 한 번도 없습니다."

남자는 의외로 강한 어조로 말했다. 할 수 없이 나태주는 어제 은영과의 대화를 토대로 카페에서 민채원의 행적을 물었다.

"기억납니다. 점심시간이 조금 지난 시간에 그 여자분 혼자 오셨죠. 저기 맨 끝 좌석에 앉아 커피를 마셨죠."

"단골입니까?"

"아뇨, 처음 본 손님이었어요."

"음… 처음이라. 그 여자분이 커피만 마시던가요?"

"어떤 분과 통화도 한 것 같습니다."

"여기 CCTV는요?"

"조그만 시골가게라 그런 것은 없습니다."

"그 여자분의 얼굴을 기억하겠습니까?"

"글쎄요. 여자에 별 관심이 없어서."

나태주는 남자가 호락호락하지 않는 것 같아서 어제 그 여자가 K고수부지 사건에 연루된 용의자라고 밝히고선 협조를 정중하게 요청했다. 그런데 남자는 나태주의 말을 듣고도 많이 놀라지는 않았다. 그런 일과 자신은 아무런 상관이 없다는 투였다. 나태주는 궁리 끝에 민채원의 몽타주를 꺼내 남자에게 내밀었다. 하지만 남자는 미동도 하지 않았다.

"이 여자분이 맞죠?"

"……."

"시골가게라 평소에 손님이 많지는 않을 것 같네요. 그렇다면 자신의 가게에 찾아온 미모의 여자를 단번에 기억하는 게 정상이 아닙니까?"

"……."

"대답하시죠."

나태주는 은근슬쩍 남자를 압박했다.

"잘 모르겠습니다."

"잘 모르다뇨?"

"아까 말씀드렸잖습니까? 전 여자에 별 관심이 없어요. 얼굴을 제대로 보지 못했습니다."

나태주는 기가 막혔다.

"아니? 사장님. 제가 큰 걸 바랍니까? 그냥 몽타주에 있는 얼굴과 어제 온 여자분이 맞는지만 확인해달라는데. 그게 무슨 어려운 일이라고!"

그때 카페 출입구에 손님 여럿이 들어왔다. 옷차림으로 봐선 한 무리의 등산객들이었다. 남자는 이때다 싶어 자리에서 일어났다.

"죄송합니다. 손님이 와서요."

나태주는 황당하여 남자만 째려보았다.

"나중에 오시죠. 저도 기억해보겠습니다. 그러려면 이 몽타주는 두고 가십시오."

이에 할 수 없이 나태주는 몽타주만 탁자 위에 두고 발길을 돌릴 수밖에 없었다. 그러면서도 그는 이 사내를 분명히 어디선가 본 적이 있다고 여겼다. 나태주가 카페를 나가자 남자는 급히 어디론가 전화를 했다.

사무실로 돌아오니 권 팀장이 보고서를 직접 펜으로 수정하고 있었다. 나태주는 직감적으로 자신이 작성한 보고서가 결재가 나지 않았다고 판단했다.

"보고서가 잘못되었습니까?"

권 팀장은 나태주를 째려보았다.

"넌 뭣 하는 놈인데 내 허락도 없이 외근을 나가냐? 됐고, 저기 조사실로 가봐. H읍에서 온 손님이 널 기다려."

"네? H읍요?"

"그래, 그 동네 짜바리란다. 네놈이 아니면 나같이 높은 사람도 면담을 안 하겠대. 빨리 가봐."

과연 조사실에는 형사로 보이는 남자 두 명이 앉아 있었다. 그 옆에 커피를 권하는 김유리 형사가 있었다.

"뭐예요? 전화해도 안 받고? 이분들은 H경찰서에서 오셨어요. 아까부터 나 형사님만 기다렸단 말이에요."

남자들은 나태주에게 정중하게 인사했다.

"무슨 일로 절?"

"H정신병원 방화·살인 사건 때문에 왔습니다. 이 사건이 아무래도 이 지역에서 일어났던 K고수부지 사건과 동일하다고 판단하여, 나 형사님의 조언을 얻고자 부득이하게 이곳까지 왔습니다."

그러더니 남자 중 한 명이 수사보고서 한 장을 꺼내어 사건의 발단부터 지금까지의 경위를 상세하게 설명했다.

"결론은 범인이 아직도 입을 열지 않는다는 말씀인가요?"

"아뇨, 너무 일방적으로 자신의 주장만 펴서 그게 문제입니다. 그보다 우리는 이 사건의 배후를 알고 싶습니다. 아무래도 이게 단독범행인 것 같지가 않거든요."

"저희가 어제 보내드린 공개수배의 당사자 민채원에 관하여 알고 싶다는 말씀인지?"

"아! 네, 그 여자에 관하여는 어제 공문을 통해 확인하였습니다만, 저희는 그게 아니라 두류산에 관해 알고 싶다는 말씀입니다."

나태주는 그들의 입에서 '두류산'이란 단어가 나오자 깜짝 놀랐다.

"두류산을 아십니까?"

그러자 남자 중 한 명이 종이 한 장을 꺼냈다.

「이 자는 3병동 환자 반장으로
그동안 다수 선량한 환자를 부당하게
취급하고, 힘없는 환자를 폭행, 구타
했으며, 또한 지위를 이용하여
담배, 간식비 등을 무단으로 횡령했으므로
판결자 전원 일치로 극형인 화형에 처함.」

심판의 날, 두류산

그때 K고수부지에 뿌려졌던 유인물과 흡사했지만, 이번엔 인쇄 대신 볼펜으로 꾹꾹 눌러쓴 손 글씨였다. 나태주는 너무 놀라 몇 번이나 유인물을 읽다 겨우 입을 열었다.

"사실, 우리도 두류산에 관한 정보가 많이 없습니다. 아직 그가 어디에 있는지 파악조차 못 하고 있습니다만. 혹시, 범인이 평소에 병실에서 TV를 보고 저지른 모방범죄가 아닐까요?"

그러자 H경찰서에서 온 형사 중 한 명이 목소리를 낮추었다.

"우리도 처음엔 그렇게 생각했습니다만, 그건 아닌 것 같습니다. 범인은 아직도 자신이 두류산이라고 주장합니다."

"네? 자신이 두류산?"

"맞습니다. 실제 대화를 해보면 범인은 꽤 똑똑한 친구입니다. 공산당 선언부터 자본론, 제3의 혁명 그리고 방대한 종교지식, 예를 들면 증산도의 교리, 격암유록 등 우리가 들어도 잘 이해하지 못하는 지식을 밥 먹듯이 말합니다."

"그렇다면 그가 두류산일 수도 있겠네요?"

"하지만 그날 이 사건과 동시에 전국 교도소에서 일어났던 방화·살인사건을 생각해보십시오. 그가 만약 두류산이라면 분명히 그 일도 자신이 사주해야 하는 게 맞지 않습니까? 그런데 그는 병원에 갇혀 전화는커녕 인터넷, SNS 등도 할 수 없는 처지이잖습니까?"

그들의 말에 나태주는 고개를 끄덕였다.

"그래서 범인은 두류산이 아니다, 라고 결론을 내리셨네요."

"그렇죠. 문제는 이 친구가 병원에 입원한 지 3년이 다 되어 가는데, 올해 초까진 그저 평범했던 환자라는 사실입니다. 그런 친구가 몇 개월 사이에 이만큼의 방대한 지식을 자랑한다는 것은 분명 병실 내에서 어떤 일이 일어났을 가능성이 농후합니다."

"……."

나태주는 잠시 머리가 혼란스러웠다.

"아니? 갑자기 사람이 똑똑해졌다?"

"그렇죠. 그래서 우린 이 친구의 배후에 누군가 있다고 확신합니다."

"어디에 말입니까?"

"그 정신병원에 이 친구를 조종하는 누군가가 있단 말입니다. 그가 두류산일 확률이 높은 거죠."

놀라운 이야기였다. 그런데 그 말을 들으니 나태주는 문득, 지난번 두류산이 권 팀장에게 보낸 첫 번째 편지가 떠올랐다. 그 발신지가 H읍이 아니던가.

"그래서요?"

"그래서 나 형사님이 조만간 우리 서에 방문해 주십사 하는 말입니다."

"그런 문제는 그쪽에서 하시면 되지, 왜 저까지?"

"그동안 두류산과 민채원에 관하여 제일 많이 아시는 분은 나 형사님밖에 없어서 그럽니다. 부탁드립니다."

"일단 알겠습니다."

그날 밤, 나태주는 사무실에 앉아 권 팀장이 맡긴 보고서를 재수정하고 있었다. 그때 낯선 번호로 전화 한 통이 왔다. 그는 놀랍게도 아침에 만났던 '프레드릭' 사장이었다.

"지금 오십시오. 기억이 났습니다."

그 순간 나태주 역시 그가 누구인지 기억이 났다.

나태주가 그 카페, 프레드릭을 다시 찾은 때는 밤 10시가 훌쩍 넘은 시각이었다. 카페 앞에는 때아닌 밤안개가 몽환적으로 스멀스멀 피어오르고 있었고, 야행성 동물의 울음소리가 간간이 들렸다. 사장은 텅 빈 홀, 한쪽 테이블에서 술을 마시고 있었다.

"어서 오세요."

사장은 나태주가 맞은편에 앉자 잔 하나를 권했다. 술은 값싼 국산 와인이었다. 나태주가 머뭇거리자 그는 직접 잔에 가득 와인을 따랐다.

"그녀에게 전화했습니다."

나태주는 그가 무슨 말을 하는지 솔직히 감이 잡히지 않았다.

"전화하다뇨?"

"형사님이 낮에 찾던 그 여자에게 전화했단 말입니다."

"……."

나태주는 혹시 그가 술을 너무 많이 마셨는지 의심이 갔다.

"무슨 말씀이신지?"

그러자 사장은 와인을 병째로 들이켰다.

"죄송합니다. 범인 도피 죄? 뭐, 이런 거로 엮어도 좋습니다. 하지만 이게 그녀에 대한 제 마지막 배려였습니다. 한때 사랑했던 여인에 대한 저의 마지막 애정이라 생각하셔도 좋습니다."

그제야 나태주는 감이 잡혔다.

"낮엔 민채원을 모른다고 잡아떼더니, 심경의 변화가 생겼군요."

"……."

"그런데 저도 당신을 알 것 같습니다."

나태주는 그가 따라준 와인을 한 모금 마셨다. 혀끝에서 농익은 신맛과 찌릿함이 가슴까지 밀려들었다.

"네? 저를 알다뇨?"

나태주는 당황하는 그를 바라보며 한 모금 더 마셨다.

"광양에 계신 어머니께서 많이 늙으셨더군요. 하긴, 가출한 지 8년이 지났는데. 세월이 퍽 빠르죠?"

나태주의 말에 가게 주인의 안색이 점점 굳어졌다.

"그걸 어떻게?"

"왜 지금까지 한 번도 고향에 가지 않았습니까? 객지에서 무슨 일을 하더라도 고향을 잊어버리면 안 되는 것 아닙니까? 하물며 오늘도 혹시 들어 오려나 하고 매일 저녁상을 차려놓는 노모를 잊는다는 것은 천하의 불효자가 할 짓이지요."

나태주가 다그치자 사장의 눈에 눈물이 그렁했다.

"아직도 건강하시던가요?"

"아뇨, 어머니께서는 겨우 거동할 정도로 몸이 쇠약해 보였어요. 하루라도 아들이 돌아오길 학수고대하며 억지로 살아가는 것 같았습니다."

'흑.'

마침내 사장은 그 자리에서 눈물을 흘렸다. 아마 지나온 세월에 대한 후회, 노모를 찾지 않았던 후회가 물밀 듯이 밀려오는 모양이었다. 나태주는 그가 실컷 울도록 내버려 두었다. 그렇게 한참이 지났을 때 나태주가 말했다.

"당신을 찾기 위해 내가 지리산 일대를 수십 번이나 돌아다녔습니다. 그런데 참 우연의 일치치고는 무척 우습군요. 이런 곳에서, 민채원의 행방을 알기 위해 들어왔던 이 카페에서 당신을 만났으니 말입니다."

나태주의 말에 사장은 자세를 고쳐 앉았다. 이미 속 시원히 울만큼 운 모양이었다.

"절 찾았다니, 그건 내가 아니라, 두류산에 관해 알고 싶었던 것이었네요."

"맞습니다. 그런데 당신은 두류산뿐만 아니라 그의 여자인 민채원까지 모두 알고 있네요."

"그의 여자?"

사장은 쓴웃음을 지었다.

"아닌가요? 제가 파악한 바로 두류산은 사이비 종교 단체인 '화형교'의 창시자, 그를 열렬히 따르고 그를 신으로 간주하는 민채원은 그의 애인이던데요?"

"지금은 그렇겠죠."

"그러면 예전엔 어땠습니까?"

나태주는 그에게 담배 한 대를 권했다. 몇 번 주저하던 그는 모든 것을 체념한 듯 담배를 받아 물었다.

'푸우~'

"민채원은 한때 저의 연인이었습니다. 두류산, 그놈에게 뺏기기 전까지 말이오. 우리는 꽤 잘 어울린다고 생각했는데, 그만, 아니 한순간에 그놈에게 넘어가 버렸어요."

그의 얼굴이 다시 굳어지고 있었다.

"처음에 두류산을 어떻게 만나게 되었습니까?"

나태주는 솔직히 그의 사랑 이야기를 더는 듣고 싶지 않았다. 그건 그들의 문제라고 생각했다.

"인터넷 카페였습니다."

"그 카페는 뭣 하는 거였죠?"

"쉽게 말하면 우리 사회의 공정과 정의를 위한다는 명목으로 만든 온라인 모임이었습니다."

"국가의 부당한 권력, 가진 자의 착취, 그릇된 종교 등으로 인하여 사기당하고 버림받은 사람들의 모임이었죠?"

나태주의 말에 사장은 제법 놀란 표정이었다.

"그런 셈입니다."

"그러다 두류산과 당신은 사이비 종교인 '화형교'를 만들었죠? 정부와 검찰을 비롯한, 경찰의 개입 없이 직접 가해자들을 처단하고 복수하는 단체 말입니다. 그런데 그렇게 사이좋던 두류산과 당신은 왜 갈라서게 되었습니까?"

"바로 그 점 때문이었습니다."

"네? 그 점이라뇨?"

"저는 어떻든 현행법 테두리 안에서 모든 것을 해결하고자 했고, 두류산은 법을 무시하고 그들을 직접 처단하는 방법을 택한 거죠."

"음…."

"담배 하나 더 있습니까? 끊은 지 오래지만, 오늘은 참으로 달고 맛있네요."

나태주는 얼른 그에게 담배 하나를 권했다.

"알겠습니다. 이제 묻겠습니다. 두류산은 어디에 있습니까?"

하지만 나태주의 질문에 그는 선뜻 대답하지 않았다.

"한 번 더 묻겠습니다. 두류산은 어디에 있습니까?"

나태주의 두 번째 다그침에 그는 한숨을 크게 내쉬었다.

"모릅니다."

"모른다? 좋습니다. 그렇다면 지금 민채원은 어디에 있습니까?"

"그녀는 지금 그곳에 없을 겁니다. 아까 말씀드렸잖아요. 형사가 다녀갔으니 얼른 피신하라고 제가 분명히 전화했습니다. 그녀도 알겠다고 그러더군요."

"당신이 방금 말한 '지금 그곳'은 어디입니까?"

그러자 그는 자리에서 일어섰다.

"잠시만요. 물을 좀 가져오겠습니다."

나태주는 쉽게 말을 하지 않은 그를 더는 인내할 수 없었다. 영장은 없었지만, 일단 긴급체포하여 경찰서로 데려가려고 뒷주머니의 수갑을 챙겼다. 그는 커피 진열대 뒤쪽 부엌으로 가더니 몸을 굽혔다. 따라서 그의 몸 전체가 잠시 보이지 않았다. 이후 그는 다시 일어나 개수대에 있는 물을 벌컥벌컥 마셨다. 아마 심경의 변화가 오는 모양이었다.

"이것만큼은 진실입니다. 민채원은 이곳에 처음 왔습니다. 제 말을 믿어주십시오. 저도 처음에는 그녀인 줄 몰랐습니다. 성형했는지 그전과 얼굴이 많이 달라져 있었어요. 그녀가 먼저 절 알아봐서 알게 된 겁니다. 정말입니다. 물론 두류산과 그녀가 지리산 일대에 있는 줄은 진작 알고 있었습니다. 하지만 지금까지 만난 적은 한 번도 없었습니다."

사장은 커피 진열대 선반에 엎드린 채 나태주에게 말을 했다.

"아니? 지금 그 말을 믿으라고요? 그녀의 행방을 말하지 않을 것 같으면 날 왜 이리 오라고 했소?"

"그건…, 혹시라도 나중에 그녀를 만나면 내가 진심으로 그녀를 얼마나 사랑했는지를 전해달라고 부탁하고 싶어서입니다. 또 하나 더! 나 형사님께 부탁드립니다. 그냥 그녀를 찾지 말아 주십시오. 제발, 그녀 역시 이 사회악의 최고 피해자입니다. 그러니…."

나태주는 그의 말에 기가 찼다.

"뭐? 무슨 개소리야?"

"죄송합니다. 비록 지금은 그와 갈라섰지만, 한때 나의 동지였던 그와 한때 내가 사랑했던 그녀를 팔, 팔 수는 없, 없습니다."

그런데 선반에 엎드려 말을 하던 그의 호흡이 급격히 가빠졌다. 게다가 호흡이 끊겨 자꾸 말을 더듬었다. 나태주는 순간, 불안한 마음이 들었다.

"당신 괜찮아? 왜 그래요?"

"꼭! 전, 전, 해주십시오. 나, 나는 그, 그와 그, 그녀를 진심, 심으로 용서했다고. 그리고 그, 그녀를 진, 진정으로 사, 사랑…, 헉!"

나태주는 벌떡 일어나 그가 있는 쪽으로 뛰었다. 놀랍게도 그의 복부에는 칼이 꽂혀 있었다.

두류산과 민채원의 행방을 유일하게 알고 있는 그가 죽자, 나태주는 모든 게 허탈했다. 게다가 사건 해결을 위해 찾아간 나태주는 그의 자살로 경남지방경찰청 감찰반에게 조사까지 받았다. 형사이기 이전에 그는 카페 사장의 죽음에 관한 유일한 목격자였다. 감찰반은 행여 나태주의 무리한 수사가 프레드릭 사장의 자살로 이어진 게 아닌가, 하고 의심하여 강도 높게 그를 조사했다.

이 일로 졸지에 나태주는 그다음 날 경남지방경찰청에서 결성한 '합동 수사본부'에서 배제되었다. 그는 날마다 경남지방경찰청에 출석하여 조사받느라 아무런 일도 할 수가 없었다. 다행히 그쪽에서 일주일 만에 '혐의 없음'으로 결론을 내려 징계 따위는 받진 않았지만, 나태주는 이미 수사관으로서의 의욕이 한풀 꺾여버렸다.

"한 며칠 쉬어. 휴가 처리해 줄 테니."

권 팀장은 나태주가 마지막으로 경남지방경찰청에서 돌아온 날, 그에게 퉁명스럽게 말했다.

"아닙니다. 아직 할 일이…."

"네가 무슨 할 일이 있다고 그래? 합동 수사본부가 우리 사무실 옆에 차려진 것 안 보여?"

권 팀장은 마치 나태주의 실수로 인해 합동 수사본부가 J시나 H읍이 아닌 자신이 근무하는 경찰서에 차려진 것으로 생각하고 있었다.

"죄송합니다."

나태주는 면목이 없어 권 팀장에게 고개를 숙였다.

"그러게 왜 그날 카페에는 내 허락도 없이 갔단 말이야? 그것도 밤 10시가 넘은 시각에, 그 사장 혼자 있는 곳에."

"……."

"그쪽으로 그간의 모든 수사보고서와 기타 서류가 다 넘어갔어. 이 참에 며칠 쉬면서 이제 그 사건에 손을 떼도록 해. 그동안 수고했어."

"네?"

나태주가 깜짝 놀라자 권 팀장은 공문 하나를 그에게 건넸다.

"이게 뭡니까?"

"발령 났어. 수사지원과로."

"제가 왜요?"

"말했잖아. 이 사건은 공식적으로 합동 수사본부 쪽으로 완전히 이관되었어. 아니! 지방청에서 '무혐의' 나왔다고 우리 쪽에서 가만히 있는 것 같아? 지금 네가 물의를 일으켰으니 당장 징계하라는 서장님의 지시도 있었어. 알아? 그나마 다른 부서로 조용히 가게 하는 것도 그냥 감사하도록 해."

나태주는 권 팀장의 말에 극도로 화가 났다.

"전 싫습니다. 제가 왜요? 전 이 사건에 정말 최선을 다했습니다. 그날도 두류산과 민채원의 행방을 알기 위해 그 카페에 간 것뿐입니다.

그에게 강압적인 수사도 없었고 전 아무런 잘못도 없습니다!"

"시끄러워! 네가 감찰받는 동안에 우리 서장님이 유족들로부터 항의를 받고 얼마나 수모를 당했는지 알아? 광양에서 노모와 친척들이 직접 서장실로 찾아와 살인 경찰을 구속하라고 얼마나 떠들었는데!"

"……."

나태주는 죽은 그의 노모가 그 몸으로 경찰서로 찾아왔다는 말에 할 말이 없었다. 하긴 그날 그 카페에 있었던 사람은 나태주와 죽은 카페 사장뿐이었다. 카페에는 CCTV도 없었고 나태주는 깜빡하고 녹음도 하지 않았다. 더군다나 후에 알았지만 죽은 그의 휴대전화는 복구가 힘들 정도로 완전히 망가져 있었다.

"그러세요. 나 형사님. 일단 들어가셔서 쉬세요. 많이 피곤해 보여요."

옆에 있던 김유리는 안됐다는 표정으로 나태주의 팔을 끌었다. 나태주는 할 수 없이 사무실을 빠져나올 수밖에 없었다. 그런 그를 유일하게 김유리가 졸졸 따라나섰다.

"참으세요. 일이 엉망으로 꼬인 것뿐이에요."

"우리 팀에서는 합동 수사본부로 누가 갔지?"

"조 형사님요."

김유리의 말을 듣고 나태주는 한숨을 쉬었다.

"날 많이 원망하겠네."

"조금요. 그래도 어쩌겠어요? 우린 한때 다 같이 한 팀이었는데. 그동안 정말 수고하셨어요. 이제 가셔서 푹 쉬시고 이 사건에 대해선 모두 잊어버리세요."

김유리의 말에 나태주는 억지로라도 웃음을 보였다.

"그래, 나도 이 지긋지긋한 사건에서 해방되니 좋다. 좋아, 잘 있어."

오랜만에 하늘에 뭉게구름이 떠 있었다. 나태주는 이런 날엔 아무도 없는 원룸보다 밖에서 시원하게 생맥주를 한잔하는 게 더 낫다고 생각했다.

민서라는 밤이 늦은 시간임에도 홀로 사무실에 앉아 술을 마시고 있었다. 시원한 바람과 꽃향기가 열린 창틈으로 들어왔다.

'똑똑.'

그때 누군가가 노크를 했다.

"들어와요."

그는 청년들에게는 안내원이요, 민서라에게 충실한 수행원이었다.

"대피하셔야 하지 않겠습니까?"

"……."

민서라는 수행원의 말에 일절 대꾸하지 않았다.

"일전 프레드릭 사장이라는 분의 전화도 있었고, 얼마 전엔 산음경찰서에 합동 수사본부가 설치되었다고 합니다."

"그래서? 저더러 도망가라구요?"

"그게 아니라…."

"됐어요. 우린 어떠한 상황이라도 비겁하게 도망가지 않을 겁니다.

대신, 선제적으로 공격하여 그들이 우릴 더는 쫓지 않게 할 계획입니다."

"하지만."

수행원의 말을 민서라는 끊었다.

"그분에게서 전갈이 왔습니다."

"네? 그분이라면?"

"맞아요. 생각하신 그분이 맞습니다. 우리는 그분의 계획을 믿어야 합니다. 그분이 이에 합당한 계획과 실행을 준비하고 있으니 우린 그냥 여기서 기다리면 됩니다. 조만간 그분이 이곳으로 오실 겁니다."

"오신다고요?"

"네. 참! 오빠!"

"……."

"그리 서 계시지만 말고 이리로 좀 앉으세요. 오랜만에 저랑 술 한잔 해요. 자! 빨리요."

수행원은 몇 번 주저하다 그녀의 간청에 할 수 없이 민서라의 맞은편에 앉았다. 그녀는 그에게 잔 가득히 술을 따랐다.

"우리 같이 건배해요."

민서라는 웃는다고 웃었지만, 그녀의 얼굴에 수심이 가득했다.

"오늘따라 왜 그리 슬퍼 보입니까?"

수행원은 그녀의 의중을 잘 짚었다. 그의 말이 떨어지기 무섭게 그녀는 술잔을 앞에 두고 펑펑 울었다.

"그 카페 사장, 그의 죽음 때문입니까?"

"제가 그날 거기로 가지 않았어야 했어요. 괜히 나 때문에 그가 죽음을 선택했어요. 나라는 여자가 뭐길래 그는 죽음을 불사하고 날 지켜주었는지. 흑흑."

"……."

"그는 한때 나의 연인이었어요. 죽음의 나락에서 날 구해준 이는 바로 그였어요. 하지만 난 그를 배신했죠. 그땐 그럴 수밖에 없었지만, 그날 날 바라보던 그의 눈빛은….'

"눈빛이 어떠했는데요?"

"바보같이 아직도 날 사랑하고 있었어요. 흑."

수행원은 자리에서 일어나 그녀 옆으로 갔다. 그리고는 그녀의 어깨를 가만히 안아주었다. 아직도 창가로 그윽한 꽃향기가 들어왔다. 수행원은 그녀의 눈물을 닦아주다 자신도 모르게 그녀의 뺨에 입을 맞추었다. 그러자 그녀는 언제 울었는지 슬픔은 온데간데없고 육체적인 욕망이 살아났다.

'그대를 사랑하지 않는 남자가 어디 있겠소?'

수행원은 혼잣말로 중얼거렸다. 둘은 아무도 없는 사무실 소파에서 서로를 격렬하게 애무하기 시작했다.

산음경찰서 합동 수사본부에 한 통의 편지가 왔다.

「합동 수사본부장님께.
 우선, 부임을 축하드립니다. 완연한 봄이 왔음에도 범인 검거를 위해 지리산 온 일대를 수색하시느라 고생이 많습니다. 그런 본부장님을 보니 존경심보다는 안타까움이 물밀 듯 밀려와 이 서신을 보냅니다. 이 세상에는 꼭 해야만 하는 일이 있고, 해서는 안 될 일이 있듯이, 이번 사건은 우리 도민, 나아가 우리 국민이 정녕 원하고 바라는 일이었습니다. 우리가 화형에 처한 이들은 그동안 민중의 피를 빨아먹을 뿐 아니라 최소한의 인간이길 포기한 짐승 같은 자들이었습니다. 그러니 강력하게 경고합니다. 일주일 안으로 합동 수사본부를 해체하여 주십시오. 당신들은 우리를 잡을 수도 없고 잡을 자격도 없습니다. 우리는 우리가 해야 할 일을 마땅히 하는 것뿐입니다. 만약 제 요청이 받아들이지 않는다면 일주일 후, 불시에 본부장님이 계시는 합동 수사본부 사무실을 모조리 태워버릴 것입니다. 우리는 범죄자가 아닌 민중의 영웅, 구국의 열사입니다. 거듭 경고합니다. 일주일 시간을 주겠습니다. 만약 그렇지 않으면 추후 어떤 일이 발생해도 저는 책임을 지지 않겠습니다.

　모쪼록 바른 판단을 내리길 바랍니다. 건강 유의하십시오.」

심판의 날, 두류산.

　경남지방경찰청에서 파견된 합수본부장은 이 편지를 읽고 손이 부들부들 떨리면서 얼굴이 벌게졌다.

　"이런 썅!"

　한편, 이곳에서 비교적 한직인 수사지원과에 부임한 나태주는 오히려 마음이 편했다. 나흘간의 휴가 동안 그는 오랜만에 골치 아픈 사건에서 손을 떼다 보니 충분한 휴식을 취했다. 게다가 새로 이동한 부서에서 그가 맡은 업무는 유치장 관리였다. 일반 공무원처럼 평일엔 칼퇴근을 할 수 있었고 주말도 보장된 아주 편안한 직책이었다.

　전임자와 업무인수를 끝낸 나태주는 옥상으로 올라갔다. 여유 있게 담배를 한 대 피우기 위해서였다. 멀리 지리산 천왕봉이 구름 속으로 보였다. 날씨는 화창했고 바람은 시원했다.

　"어? 나 형사님 아닙니까?"

　어디선가 본 듯한 얼굴이었다.

"접니다. 일전에 H읍 방화 살인사건 때문에 형사팀에서 뵀잖습니까?"

기억이 났다. 그는 H경찰서에서 왔던 두 명의 형사 중 한 명이었다.

"네. 오랜만입니다. 그런데 여긴?"

나태주의 말에 그는 동문서답했다.

"나 형사님 소식은 들었습니다. 잘하시려고 하다 그만, 부서 이동을 당했다죠? 유감입니다."

"……."

"아? 저요? 여기 합동 수사본부에 파견 와있습니다."

그제야 나태주는 고개를 끄덕였다.

"네, 뭐 좀, 진전이 있습니까?"

그러자 그는 손사래를 쳤다.

"아이코! 웬걸요? 죽을 맛입니다. 이 사건의 핵심인 두류산과 민채원은 코빼기도 안 보이고. 참! 오늘 아침에 그놈으로부터 우리 본부장 앞으로 협박 편지도 왔습니다."

"그놈이라뇨?"

나태주는 대략 짐작했지만, 깊이 들어가지 않으려 반문했다.

"두류산 말입니다."

예상한 대로였다.

"뭐라고 협박하던가요?"

"글쎄, 이놈이 우리 합수부를 일주일 안에 철수하지 않으면 사무실에 방화한답니다. 허허, 미친놈 같으니라고."

나태주는 문득 예전에 두류산이 권 팀장에게 편지를 보낸 게 떠올랐다. 마음속으로 그는 한다면 하는 사람이라 뭔가 께름칙했다.

"이동한 부서에는 할 만합니까?"

"네, 그저 그렇습니다. 그보다…."

그는 이제 막 담배에 불을 붙이려다 주저하는 나태주를 바라보았다.

"말씀하세요."

"그때 말씀하시기론 H정신병원에 두류산으로 추정되는 환자가 있다고 그러지 않았습니까? 어떻게 되었는지요?"

"아! 그거요? 제가 실수했습니다. 그날 나 형사님 뵙고 다음 날 바로 병원을 급습하여 그 환자를 만나봤습니다. 그런데 결론은 아니었습니다. 그 환자는 만성 알코올에다 약간의 치매가 있는 것으로 판명되었습니다. 그래도 혹시나 하여 범인과 대질신문을 했는데, 범죄 모의가 전혀 없는 것으로 밝혀졌습니다."

나태주는 뭔가 좀 이상하다 싶었지만, 일단 지금은 이 사건과 아무런 관련이 없어 더는 묻지 않았다.

"그런데, 그 놈이 그 다음 날 병원을 탈출하였답니다."

"네?"

"아! 원래 그 병원이 보안상 좀 허술하답니다. 야간에 직원들이 자고 있을 때 몰래 빠졌나왔다더군요. 우스운 건."

"……."

"그놈이 아침 일찍 우리 경찰서 민원과로 찾아와 우리를 강압 수사와 고문으로 고발을 했다는 겁니다. 내, 참! 기가 차서."

"고발을요? 그래서요."

"그래서라뇨? 그거 때문에 우리가 감찰반에게 얼마나 당했는데요?"

"그럼, 그 환자라는 사람은 어떻게 되었습니까?"

"민원실에 고발한 후 사라졌습니다."

갑자기 나태주는 머리가 혼란스러웠다. 이건 예삿일이 아닌 것 같았다. 상식적으로 만성알코올중독에다 치매 증상이 있는 자가 제 발로 경찰서를 찾아가 자신을 수사했던 경찰을 고발한다는 것은 말이 되질 않았다.

"그 사람 인적사항을 알 수 있습니까?"

"그야 뭐. 민원과에 전화하면 알 수야 있지요. 그런데 왜요?"

나태주는 이쯤에서 빠지는 게 맞다고 판단했다.

"별것 아닙니다. 그냥 제가 아는 분일 것 같아서요. 제가 아는 분이 그 병원에 술 때문에 입원했거든요. 혹시 기회 되면 그분의 인적사항을 좀 알아주시면 고맙겠습니다."

"그러죠."

나태주는 그에게 깍듯이 인사한 후 사무실로 돌아왔다.

그 후로 나태주는 그 일을 까맣게 잊고 있었다. 아무리 편한 직책이라 해도 새로운 업무에 적응하는 데에는 그만한 시간과 노력이 필요하기 때문이었다. 나태주는 일주일 동안 유치장 관리에 필요한 지침서를 익히고 출입명부를 새로 정리하느라 몹시 바빴다. 그날도 종일 유치장 출입명부를 정리하고 있었다. 명부는 작년까지는 제대로 되어 있었지만, 올해 초부터는 아예 전산에 입력조차 되지 않았다. 그런데 이 과정에서 나태주는 익숙한 이름을 발견하였다.

'백우천?'

나태주는 비로소 K고수부지 방화 살인사건이 일어난 다음 날, 경찰서 주차장에서 만났던 동기생 나경민 경장이 한 말이 떠올랐다.

'저 친구 저래 봬도 S대 출신이야. 게다가 소설을 쓰는 작가이고. 몇 년 전에 그 뭐더라? ○○일보 문학상에 「A Day Of Reckoning」, 이란 장편소설로 대상을 받았던 인물이야. 놀랍지? 그러니 이해가 되지 않아. 저런 친구가 왜 이런 시골로 들어와서 술주정뱅이에다 방화범으로 살아가는지.'

그리고 명부에는 그날 오후에 백우천을 면회한 여자가 있었다.

'민서라?'

복도에서 마주치다 그녀가 가지고 온 책을 떨어뜨린 기억이 생생했다. 그 책 제목이 『A Day Of Reckoning』이었다. 나태주는 갑자기 가슴이 벌렁거렸다. 그리곤 곧바로 도림 파출소에 있는 나경민 경장에게 전화를 걸었다.

"그때 백우천이 어느 정신병원으로 갔다고 했지?"

"야! 오랜만에 전화해서 뜬금없이. 음, 그게…, H정신병원이야."

나태주는 전화를 끊고 합동 수사본부에 전화했다. 다행히 옥상에서 만났던 H경찰서 직원이 받았다.

"그 환자 이름 알아냈습니까?"

"아! 네, 백우천이라고 하더군요."

나태주는 갑자기 맥박과 호흡이 거칠어졌다. 이제야 무엇인가 사건의 윤곽이 잡히는 것 같았다. 그래도 나태주는 사건의 실체가 손에 잡힐 때까지 이 사실을 혼자 알고 싶었다. 섣불리 자신이 이전에 근무하던 형사팀에 제보하거나 아니면 합동 수사본부에 알렸다간 다 잡은 물고기를 놓칠 수 있다는 걱정 때문이었다.

'민서라?'

면회객 명단에는 주소 외엔 아무것도 적혀있지 않았다. 그래도 나태주는 백우천을 면회했던 그녀의 이름이 그리 낯설지 않았다. 곧바로 형사팀의 김유리에게 전화를 걸었다.

"민서라요?"

"그래, 수사 초기에 지리산 쪽을 수색하다 발견한 뭐, 무슨 무슨 공동체 대표인가 그렇지 않았어?"

"아하! 그 여자 이름이 민서라였군요. 네. 기억나요. 정의와 공정을 지향하는 민들레공동체 대표인지 부대표인지 그랬죠. 근데 왜요? 지금 와서."

김유리는 오랜만에 전화한 옛 동료가 반가운 모양이었다. 꼭 업무적인 전화가 아니더라도 나태주와 말꼬리를 잡아 계속 통화하고 싶은 눈치였다.

"별건 아니야. 유치장 면회명단에 잘못 적힌 게 있어서 그 여자를 한 번 만나볼까 해."

"내 참! 그런 건 전화로 물어보지 뭣 하러 그런 산골까지 올라가려구요?"

"전화번호는 없어. 그냥 겸사겸사 등산 겸 갔다 오려는 거지."

그제야 김유리는 그곳의 대략적인 위치와 제일 빨리 가는 길을 가르쳐주었다. 나태주는 김유리에게 감사의 뜻을 표하곤 수사지원과 서무에게 내일 하루 연차를 쓰겠다고 미리 말했다.

다음 날 아침 일찍 나태주는 승용차로 천왕봉이 가장 가까운 도평마을 주차장으로 갔다. 주차장 인근 식당과 가게에는 등산객들이 드문드문 보였다. 나태주는 간편한 차림으로 어제 김유리가 일러 준 길을 따라 그곳으로 향했다. 과연 두어 시간쯤 올라가니 민들레공동체 마을의 팻말이 보였다. 좌측으론 천왕봉, 우측으로 그 마을로 가는 길이 있었다.

한 시간여를 걸어 도착한 마을은 아주 평화로웠다. 마을 뒤편엔 닭을 비롯한 염소, 돼지들의 울음소리가 들렸고 주민들은 너른 밭에서 김을 매고 있었다. 산길을 내려가 정문으로 걸어 들어간 나태주는 김유리가 말한 대로 마을회관 앞에 도착했다.

'똑똑.'

한참을 두드렸는데 이상하게 사람이 나오지 않았다. 그때였다.

"누구시죠?"

아침인데도 선글라스를 쓴 여자였다. 한눈에도 예쁜 티가 물씬 풍기는 외모의 소유자였다.

"민서라 씨를 만나러 왔습니다만."

여자는 나태주를 아래위로 훑어보았다.

"제가 민서라랍니다. 무슨 일이시죠?"

여자는 그제야 선글라스를 벗었다. 나태주는 기억이 났다. 그녀가 틀림없었다.

"예전에 절 한번 본 적이 있습니다. 산음경찰서 나태주입니다."

나태주는 공손하게 명함을 꺼내 그녀에게 건넸다. 그러자 여자는 명함을 유심히 보더니 약간 당황하는 것 같았다.

"전 초면인데요? 어쨌든 우리 마을에 오신 손님이니 일단 사무실로 들어가시죠. 차나 한잔하게."

나태주는 예전에 형사팀 권 팀장과 김유리가 이곳에서 그녀를 만났지만, 아무런 성과도 얻지 못한 사실을 김유리에게 들은 터라 경계를 늦추지 않았다. 잠시 후 여자는 산수유 차를 내어왔다.

"조금 오래되었습니다만, 그때 산음경찰서에서 우연히 뵌 적이 있습니다. 유치장에 있는 백우천 씨를 면회하려다 복도에서 저와 부딪쳤죠. 그때 책 한 권이 떨어졌는데 아마 그 책 제목이 『A Day Of Reckoning』였던가요?"

나태주는 그녀가 빠져나갈 구멍이 없도록 미리 선수를 쳤다. 순간 여자는 미간이 찌푸려지는가 싶더니 이내 평정을 찾았다.

"아! 이제 기억나네요. 하필이면 그때 경찰서 안에서 제일 멋진 경찰 아저씨와 부딪쳤었죠. 여전히 훈남이시네요. 그래서요?"

나태주는 여자가 보통이 아니라고 생각했다.

"오늘은 수사목적으로 온 게 아닙니다. 전 이제 형사팀 소속도 아니고 그냥 일반 경찰일 뿐입니다. 더군다나 오늘은 개인적으로 전 휴가거든요."

"호호! 이 아저씨 좀 봐? 이마에 '수사'라고 적혀있건만 왜 그런 말씀을 하세요? 그냥 솔직히 왜 왔는지 말이나 해봐요."

"……."

나태주는 그녀의 말대로 단도직입적으로 묻기로 했다.

"백우천과는 어떤 사이시죠? 아니, 두류산과 무슨 관계이며 정신병원에서 탈출한 그는 지금 어디에 있습니까?"

잠시 팽팽한 긴장감이 흘렀다. 그 어색하고 무거운 침묵을 깨뜨린 것은 그녀의 사무실에서 울리는 전화벨 소리였다.

"오늘요? 알겠습니다. 준비 잘하세요. 손님이 와서."

민서라는 전화를 끊고 담뱃갑을 탁자 위에 던졌다.

"담배 태우신다면 하나 피우세요."

그녀는 먼저 자신이 하나 빼서 불을 붙였다

'휴우~'

"백우천 씨가 병원에서 탈출했다던가요?"

"모르셨습니까? 모를 리 없을 텐데."

"아뇨, 몰랐습니다. 뭐, 알아도 저와는 별 관계가 없지만."

민서라는 의외로 태연했다. 초조해진 것은 오히려 나태주였다.

"그와 어떤 관계잖습니까?"

"아뇨, 그는 가끔 우리 마을에 들러 주민들에게 유기농 농사법 교육을 한 적이 있습니다. 일종의 무료강사라 할까요? 술주정뱅이에다 조금 덜떨어지긴 해도 그 방면의 전문가였죠. 그래서 고마움의 표시로 그 날 경찰서에 한 번 면회 간 것뿐입니다."

나태주는 그녀가 거짓말을 한다고 생각했다. 하지만 표정 하나 변함

없이 줄줄 말을 이어가는 모습에 자꾸 헷갈릴 지경이었다.

"당신은 분명히 백우천과 특별한 관계입니다. 저도 알 만큼 알고 왔어요. 자꾸 이런 식으로 나온다면 저는 당신을 강압적으로 수사할 수도 있습니다. 그러니 그 특별한 관계는 이제 묻지 않을 테니 그가 지금 어디에 있는지만 말해주세요."

나태주의 집요한 행동에 민서라가 조금 누그러지는 것 같았다.

"나 형사님이라 했나요? 여기까지 오시느라 시장하실 터인데 일단 저랑 뭐라도 먹으면서 대화를 나눠요. 필요하면 술도 곁들이면 좋구요."

그러더니 민서라는 어디엔가 전화를 걸었다.

"그렇죠. 귀한 손님이니 백숙과 술 두어 병 준비해주세요."

그리고는 민서라가 앞장섰다. 마침 나태주도 아침밥을 거르고 이곳까지 오느라 몹시 시장했고 피곤한 상태였다.

"어디로 가는 거죠?"

"마을 안에 게스트하우스가 있어요. 마침 오늘 마을에 중요한 행사가 있어 백숙을 끓이고 있던 참이었어요. 고생하시는 나 형사님에게 한 그릇 드릴 수 있다는 게 기쁘군요."

"중요한 행사요?"

"네, 그동안 이곳에서 교육 중이던 청년들의 첫 실습이 있거든요."

'청년들의 실습?'

게스트하우스 실내는 아담했다. 몇 개의 방 중에 바깥 풍광이 가장 좋은 방에 가니 상 위에 잘 익은 백숙과 정체 모를 술 두어 병이 준비되어 있었다. 민서라가 옆방에 옷을 갈아입으러 간 사이에 나태주는 그만 배고픔을 참지 못하고 다리 한쪽을 집어 들었다.

"호호! 괜찮아요. 많이 시장하셨네요. 드세요. 그리고 여기 우리 마을에서 만든 술도 한잔해보세요. 특산품이거든요."

나태주는 엉겁결에 술잔을 받아 한잔 마셔버렸다. 속이 찌릿해 오면서 온갖 피로가 풀리는 것 같았다. 그런데 더 놀라운 것은 옷을 갈아입고 온 민서라의 외모였다. 나태주는 마치 천상의 선녀가 앞에 있는 줄 착각했다. 그녀는 민소매에 짧은 미니스커트를 입고 있었다.

"저도 한잔 주세요. 괜찮죠? 오늘 휴가라면서요? 저도 오늘은 하루 쉴래요. 행사야 다른 직원이 주관하면 되니까."

민서라는 한잔 마시고 또 잔을 내밀었다. 나태주는 이렇게 하면 안 되는 줄 뻔히 알면서도 속수무책으로 그녀가 주는 술을 마시고 있었다.

"사실은 저도 나 형사님께 묻고 싶은 게 있어요."

"네? 뭘요?"

나태주는 그녀가 자신에게 묻고 싶다는 말에 의아했다. 그녀와 자신은 겨우 두 번째 만난 사이인데 갑자기 무슨 질문인가 싶어 귀를 쫑긋 세웠다.

"그 프레드릭 사장이란 남자가 죽을 때 혹시 나 형사님께 무슨 말을 않던가요? 예를 들면 그 남자가 자신이 사랑했던 여자에게 마지막으로 남기는 말 같은 것 있잖아요."

술을 꽤 많이 마셨지만 민서라의 눈빛은 살아있었다. 나태주는 이런 사실을 그녀가 어떻게 알았는지 약간 경계했다.

"그걸 어떻게?"

"어머! 어떻게, 라뇨? 이미 지역 언론에 대서특필된 사건이잖아요. 그리고 요새 SNS가 좀 발달하였어요? 그 남자의 러브스토리로 한동안 이 일대가 시끌벅적했답니다. 저도 너무 궁금해서요. 그 현장엔 나 형사님과 그 둘뿐이었잖아요."

그렇게 생각하니 나태주는 민서라의 말이 그리 이상하지 않았다.

"그가 무슨 말을 했는가? 이게 궁금하다 이거죠. 사실 그날 저도 매우 당혹스러웠습니다. 괜히 나 때문에 그가 자살한 것 같기도 해서…. 알고 싶다면 말씀드리죠. 그는 그 여자를 아직도 사랑한다고 했습니다. 그리고 그런 그녀를 더는 쫓지 말라는 부탁도 했고요. 아주 애절했습니다. 남자의 사랑이란 게 참 이상하죠? 자신을 배신하고 다른 남자에게 간 그 여자를 사랑한다고 할 때 저는 기분이 묘했습니다. 저 같으면 그 여자가 무척 구역질이 날 것 같은데."

나태주의 말에 민서라는 슬픈 표정을 지었다.

"분명히 사랑한다고 했습니까?"

"그럼요. 제가 똑똑히 들었습니다. 게다가 그는 그 여자와 남자를 용서한다는 말도 했습니다."

"용서?"

그러자 의외였다. 민서라의 눈에 금방 눈물이 고이더니 닭똥 같은 눈물이 뚝뚝 떨어졌.

"왜요? 제가 무슨 실수라도?"

"아니에요. 그 사랑이 너무 아름다워서요. 미안해요. 제가 주책을 좀 부렸네요. 외간 남자 앞에서."

"아닙니다. 괜찮습니다."

"그 남자가 사랑했던 여자는 대체 누구인가요? 또 지금 그 여자를 만나는 남자는요?"

나태주는 내친김에 안주머니에 있던 민채원의 몽타주를 꺼냈다.

"이 여자입니다. 민채원이라고. 두류산, 아니 백우천의 연인이죠."

그러면서 나태주는 민서라의 동태를 살폈다. 어떻게 나오는가에 따라 그녀가 과연 백우천과 단순한 사이인지 아니면 깊은 사이인지 알 수 있다는 예감 때문이었다.

"나보다 예쁘진 않네요. 그래도 참 부럽긴 하네요. 전 남친이 그토록 잊지 못하고, 지금 남친도 그녀를 아주 많이 아껴주고."

나태주는 그녀가 보고 있는 몽타주를 재빨리 탁자 위에서 뺐다.

"그걸 어떻게 아십니까? 지금 남친도 그녀를 아껴준다는 걸?"

그러자 그녀는 한바탕 크게 웃었다.

"왜요? 절 이런 식으로 유도신문하는 거예요? 그래서 저랑 백우천이 지금 연인관계라고 추정하는 거예요? 그렇다면 제가 여기서 민채원이 되는 거군요? 호호. 몽타주를 자세히 보세요. 이 여자는 저랑 전혀 닮지 않았어요. 저보다 훨씬 못생겼다구요."

나태주는 그녀의 당돌함에 허를 찔렸다고 생각했다.

"아뇨. 꼭 그런 건 아닙니다만, 이제 솔직히 대답하시죠? 백우천은 지금 어디에 있습니까?"

그런데, 이번엔 민서라의 반응이 묘했다.

"방이 왜 이리 더울까요?"

 "네?"

 그녀는 나태주가 앞에 있어도 아랑곳하지 않고 민소매의 한쪽 어깨를 완전히 아래로 내리고 말았다. 그녀의 어깨선은 눈부시게 아름다웠다. 나태주는 그녀의 황당한 반응에 술을 병째로 마셨다.

 '아! 왜 이리 취하지?'

 그러는 사이에 그녀는 나태주 옆으로 다가왔다.

 "정말 알고 싶으세요? 그와 나의 관계를?"

 그녀는 나태주의 귓불에 뜨거운 바람을 불어넣었다. 나태주는 이러면 안 되는 줄 잘 알고 있었지만, 그도 남자였다. 아니 이건 순전히 술 때문이었다. 야릇한 향수 냄새가 풍기는 그녀를 물리칠 힘도 의지도 생겨나지 않았다.

 '아!….'

혼음의 덫

유월 햇빛이 찔레 가시처럼 따갑게 찌르는 날

블루베리를 에워싼 그물막에는 새 머리와 갈비뼈가 앙상했다

달콤한 향기에 날아들다 허공에 멈춘 날갯짓

바동거리던 숨소리로 마침표를 찍었다

땡볕은 목덜미를 죄고

손에 쥔 베리는 마지막 눈빛처럼 진득했다

겹겹 꼬인 그물막을 들췄다

잘도 빠져나갔는데 쥔 주검이 무겁게 했다

몇 년 전 아버지 유골함을 안고 오르던 길도 그랬다

무거운 침묵이었다

산소에서 가만히 내려다보았다

햇살만이 유유히 빠져나간 그물막으로

새들은 기어코 몸을 던졌다

—윤덕, 「새」

    두류산이 합동 수사본부장에게 편지로 경고한 지 일주일이 지난 다음 날 오후 무렵이었다. 퇴근 시간이 다가올 무렵 야근을 준비하는 부서에서는 경찰서 밖 식당을 예약하는가 하면, 사무실에서 간단히 해결하기 위해 중국집 등에 배달음식을 주문하였다. 경찰서에서 매일매일 벌어지는 일상적인 풍경이었다.

    정각 6시가 되자 합동 수사본부에서는 본부장 혼자 사무실에서 중국집에 주문한 배달음식을 기다리고 있었고 나머지는 식당으로 향했다. 6시 10분경 정문으로 오토바이 한 대가 들어왔다. 정문 초소를 지키던 의경은 오토바이에 실린 배달통을 확인하더니 아무런 검문 없이 오토바이를 통과시켰다. 단지 그 의경은 이렇게 중얼거렸다.

    '산둥반점? 새로 생겼나?'

    오토바이에서 내린 사내는 배달통을 들고 본관 건물로 재빨리 진입했다. 목적지는 합동 수사본부 사무실이었다.

    "짜장면 왔습니다."

    본부장은 컴퓨터를 보면서 보고서를 작성하고 있었다.

    "그 앞에 둬."

    몹시 바쁜 모양이었다. 사무실을 둘러 본 사내는 사무실이 텅 빈 것을 확인하곤 능숙하게 배달통을 열더니 그 안에서 그릇 대신 기름통을 하나 꺼냈다. 그리곤 그걸 사무실에 뿌리면서 본부장 앞으로 다가갔다. 그때까지도 본부장은 일에 열중한 나머지 사내의 기이한 행동을 전혀 눈치채지 못하였다. 단지 코끝이 간지러워 이런 말을 내뱉었다.

"이게 무슨 냄새지?"

마침내 사내가 본부장이 있는 책상 앞에 섰다.

"왜?"

"대가를 치르셔야죠."

"뭐? 대가? 아, 계산 말이지. 그냥 합수부 이름으로 달아줘. 늘 그랬 잖아. 오늘따라 새삼스럽긴."

본부장은 대수롭지 않게 말하며 계속 컴퓨터만 응시했다.

"아뇨."

사내는 일전에 본부장에게 보냈던 것과 똑같은 편지를 그 앞에 툭, 하고 던졌다.

본부장은 무심코 그 편지를 읽더니 갑자기 얼굴이 노래졌다.

"일주일이 지났잖아요. 내가 경고했을 텐데? 나는 약속을 지키지 않는 놈이 제일 싫거든요."

"두류산?"

순식간이었다. 사내는 들고 있던 기름통을 재빨리 그에게 부어버렸다.

"아악! 이게 뭐야?"

그리고는 가슴팍에서 노끈을 꺼내더니 본부장의 뒤로 돌아가서 그의 목을 졸랐다.

"억!"

잠시 후 고통스러워하던 본부장의 목이 힘없이 축 늘어졌다. 사내는 태연하게 시계를 보았다. 6시 20분. 봉고차 한 대가 경찰서 정문으로 돌진했다. 직원들이 식사하러 가는 동안은 통상 바리케이드를 내려두기 때문에 봉고차는 그대로 주차장으로 가버렸다. 정문에 있던 의경은 의아해하면서도 차량이 너무 당당하게 들어와서 혹시 외근 다녀온 부서의 차량으로 간주하고 그냥 통과시켰다. 드디어 주차장으로 들어온 봉고차 문이 열렸다.

"모조리 태워 버려!"

날카로운 여자의 목소리가 떨어지자 차 안에서 검은 양복에다 검은 마스크를 착용한 남녀 10명이 쏟아져 나왔다. 그들의 손에는 각자 기름통과 라이터가 들려있었다. 청년들은 순식간에 뿔뿔이 흩어지더니 세워둔 차량에 각각 기름을 뿌렸다. 그리고는 여자의 명령에 따라 라이터를 켰다.

"하나, 둘, 셋! 질러!"

'펑, 펑, 펑.'

'활활.'

아수라장이었다. 차량은 동시다발적으로 불이 붙으면서 연쇄적으로 폭발하고 있었다.

"불이야! 주차장에 불이 났다!"

그제야 이 광경을 처음 목격한 정문 초소 의경이 고함을 질렀지만,

그도 갑작스러운 상황에 어찌할 줄을 몰랐다. 이 끔찍한 광경을 보고 당직실에 연락한 자는 다름 아닌 서장이었다. 서장은 퇴근 시간이 지났음에도 홀로 창가에 서 있다가 이 광경을 목격한 것이다.

"비상 걸고! 전경들 빨리 나오라 해서 진압해!"

하지만 전경들 역시 식사시간이었다. 그나마 5분대기조 1소대가 내무반에 있는 건 정말 천운이었다.

'웨에엥~'

5분대기조가 소총을 휴대한 채 소화기 여러 대를 들고 주차장으로 뛰었고, 식당에서 밥을 먹던 전경들도 폭발음에 깜짝 놀라 주저하던 차에, 비상벨이 울리자 우르르 밖으로 나왔다. 사무실에서 배달음식을 먹던 직원들이 사태의 매우 급함을 눈치채고 절반은 무기고로 내려가 총을 받는 한편, 나머지는 물통을 들고 주차장으로 몰려들었다. 그 시각 합동 수사본부 사무실에 있던 사내는 마지막으로 라이터를 켜서 바닥에 아무렇게나 던졌다.

'펑.'

그리곤 유유히 빈 배달통을 들고 정문으로 걸어 나왔다.

"불이야!"

"2층에도 불이다. 저긴 합수부 사무실 아냐?"

"어서 소방서에도 연락해."

"저놈들은 뭐야? 빨리 진압해."

경찰서 마당은 고함과 비명 그리고 불붙는 소리와 폭발하는 소리로 완전히 개판이었다. 이 틈을 이용하여 오토바이는 주차장으로 돌진해 현장을 지휘하던 여자를 태웠다. 그리고는 쏜살같이 정문을 통과하여 밖으로 나갔지만, 아무도 오토바이를 제지하지 못하였다. 그런데 이상한 일이었다. 주차장에서 불을 지른 청년 10명은 경찰이 주변까지 왔음에도 불타는 차 한 대를 두고 둥글게 스크럼을 짜며 노래를 부르고 있었다.

"때가 왔음이라. 온 세상 악한 자들이 불에 태워질 때, 미륵이 왔음이라. 태워라, 처단하라, 때가 왔음이라, 심판의 날이 왔음이라."

잠시 후 소방차가 와서 상황은 종료되었지만, 청년들은 그때까지도 춤을 추며 노래를 불렀다. 이 기이한 광경에 넋이 나간 서장은 뒤늦게 명령을 내렸다.

"모조리 체포해!"

나태주가 잠에서 깬 시각은 다음 날 새벽녘이었다.

'여기가 어디지?'

사방에 벽만 있고 유리창이 없었다. 그야말로 캄캄한 칠흑 같은 방이었다. 눈은 떴으나 머리는 깨질 듯이 아팠고 온몸이 나른했다. 그때부터 환각이 시작되었다. 몽환적인 장면들이 바로 눈앞으로 지나갔다. 여자의 나긋나긋한 손길과 입술이 그의 온몸을 훑어 내려가자 그는 기쁨과 두려움의 욕정을 만끽했다. 도발적이고 육감적인 몸매였다.

여자의 몸은 마치 뛰어난 악기처럼 그를 능수능란하게 다루었다. 몸과 몸이 부딪칠 때마다 그는 끓어오르는 욕정을 이기지 못하고 아!, 하는 탄성을 쏟아냈다. 마침내 시작의 끝이 다다를 때 그는 가슴이 폭발하는 것 같은 느낌을 받으면서 그대로 쓰러졌다.

'안 돼. 정신 차려야 해.'

겨우 몸을 일으킨 나태주는 벽을 더듬거려 불을 켰다. 그제야 나태주는 자신이 엄청난 실수를 한 것을 느꼈다. 한순간의 쾌락과 배설 뒤에 오는 감정은 몹시 불쾌하고 씁쓰레한 것들이었다. 밖으로 나가려 일어설 때 나태주는 자신의 머리맡에 있는 쪽지를 발견했다.

「죽어 마땅한 것들을 처단하는 것은 우리 몫입니다. 제대로 된 이성이 있고 합리적인 판단을 내릴 수 있다면 우리를 쫓지 마십시오. 이 땅의 정의와 공정을 위해 투쟁하는 우리의 갸륵한 의도와 뜻을 꺾지 마시길 부탁드립니다. 제게 백우천을 아시냐고 물었습니다. 그에 관한 답은 그가 조만간 직접 설명할 것입니다. 그럼, 편히 쉬었다 가십시오.」

민서라 드림.

나태주는 귀신에 홀린 듯한 기분이었다. 창밖에 동이 트고 있었다. 휴대전화를 열어보니 여러 통의 문자메시지가 들어와 있었다. 그중에는 '긴급, 비상소집'이란 문자도 있었다.

'뭐지?'

나태주는 새벽이지만 불길한 예감에 김유리에게 전화를 걸었다.

"이제 전화하면 어떡해요? 여긴 벌써 큰일이 벌어졌어요."

"무슨 일인데?"

"경찰서에 두류산과 그 일당들이 쳐들어와서 합수본부장을 화형에 처하고 주차장에 불을 질렀어요. 그런데 지금 어디예요?"

"뭐?"

나태주는 술이 확 깨었다. 그리곤 동트는 산길을 거의 뛰다시피 내려온 나태주는 도평 마을 주차장에서 차의 시동을 걸었다.

과연 겨우 도착한 경찰서는 엉망이었다. 취재진과 복구 요원 그리고 경남지방청에서 온 고위간부들이 뒤섞여 마치 재난 현장에 온 것 같았다.

"이봐! 아무리 휴가 중이라 해도 비상을 걸면 1시간 이내로 들어오는 게 우리 규정 아냐? 당신 도대체 정신이 있어, 없어!"

수사지원 과장은 나태주에게 엄청나게 화를 내었다.

"죄송합니다. 멀리 좀 있었습니다."

"멀리 어디? 이런! 형사팀에서 쫓겨날 때부터 내가 안 받아줬어야 하는 건데. 얼른 피해 복구 현장에나 가봐. 가서 동료들을 도와줘."

나태주는 힘없이 현장으로 갔다. 벌써 과원들은 비지땀을 흘리고 있었고 그들은 나태주에게 따가운 눈총만 줄뿐 별다른 말이 없었다.

그날 밤, 나태주는 밤 10시가 되어서야 경찰서에서 나왔다. 종일 현장에 있으면서 동료들에게 사건의 자세한 내막을 들을 수 없었던 나태주는 김유리에게 전화를 걸었다. 마침 김유리는 권 팀장을 비롯한 팀원들과 경찰서 밖 허름한 술집에서 술을 마시고 있었다. 나태주가 들어가지 못하고 술집 밖을 서성이자 김유리가 직접 나왔다.

"뭐해요? 안 들어오곤."

"내가 끼어도 돼?"

"별소릴. 어서 가요. 그러지 않아도 팀장님이 기다리고 있어요."

나태주는 못 이기는 체하고 들어가서 권 팀장에게 고개를 숙였다.

"어서 와. 나 형사."

권 팀장은 벌써 얼굴이 불콰해지도록 술을 마신 모양이었다.

"죄송합니다."

나태주로선 이 말 외엔 별달리 할 말이 없었다.

"아니야. 태주야. 내가 미안하다. 내가 진작 네 말을 듣고 빨리, 제대로 수사했다면 오늘 이런 일도 없을 건데. 이제 어쩌냐? 이 일 때문에 우리 존경하는 서장님은 물론 나를 포함한 간부급은 진급은커녕 모조리 징계 조치한다네. 꺼억!"

"어쩔 수 없는 일입니다."

"아니야. 내가 그때 그 공동체 마을인가에 갔을 때 그년이 어쩐지 수상하다고 생각은 했어. 정말이야! 그때 내가 정신 똑바로 차리고 그년을 족쳤더라면 두류산 이놈을 그때 잡을 수도 있었어. 다 내 잘못이야."

나태주는 권 팀장이 무슨 말을 하는지 이해가 되지 않았다. 그때 옆에 있던 김유리가 설명을 곁들였다.

"나 형사님이 물어봤던 민들레공동체 마을 민서라를 말하는 거예요. 그 여자가 주차장 방화를 주도했거든요. 그런 후에 합수본부장님을 방화·살인하고 나오던 두류산과 함께 오토바이를 타고 도주했답니다."

"민서라?"

"네, 아침에 합수부와 우리 팀과 함께 CCTV를 확인했습니다. 분명히 그 여자였어요. 아까 합수부에서 민들레공동체로 서둘러 출발했는데 그녀가 그곳에 있을지 모르겠어요."

김유리의 말에 나태주는 남모를 한숨이 나왔다. 그런 계획이 있는 줄 모르고 어제 그녀와 술 마시고 섹스했던 자신이 너무 한심스럽게 느껴졌다. 그는 그녀에게 보기 좋게 이용만 당한 셈이었다.

"두류산의 얼굴도 CCTV에 확실히 찍혔겠네?"

"네, 도주한 후 행방은 아직 모르지만, 얼굴을 확인한 이상 이제 체포는 시간문제죠."

그때 권 팀장이 술에 취한 목소리로 나태주를 불렀다.

"태주야. 이놈아. 나도 네게 하나만 묻자."

"뭘 말씀입니까?"

"넌 우리 팀에 있을 때 특별히 너 혼자 두류산의 여자인 민채원을 쫓고 있었잖아. 그래, 그래서 네가 그리 열심히 쫓던 민채원은 도대체 어디 있는 거냐? 과연 실존 인물이 맞기는 하는 거냐?"

"……."

나태주는 권 팀장의 질문에 별로 답하고 싶지 않았다. 아니, 솔직히 말해서 술이 한잔 들어가자 갑자기 어제 몸을 섞었던 민서라의 체취와 끈적거리던 땀, 그리고 달콤한 입술 등이 되살아나서 정신이 혼미해졌기 때문이다.

'민서라와 민채원? 민채원과 민서라….'

술집을 빠져나온 나태주는 원룸으로 돌아왔다. 그리곤 간단하게 샤워한 뒤 침대에 누웠다. 이제 모든 건 끝났다. 두류산은 곧 체포될 것이고 그는 자신의 죄에 합당한 죗값을 받게 될 것이었다. 물론 그에 대한 우리 측 피해는 클 것이다. 아까 권 팀장이 말한 대로 서장은 경질되고,

팀장 이상 고위간부급들과 정문 초소 의경, 상황실 직원 등 수십 명이 다칠 것이다.

'나는 이제 어떻게 하지?'

몹시 피곤한데도 잠이 오지 않았다. 나태주는 이리저리 뒤척이다 문득 침대 맡에 둔 두류산의 책이 생각났다. 읽어야지, 하면서도 계속 미루었던 숙제 같은 책이었다. 그는 아무 생각 없이 얼른 책장을 펼쳤다.

「심판의 날(A Day Of Reckoning)
-서문-
모든 세상의 악은 어디에서나 존재한다. 그러므로 악인은 예전에도 있었고 지금도 곳곳에 있다. 고전적인 수법으로서 악인의 제거는 신의 뜻에 따라 처리하였지만 현대적인 수법으로서의 악인의 제거는 솔직히 유명무실한 법밖에 없다.

따라서 나는 그 알량한 법 따위는 믿지 않는다. 오로지 나의 힘으로 그들을 직접 처단한다. 그 방법은 화형이다. 중세에 존재했던 화형은 이 시대 악인을 제거하는 데 아주 유용하다. 악인은 법에 따라 감옥에 가두는 게 아니라, 이 세상에서 영원히 격리해야 할 존재이기 때문이다. 그들은 죽는 순간에도 지옥을 맛봐야 하고 죽은 뒤에도 그 영혼은 오로지 지옥에만 가야 한다.

-본문-
정월 대보름 달집태우기였다. 바람은 잔잔했고 날씨 또한 좋았다. 앞으로는 도도히 흐르는 태평강이, 뒤로는 두류산이 있었다.

미림면 소재지 K고수부지에는 낮부터 사람들이 모여들더니 어스름 해가 질 무렵엔 달집 주위로 꽉 차버렸다. 드디어 이 행사의 주최자인 청년회장이 횃불을 들었다.

"와아!"

사람들의 함성이 터지자 불길은 치솟기 시작했다.

'훨훨!'

모두 두 손을 모아 소원을 빌기 시작했다. 대다수가 농민이었으므로 그저 올 한해도 농사가 잘되었으면, 하는 바람이었다.

그때였다. 무리 중에서 어떤 젊은이 둘이 한 사내의 양팔을 끼고 앞으로 나오기 시작했다. 그들은 까만 양복을 입고 둘 다 검은 마스크를 쓰고 있었다.
　놀랍게도 사내의 손에는 수갑이 채워 쳤고 양발도 묶여 있었다. 훨훨 타오르는 달집 앞에 젊은이 둘 그리고 사내가 섰지만, 사람들은 불을 구경하느라 별 신경을 쓰지 않았다. 그런데 그때 불구경을 하던 어린아이가 소리쳤다.
　"불이야! 사람이 탄다!"
　…(하략)…」

　소설은 흡입력이 강했고 서문은 섬뜩했다. 더군다나 이상하게 소설의 첫머리 전개는 마치 그때 도림면 K고수부지에서 실제 일어났던 방화·살인 사건과 거의 유사했다. 지명만 달랐을 뿐 검은 양복에 검은 마스크를 쓴 청년의 등장이라든가, 제일 먼저 방화사건을 보고 소리치는 어린아이 등은 정말 사건이 소설처럼 전개되는 것 같았다.

「아버지와 어머니가 기획부동산의 사기로 두 분 다 한날한시에 돌아가셨다. 그때 내 나이 28세였다. 대학 시절 대기업에 입사하기 위해 나는 그 흔한 미팅 한번 하지 못하고 공부와 스펙 쌓기에만 매달렸다. 그래서 겨우 대기업에 들어갔건만 부모님은 입사 3개월 만에 그놈들의 비열한 농간에 스스로 목숨을 끊었다. 놈들은 경찰에 체포되어 재판에 넘겨졌지만, 무슨 이유엔지 집행유예로 풀려났다.
　후에 알았다. 놈들은 막대한 자금으로 유능한 변호사를 샀을 뿐 아니라 경찰과 검찰 등 재판부에 이미 선이 닿아있었다. 그래서 나는 결심했다. 그놈들을 내 손으로 처단하기로. 이왕이면 가장 고통스럽다던 '화형'으로. …(하략)…」

　나태주는 두류산이 왜 이런 범죄를 계획하고 실행하였는지 알게 되었다. 그와 소설 속의 주인공은 한 몸이었다. 이후 소설에서 주인공은 회사를 그만두고 같은 피해를 본 피해자들을 대상으로 인터넷 카페를 만들고, 화형을 정당하기 위해 사이비 종교를 결성한다. 그런 후 범죄 피해 시민단체와 연대하는 등 활동 범위를 넓혀간다. 피해자와 시민단체의 후원으로 주인공은 두류산에 교육센터를 만든다. 말이 교육센터이지 이곳은 화형을 집행할 전사를 키우는 곳이다. 그리하여 첫 범행 장소를 두류산과 가까운 K고수부지를 비롯한 전국 10곳으로 정한다. 특별히 K고수부지를 첫 면에 등장시키는 이유는 두류산의 연인 민채원 때문이었다. 그녀 역시 두류산과 마찬가지로 보이스피싱 사기를 당해 부모님을 잃었기 때문이었다.

「1, 2차 심판의 날 집행은 성공적으로 끝났다. 경찰에겐 끔찍했지만, 언론과 서민들은 우리에게 우호적이었다. 하지만 이후 이 지역의 경찰들이 집요하게 우리를 추적하는 관계로 차질이 생겼다. 그래서 우리는 해당 경찰서를 습격, 방화하여 그들이 더는 우리를 쫓지 못하게 하였다. 하지만 여기서 또 차질이 생겼다. 실수로 방화과정에서 경찰이 몇 명 죽었기 때문이었다. 결국, 이 사태를 책임지고, 우리 조직의 안위와 연속성을 위해 나와 그녀는 이쯤에서 그만 포기하기로 했다. 아! 이 말은 심판의 날 집행을 포기하는 게 아니라 우리만 여기서 물러나는 것을 의미했다. 왜냐하면, 악인은 끊임없이 생산되므로 우리의 심판이 멈출 수 없기 때문이었다. 따라서 내가 없더라도 두류산은 영원할 것이었다. 왜냐하면, 중요한 제3차 심판의 날이 남았기 때문이었다.」

나태주는 자신이 경찰 신분임을 잠시 잊을 만큼 소설에 몰입했다. 장면 장면마다 박진감이 넘쳤고 매회 흥미진진했다. 예전 자신의 동료인 나경민 경장과 경찰을 그만둔 후 화가로 살아가는 그 친구의 소설평이 맞았다. 근래 읽은 소설 중에서 가장 뛰어난 역작이었다. 자신의 관할에서 일어난 사건과 소설의 전개가 거의 일치하는 것도 읽는 내내 흥미로웠다. 소설대로라면 그와 그의 연인은 결국 동반 자살을 하고 만다.

 그렇다고 해서 그들의 심판은 결코 이대로 끝나지 않는다. 왜냐하면, 소설의 내용처럼 악인은 끊임없이 재생산되기 때문이었다. 따라서 제2의 두류산, 제3의 두류산이 나타나 악인들이 이 땅에서 완전히 사라질 때까지 심판은 계속될 것이었다. 소설을 읽느라 밤을 꼬박 새운 나태주는 조만간 두류산으로부터 연락이 올 거로 예측했다. 왜냐하면, 소설 속의 그를 쫓는 박 형사가 현실의 자신이기 때문이었다.

 그런데 이상한 일이었다. 쉽게 잡힐 줄 알았던 두류산과 민서라가 아직 잡히질 않았다. 합동 수사본부 요원들이 그의 주소지와 본적까지 샅샅이 훑었지만, 그들의 행방은 요원했다. 결국, 경찰서 복구 작업이 완료되자 짐작한 대로 산음경찰서 서장은 직위 해제되었고 권 팀장을 비롯한 고위간부들을 일괄적으로 징계를 받았다.

 나머지 직원들은 그날 근무 상황과 방화대처 기여도에 따라 차별적으로 인사이동이 진행되었다. 수사지원 과장의 눈총을 받던 나태주는 읍과는 먼, 한적한 면의 지구대로 발령이 났다. 그런데도 나태주는 별 불만이 없었다. 이제 사건은 자신과 멀리 동떨어져 있었고 설령, 자신이 형사팀이나 수사지원과에 남아 있었다하더라도 그들을 잡을 생각이 전혀 없었다. 인터넷에 떠도는 댓글처럼 그들은 경찰, 검찰 등 공권력이 해결하지 못 하는 일을 그들이 목숨 바쳐서 하고 있다는 생각 때문이었다.

 그런데 그 와중에 의외의 일이 일어났다. 형사팀의 막내였던 김유리가 느닷없이 사표를 낸 것이다. 나태주는 너무 놀라 그녀에게 전화했지만, 그녀는 받지 않았다. 그녀는 소리 소문 없이 사라진 것이다. 팀원들은 그녀가 권 팀장을 잘 못 보필하여 책임을 진 것으로 이해했다. 또 어떤 이는 경찰서에 방화가 일어나던 날, 그녀가 큰 충격에 싸여 그날 자신의 천직을 접었다고 말했다. 어쨌든 나태주로선 갈 때 가더라도 그녀와 마지막 인사조차 나누지 못한 게 안타까웠다.

나태주가 마지막으로 경찰서에 근무하는 날이었다. 내일 바로 파출소로 이동을 해야 하므로 그는 자신의 물품을 챙기고 있었다. 퇴근 무렵이었다. 마치면 근처 허름한 술집에서 술이나 한잔할까, 하는데 한 통의 전화가 왔다. 굵직한 남자 목소리였다.

"소설은 잘 읽었소?"

나태주는 그로부터 전화가 올 줄 알았으므로 직감적으로 그인 줄 눈치챘다. 그래도 나태주는 직접 그를 확인하고 싶었다.

"소설은 퍽 재미있더군요. 그런데 누구시죠?"

"하하, 그 소설의 저자인 두류산입니다."

그는 꽤 여유가 있어 보였다.

"내가 그 책을 읽으리라고 어떻게 짐작하셨죠?"

"난 처음부터 나 형사님의 모든 것을 알고 있었어요. 아마 이쯤 되면 내 책을 읽고 결론이 어떻게 될까, 하고 궁금해할 것 같았습니다."

"용건은요?"

"이왕 체포될 거면 이 사건 때문에 가장 애먹은 나 형사님에게 기회를 줄까 해서요. 내일 시간 되겠습니까?"

나태주는 하필 내일 첫 근무지로 가는 날인데 또 연차를 내야 하나,

하고 생각했다. 그래도 그는 두류산을 만나고 싶었다.

"좋습니다. 그녀도 함께 볼 수 있습니까?"

"누구?"

"민서라 씨 말입니다."

"아! 물론입니다. 그날 그녀 때문에 경찰서에 일찍 복귀하지 못하여 담당 과장에게 한소리 들었으니 내일 따지면 되겠네요. 하하."

"몇 시에 어디로 가면 되겠습니까?"

"오후 5시, 지리산 천왕봉에서 뵙겠습니다."

"네? 그리 먼 곳까지?"

"오시고 안 오시고는 나 형사님 마음입니다. 그럼, 이만 끊겠습니다."

다음날 나태주는 발령받은 파출소에 전입신고만 하고 조퇴했다. 다행히 그곳과 지리산으로 올라가는 초입 길과는 그리 멀지 않았다.

여름이 시작되려는지 아침부터 비가 내리고 있었다. 나태주는 그날처럼 도평 마을 주차장에 차를 세워두고 걸어 올라갔다. 불과 며칠 전 그는 민들레공동체 마을을 찾기 위해 그 길을 뚜벅뚜벅 걸었다. 중간지점, 그러니까 왼쪽은 천왕봉, 오른쪽은 민들레공동체 마을이 나오는 두 갈래 길이였다. 나태주는 오른쪽 길을 유심히 바라보았다. 그때 그 길로 내려가서 민서라와 예상치 못한 정사를 나누었다고 생각하니 설핏 웃음이 나왔다.

마침내 지리산의 최고봉 천왕봉이었다. 비는 더욱 세차게 내리고 있었다. 그곳에 두 남녀가 등을 지고 멀리 아래를 바라보며 서 있었다. 나태주는 자신이 왔음을 헛기침으로 알렸다. 빗소리가 요란했다.

"잘 오셨소."

그가 먼저 뒤돌아보았다. 그리고 그녀, 민서라가 돌아보며 나태주에게 인사를 건넸다.

"안녕하세요?"

"……."

나태주는 기분이 묘했다.

"술 한잔해야죠."

두류산은 품속에서 소주병과 종이컵 세 개를 꺼냈다. 빗물이 흘러 얼굴 형체를 알아보진 못했어도 두 사람의 입에서는 술 냄새가 났다. 둘은 벌써 술을 마신 모양이었다. 나태주는 엉겁결에 그가 따라주는 술을 받아 마셨다. 이어 그도 그리고 그녀도 돌아가며 술을 마셨다.

"이제 체포해도 되겠습니까?"

나태주가 진담 반, 농담 반으로 물었다.

"채원이에게 먼저 물어보시죠."

두류산은 입가에 희미하게 웃음을 지었다.

나태주는 이미 짐작한 일이었다. 하지만 지금 그녀의 이름이 민서라인지, 민채원인지 그런 것은 중요한 게 아니었다.

"체포할까요?"

그러자 민채원이 웃었다.

"그래도 우리 둘은 그날 뜨겁게 만리장성을 쌓았는데 설마요?"

나태주는 속으로 뜨끔 했다.

"그렇다면 절 왜 불렀습니까?"

나태주는 민채원이 건네준 술을 마시며 물었다. 그런데 그 대답은 민채원이 아닌 두류산이 했다.

"우리가 행한 이 일의 증거가 되어 주십시오. 나 형사님은 사건이 일어난 후 이 일의 본질을 유일하게 깨닫고 계속 접근했었지요. 그러다 보니 이젠 우리가 했던 이 의로운 일을 범죄라고 생각하지 않을 거라 확신합니다."

"증거?"

"네, 당신이 보고 들었던 모든 것을 세상 사람들에게 제대로 알려주시면 됩니다. 나와 채원이, 그리고 심판자를 자칭했던 젊은이들이 공권력을 넘어 직접 나설 수밖에 없었던 이유를요."

"······."

나태주는 아무 말도 하지 않았다. 이번엔 민채원이 품속에서 뭔가를 내밀었다.

"이건?"

"편지와 제가 차고 있던 목걸이입니다. 나 형사님이 서울 언니 집에 갔더군요. 언니에게 이걸 전해주세요. 그리고 제가 살았던 원룸 사장님께 죄송하다고 전해주세요. 아드님과 친구분은 곧 집으로 돌아갈 겁니다."

"K고수부지 첫 방화 살인범인 청년 둘을 말하는 거죠?"

나태주는 말을 하면서도 피식, 하고 웃음이 나왔다.

"네, 나 형사님만 입 닫으면 그와 친구는 무사히 고향 집으로 돌아가 행복하게 살게 되겠죠."

나태주는 그녀가 건네준 것을 받았다.

"그런데 궁금하네요. 두 분은 어찌 그리 저에 관하여 잘 아십니까? 우리가 실제로 만난 적은 민채원 씨와 딱 한 번이잖아요."

그러자 두류산이 웃었다.

"하하, 나 형사님 주위에도 우리 신도들이 없다고 생각하십니까?"

"네?"

나태주는 두류산의 말에 섬뜩했다.

"자! 이만, 오늘 만남은 의미 있었습니다. 마지막으로 건배 한 번 하시죠."

나태주는 '마지막'이란 말에 가슴이 서늘했다.

"악인의 완전한 심판을 위하여! 그날이 올 때까지! 위하여!"

"위하여!"

"……."

하지만 나태주는 술을 마시지 않았다. 불현듯 그날 읽었던 소설의 마지막 장면이 떠올랐기 때문이었다. 하지만 그 둘은 마지막 남은 한 방울까지 술을 마셨다. 그런 후 그 둘은 나태주가 이 장소에서 처음 본 장면처럼 등을 지고 바위 끝에 위태롭게 섰다.

"안 돼!"

나태주가 소리치자 민채원이 잠시 뒤를 돌아봤다. 그녀의 표정은 웃고 있는지 울고 있는지 묘했다.

"안 돼요!"

두류산이 입을 떼서 노래를 부르기 시작했고 이어 민채원의 노래도 들렸다.

"제발!"

빗속에서 한 줄기 바람이 불었다. 나태주가 손을 뻗었을 때는 둘은 손을 꼭 잡고 밑으로 추락하고 있었다. 그때 그의 귀에는 둘이 떨어지면서 부르는 노래가 가득했다.

"때가 왔음이라. 온 세상 악한 자들이 불에 태워질 때, 미륵이 왔음이라. 태워라, 처단하라, 때가 왔음이라, 심판의 날이 왔음이라."

부활

앙상하게 서 있는 고사목 사이사이로
끝없이 펼쳐진 철쭉의 향연

천왕봉 그 아래 바래봉 허리를 휘감는다

타오를 듯 타오를 듯 몸부림치는 저 분홍 물결
소리 없이 사라져간 역사의 영혼인가
수백 년을 이어 온 인고의 세월인가
어디까지 누구에게 닿으려고 저토록 사무치게 일렁이는가
낮게 더 낮은 곳으로 흐르는 물소리 따라 푸른 강가에 닿으려나

복숭아 빛 석양으로 물든 하늘가에
길 잃고 서성이는 그들의 아픈 영혼을 달래주려나
피고 지는 세월로 쪼그라진 내 어머니 젖가슴에 닿으려나

온 육신 파랗게 멍들었다가
순간순간
폭포처럼 뿜어내는 정열의 꽃이여
불타는 영혼이여

오늘도

지리산의 봄은
연분홍 진분홍 철쭉으로 물결치는구나
사무친 그 한마디 못하고
가슴으로 가슴으로 물결치는구나

—김태근, 「지리산 연가戀歌」

그해 추석 무렵이었다.

역시 그날도 보름달이 밝았다. 그날 이후 경찰서에 휴직계를 제출한 나태주는 동네 기사식당을 찾았다. 혼밥이 습관이 되자 그는 일반음식점보다 양도 푸짐하고 맛도 있는 기사식당을 선호했다. 그런데 그날따라 식당 주인은 주문받을 생각을 않고 TV만 보고 있었다. 이미 자리에 있던 손님들도 웅성거렸다.

"또 그놈들이네! 두류산인지, 뭔지."

"두류산은 죽었다고 하지 않았나?"

"뭘 그래? 죽든 말든, 이들이야말로 의인이야. 정말 속이 다 시원하다야."

나태주는 두류산이란 이름이 나오자, 얼른 TV로 고개를 돌렸다.

「오늘 여의도 국회의사당 앞에서 방화·살인 사건이 또 일어났습니다. 피해자는 무진시 항쟁 당시 태 씨의 측근인 정○○ 씨, 이○○ 씨, 허○○ 씨 등 3명입니다. 이 살인사건의 용의자는 현장에서 긴급체포되었는데 총 2명입니다.」

그러면서 TV는 이례적으로 용의자 2명의 얼굴을 보여주었다. 그런데 놀랍게도 그 2명 중 한 명은 민서라의 수행원이었고, 나머지 한 명은 김유리였다.

'김유리?'

나태주는 갑자기, '니가 왜 거기서 나와' 하는 노랫말이 생각났다.

'유리가 왜 저런 일을?'

나태주는 곰곰이 생각하다, 문득 두류산이 자살하기 전, 천왕봉에서 한 말을 떠올렸다.

'하하, 우리 나 형사님 주위에도 우리 신도들이 없다고 생각하십니까?'

아아, 놀랍게도 김유리는 화형교 신도였다. 그리 생각하니 나태주는 일전 H읍에서 꼬마에게 두류산의 편지를 건네준 이가 김유리가 아닌가, 하고 생각했다.

'까만 안경을 쓰고 키가 좀 작은 언니였어요.'

아이의 말이 또렷이 떠올랐다. 그때만 하더라도 나태주는 그 여자가 민채원이라고 단정했다. 그런데 아니었다. 권 팀장을 당혹하게 한 두류산의 편지를 전한 이는 바로 김유리 형사였다. 그제야 나태주는 그녀가 경찰서 방화사건 이후 스스로 사표를 낸 이유를 알았다. 그녀는 경찰서에 있을 때, 늘 자신의 고향인 '무진' 이야기를 했다. 주모자인 태씨를 비롯한 측근들을 반드시 자신이 처단한다고 술만 취하면 했던 말이 결코, 빈말이 아니었다.

이어 앵커가 흥분된 목소리로 또 소식을 전했다.

「그런데 이상한 일입니다. 이번에도 범인들은 순순히 체포되면서 그때처럼 유인물을 남겼는데요. 올 초 부산을 비롯한 전국 10곳의 방화·

살인 사건 때 뿌린 유인물과 너무 흡사합니다. 제가 한번 읽어보겠습니다.

'이 자들은 무진시에서, 민주화를 요구하는
다수 선량한 시민을 총칼로 죽인
장본인의 주총세력이어서
판결자 전원 일치로 극형인 화형에 처함.'

심판의 날, 두류산

아니 뭔가 이상하지 않습니까? 그때 방화·살인 사건의 주모자인 두류산은 지리산, 천왕봉에서 민채원과 동반 자살했다고 하지 않았습니까? 그런데 버젓이 그의 이름이 유인물에 새겨져 있습니다. 이게 어떻게 된 일일까요?」

TV를 보던 나태주는 온몸에 힘이 빠졌다. 마침내, 두류산이 부활한 것이다. 말도 안 되는 소리 같지만, 그는 그렇게 믿고 싶었다. 그가 환생했다. 또 제4, 제5의 화형식이 거행될 것이었다. 나태주는 주인에게 밥 대신 소주 한 병을 청했다. 머리가 지끈했다. 그날 도대체 어떻게 되었을까.

그때 두류산과 민채원이 천왕봉 정상에서 추락한 이후, 나태주는 몇 시간 동안 그곳에서 꼼짝하지 않았다. 충격으로 환청과 환시가 계속되어 그는 고통과 절망 속에서 보냈다. 그 와중에도 나태주는 권 팀장에게 이 사실을 보고하긴 했다. 그리곤 바위 위에 누워 비만 맞았다. 이후, 겨우 정신을 차리고 산에서 내려온 나태주는 인근 식당에서 만취될 때까지 술을 마셨다.

자신이 깨어났을 때는 읍에 있는 병원이었다. 병원에서 나태주는 권 팀장에게 휴직계를 제출했다. 그게 끝이었다. 하지만 그건 끝날 때까지 끝난 게 아니었다. 술이 오르자, 그는 곧바로 형사팀의 조민태 형사에게 전화했다.

"어! 나태주, 오랜만이야. 글쎄, 몸은 좀 어때?"

"그저 그렇습니다. 그보다, TV 보셨죠?"

"그래, 우리도 이것 때문에 난리 났다. 어디야?"

나태주는 마음이 급했다.

"그때 시신은 어떻게 되었습니까?"

"누구? 아하, 두류산과 민채원 말이지? 그게…."

"빨리 말씀해보세요."

"그런 뒤, 폭우가 계속되었잖아. 도저히 접근할 수가 없어 일주일 후에 현장으로 간 것으로 기억이 나."

"그래서요?"

"그러니까, 그게…. 민채원의 시신은 발견했는데, 두류산의 시신은 발견할 수가 없었어."

나태주는 가슴이 벌렁거렸다.

"그게 무슨 말씀입니까?"

"산짐승이 남자, 그러니까 두류산의 시신을 훼손했나 봐. 핏자국만 있고 사체는 없었어."

"세상에 그런 일이 어디 있습니까?"

"그럴 수 있지. 그때 민채원의 시신은 바다에서 조금 떨어진 나무에 걸려있었지만, 두류산의 시신은 바다에 있었던 거로 추정해. 그래서 두류산만 짐승에게 훼손되었다고 판단한 거지."

"그래서 수사를 종결했어요?"

"그랬지. 어쨌든 천왕봉에서 그곳으로 추락했다면 살 수는 없어. 민채원의 시신도 떨어지면서 바위에 부딪히고, 나뭇가지에 찔려 참혹했거든. 결정적으로 바닥에 두류산의 피가 낭자했어. DNA를 채취해서 국과수에 넘겼더니 그의 혈흔인 걸로 판명이 났어."

나태주는 그의 말에 긴 한숨이 나왔다. 아니, 화가 났다.

"아뇨! 두류산은 부활했습니다!"

"뭐? 무슨 그런 뚱딴지같은 소리냐?"

"아니, 죽었든, 살아있든 뭐든 그는 환생했단 말입니다."

"……"

"TV를 자세히 보십시오. 유인물 맨 아래 그의 서명이 있습니다. 전 그 서명을 잘 알아요. 누구도 모방하거나 위조하지 못할 그만의 서명입니다. 분명히 그가 서명했어요."

그러자 조 형사는 짜증을 냈다.

"그만 끊자. 지금 바빠. 그리고 너도 곧 들어올 준비나 해. 아무래도 이 사건 때문에 또 골치 아프게 생겼어. 끊어!"

조 형사의 말은 사실이었다. 아직 휴직 기간이 한 달 넘게 남아 있었지만, 그날 밤, 나태주는 산음경찰서 형사팀장의 전화를 받았다. 그런데 전화를 받고 보니 권 팀장의 목소리가 아니었다. 그는 경찰서 방화·살인 사건의 책임을 지고 다른 곳으로 발령이 난 모양이었다.

"도와줘야겠소."

"전 휴직 기간이고 또 아직은 수사지원과에 소속되어 있습니다."

"휴직 기간 종료 및 부서 이동은 이미 조치해두었소. TV를 봤으니 이 사건이 얼마나 중차대한 일인 줄 알 거요. 내일 아침 9시까지 형사팀으로 출근하시오. 이건 부탁이 아니라 명령이오."

새 팀장은 목소리가 차분하면서도 카랑카랑했다. 언뜻 이름을 들었으나 그 이름은 처음 듣는 이름이었다. 아마 지방청 혹은 다른 시·군에서 넘어온 모양이었다. 나태주는 냉장고에서 차가운 캔 맥주를 꺼내 잘근잘근 씹듯이 마셨다.

다음 날 형사팀으로 출근한 나태주는 직원들과 인사를 나눌 겨를 없이 회의에 참석했다. 탁자 위에 어제 방화·살인을 저지른 김유리의 인적사항이 적힌 자료들이 놓여 있었다. 나태주는 자료를 읽는 척하며 주위를 둘러보았다. 그새 형사팀에는 조민태 형사를 제외하곤 모두 바뀌어 있었다. 곧 새 팀장이 입을 열었다.

"여러분들도 알다시피, 어제 여의도에서 사건을 저지른 김유리는 이곳 형사팀 소속 경찰이었다. 그것도 매우 일 잘하고 유능한 여형사였다. 그녀가 어떡하다 국가공무원에서 저런 파렴치한 범죄자가 되었는지는 차지하고, 나는 그동안 자네들이 김유리가 저럴 가능성이 있음에도 전혀 눈치채지 못했는가에 관해 묻고 싶다."

새 팀장은 눈매가 매서웠다. 조 형사는 난감하다는 듯 한숨만 푹, 쉬고 있었다.

"조민태 형사님! 대답 한번 해 보시죠."

그제야 조 형사는 나태주의 눈치를 보더니 겨우 입을 열었다.

"그때 함께 근무할 때는 저런 낌새는 전혀 없었습니다. 김유리 형사가 제 입으로 화형교 신자라고 발설하지 않는 이상, 우리로서는 알 길이 없었습니다."

새 팀장은 이번엔 나태주에게 물었다.

"나 형사는 알고 있었습니까?"

뜬금없는 그의 질문에 나태주는 어안이 벙벙했지만, 첫 대면부터 기죽을 필요가 없다고 판단했다.

"저도 몰랐습니다. 하지만 어제 TV를 보고서야 김유리 형사가 당시 그럴 개연성이 충분히 있다고 생각했습니다."

"그게 뭐죠?"

"그녀의 부모는 그때 무진시 민주화운동 때 돌아가셨습니다. 그 때문에 김유리는 부모님을 죽인 자들에 관한 복수이야기를 자주 했었거든요."

새 팀장은 고개를 끄덕였다.

"그래서 현직 경찰에 몸담고 있으면서, 두류산이 이끄는 화형교 신자가 된 거네요?"

"그전에 화형교에 들어갔는지, 아니면 경찰을 그만두고 들어갔는지 아닌지는 알 수가 없습니다."

"음…."

새 팀장은 뭔가 말하려 하다, 갑자기 나태주를 자리에서 일으켜 세웠다.

"참! 여러분께 여기, 나태주 형사님을 소개합니다. 예전 K고수부지 방화·살인 사건 때부터 천왕봉에서 두류산과 민채원이 죽을 때까지 주도적인 역할을 했던 유능한 형사이니, 앞으로 서로 협조하면서 사건을 잘 진행해주시면 고맙겠습니다."

난데없는 그의 칭찬에 회의실에 앉아있던 형사들이 박수를 쳤다. 하지만 조민태 형사는 별 감흥이 없는지 계속 머리를 밑으로 박고 있었다. 나태주는 '잘 부탁한다' 하는 짧은 인사말로 전입신고를 대신했다. 그가 자리에 앉자 맨 끝에 있던 형사 한 명이 새 팀장에게 질문했다.

"말씀하신 여자는 이미 경찰 신분도 아닌데, 이곳에 잠깐 근무했다는 이유로 이 사건을 우리가 처리해야 한다는 말씀입니까?"

모두 궁금했던 질문이었다. 나태주는 새 팀장의 답변이 어떻게 나오는지 알고 싶었다.

"물론, 김유리는 민간인 신분이고 그녀의 관할은 서울지방경찰청이 당연하다. 하지만 나는 그녀만을 말하는 게 아니다. 다들 TV에서 봤듯이 모두 죽은 줄 알았던 두류산이 멀쩡하게 살아있다는 사실 때문에 이렇게 회의하는 것이다."

그러자 회의실은 잠시 소란스러웠다. 나태주는 새 팀장이 제법이라는 생각이 들었다. 새 팀장의 답변에 또 누군가 질문했다.

"두류산이 살아있다는 걸 어떻게 확신하십니까?"

"여기서 일어났던 K고수부지처럼 뿌려진 유인물에 남아 있는 두류산의 서명이 그 증거지."

"에이, 그야 두류산이 아니더라도 아무나 할 수 있는 거잖아요. 요즘처럼 대필이 흔한 시대에 서명쯤이야 몇 번만 연습하면 되거든요?"

"맞아, 서명 위조는 요즈음 잡범들도 다 한다니까."

나태주는 직원들의 반박에 새 팀장이 이번에 어떻게 대답할까, 하고 지켜보기로 했다. 그런데 이다음에 나온 그의 말은 과히 충격적이었다.

"오늘 새벽, 체포된 김유리 일당이 유치장에서 탈출했다. 일단의 무리가 경찰서에 불을 지른 사이, 그녀 일당은 유유히 탈출에 성공했어. 서울 한복판 경찰서에 그런 과감한 일을 기획하고 벌이는 자는…."

나태주는 숨이 넘어갈 뻔했다.

"두류산밖에 없어."

나태주의 예상이 맞았다. 지금 생각해보니 그날, 두류산과 민채원 둘이 천왕봉에서 떨어질 때 이상한 점이 있었다. 그건 떨어질 때 인간이라면 본능적으로 지르게 되는 비명에 관한 거였다. 그때 나태주의 귀에는 민채원의 비명밖에 듣지 못하였다. 추측건대 두류산은 자신이 살 수 있을 거라는 확신이 있었다는 거였다. 이를테면 두류산은 홀로 낙하산을 펴지 않았을까, 하는 추측이었다.

"아마 오늘이나 내일쯤, 서울지방경찰청에서 공조 수사차 내려올 것이다. 그러니 여러분들은 지금부터 두류산과 김유리에 관한 모든 자료를 준비하기 바란다. 각자 전임자들에게 물어 컴퓨터 하드에 남긴 세세한 자료까지 찾아 그들에게 넘겨주어야 할 것이다. 이상!"

나태주는 복귀 첫날부터 힘이 빠지기 시작했다. 조민태 형사가 잠시 나가서 이야기하자는 투로 그에게 눈짓했다. 나태주가 서류뭉치를 챙기고 먼저 나간 조 형사를 따라나서려 할 때였다. 새 팀장이 그에게 다가왔다.

"인사나 합시다. 첫날부터 무례하게 굴었다면 용서하시죠. 난 정갑태라고 하오."

새 팀장은 의외로 먼저 손을 내밀었다. 그런데 아주 낯이 익었다. 나태주는 그를 어디선가 본 듯한 얼굴이라고 생각했다.

"나태주입니다. 그런데 우리는 구면입니까?"

"아니요, 처음이오. 하지만 내 얼굴과 흡사한 어떤 사람을 당신이 알고 있을 것이오."

그제야 나태주는 아, 하고 탄식했다.

"그렇소. 그놈에게 억울하게 죽은 전(前) 합수본부장의 친동생이오."

"그렇군요. 그래서 이곳을 자원하셨나 봅니다."

"물론이죠. 난 정보 분야에서 잔뼈가 굵었소. 그러다 보니 당신을 포함한 모두가 그날 천왕봉에서 두류산과 민채원이 떨어져 죽었다고 했을 때, 솔직히 난 믿지 않았소."

"어째서입니까?"

"내 나름대로 조사하고 연구한 결과, 놈은 이 짓거리를 절대 중단하지 않으리라고 봤소. 제4차, 5차, 6차 등 놈이 바라는 세상이 올 때까지 그는 숭고하고 위대한 화형식을 거행할 것이라는 건 자명하오."

나태주는 이 자는 권필봉 팀장과 달라도 너무 다르다고 생각했다.

만약 그때 이 자가 팀장으로 있었다면, 사건을 훨씬 빨리 해결할 수 있었을 거라고 생각했다. 그는 매우 주도면밀하고 날카로운 수사직감을 가졌다고 나태주는 판단했다. 그러면서 한편, 자신과 비슷한 수사 감각을 가진 새 팀장과는 앞으로 죽이 잘 맞겠다고 여겼다.

"원한이 깊겠습니다."

"물론, 내 이놈을 꼭 내 손으로 잡아 갈기갈기 찢어 죽이고 싶소. 그러니 앞으로 나 형사가 날 많이 도와주시오."

"알겠습니다. 지금 당장 제가 할 일이?"

"무진시로 가시오. 가서 김유리의 행방을 샅샅이 조사하시오. 우선, 그년부터 잡읍시다."

"무진에 있을까요? 서울 쪽 경찰도 그곳이 그녀의 본적임을 알고 있을 텐데?"

"분명히 있을 겁니다. 내 생각으론 분명 오늘 오후쯤 민주화 묘지에 나타날 겁니다."

나태주는 그의 말에 무릎을 쳤다. 민주화 묘지에는 김유리의 부모님이 있었다.

"바로 출발하겠습니다."

"좋소!"

무진시 민주화 묘지였다. 산음에서 출발할 때 간간이 내리던 비는 소낙비가 되어 이곳에 도착하자마자 쏟아졌다. 나태주는 주차장에 차를 세우곤 안내소 겸 매표소 앞 처마 밑으로 무작정 뛰어들었다. 미처 우산을 준비하지 못한 탓이었다. 그때 지척에서 구수한 남도 사투리가 들렸다.

"징하다, 징해. 그때 맹키로 오늘도 징하게 비가 온다야. 근데 누구 쇼?"

막 순찰을 다녀왔는지 초로의 경비원이 우산을 털며 나태주에게 물었다.

"참배객입니다. 갑자기 비가 와서."

"그라요? 그라면 이쪽으로 약간 당기 오소. 그 짝은 비 맞을 것잉께."

안내소 안에는 일단의 사람들이 TV를 보고 있었다. 나태주는 열린 문으로 흘러나오는 앵커의 목소리를 듣느라, 경비원이 무슨 말을 했는지 몰랐다.

"아! 거시기, 내 말 안 들려요? 이 짝으로 좀 댕겨오랑께요."

그제야 경비원의 말을 들은 나태주는 TV 소리가 잘 들리는 입구 안쪽으로 몸을 피했다. 김유리 일당의 탈출 소식이었다.

「다시 한번 말씀드립니다. 어제 여의도 국회의사당 앞에서 태두필 씨의 측근으로 알려진 정○○ 씨, 이○○ 씨, 허○○ 씨 등을 방화·살해한 김유리 일당 2명이 오늘 새벽에, 괴한들의 경찰서 난입으로 혼란을 일으키는 사이에 탈출하였습니다. 이후, 경찰은 그들의 행적을 쫓고 있지만, 아직 아무런 단서도 밝혀낸 게 없다고 합니다. 현장에 나가 있는 기자를 연결합니다.」

앵커의 말에 관리사무소 안에 있던 사람들이 한마디씩 했다.

"장하다, 장해. 우리 무진 사람들이 못한 일을 저 쬐그만 여자가 해 냈당께. 대단혀."

"저 아가씨 원한이 꽤 깊었구면."

"뭣이여? 그럼, 혹시 저 아가씨의 피붙이가 이곳에 묻혀있남?"

"그렇다 하네. 아침에 출근하는데 우리 옆집 김 씨가 말하더먼."

"뭣이라고?"

"저 아가씨 부모가 그때, 그 난리 때 모두 죽었뿟다 안 허요. 그러이 태 씨와 붙어먹은 그 셋 놈한테 복수한 기제."

"그려? 집이 어딘데?"

"시청 옆에 농협 있재? 그 바로 옆 이층집이여. 그려, 그 파란색 대문. 그 집에 아직도 오빠 혼자 살고 있다 카더만."

나태주는 귀를 쫑긋 세웠다. 행여 오늘 안에 김유리가 이곳에 오지 않는다면, 그는 그리로 가야겠다고 마음먹었다.

비는 계속 쏟아졌다. 안내소 앞에 무작정 서 있었을 수 없었던 나태주는 대충 겉옷을 우산 삼아, 자유의 문 쪽으로 장소를 옮겼다. 아까부터 안쪽에서 자신을 지켜보던 직원들의 눈총이 따가웠기 때문이었다. 그곳에서 비 맞은 생쥐 꼴로 오후 내내 김유리를 기다리던 나태주는 참배시간 종료 직전에 할 수 없이 주차장으로 내려왔다.

'오늘은 오지 않으려나?'

차 안에서 히터를 틀고 젖은 몸을 말리던 나태주는 이상한 예감이 들어 뿌예진 창을 닦았다. 그때였다. 주차장으로 경찰차가 급하게 들어오고 있었다. 경찰차에서 경찰 한 명과 비옷을 입고 마스크를 쓴 여자가 내렸는데, 나태주가 보기엔 그 여자는 분명 김유리였다.

'김유리가 왜 경찰차에?'

남자와 여자는 서둘러 우산을 쓰고 안내소 쪽으로 종종걸음치고 있었다. 나태주는 생각할 겨를도 없이 급하게 그들을 따라나섰다. 그들은 별다른 제지를 받지 않고 안으로 진입해버렸다. 하지만 나태주는 그들을 따라 들어가려다 경비원에 의해 제지당하고 말았다.

"끝났소. 끝나는 종소리 못 들었소?"

"방금 남녀가 들어갔잖소?"

"누가 들어갔단 말이요?"

"내 눈으로 똑똑히 봤습니다. 경찰복 입은 남자와 비옷 입고 마스크를 쓴 여자가 들어갔잖아요."

"글씨, 그런 사람 없소. 이만 돌아가시오."

"좀 들어갑시다. 그 사람들을 꼭 만날 이유가 있어요."

밖이 소란스러워지자 안내소 직원 몇이 밖으로 나왔다.

"왜 그런다요?"

그중 나이든 직원이 묻자, 경비원은 머리를 조아리며 상황을 설명했다. 그 경비원은 나태주가 아까 본 경비원이 아니고 교대한 경비원 같았다.

"글씨, 이 양반이 문을 닫았는데도 무작정 들어갈라꼬 애쓰는구먼요."

"당신 누구요? 아까도 요 앞에서 어정거리더구먼."

나태주는 어떻게 할까, 고민하다 마음이 급해 바로 경찰 신분증을 꺼냈다. 신분증을 확인한 직원이 경비원에게 뭐라 뭐라 묻자, 경비원은 그에게 귓엣말로 무언가 속삭였다.

"경찰 양반이 뭔가 착각한 모양인디, 아까 여기에 들어간 양반 역시 이곳 관할 경찰이오. 뭐, 옆에 있는 여자는 누구인지 모르지만, 아마 애인쯤 되것지요. 일주일에 꼭 두어 번 이곳에 오는 양반이라, 경비원이 알고 통과시켜주었을 것이오. 그리 알고 그만 돌아가쇼."

"사정이 있습니다. 그들을 꼭 만나야 합니다. 좀 들여보내주세요."

"어허이! 귓방망이에 못을 박았나? 이 양반, 이거. 도통 말이 안 통허네. 빨리 가라 안혀요!"

경비원뿐만 아니라 직원도 만만찮았다. 그들은 말이 통하지 않는 자들이었다. 나태주는 무력을 써서라도 안으로 진입할 생각으로 틈을 보고 있었다. 그때 안쪽에서 까만 승용차가 나오다 안내소 앞에 급정거했다. 아마 차 안에서 소란스러운 이 장면을 지켜본 모양이었다. 경비원과 안내소 직원이 거수경례하는 것으로 봐서 차 안에 탄 사람은 꽤 높은 직급인 것 같았다.

나태주는 재빨리 차 반대편으로 달려가 그에게 신분증을 내보이며 상황을 설명했다. 그러자 상황은 금방 정리되었다. 차 안에 탄 자가 안내소 직원에게 들여보내라는 신호를 주자, 직원과 경비원은 90도로 고개를 숙였다.

"빨리 나오쇼! 잉."

경비원이 인상 쓰며 눈을 부라렸다.

"늦게 나오면 휴대전화기와 신분증 받기 힘들께라."

참배 종료 후에 사진 촬영이 불가하다며 전화기도 빼앗긴 나태주는 화가 났지만, 어쩔 수 없는 일이었다.

"알았소."

결국, 그들은 나태주에게 신분증과 휴대전화기를 받고 한 시간 이내에 나온다는 조건으로 그를 들여보내주었다.

참배객 하나 없이 소낙비 내리는 민주화 묘지는 을씨년스러웠다. 나태주는 김유리가 어디로 갔는지 가늠이 되지 않아 무작정 안쪽으로 뛰었다. 자유의 문을 지나 자유광장, 참배광장 그리고 주묘역과 추념문, 추모탑을 지나자 묘역 안내판이 나왔다. 그 와중에도 나태주는 그날, 이 도시에서 이렇게 많은 사람이 죽어 나갔는지 가슴이 서늘했다. 나태주는 이 사람들을 죽인 가해자들, 즉 김유리가 그날 일과 관련된 자들의 살인·방화는 아까 안내소 직원들이 말한 '정당한 복수'가 아닐까, 하고 혼자 되뇌었다.

묘역은 총 10곳이었다. 나태주는 이 넓고 넓은 묘역을 언제 다 뒤지나 싶어 한숨이 나왔지만, 오늘 반드시 김유리를 만나야겠다는 생각으로 정신없이 뛰었다. 그의 이런 생각이 하늘에 닿아서일까. 마침내 저 멀리, 무릎을 꿇은 채 엎드려 있는 김유리를 볼 수 있었다.

순간, 나태주의 머리에는 지난날 그녀와 함께했던 모든 일이 주마등처럼 스쳤다. 어린 나이에 경찰에 입문하여 선배들 뒤치다꺼리로 고생하는 와중에도, 김유리는 단 한 번도 싫은 내색을 하지 않았다. 팀 회의 때 참신한 아이디어를 내는 이도 그녀였고, 유능했지만 고지식했던 권 팀장을 잘 보좌했던 이도 그녀였다. 무엇보다 자신을 친오빠처럼 잘 보살펴주고 따랐던 이도 그녀, 김유리였다. 그랬던 그녀가 부모의 복수를 위해 화형교에 빠져들어 경찰도 그만둔 채, 그런 황당한 일을 벌일 줄은 나태주는 꿈에도 생각지 못한 일이었다.

그녀 가까이 갔을 때 나태주는 그녀의 곁에 아까 함께 들어갔던 경찰이 없음을 알았다. 여전히 그녀는 무덤 앞에 엎드리고 있었다. 나태주는 낮은 목소리로 그녀의 이름을 불렀다.

"김유리 형사!… 아니, 김유리."

그런데 몇 번을 불러도 그녀는 꼼짝도 하지 않았다. 나태주는 김유리가 슬픔에 복받쳐 그의 목소리를 듣지 못하는 게 아닌가, 하고 잠시 기다렸다. 그런데도 그녀는 일어설 기미가 보이지 않았다. 소낙비는 여전히 억수로 퍼붓고 있었다. 그런데 뭔가 이상했다. 나태주는 급히 그녀를 흔들었다.

"유리야, 김유리!"

옆으로 쓰러진 그녀는 놀랍게도, 복부에 칼이 꽂힌 채 옅은 신음을 내며 가늘게 떨고 있었다. 그즈음에 쏟아지는 폭우 속으로 황급히 달아나는 어떤 그림자가 설핏 보였다. 나태주는 그림자를 추격하려 했지만, 발이 땅에서 떨어지지 않았다. 그건 그때 천왕봉에서 두류산과 민채원이 바위 밑으로 떨어졌을 때 받은 공포와 충격 같은 거였다.

'이건 음모다!'

나태주는 순간 그런 생각을 했다. 오랫동안 꿈꾸어왔던 부모의 복수를 일부 성공한 김유리가 스스로 자결할 리가 없다고 그는 생각했다. 물론, 정확한 사인이야 나중에 밝혀질 것이지만, 나태주는 이건 두류산 쪽과 관련된 음모라 확정지었다. 김유리는 단번에 복부에 치명상을 입은 것 같았다. 그렇다면 이건 전문적인 칼잡이 소행이었다.

"유리야! 유리. 정신 좀 차려봐."

하지만 김유리는 의식을 잃은 상태에서 음, 음, 하는 신음만 뱉고 있었다.

"조금만 기다려. 119 불러올게."

나태주는 설핏 눈가에 눈물이 맺히면서 머리엔 단 한 가지 생각뿐이었다. 그건 단 한 번으로 복부를 찔러 그녀를 치명상을 입힌 범인은 누군가, 하는 거였다.

'그래, 그 경찰?'

그러지 않아도 나태주는 주차장에서 김유리가 왜 경찰과 함께 이곳을 찾았는지 의아했다. 그렇다면 그 경찰이 누구인가부터 알아야 했다. 마음에 의문이 가득하고 절박함이 있으니 이번엔 발을 쉽게 뗄 수 있었다. 나태주는 유리를 그대로 두고, 있는 힘을 다해 안내소로 달음질했다.

나태주가 폭우 속에 허둥대며 달려오자 경비원과 직원은 무슨 일인가 싶어 입구 밖에 나와 있었다. 나태주는 119는 물론, 사건의 신고를 위해 경찰도 불러야겠다고 생각했다.

"경찰과 119에 연락해주시오. 사람이 죽어가고 있소."

나태주의 말에 경비원과 직원은 눈이 휘둥그레졌다.

"무언말이다요? 고것이?"

"아까, 경찰과 함께 들어간 비옷 입은 여자가 칼에 찔렸단 말이오.

어서 경찰과 119에 연락부터 해주시오."

자초지종을 들은 직원이 경찰과 119에 연락하고 있을 때, 나태주는 경비원을 몰아세웠다.

"그 경찰은 어떤 자요? 바른대로 말해봐요."

"아까 말했잖아요. 여기 일주일에 두어 번 방문하는 이쪽 관할 경찰서에 있는 직원이어요. 그런데 왜요?"

"함께 들어갔는데 여자만 있고 그는 현장에 없었소."

나태주는 경비원에게 눈을 부라렸다.

"그라요? 이상한디. 그 경찰은 아까 먼저 나왔는디요?"

"혼자? 무슨 낌새 같은 건 눈치 못 챘습니까?"

"글씨, 여느 때처럼 지한테 수고하라는 말을 남기고 갔는디, 전혀 이상한 점이 없구만요."

그렇게 나태주와 경비원이 옥신각신하고 있을 때, 119 구급차가 먼저 도착하고 이어 관할 경찰차도 두어 대가 들어왔다. 직원은 안내소 안팎에 불을 밝혔다.

"누구입니까? 어느 분이 신고했죠?"

경찰 한 명이 소리쳤다.

"지가요. 지는 여기 직원이고, 최초 발견자는 이분입니다요."

직원은 나태주를 지목했다.

"목격자라구요? 신분증 있습니까?"

나태주는 오늘 자신의 신분증이 여러 군데 쓰인다고 생각했다.

"여기 있습니다요. 우리가 잠시 보관했구먼요."

그때 직원이 보관 중이던 나태주의 신분증을 출동한 경찰에게 보였다.

"경찰입니까? 어디서 오셨죠?"

"경남 산음경찰서 형사팀 소속입니다."

"그런데 이곳까지 왜?"

"가면서 이야기하시죠. 환자 상태부터 확인하는 게 순서인 것 같소."

나태주는 경찰과 함께 경찰차를 타고 안으로 출발했다. 뒤이어 순찰차 한 대와 119 구급차가 뒤를 따랐다. 짧은 시간이었지만, 나태주는 자신이 이곳에 온 목적, 즉 여의도 방화·살인 사건의 용의자 김유리를 체포하러 온 것과 그녀와 동행한 범인이 이곳, 관할 경찰서의 경찰 같다는 점을 밝혔다.

"알겠소. 나머지 상세한 건 확인 후에 나눕시다."

나태주의 말을 들은 경찰은 간단하게 말했다.

"여기쯤이오."

차가 더는 진입하지 못할 장소에서 나태주와 경찰은 내렸다. 뒤이어 119 구급대원 몇이 들것을 들고 그들의 뒤를 따랐다. 비는 여전히 쏟아 퍼붓고 있었다. 그런데 이상한 일이었다. 분명히 여기 있어야 할 김유리가 사라진 것이다.

"여기 맞습니까? 혹시 비 때문에 착오라도?"

경찰은 우산을 치들며 짜증을 냈다.

"여기 맞습니다. 분명, 여기였어요. 이곳에 그녀가 피를 흘린 채 쓰러져 있었어요. 정말입니다."

"허허. 핏자국도 없는데요?"
경찰은 손전등을 꺼내 그곳을 비추었다. 그리고 보니 무덤 앞에는 응당 있어야 할 핏자국이 없었다. 하긴 그사이 세찬 비로 피가 씻겨나갈 수도 있었다. 하지만 당사자가 없으니 나태주는 황당했다. 뒤따라온 119 구급대원들도 이 상황이 어떻게 돌아가는지 몰라 엉거주춤 비를 맞으며 서 있기만 하였다.
"혹시 이곳이 아닐지 모르니 주위를 좀 더 살펴봅시다. 어이! 이 근방에 쓰러진 여자가 있는지 다들 둘러봐."
경찰은 부하인듯한 직원들에게 명령했다. 하지만 삼십 분 이상 그곳을 수색했지만, 김유리는 없었다.
"그만 철수합시다."
경찰의 말에 나태주는 땅바닥에 털썩, 주저앉고 말았다.
마치 꿈을 꾸는 것 같았다. 나태주는 무진의 관할 경찰서 조사실에 앉아 경찰이 갖다 준 담요를 덮어쓰고 뜨거운 물을 마시면서 그렇게 생각했다.
'그래, 이건 분명 꿈이야.'
잠시 뒤, 아까 그 경찰이 들어왔다. 그는 자신을 이곳 수사팀의 팀장이라고 소개했다.
"이제 정신이 좀 듭니까?"
"팀장님, 아까 그 일은 하늘에 대고 맹세하건대, 결코, 거짓이 아닙니다. 믿어주십시오."
"알겠습니다. 우리도 나 형사님의 제보가 엉터리라곤 보지 않습니다. 우리 쪽에서도 서울 여의도에서 일어난 방화·사건을 예의주시하고 있습니다. 그 김유리란 여자의 고향이 이곳인 것, 그녀의 부모님이 민주화 묘지에 묻힌 것도 잘 알고 있고요."

나태주는 팀장이 자신의 말을 믿어주는 것에 감사했다.

"하지만, 석연찮은 점이 몇 가지 있었네요. 우선, 공교롭게도 오늘 민주화 묘지 전역에 18시부터 19시까지 CCTV 점검이 있었다는 점, 그리고 비가 억수같이 쏟아졌다는 점입니다."

"CCTV 작동이 되지 않았다는 말씀이네요?"

"그렇습니다. 유일한 증거가 없는 셈이죠."

"하지만 목격자들이 여럿 있잖습니까? 아까 말씀드린 김유리와 동행한 경찰 그리고 안내소 경비원, 직원들 말입니다."

"아! 그 경찰 말씀인가요? 그 친구는 우리 직원인데, 지금 만나게 해주겠습니다."

팀장은 인터폰을 눌렀다.

"들어와. 들어와서 자네가 직접 설명해드려."

분명했다. 얼핏 봤어도 그는 김유리와 함께 묘지에 들어간 자가 맞았다. 그는 나태주 앞에서 꼿꼿한 자세로 아까의 일을 설명했다. 알고 보니 그 역시 그때 무진사태의 피해자였다. 김유리와 마찬가지로 그의 부모님이 민주화 묘지에 묻혀 있어, 순찰 나갔다가 오는 길에 잠시 참배하러 오는 중이였다.

"비가 몹시 내리는데 입구 근처에서 웬 여자가 비옷만 입고 걸어오기에 태워주었습니다. 서울에서 오랜만에 왔는데, 참배 시간을 못 맞추어 혹시 들어가지 못하면 어쩌나, 하고 고민하기에 제가 도와주겠다고 했습니다."

그의 말은 거짓이 아닌 것 같았다.

"그 여자가 여의도 방화·살인 사건의 김유리라는 걸 인지 못 했습니까?"

"물론입니다. 까만 비옷에 마스크를 쓰고 있어 얼굴도 제대로 못 봤는걸요."

"그래서요?"

"그래서 평소 아는 경비원에게 사정하여 둘이 함께 들어간 건 맞습니다. 그런데 묘역 방향이 달라서 우리는 '자유의 문' 앞에서 헤어졌습니다. 그뿐입니다. 그런 후에 저는 잠시 부모님 묘역에서 참배하고 먼저 나왔고요."

의문은 금방 해결되었다. 그렇다면 나태주가 본 것은 무엇이었을까. 나태주는 복부에 칼에 찔린 채 신음하는 김유리를 분명히 눈으로 확인했다. 그런데 안내소에 다녀온 후 그녀는 감쪽같이 사라졌다.

"우리도 김유리의 행방을 쫓겠습니다. 복부에 치명상을 입었고 설사 누구의 힘으로 병원에 옮겨졌다면, 그녀는 무진 시내 병원에 있을 겁니다. 지금 직원들이 시내에 있는 병원 전역에 급파되었습니다."

팀장은 나태주의 손을 잡았다.

"그러니 나 형사님은 이제 돌아가셔서 그만 쉬십시오. 김유리의 행적이 파악되면 꼭 연락해드리겠습니다."

별수 없이 나태주는 그길로 경찰서를 나와, 택시를 타고 다시 민주화 묘지로 향했다. 주차장에 그의 차가 있기 때문이었다. 차를 몰고 나오던 중 나태주는 어디로 갈까, 하고 생각하다 문득 낮에 안내소 직원들이 한 말이 떠올랐다.

'시청 옆에 농협 있재? 그 바로 옆 이층집이여. 그려, 그 파란색 대문. 그 집에 아직도 오빠, 혼자 살고 있다 카더만.'

나태주는 네비게이션을 켜고 무작정 시청 옆으로 달렸다. 파란색 대문이 달린 이층집 지하였다.

"상처가 깊진 않습니다. 봉합수술이 잘 되었으니 며칠 동안 안정하면 좋아질 겁니다."

검은 안경을 쓴 의사는 젊었다. 그의 옆에는 남자 두 명이 서 있었다.

"감사합니다, 선생님. 경찰들이 수시로 드나드는 이 엄중한 시기에 이곳까지 왕진 해주셔서 정말 고맙습니다."

남자 두 명 중 비교적 젊은 남자가 고개를 숙였다.

"뭘요? 위험을 무릅쓰고 동생분을 이곳까지 데려와 준 우리, 부대표님이 더 대단하지요. 안 그렇습니까?"

의사가 지목한 자는 놀랍게도 한때 민채원, 아니 민서라의 수행원이자 민들레공동체 마을의 안내원, 김우태였다. 민서라 사망 후 그는 화형교의 부대표 자리를 이어받은 모양이었다.

"감사합니다. 이 모두가 우리 화형교를 위한 것이지요. 위대한 교주님께서 잘못 판단하시어 이런 참담한 일이 일어났지만, 그도 동생분이 살아난 것에 안도의 한숨을 쉬실 겁니다."

젊은 남자가 물었다. 그는 김유리의 오빠, 김현규였다.

"그런데 왜 교주님께선 위대한 과업을 수행하고 탈주까지 도와주신 후에, 동생을 살해하라고 명령하신 겁니까?"

부대표 김 씨는 잠시 침묵했다.

"교주님과 동생분 사이에 이견이 생겼습니다. 탈출에 성공한 동생분은 연이어 태 씨 처단을 실행하자고 우겼습니다. 하지만 지금은 소낙비가 쏟아지는 때이니, 교주님은 강원도로 잠시 피신하라고 지시했지요. 그런데도 동생분은 오늘 부모님 묘소에 참배한 후, 독단적으로 태 씨를 처단하려 했습니다. 이게 이유였습니다. 우리 조직에서 항명과 명령불복종은 있을 수 없는 일이거든요. 그래서 교주님께서 부득이하게 조직의 보호를 위해 동생분의 살해를 지시했습니다."

이번에 의사가 나섰다.

"그래서 부대표님께서 몰래 뒤를 밟았군요."

"제가 좀 늦었습니다. 심판 대원들이 일을 저지르기 전에 말렸어야 했는데…."

"아닙니다. 부대표님이 교주님의 지시에도 불구하고 제 동생을 살렸습니다."

"별말씀을요"

"그런데 요즈음 교주님이 좀 변하지 않았습니까? 이번 일뿐만 아니라, 그때 지리산 천왕봉에서 민서라를 죽게 만든 건, 아무리 생각해도 좀…."

김현규가 두류산에 관해 불평을 토로하자 부대표 김우태는 버럭, 화를 내었다.

"무슨 소리? 우리 교주님이 하시는 일에는 일획의 오점도 없다는 것을 진정 모르시고 하는 말씀입니까?"

하지만 그의 말에 김현규가 갑자기 욕을 했다.

"시벌!"

화형교 부대표 김우태와 김유리의 오빠, 김현규 간에 팽팽한 긴장감이 돌자, 젊은 의사는 둘을 말리는 척하며 슬쩍 김우태에게 그날의 진실을 물었다. 왜냐하면, 아무리 두류산의 모든 행위가 옳다 하더라고 조직의 2인자였던 민서라를 죽음으로 내몬 이유가 궁금했다.

"그러니까 그날 천왕봉에서 있었던 일을 알고 싶은 겁니까?"

김우태는 담배 하나를 입에 물었다. 젊은 의사가 재빨리 라이터를 꺼내 불을 붙였다.

"네, 그날 부대표님께서 낙하지점에 계시다가 부상한 교주님을 후송한 것으로 알고 있습니다만."

김우태는 긍정도 부인도 하지 않은 채 허공에 대고 연기를 뿜었다. 이번엔 김유리의 오빠가 물었다.

"도대체 민서라 부대표님이 뭘 잘못했습니까?"

"아까 말했잖소. 우리 조직에서 항명과 명령 불복종은 절대 있을 수 없는 일이라고요. 게다가 그녀는 우리의 비밀스러운 조직을 너무 노출했어요. 조직 보호 차원에서 희생양이라고나 할까요?"

"구체적으로 무슨 잘못?"

"교주님께서 면사무소에 불을 지른 후 일부러 정신병원으로 가실 때 민서라에게 당부한 게 있었습니다. 그건 첫째, 1기 심판 대원들에게 행하였던 '혼음의식'을 2기 대원들에겐 절대로 하지 말라고 지시했고 둘째, 절대 사적 감정에 휘둘려 신분을 노출하지 말라고 부탁했습니다. 하지만 카페 '프레드릭' 사건 아시죠? 그 프레드릭 사장의 죽음으로 우리 공동체가 노출되는 위험을 겪었습니다. 셋째, 어떠한 경우라도 교주님 외 다른 남성과의 섹스를 금하였습니다. 하지만 그녀는 이 모든 것을 어겼습니다."

"구체적인 정황이 있었습니까?"

"물론 있었지요. 그녀는 내가 보는 앞에서 2기 심판 대원들과 혼음을 즐겼습니다. 게다가 종국에는 산음경찰서 경찰과도 우리가 거주하는 마을, 게스트하우스에서 밀회를 즐겼습니다."

의사와 김유리의 오빠는 입술을 깨물었다.

"그래서 교묘한 방법으로 그녀를 처단한 건가요? 그렇다면 궁금한 게 있습니다. 그날 천왕봉에서 두 분이 동시에 떨어졌는데 어째서 교주님만 무사했습니까? 민서라는 온몸이 갈기갈기 찢어졌다고 들었는데."

"교주님은 산악용 보조 낙하산을 착용하고 있었습니다."

"세상에! 아무리 사람이 미워도 그렇지, 어떻게 자신 혼자 살겠다고 그녀를 그렇게 비참하게 죽게 만듭니까? 희생양? 그래, 그 말이 딱 들어맞네요. 이번에는 우리 동생, 김유리 또한 교주님이 희생양으로 삼았단 말입니까?"

그러자 김우태는 버럭 화를 내었다.

"지금 뭘 하자는 겁니까? 감히 그분의 결정을 비판하는 겁니까?"

사태가 걷잡을 수 없는 방향으로 진행되자 젊은 의사는 김유리 오빠의 팔을 잡아끌었다.

"그래도 김 부대표님께서 교주님의 지시를 어기면서까지 동생분을 구출하지 않았습니까? 인제 그만하시죠. 동생분이 살아있다는 것만 생각하십시오."

의사 덕분에 김유리의 오빠는 더는 항의하지 않았다. 밤이 깊어지자 김우태는 교주가 있는 강원도에 갈 채비를 했고, 의사 역시 왕진 가방을 챙겼다. 하지만 이 일련의 사건으로 화형교 지도부의 내부 분란이 본격적으로 일어날 조짐이 보이기 시작했다.

시청 옆 농협 근처 파란색 대문 이층집이었다. 나태주는 그 집이 보이는 골목에 차를 주차한 후 동태를 살폈다. 아까보다 비는 그쳐 가느다란 빗방울만 떨어지고 있었다. 나태주는 와이퍼와 실내등을 비롯한 모든 불을 끄고 차 안에서 이층집을 주시했다. 그런데 1층은 불이 꺼져 있는데 2층은 불이 켜져 있었다. 나태주는 이 넓은 집에 김유리의 오빠 혼자 살 것으로는 보지 않았다. 1층이든, 2층이든 한 층은 남에게 세를 준 것 같았다. 단지 어느 층에 그가 사는지는 알 수 없었다.

나태주는 오랜만에 고향에 내려온 김유리가 오빠에게 연락 정도는 한 것으로 추정했다. 하지만 김유리가 섣불리 집에 올 리는 만무하다고 생각했다. 온다 하더라도 매우 조심스럽게 올 거로 판단했다. 그런 생각으로 한참을 차 안에 있는데 마침 2층에서 인기척이 나면서 젊은 여자와 아이가 밑으로 내려오고 있었다. 나태주는 이때다 싶어 얼른 대문 앞으로 뛰어갔다.

"잠시만요."

야밤에 낯선 남자가 나타났으니 여자는 당황했다. 아이는 아예 엄마 뒤에 숨어버렸다.

"누구세요?"

나태주는 재빨리 신분증을 보여주었다.

"이 집에 김유리 씨의 오빠 되는 분이 살죠?"

"네, 1층에 사는 우리 집 주인이에요."

"지금 있습니까?"

"글쎄요. 내려올 때 보니 불이 꺼져있던데요? 워낙 집을 잘 비우는 사람이라 있는지 없는지 모르겠습니다."

"동생 되는 김유리 씨는 원래부터 알고 있었습니까?"

"아뇨, 저도 어제 TV 보고 알았어요. 그래서 우리도 곧 이사할까 하는데."

젊은 여자의 얼굴은 창백했다.

"지금 어디 가시는 겁니까?"

"요 앞에 마트요. 아이가 아이스크림이 먹고 싶다기에."

"알겠습니다. 다녀오십시오. 제가 한번 가보죠."

나태주는 여자에게 더 물어볼 게 없다고 판단하고 직접 1층으로 들어갔다. 여자의 말대로 1층은 불이 꺼져 어두컴컴했다. 몇 번이나 문을 두드렸지만 안에서 대답이 없었다. 나태주는 현관문 앞에 덩그러니 놓여 있는 우편물 하나를 들고 차가 있는 밖으로 나올 수밖에 없었다.

　차 안에서 나태주는 산음경찰서 정갑태 팀장에게 전화를 걸었다. 다행히 정 팀장은 아직도 퇴근하지 않고 사무실에 있었다. 그의 목소리에는 피곤함이 가득 묻어있었다. 나태주는 오늘 있었던 일을 상세하게 보고했다.

　"고생했소. 우리가 예상한 대로 김유리가 그곳에 왔는데, 묘역에서 정체 모를 자들에게 살해당할 뻔했다. 그런데 나 형사가 안내소에 갔다 와 보니 그녀가 사라졌다, 뭐, 그런 말이네요."

　"네, 그렇습니다."

　"그 정체 모를 자들이 누구라 생각합니까?"

　정 팀장은 그렇지 않아도 나태주가 의아하게 생각한 핵심을 찔렀다.

　"그게, 저도 확실히 모르겠습니다."

　나태주는 두류산과 연관된 일이라고 의심하고 있었지만, 정 팀장이 어떻게 생각할지 몰라 그냥 모른다고 했다. 하지만 정 팀장은 예리한 사람이었다.

　"그쪽에서 내분이 생긴 듯하오. 그러지 않고서야 큰 공을 세운 김유리가 칼을 맞을 이유가 없지 않소?"

　나태주는 순간 움찔했다.

　"그쪽이라면?"

　"화형교 지도부이겠지요."

　"……."

　"알겠소. 어쨌든 당분간 그곳에 머물면서 그 집의 동태를 감시하시오. 제보에 의하면 그 집의 주인이자, 김유리의 오빠인 김현규도 화형교 신자라고 합니다. 따라서 몸이 회복되는 대로 김유리는 반드시 그곳에 올 겁니다. 아시겠죠?"

"김현규도 신자라고요?"

"네, 현직 중학교 국어 교사이기도 합니다. 그럼, 수고하세요."

정 팀장과 통화를 끝낸 나태주는 배가 몹시 고팠다. 마침 이 지역이 주택가이긴 하지만 꽤 번화가라 그는 이곳에 차를 두고 근처 식당에 가려고 차 밖으로 나왔다. 그런데 그때였다. 아까만 해도 불이 꺼졌던 1층에 불이 들어왔다. 이어 1층 현관문이 열리나 싶더니 두런두런 사람 목소리가 들렸다. 멀리서 들어도 이건 집주인이 누군가를 배웅하는 상황이었다.

'이게 어찌 된 일이지?'

나태주는 재빨리 차량 뒤로 숨었다. 파란색 대문으로 남자 한 명이 조심스럽게 나오고 있었다. 남자는 주위를 두리번거리더니 이내 한 방향으로 종종걸음을 쳤다. 나태주는 바로 그의 뒤를 쫓기 시작했다. 남자는 골목길을 돌아 자신의 차인 듯한 승용차에 올랐다. 그러더니 곧바로 시동을 켜서 차를 출발시켰다. 하지만 남자는 바로 급브레이크를 밟을 수밖에 없었다. 왜냐하면, 나태주가 두 팔을 벌린 채 차량을 막았기 때문이었다.

"뭐요?"

남자는 차창을 열어 나태주에게 고함쳤다. 나태주는 신분증을 꺼내 보란 듯이 흔들었다.

"뭡니까?"

남자는 금세 다가온 나태주에게 창문을 내리면서 신경질적으로 물었다. 아마 그는 이때까지 나태주의 신분증을 못 본 것 같았다.

"방금 파란색 대문 집에 다녀왔죠? 무슨 일로 그 집을 방문했습니까?"

"당신 누구요? 내가 당신에게 그런 것까지 말해야 합니까?"

"신분증 제시해주십시오. 잠시, 선생님 인적사항 조회만 하겠습니다."

나태주는 공손하게 말한다 했으나 남자는 기분이 나쁜지 창밖으로 침을 퉤, 하고 뱉었다. 그때 나태주는 조수석의 가방을 보았다. 가방은 지프가 열려 있었는데, 그 안에 주사기 등과 약통이 몇 보였다. 왕진 가방이 확실했다.

'의사?'

그런데 그때 남자가 액셀러레이터를 힘껏 밟아버렸다.

'부웅~!'

"안 돼! 멈춰!"

나태주는 본능적으로 차량의 열린 창문의 창틀을 잡았다. 그리곤 거의 20~30m나 끌려가면서도 손을 놓지 않았는데, 결정적으로 차량이 골목길에서 크게 우회전하는 바람에 옆으로 튕겨버렸다.

'어이쿠!'

그러자 차량은 이때다 싶어 전속력을 달아나기 시작했다. 나태주는 근근이 몸을 일으키면서도 차량번호를 확인하지 못한 게 내심 아쉬웠다.

"괜찮으세요?"

아까 이층집 여자였다. 그녀의 뒤엔 아이가 아이스크림을 빨아 먹으며 넘어진 나태주를 빤히 보고 있었다.

"아, 괜찮습니다. 벌써 마트에 다녀오셨네요."

"많이 불편하신 것 같은데, 괜찮으시다면 저의 집에 올라가시죠. 응급처치 정도는 해드릴 수 있습니다. 제가 간호사거든요."

그녀의 말에 나태주는 손사래를 쳤다.

"아뇨, 그보다도 1층에 사람이 있습니다. 방금 절 팽개치고 도망친 차량의 운전자도 그 집에서 나왔습니다."

"그래요? 아직도 1층엔 불이 꺼져있는데요?"

그녀의 말이 맞았다. 그새 1층은 아까처럼 불이 완전히 꺼져있었다.

"아까 분명 사람이 있었습니다. 그러니 아주머니께서 절 좀 도와주셔야겠습니다."

"제가 뭘요?"

"1층에 문만 두드려주십시오. 제가 집주인을 꼭 만나야겠습니다."

나태주의 말에 여자는 조금 망설이다 싶더니 아이의 손을 꼭 잡았다. 그녀로서도 경찰이 달리는 차에서 떨어지는 등 예사로운 일이 아닌 것 같아서였다. 나태주는 절뚝거리는 걸음걸이로 그녀 뒤를 따라갔다. 마침내 그녀가 1층 현관문을 두드렸다. 나태주는 분명히 이 안에 다친 김유리가 있다고 확신했다. 의외로 김유리의 체포는 잘 풀리는 것 같았다.

"누구세요?"

안에서 남자 목소리가 들렸다. 그는 김유리의 오빠, 김현규가 틀림없었다.

"위층입니다. 밖에 나갔다 들어오니, 대문 앞에 선생님을 찾는 손님이 있어서요."

"손님?"

마침내 현관문이 열렸다. 나태주는 품속에 권총을 꺼내 몸 뒤로 숨기곤 여자에게 고맙다는 눈인사를 했다. 여자는 이상한 낌새를 눈치챘는지 얼른 아이를 앞세우고 2층으로 올라가 버렸다.

"누구십니까?"

"김현규 씨죠?"

"그렇습니다만."

나태주는 질문 하나로 그를 흔들어보기로 했다.

"방금 이 집에서 나간 사람은 어느 병원 의사입니까?"

"뭐요?"

예상대로 그의 눈 주위가 심하게 떨고 있었다.

"동생분을 치료해준 의사 말입니다. 어떻습니까? 소생 가능성이 있습니까?"

"당신! 도대체 누구요? 여기서 무슨 헛소리를 지껄입니까?"

나태주는 권총을 그의 이마에 겨누었다. 그리고는 그를 안쪽으로 서서히 밀어내었다.

"김유리 어디 있어?"

"무슨 말씀을 하시는지 도통 모르겠습니다. 동생이 왜 여길⋯."

나태주는 그가 말을 채 마치기 전에 권총으로 그의 어깻죽지를 내리쳤다. 그러자 그는 힘없이 앞으로 꼬꾸라졌다. 그때부터 나태주는 안방과 화장실, 그리고 건넛방 등을 샅샅이 뒤졌다. 하지만 그 집에, 김유리는 없었다.

모든 게 허탈했다. 나태주는 문 입구에 등을 받치고 앉아있는 김유리의 오빠, 김현규의 옆에 털썩, 하고 주저앉아 버렸다. 그리고 한동안 둘은 말이 없었다. 겨우 말을 꺼낸 자는 나태주였다.

"김현규 씨. 미안합니다. 많이 아픕니까?"

"아뇨, 전 괜찮습니다만, 당신은 도대체 누구십니까?"

"한때 당신의 동생과 한솥밥을 먹은 적이 있는 경찰입니다."

"경남 산음경찰서?"

나태주는 대답 대신 그의 얼굴을 측면으로 바라보며 고개를 끄덕였다.

"나태주 형사님입니까?"

"날 알고 있소?"

"아뇨, 얼굴은 오늘 처음 뵙네요. 가끔 집에 들렀던 유리에게 꽤 많이 들었던 이름입니다."

"그래요. 한때 동생과 함께 화형교 교주인 두류산을 검거하기 위해 퍽 애를 썼었죠. 그때만 해도 유리 역시 그 사건을 해결하기 위해 정말 고생하는 줄 알았는데. 사람 사는 건 참으로 알다가도 모를 일입니다. 그랬던 유리가 화형교 신도였다니."

"⋯⋯."

나태주는 그 말을 하곤 김현규의 표정을 살폈다. 하지만 그는 짐짓 아무것도 모른다는 얼굴이었다.

"김유리가 오늘 부상당한 채로 이곳을 다녀갔죠? 지금 어디에 있습니까?"

갑작스러운 나태주의 질문에 김현규가 약간 움찔하는 것 같았다.

"모릅니다."

"모른다는 게 말이 됩니까? 아까 이 집을 빠져나가던 의사를 내가 만났는데도요?"

"의사요?"

"네, 아까 당신이 배웅했던 젊은 의사 말입니다. 그는 내가 검문하자 침을 뱉으며 도주했습니다. 조수석에 그의 왕진 가방을 확인했으니 시치미 뗄 생각은 마세요."

그러자 김현규는 갑자기 휴대전화를 찾더니 어딘가에 전화했다.

"접니다. 네. 지금 이리로 오셔야겠습니다. 네. 그분과 함께 있습니다. 그럼."

"누구에게 전화한 거요?"

"아까 나 형사님을 치고 도망갔다는 그 의사입니다. 집이 여기서 그리 멀지 않거든요. 아마 무슨 오해가 있는 모양입니다."

김현규는 몸을 일으켜 부엌으로 가더니 커피 두 잔을 내어왔다.

"그래도 우리 집을 찾아오신 손님이니 이쪽으로 오십시오."

나태주는 그가 이끄는 대로 거실 소파에 앉았다. 비가 그친 후에 마시는 커피는 향이 진했다.

잠시 후 그 의사가 들어왔다. 그는 나태주를 보자마자 머리를 조아리며 사과했다.

"죄송합니다. 저는 형사님인 줄 몰랐습니다. 그저 이 동네에 흔한 양아치가 차를 막아 세웠다, 생각하고 그런 결례를 범했습니다. 죄송합니다."

밝은 불빛 아래에서 보니 그 의사라는 친구는 한없이 따뜻하고 선량하게 보였다.

"가끔 그런 일이 있나 보죠?"

"네, 일전에도 그 골목길에서 보험사기 치는 자해공갈단에게 피해를 봤거든요."

나태주는 그가 거짓말을 하고 있지 않다는 확신이 들었으나, 의문은 풀고 싶었다.

"그럼, 어떻게 된 일입니까? 밤늦은 시간에 이 집에서 의사분이 무엇을 했죠?"

그러자 김현규가 웃으면서 휘파람을 불었다.

"나비야."

놀라운 일이었다. 아까까지만 해도 보이지 않던 새끼 고양이 한 마리가 책장 밑에서 다리를 절뚝거리며 김현규 쪽으로 다가왔다. 녀석의 다리에는 붕대가 감겨 있었다. 의사가 대답했다.

"실수로 고양이가 저기, 책장 위에서 떨어졌는데 마침, 바닥에 과일 접시에 놓인 날카로운 과도에 찔렸답니다. 동물병원은 이미 문을 닫았기에 김현규 씨가 근처에 사는 제게 치료를 부탁했습니다."

나태주는 아까 골목길에서 만났던 의사가 분명히 자신을 경찰이라고 인지했음에도 저런 거짓말을 늘어놓는다고 생각했다. 하지만 그는 객관적인 증거로 김유리 대신, 치료해 준 고양이를 내어놓았다. 그러니 나태주로선 별 할 말이 없었다.

　그 시각 화형교의 새 부대표인 김우태는 강원도 쪽인 아닌, 부산 쪽으로 향하고 있었다. 두류산은 마치 강원도 쪽으로 피신한 것처럼 일을 꾸며놓고, 실제로 부산의 금정산, 산성 마을에 있었다. 그러기에 전국의 모든 화형교 신도들조차 새벽에 두류산과 지휘부가 김유리와 김우태를 경찰서에서 빼낸 후, 강원도 평창쯤에 머물고 있으리라고 생각했다. 당연히 경찰에서도 강원도 쪽에 대규모의 경찰을 급파하여 수색하고 있었다. 그건 두류산의 치밀한 계획이었다.
　두류산이 머무는 곳은 화형교 신도가 운영하는 흑염소 전문 식당 겸 민박이었다. 그들은 서울지방경찰청 뒤편 소각장에 불을 지른 후, 소란을 틈타 탈출할 때부터 같은 색상과 똑같은 번호판을 단 두 대의 봉고차를 이용했다. 그중 한 대가 강원도 쪽으로 도피할 때, 나머지 한 대는 번호판을 바꾸었다. 그 차량에 두류산과 그의 여비서 그리고 김우태가 타고 있었다. 그래서 그들은 부산까지 유유히 탈출에 성공할 수 있었다.
　무진에서 부산 금정산의 두류산이 머무는 곳까지 빨리 온다고 했으나 무려 세 시간이 너머 걸렸다. 김우태가 도착하니 식당 간판불은 꺼져있었다. 대신 두류산의 방인 별채는 아직 불이 켜져 있었다.

'똑똑.'

안으로 들어가니 두류산은 노트북으로 문서작성을 하고 있었고, 민서라가 죽은 후 새롭게 맞은 그의, 미모의 여비서는 없었다.

"교주님, 다녀왔습니다."

"수고했습니다. 일은 잘 처리하셨죠?"

두류산은 김우태를 정중하게 맞았다. 아무리 자신보다 낮은 직급이어도 김우태는 그보다 연상이었다.

"네, 시키신 대로 애들이 적당히 손을 봐주었고, 제가 교주님 허락 없이 그녀를 구한 척 연극을 했습니다."

"김유리는 현재 오빠 집에 있습니까?"

"네."

이것 또한 두류산의 계략이었다. 그는 김유리의 충성심을 시험해보고 싶어 희생양, 운운하며 연극을 한 것이다.

"김유리의 오빠, 김현규의 불만이 대단하죠? 큰 과업을 성공한 동생을 내가 죽이려고 했다니까 반응이 좀 어땠습니까? 하하."

"그뿐만 아니라 근처 의사인 박 신도까지 합세하여 항의하더군요."

"음, 그럴 테지요. 할 수 없는 일입니다. 김유리에게 막중한 직책을 주려면 우선, 그녀의 강단과 의지를 테스트해 볼 수밖에요. 그녀는 좀 괜찮습니까?"

"네, 일주일 정도 쉬면 회복된다고 의사가 말했습니다."

"좋습니다. 이번 주 토요일, 제3기 심판 대원 훈련생들이 이곳으로 올 겁니다. 김유리에게 기획실장이나 교육팀장의 자리를 주어야겠어요. 제가 지켜본 그녀는 민서라 못지않게 그들을 강인하고 가열찬 전사로 키울 것이라는 희망이 있습니다."

"꼭 그리될 겁니다."

"나머지 뭐, 특이사항은 없었습니까?"

"무진시 민주화 묘지에 그자가 나타났습니다."

"누구요?"

"산음경찰서 나태주 형사."

두류산은 고개를 주억거렸다.

"모든 경찰이 강원도 쪽으로 간 마당에 그 형사만 무진으로 왔단 말이죠? 역시 그 친구는 달라도 확실히 다르네요. 하하. 그래서 어찌 되었습니까?"

"일단 따돌리기는 했습니다만, 여간 신경이 쓰이는 게 아닙니다. 제가 조금만 늦었어도 일을 그르칠 뻔했거든요."

두류산은 김우태의 말이 빈말이 아님을 잘 알고 있었다. 나태주야말로 자신을 본 유일한 경찰인 것은 물론, 언젠가 자신과 정면으로 맞닥뜨릴 인물인 것을 두류산은 잘 알고 있었다.

"그런데 교주님. 마을엔 언제쯤 돌아가실 생각입니까? 민서라도 없고 저마저 없으면 공동체 마을 운영이 거의 마비가 될 터인데."

"언젠가는 가야겠습니다만, 당분간 어렵겠지요. 지금 전국 경찰과 언론은 우리만 주시하고 있습니다. 이 소나기가 그쳐야 우리의 본향인, 지리산으로 갈 수 있을 겁니다."

"알겠습니다. 이만 쉬십시오."

김우태의 돌아가는 쓸쓸한 뒷모습에 두류산은 공동체 마을에서 함께 한 수많은 기억, 특히 민서라와의 추억이 생각났다. 비록 자기 뜻을 거슬렀지만, 민서라는 그에게 최고의 동지이자, 최선의 여인이었다. 두류산은 그녀를 생각하면서 혼잣말로 중얼거렸다.
'그러니, 왜? 내가 아닌 다른 놈들과 관계했단 말이야!'

그 주 토요일이었다. 전국에서 화형교 3기 심판 대원이 되려고 선남선녀들이 이곳, 두류산이 머무는 산장 겸 식당에 찾아왔다. 두류산은 미리 주인에게 지시하여 이들의 숙소 겸 교육장으로 식당 뒤편 축사를 개조한 건물을 마련하였다. 임시적이지만 농·축산업 법인도 만들어 주위의 의심을 피했다. 지리산에 있는 공동체 마을보다 환경은 열악했지만, 이들 신입 훈련생들의 의욕은 그 어느 때보다 충만했다.

그날 밤에 두류산은 무진에 있는 김유리에게 직접 전화를 걸었다.
"김유리 자매님. 몸은 회복되었습니까? 어떡하실래요? 그 일을 당하고도 저와 함께하시렵니까?"
두류산은 김유리가 약간 서운한 마음을 내비칠 것을 예상했지만, 결과는 의외였다.
"당연합니다. 그때 저의 성급한 결정, 과오를 깊이 반성했습니다. 두 번 다시는 교주님께 반기를 들지 않겠으니, 한 번만 더 절 지켜봐 주십시오. 열심히 하겠습니다."
"나에 대한 원망이 깊을 텐데?"
"절대 그렇지 않습니다. 교주님의 말씀과 지시는 일획, 일점의 과오도 없습니다."

"좋소, 그럼, 지금이라도 당장 올라오시오."

김현규는 동생의 통화를 듣고 있다, 그만 전화기를 뺏을 뻔했다.

"야, 넌 밸도 없냐? 널 죽이겠다고 작정한 사람에게 무슨 충성 맹세냐? 이쯤에서 너도 그만둬. 소원대로 부모님 원수도 갚았잖냐. 안 그래?"

"안 그래요. 아직 그자, 그 학살의 주모자인 그를 처단하지 못했잖아요."

"아냐, 여기서 그만둬. 그도 이제 늙었어. 조금 있으면 자연사할 나이라고, 그러니 유리야. 우리 현실을 직시하자. 응?"

"오빠는? 오빠도 그럼 여기서 그만둘 거예요?"

"난 솔직히 두류산이란 자가 왠지 께름칙하다. 지난 몇 년간 이 조직에 몸담았지만, 최근 그가 하는 짓거리를 보면 너무 이상해. 자신의 연인이자 최고의 동지였던 민서라를 죽이지 않나, 그런 후에 새롭게 맞이한 여비서와도 염문에 휩싸이고 있단 말이야."

그러자 김유리가 불같이 화를 내었다.

"오빠! 그녀는 나름대로 죽을만한 이유가 있었다구요. 잘 알지도 못하면서 그분을 욕되게 하지 마세요."

"너…, 혹시 그를 좋아하냐?"

"오빠!"

"아서라! 나도 듣는 귀가 있어. 두류산은 처음 우리가 만났던 정의롭고 공정했던 그 두류산이 아니야. 날이 갈수록 흉포해지고 자신이 마치

신이 된 양 거들먹거리고 있어. 게다가 여자관계는 또 얼마나 복잡하다고. 이제 그는 인터넷에서 떠도는 영웅이 아니라고!"

김유리는 김현규의 말을 듣다가 도저히 말이 통하지 않는다고 판단했는지 그길로 짐을 쌌다.

"그래, 가려면 가. 어차피 내 길과 네 길은 달라도 한참 달라. 그런데 이것 하나 말해주마. 이틀 전, 그 사람이 우리 집에 다녀갔다."

짐을 싸던 그녀가 되물었다.

"그 사람이라뇨?"

"한때 너랑 산음경찰서에서 근무했던 나태주 형사 말이야."

"네? 그가 왔다구요?"

"그래, 널 애타게 찾고 있었어."

김유리는 나태주 형사가 멀리 이곳까지 왔다는 말을 듣자, 기분이 묘했다. 그와 함께 근무할 때 이성 간의 설렘 따위는 없었지만, 그래도 그와는 말이 통했고 기쁜 일, 슬픈 일을 함께 나눈 동료였다. 김유리는 짐을 싸다 말고 깊은 상념에 빠졌다.

"이젠 동료가 아니라 적이니, 너도 조심해야 할 거야. 알아들었니?"

그제야 김유리는 정신이 들었다. 그랬다. 오빠의 말대로 이제 그는 동료가 아니라, 자신을 맹렬하게 쫓는 맹수이자, 짭새일 뿐이었다. 김유리는 그렇게 생각하는 게 마음이 편할 것 같았다.

나태주는 그날 이후, 근처 모텔에서 묵으며 김현규의 집 근처에서 잠복하고 있었다. 행여, 김유리가 부상에서 회복하면 반드시 오빠 집을 찾을 거라는 믿음 때문이었다. 하지만 잠복 5일 동안 그 집을 드나드는 사람은 없었다. 그동안 나태주는 산음경찰서 정 팀장과 긴밀하게 연락을 취하고 있었고, 그때 인연을 맺은 무진시의 관할 경찰서 수사팀장과도 정보를 교류하고 있었다.

"이상한 일입니다. 무진에 있는 병원은 물론, 인근에 있는 병원을 다 뒤져도 김유리의 행방을 알 수가 없습니다. 복부에 치명상을 입었다면 한시가 급한 상황이라 근처에서 응급수술을 받았을 텐데."

수사팀장은 잠복 중인 나태주를 인근 카페로 불러내어 그의 앞에서 난색을 보였다.

"당일 민주화 묘지 안팎이야 CCTV가 작동하지 않았지만, 입구부터 사거리까지 도로의 CCTV가 있잖습니까? 그곳에도 수상한 차량의 움직임을 포착하지 못했나요?"

"그러니, 제가 귀신이 곡할 노릇이라고 여긴다는 것 아닙니까? 도로나 인근에 어떤 수상한 차량도 지나가지 않은 것으로 나옵니다."

수사팀장의 말에 나태주는 혹시 용의자가 김유리를 둘러업고 산 쪽으로 우회하지 않았나, 하고 의심했다. 하지만 이곳은 자신의 관할도 아니어서 수사팀장에게 그곳까지 조사하라고 말할 순 없었다.

"여기 계속 계실 겁니까?"

"네, 그녀가 나타날 때까지 무작정 기다릴 수밖에 없습니다."

"알겠습니다. 단서가 나오는 대로 나 형사님께 연락드리겠습니다. 그리고 이것, 그냥 성의이니 받아주십시오."

수사팀장은 활동비 명목으로 나태주에게 봉투를 건넸다. 나태주는 살짝 당황했지만, 같은 경찰로서 자신을 도와주려는 성의라 생각하고 받았다.

그날 밤이었다. 토요일이라 그런지 동네 골목에 사람이 제법 있었다. 가족 단위로 근처 식당에 식사하러 가는 사람들, 친구끼리 술 마시러 가는 사람들, 그리고 연인들이 컴컴한 골목에 자주 출몰했다. 그날 이후 김현규는 거의 집 밖으로 나오지 않았다. 아니, 딱 한 번 훤한 대낮에 간편한 차림으로 나와 근처 편의점에서 잡화 정도를 사서 들어간 적이 있었다. 나태주는 그가 학교 선생인데 이리 출근하지 않아도 되나, 하는 의심이 들었지만, 그건 그의 사정이라고 생각했다.

자정이 가까워지자, 동네는 조용했다. 나태주는 김유리가 오늘도 나오지 않는다고 판단하여 철수준비를 하고 있었다. 마침 김현규가 사는 1층에도 막 불이 꺼졌다. 그런데 그때였다. 삐꺽, 하는 소리가 들리더니 파란색 대문이 조심스럽게 열렸다. 마침 때맞추어 택시 한 대가 대문 앞에 섰다. 검은색 옷을 입고 검은 마스크를 쓴 여자가 한 명 나오더니 택시를 탔다. 멀리서 봐서 여자가 누구인지 정확히 식별은 되지 않았지만, 나태주는 그녀가 김유리인 것으로 추정했다.

'어떻게 김유리가 저 안에서 나오지?'

긴장감이 도는 순간에 나태주는 시동을 걸어 택시 뒤를 쫓기 시작했다. 택시를 따라가면서 나태주는 온갖 생각을 다 했다. 행여 그가 수사팀장을 만나는 사이에 김유리가 그 집에 들어왔는지, 아니면 그 모르게 담을 넘어 집으로 들어왔는지 등등.

택시는 시내에서 벗어나 외곽 길로 가고 있었다. 팻말에 무진 IC가 나오자 나태주는 그녀가 김유리인 것으로 확신했다. 그녀는 지금 두류산과 합류하기 위해 야밤에 움직이는 것으로 판단했다. 나태주는 이 상황을 산음경찰서 정 팀장에게 보고하려 전화기를 들었다. 그런데 택시는 IC 가는 길에서 우측으로 꺾었다.

'뭐지?'

우측으로 들어서니 병원이 보였다. 나태주는 순간적으로 이 병원이 김유리가 치료받고 있는 곳이라고 생각했다.

'이제 확실하네.'

택시가 주차장으로 들어서려 할 때 나태주는 급히 추월하여 택시를 가로막았다. 나태주는 권총을 빼 들고 택시 뒷좌석 쪽으로 갔다.

"내려!"

그런데 온몸을 떨며, 내리는 사람은 김유리가 아니었다. 그녀는 이층집 아이 엄마였다. 그녀는 마스크를 벗으며 두 손을 위로 높이 올렸다.

"아니, 이층집 아주머니 아니세요? 여긴 왜?"

나태주는 순간, 이 여자도 화형교 신도여서 행여 김유리를 면회 왔나, 하는 의심이 들었다.

"전 단지, 심부름 왔을 뿐이에요…."

"무슨?"

나태주는 급히 권총을 뒤로 숨겼다.

"여기."

그녀가 조그만 상자를 열었는데, 거기엔 새끼 고양이가 있었다. 그때 김현규의 집에서 봤던 그 고양이였다.

"선생님이 몸이 몹시 안 좋아, 제게 이 병원 의사에게 다녀와 달라고 부탁했어요. 일전에 치료받은 새끼 고양이의 발목에 상처가 덧났다고."

나태주는 그제야 감이 왔다. 김현규가 자신을 따돌린 것이다. 그렇다면 김유리는 아까, 분명히 김현규의 집에 있었다. 나태주는 여자에게 사과하고 급하게 차를 돌렸다. 하지만 파란색 대문 근처에 도착했을 때, 대문 앞에 세워둔 김현규의 차가 보이지 않았다. 마찬가지로 1층에는 불이 꺼져있었다.

"아!"

나태주는 그에게 완벽하게 당했다고 생각했다.

김현규의 차량은 이미 고속도로에 진입했다.

"저 때문에 여러모로 죄송해요. 학교에 휴직계를 냈다면서요."

"할 수 없지. 학교로 찾아올 경찰이나, 기자 때문에 어차피 수업이 제대로 되지 않아. 이 기회에 좀 쉬는 것도 좋아. 그건 그렇고 몸은 좀 어때?"

"이상해요. 그들이 날 죽이려 했으면 충분히 그럴 수 있었는데. 배에 칼이 깊숙이 박히진 않았나 봐요. 이리 며칠 만에 완쾌한 걸 보면 죽일 마음은 없었나 봐요. 그냥 무언의 경고라고나 할까요. 앞으로는 그분에게 순종해야겠다는 마음밖에 없어요."

김유리는 다소곳하게 말했지만, 눈에는 눈물이 그렁그렁 맺혀있었다. 그건 맹목적인 두류산에 관한 충성심과 배려에 대한 고마움의 표시였다.

"다행이군. 그나저나 이번에 그곳에 들어가면 언제쯤 볼 수 있으려나? 언제나 몸조심하고 현명하게 대처하기 바란다."

김유리는 부모 대신 자신을 늘 챙기는 오빠에 관한 고마움으로 또다시 눈에 눈물이 고였다.

무진에서 출발한 지 세 시간 만에 김현규의 차량은 목적지에 도착했다. 아직 어둠이 걷히기 전이었으므로 주위는 깜깜했다. 둘은 날이 밝기를 기다리며 차 안에서 잠시 눈을 붙였다.

잠시 후, 그들의 귀에 우렁찬 함성이 들렸다. 어느새 새벽은 지나가고 날이 밝은 것이다. 제3기 심판 대원 훈련생들이 구보를 하며 지르는 함성이었다. 선두에 두류산과 부대표 김우태, 그리고 측면에 두류산의 여비서 채은지가 있었다. 눈을 뜬 김유리는 두류산을 보자 감격에 겨워 또 눈물을 흘렸다. 하지만 그의 여비서 채은지에 눈을 돌리는 순간 인상을 찌푸렸다.

"예쁘긴 하네."

오빠의 말에 김유리가 눈을 흘겼다.

"오빤 같이 안 내릴 거예요?"

"응, 난 그냥 돌아갈래. 지금 바로 계룡산으로 입산해서 다시 한번 증산도와 격암유록에 관한 공부를 할까 해. 그래서 과연 우리를 구원에 이끌 미륵이 두류산인지, 아닌지 알아봐야겠어. 그럼."

차는 새벽 여명을 뚫고 산 밑으로 내려갔다. 김유리는 떠나가는 오빠, 김현규를 애틋한 눈으로 바라보고 있었다. 그런데 김유리는 나태주를 따돌렸지만, 설마 무진에서 이곳까지 누군가에게 미행을 당한 줄은 꿈에도 모르고 있었다.

한편, 경찰의 시선을 끌기 위해 위장용으로 봉고차를 강원도 평창 쪽으로 몰고 간 청년 두 명은 평창으로 들어가는 초입에 차를 내버려 둔 채, 며칠째 설악산에 있는 근거지를 향해 걸어가고 있었다. 낮에는 아직 여름 날씨 같은 무더위가 기승을 부렸지만, 설악산 쪽은 해만 지면 초겨울 못지않게 서늘했다. 청년 두 명은 경남 산음 도림면 K고수부지에서 보이스피싱 총책 왕춘팔을 방화·살인한 장은태와 이지훈이었다. 그중 장은태는 J시 원룸 주인의 아들이었고, 이지훈은 민서라에게서 영어를 배웠던 그의 친구였다.

"언제까지 걸어가야 해?"

벌써 지쳤는지 지훈이 은태에게 물었다.

"조금만 참아. 곧 도착할 거야. 거기만 가면 하얀 쌀밥과 고깃국을 먹을 수 있어."

사실 둘은 오랜 산행으로 배가 몹시 고팠다. 평창 쪽에서 봉고차를 버리고 올 때, 배낭에 들고 온 것은 미숫가루와 몇 병의 술밖에 없었으므로 그들은 허기가 질 수밖에 없었다.

"그냥 바로 설악산 쪽으로 왔으면 이런 고생을 안 하잖아."

지훈의 말에 은태가 화를 냈다.

"그건 아니지. 동선을 이리저리 옮겨 다녀야 경찰의 추적을 피할 수 있어. 우린 그분들이 무사하도록, 어쨌든 이곳에서 시간을 끌며 경찰에게 혼선을 주어야 해. 그게 그분이 우리에게 주신 임무야."

"그곳에 우리 신도가 있냐?"

"물론, 믿을만한 분이 있다고 그분이 말씀하셨어."

"아! 거기도 돌아가신 민서라 부대표님 같은 분이 있으면 좋겠어. 예쁘고 몸매 좋고 매사에 강단진 매력적인 그분. 그런데 그분이 꼭 그런 식으로 죽어야만 했을까? 네 생각은 어때?"

은태는 입가에 엷은 미소를 지었다.

"교주님이 쓴 '심판의 날' 읽어보지 않았어? 결말 부분에 여자 주인공이 죽잖아. 그건 그간의 과정을 모두 이루려는 교주님의 뜻이야."

"읽어봤어. 그런데 이건 아니잖아. 소설의 결말은 두 주인공의 동반자살이야. 그런데 교주님은 번듯이 살아났다구. 이건 좀 아니지 않아?"

은태는 지훈의 말에 마땅히 반박할 게 없었다. 하지만 이런 식으로 논쟁하자면 끝이 없을 것 같아 한마디 했다.

"너 지금, 교주님의 신성(神性)을 부정하는 거야? 그분의 일에는 우리가 알 수 없는 위대한 계획과 뜻이 있어. 그러니 교주님에 관한 일체의 논쟁은 불필요하다고 봐. 앞으로 조심하기 바란다."

"알았다, 알았어. 하긴, 장차 화형교 부대표가 될 너랑 무슨 말을 하겠냐?"

"앗! 저기 개울이 있다. 우리 저기서 좀 쉬어가자. 넌 먼저 가서 불을 좀 피워 둬. 내 곧 맛있는 요릿감을 구해올게."

험한 산속에서 개울은 그야말로 사막의 오아시스 같은 존재였다. 은태는 배낭에서 칼 하나를 꺼냈다. 그리곤 그길로 개울과 멀지 않은 숲

속으로 들어가 뱀을 잡았다.

"정말 별미네. 이러고 있으니까 우리 그때, 지리산에서 생존훈련 나가서 멧돼지 잡아먹은 게 생각난다."

개울 옆에 불을 피워 뱀 고기를 먹던 지훈은 감회가 깊었다. 멧돼지를 잡거나 마을 행사가 있을 때마다 민서라와 부끄러움도 없이 몸을 섞던 기억도 떠올랐다.

"야! 소주 한 잔만 더 줘. 이리 있으니까 민서라 부대표가 더 생각난다. 불이 활활 타오르는 마당에서 그분과 몸을 섞었을 때 정말 내가 천국에 온 것 같은 기분이었어. 은태야. 너 우리 교주님의 새 여비서 봤지? 어때? 그분도 정말 삼삼하게 생기지 않았어?"

뱀 고기를 먹던 은태는 지훈의 말을 묵묵히 듣고만 있다가, 여비서 채은지에 관한 말이 떠오르자 기분이 묘했다.

'채은지….'

채은지는 산음경찰서 방화사건 이후, 방송을 보고 수소문 끝에 은태에게 먼저 연락한 여자였다. 화형교에서 어느 정도 물을 먹은 은태는 예전에 민서라가 그에게 했던 것처럼 그녀를 교육하면서 화형교 신도로 만들었다.

채은지는 민서라와 마찬가지로 명문대학을 졸업한 재원으로 그녀의 언니가 교회 목사에게 성폭행을 당했지만, 가해자가 적절한 법의 심판을 받지 못하자, 화형교에 입단한 경우였다. 그런 채은지를 내심, 장은태는 좋아했다. 하지만, 어떤 계기로 그녀는 두류산의 여비서로 채택되었다. 그건 장은태가 더는 그녀를 좋아하면 안 된다는 뜻이었다.

부활 309

"내 말 듣고 있냐?"

"응? 그래, 듣고 있어."

지훈은 소주 몇 잔으로 취했는지 횡설수설했다.

"그 채은지라는 여자 말이야. 그녀도 기회가 되면 민서라처럼 우리에게 줄까?"

지훈의 말에 은태는 어이가 없었다.

"너, 그런 말 두 번 다시 하지 마. 민서라 님이 왜 죽었는지 몰라서 그러는 거야? 교주님은 여자 문제에 관해 굉장히 엄격하고 민감한 분이야. 그에 반해 민서라 부대표는 성(性)에 대해선 관대한 여자지. 그래서 두 분 사이에 갈등이 일어난 거고."

그런데 은태는 이 말을 해놓고서 아차, 싶었다.

"뭐야? 네 말대로라면 교주님이 질투하는 신이란 말이잖아. 그래서 자신의 연인이 다른 남자들과 놀아났다고 동반 자살을 빙자하여 그녀를 죽였다는 결론?"

"시끄러워. 아무튼, 그런 말은 입에도 담지 말아."

은태는 말을 그리했으나, 자신 역시 두류산의 여성 편력에 관하여 미심쩍은 생각이 드는 건 사실이었다.

산중의 어둠은 금방 찾아왔다. 뱀을 안주로 몇 잔의 술을 걸친 은태와 지훈은 불 옆에서 팔베개하고 누워있었다. 싸늘한 바람이 여기저기서 불었지만, 둘은 아무 말 없이 허공에 시선을 두고 있었다.

"후회 안 하냐?"

지훈이 은근슬쩍 은태의 맘을 떠보았다. 은태는 그가 무슨 말을 하려는지 이미 알고 있어 별다른 대꾸를 하지 않았다.

"난 가끔, 그때 J시에서 민서라를 만나지 않았다면 어땠을까, 하는 생각을 해. 그러지 않고 그냥 공무원 시험 봐서 합격했더라면 내 삶은 어찌 되었을까, 하고 말이야."

"왜? 갑자기 엄마, 아빠가 보고 싶은 거야?"

"시벌놈이, 지금 그 말이 아니잖아. 좋다, 넌 지금 네 부모님 생각이 전혀 안 나냐?"

지훈의 말에 은태는 지난번 J시에 있던 집에 잠깐 들렀던 일이 떠올랐다. 그때가 산음경찰서 방화사건 이후였다. 두류산과 민서라는 물론 지리산에 있던 화형교 신자들은 모두 숨을 수밖에 없는 상황에서 그는 민서라의 허락하에 마지막으로 집을 찾았다. 그때 은태는 집 안으로 들어가지 못하고 근처에서 배회하다 마침, 원룸 밖으로 나오는 아버지를 보았다. 아마 단골 술집에 가는 모양이었다.

아버지는 몹시 늙고 초췌하게 변해있었다. 고개 숙이고 쓸쓸하게 걸어가는 아버지의 뒷모습에 말 한마디 못 붙이고 뒤돌아선 게 늘 마음에 걸렸다. 어머니조차 시간 관계상 볼 엄두도 못 냈다. 이것 역시 두고두고 후회되었다.

"세상 끝나는 날, 구름 타고 인자가 오신대잖아. 심판의 날이 가까웠어. 그때가 되면 우리는 미륵님의 은혜로 함께 천국에 들어가서 영원히 살 터이니, 까짓것 혈육이 뭐 그리 중요하겠어?"

은태의 말에 지훈은 빈정거렸다.

"넌 그 말을 아직도 믿냐? 아니, 심판의 날에 구름 타고 오는 인자는 하나님의 아들, 예수님이잖아. 그와 우리 교주와는 아무 상관없어."
지훈의 말에 은태는 발끈했다.
"무슨 소리! 심판의 날에 구름 타고 오는 인자는 예수가 아니라 미륵님이야. 그 미륵이 세상에 우리를 구원하기 위해 인간의 모습으로 잠시 나타난 게 현재, 우리 교주님이야. 너! 아직 우리 화형교 교리도 모르고 있었어?"
"됐다, 그만하자. 그만해. 너 같은 꼴통 근본주의자와 내가 무슨 말을 하겠냐. 그만 자자."
지훈은 은태를 아예 종교 원리주의자로 취급했다. 은태 역시 자신이 화형교와 두류산에 지나치게 빠진 게 아니냐고 생각했지만, 지금으로서는 어쩔 수 없다고 여겼다.

김현규와 김유리를 놓치던 날, 새벽에 나태주는 산음경찰서로 출발하고 있었다.
형사팀장 정갑태의 갑작스러운 호출 때문이었다. 서울지방경찰청에서 공조 수사를 내세워 산음경찰서로 내려온다고 했다. 이 때문에 이 사건을 제일 잘 알고 있는 그가 필요한 모양이었다. 나태주는 운전하는 내내 김현규와 김유리가 과연 어느 쪽으로 피신했는지에 신경이 곤두섰다. 서울 쪽 경찰에서 말하는 강원도냐, 아니면 화형교 원래 근거지였던 지리산 공동체 마을이냐, 그도 아니면 제3의 장소이냐를 두고 그는 고심에 고심을 거듭했지만, 아직 뚜렷한 답을 얻지 못했다.
산음경찰서에 도착하니 어둠이 저만치 물러가고 날이 새고 있었다.

곧바로 형사팀을 찾은 나태주는 사무실에 아무렇게나 널브러져 자는 동료들을 보곤 가슴이 찡했다. 정 팀장은 자신의 책상 옆에 간이침대에서 자고 있다가 인기척에 놀라, 일어났다.

"지금 오는 길이요?"

"네, 아직 출근 시간이 멀었습니다. 조금 더 눈을 붙이시죠?"

"아니요. 그보다, 그들이 어디로 사라졌다는 말이오?"

정 팀장과 나태주가 소곤거리자, 자고 있던 직원들이 시끄러운지 불평을 쏟아냈다.

"일단 옥상에 올라갑시다. 담배 하나 피우면서 이야기합시다."

정 팀장이 먼저 앞장섰다. 멀리 지리산 천왕봉에서 해가 뜨고 있었다. 장엄한 광경이었지만 나태주로선 한가하게 이 광경을 즐길 여유가 없었다.

"저도 그걸 모르겠습니다. 강원도인지, 지리산인지조차."

"음, 알았소. 오늘 서울 쪽에서 오전 내로 들이닥칠 겁니다. 자료는 모두 준비되어 있으니 별문제가 없고."

"그러면요?"

나태주는 예감이 이상했다.

"나 형사가 그쪽으로 가주어야겠소."

"제가요? 서울로요?"

나태주는 그래서 정 팀장이 자신을 이리 급하게 불렀구나, 하고 생각했다.

"파견입니까?"

"그런 셈이오. 이미 서울 쪽에 수사지휘본부를 설치했습니다. 본부장이 우리 경찰서장보다 높은 직급인 걸 보니, 본청에서 이 사건을 엄중히 보고 있는 모양이오."

"위쪽에 말은 해두었습니까?"

"물론이오. 인사문제는 걱정하지 마시오. 그보다…."

정 팀장은 이례적으로 나태주 앞에서 조심스러운 표정을 지었다.

"말씀하십시오."

"수사하다가 그놈을 체포하게 된다면, 제일 먼저 내게 연락해주시오. 다른 쪽은 무시하고."

나태주는 정 팀장이 대충 어떤 의미로 말하는지 알 것 같았다.

"아시다시피 그놈은 내 형님인 현직 경찰을 불에 태워 죽였소. 따라서 나 역시 그놈을 만나면 검찰에 송치하기 전에, 반드시 그놈 몸에 불을 붙여 그 고통을 직접 느끼게 해줄 거요."

"그러면 범인과 똑같은 사람이 됩니다."

"알고 있소. 약속하는데, 난 그놈을 죽이진 않을 거요. 대신 죽기 전까지 내 형님이 당했던 고통을 그놈도 똑같이 느껴야 할 것이오. 그리 된다면 난 옷 벗을 각오가 되어 있소."

나태주는 이 제안을 받아야 하나, 하고 고민했다.

"이슬람에 '눈에는 눈, 이에는 이'라고 하는 율법이 있다죠?"

"있다고 들었습니다."

"됐소, 여기까지. 일단 나가서 목욕탕에 다녀오시오."

"참! 그쪽 사람들에게 제가 광주에 갔던 일을 말해야 하는 건가요?"

"아니요. 말할 필요 없소."

나태주가 경찰서 근처 목욕탕에서 느긋하게 몸을 씻고 아침밥을 먹고 들어오니 이미 그들이 와 있었다. 그들은 미리 준비해둔 두류산에 관한 정보들 즉 보고서, 수사계획서 등 자질구레한 자료 등을 종합하여 정 팀장을 비롯한 조민태 형사 등과 면담하고 있었다. 나태주가 엉거주춤 그들에게 인사하자 그중 책임자인 듯한 자가 그의 앞으로 다가왔다.

"나태주 형사인가요?"

"그렇습니다."

"반갑소. 난 서울지방경찰청 형사과장이오. 이번 사건과 관련하여 나 형사님의 이야기는 많이 들었습니다. 지금 즉시 우리와 함께 올라가야 하니 서장에게 신고하고 오십시오. 참! 차량은 여기 두십시오. 올라가면 숙소와 차량, 기타 필요한 모든 것은 우리가 준비할 테니 몸만 가시면 될 겁니다."

"그래도 집에 들어가서 몇 가지 필요한 것을 챙겨야 합니다만."

"시간이 없소. 그냥 갑시다. 참, 어이 김 경위. H경찰서에서 합류할 직원은 어찌 되었나?"

"네, 조사실에서 대기하고 있습니다."

"좋아, 그러면 나 형사와 인사시키게. 아마 둘이 한 조가 될 거야."

'H경찰서?'

나태주는 불현듯 그때 만난 H경찰서 직원이 떠올랐다. 그때였다. 조사실에서 누군가 어색한 얼굴로 나왔다.

"나 형사님! 오랜만입니다. 함께 일하게 되어 영광입니다."

부활 315

"나태주입니다."

"박두태 형사입니다."

생각한 대로 그는 예전 두류산을 잡기 위해 합동 수사본부에 파견 나온 H경찰서 직원이었다. 나태주로선 객지에 그나마 지방 출신의 안면 있는 경찰과 함께 올라가는 것에 안도의 한숨이 나왔다.

경찰 봉고차에 나태주, 박두태가 나란히 앉고 그 앞에 형사과장이 앉았다. 운전석과 옆 조수석에 경찰이 각각 있었다. 그런데 이상했다. 서울로 가야 할 봉고차가 북쪽으로 가지 않고 자꾸 남쪽으로 가고 있었다. 나태주는 혹시 이들이 J시에 있는 또 다른 경찰과 합류하러 가는 줄 알았다. 그때야 침묵을 지키던 형사과장이 나지막이 나태주에게 물었다.

"무진시에서 김현규와 김유리를 만났습니까?"

나태주는 그가 이 사실을 어떻게 알았을까, 하고 화들짝 놀랐다.

"어떻게 아셨습니까?"

"어떻게 알긴요? 김유리가 일 끝내고 고향에 내려가는 건 삼척동자도 아는 사실 아닙니까? 벌써 우리 요원을 붙였지요."

"제가 잠복하는 동안 경찰이라곤 무진시 쪽 요원들밖에 보지 못했는데요?"

"하하, 그 속에 우리 쪽 요원도 있었습니다. 그의 보고에 의하면 나 형사님이 김현규의 집 앞에서 무려 5일 동안 잠복했다던데. 결과가 신통찮았나 봅니다."

나태주는 뒤통수를 한 대 얻어맞은 것 같았다.

"그 외 다른 요원들이 또 있습니까?"

"그날 나 형사님이 김현규의 농간에 휘말려 엉뚱한 차를 쫓는 사이에 그의 차량은 동쪽으로 출발했지요. 우리 요원이 놈의 차량 미행에 성공했습니다. 그래서 지금 부산으로 가는 중입니다."

형사과장의 말에 나태주는 물론, 박두태는 깜짝 놀랐다. 역시 이쪽은 시골 경찰이 아니라 수도권의 막강한 정보력을 갖춘 경찰이었다.

"부산요?"

"가보면 알 겁니다."

"그런데 김현규의 집 근처에 저처럼 잠복하던 요원이 어디에 있었단 말입니까? 저는 전혀 보지 못했거든요."

나태주의 당황하는 표정에 형사과장은 재미있다는 듯 웃었다.

"그건 영업비밀인데…. 집에서 약간 떨어진 카페 있죠? 나 형사님이 무진 쪽 경찰과 커피 마신 곳. 네, 그곳 아르바이트생. 하하."

그때 H경찰서 박두태가 형사과장에게 물었다.

"범인들은 강원도 쪽으로 피신했다고 들었습니다. 그런데 부산은 웬 말씀입니까?"

"놈들은 강원도와 부산, 두 방향으로 도주한 것으로 추정됩니다. 자기네들 나름대로 머리를 쓴 거죠. 그런데 김유리가 부산으로 도주했다면 이건, 틀림없죠. 두류산은 그곳에 있습니다. 지금 서울에서도 우리 요원들이 그쪽으로 가고 있습니다."

나태주는 뭔가 께름칙했다.

"그렇다면 저와 여기 계신 박두태 형사를 왜 불렀습니까?"

형사과장은 나태주의 말에 엷은 웃음을 지었다.
"당신들이 유일하게 놈의 얼굴을 아니까."

흑염소와 닭들의 배분 냄새가 진동했다. 김유리는 식당 마당에서 두류산의 숙소가 어디인지 몰라 두리번거리고 있었다. 그가 아침 구보를 마치고 오려면 약간의 시간이 필요했다. 그때 식당 주인이 그녀를 반갑게 맞았다.
"자매님! 무사하셨군요. 정말 잘 오셨어요."
예순이 훌쩍 넘은 주인은 그녀의 손을 덥석 잡았다. 김유리는 경찰을 그만둔 뒤, 이곳에서 당시 민서라의 수행원이었던 김우태와 태 씨 측근들의 심판 처단식을 준비하였다. 그 기간에 주인은 그녀를 물심양면으로 도왔다.
"잘 계셨죠? 아저씬 더 젊어지신 것 같아요."
"하하, 농담이지만 듣기 좋네요. 교주님이 아침 운동 갔다가 식당으로 바로 올 테니 그리로 갑시다. 따뜻한 차 한 잔 드릴게요."
주인 영감은 아들 때문에 화형교에 입단한 경우였다. 아내와 이혼후 아들 하나만 믿고 키우며 살던 그였다. 다행히 아들은 공부를 곧잘하여 부산의 명문대학에 진학했고 2학년을 마치고 군에 입대하였다. 그런데 그는 이후 충격적인 소식을 들었다. 아들이 군에서 자살한 것이다. 평소 쾌활하고 낙천적인 성격의 아들이 자살할 리가 없다는 것을 잘 아는 그는 직접 아들이 근무했던 부대를 찾아가 해명을 요구했지만, 번번이 무산되었다.

못 배우고 산중에서 염소나 잡고 파는 노인이었지만 그는 아들을 지극히 사랑했다. 그래서 그는 끈질기게 휴가 나온 아들의 동기들을 수소문한 끝에, 아들이 선임자들과 부사관들에게 집단 폭행으로 사망한 것을 알게 되었다. 그길로 그는 청와대를 비롯한 군인권센터 등 여러 곳에 진정을 넣었지만, 결과는 신통치 않았다. 예전보다 많이 나아지긴 했지만, 군은 역시 군이었다. 지휘관을 포함한 간부들은 모르쇠로 일관했다. 그렇게 힘들 때 그는 두류산을 만난 것이다. 두류산은 아들을 폭행한 전원과 소속 지휘관 및 간부들의 직접 처단을 약속했다. 그러니 그는 완전히 두류산의 충복으로 변할 수밖에 없었다.

"아직, 내 차례는 멀었는감? 요새 자꾸 아들놈이 꿈에 어른거려."

식당에서 따뜻한 차를 내어오던 주인이 김유리에게 하소연했다. 그녀는 주인의 사정을 잘 알고 있었기에 마음이 아팠다.

"교주님도 그 부분을 생각하고 계십니다. 다음 집행은 반드시 그쪽으로 할 터이니, 조금만 기다려주십시오."

"고맙소. 자매님만 믿겠습니다. 그날 여의도에서 태 씨의 최측근 처단은 정말 멋졌어요. 속이 다 후련하더구먼요."

그렇게 주인과 두런두런 이야기를 나누던 김유리는 시계를 보았다. 얼추 그들이 올 시간이었다. 아니나 다를까. 식당 문이 벌컥, 하고 열렸다. 그런데 김유리가 기다리던 두류산이 아니었다.

"김유리! 적이 출몰했다. 빨리 나와!"

민서라의 수행원이었지만 지금은 부대표인 김우태였다. 그는 굉장히 다급한 표정을 지었다.

"왜요?"

"너! 올 때 미행당한 걸 몰랐어? 바보같이."

'미행?'

김유리는 당황한 나머지 휴대전화를 떨어뜨렸다. 김우태는 주인에게 버럭, 하고 고함을 질렀다.

"영감! 우린 피신할 터이니, 당신도 함께 갑시다!"

주인도 깜짝 놀라, 어리둥절한 표정을 지으며 그에게 물었다.

"어디로?"

"강원도로 갑니다."

"전 안 됩니다. 여기 키우는 짐승들은 어떡하고요? 그냥 전 여기에 있겠습니다."

김우태는 잠시 고민하더니 식당 안으로 들어와 그를 식탁에 묶었다.

"알아서 처신하십시오. 발설하는 날엔 배신자가 될 것이오."

주인은 고개를 끄덕였다. 김유리가 식당을 나오니, 봉고차 두 대가 대기해있었고 어떤 남자가 마당 한가운데의 말뚝에 매여있었다.

"제발 살려주십시오!"

마당에는 두류산이 무표정한 얼굴로 서 있었다.

"교주님!"

김유리가 '아!' 하고 짧게 탄식했다. 마당에 묶여 있는 남자가 자신을 미행한 자라는 걸 금방 눈치채었다.

"유리 씨는 차에 올라가 있어요."

두류산은 그렇게 말하곤 김우태로부터 기름통을 건네받았다. 남자는 기겁하며 애원했다.

"제발, 무슨 일이든 하겠습니다. 살려만 주십시오."

두류산은 이 상황에서도 침착했다.

"내 얼굴을 봤잖아. 안 그래? 넌 어디 소속이야?"

"서울지방경찰청 형사과 강력계입니다."

"그래? 가슴에 손을 얹고 곰곰이 생각해 봐. 여태 그 짓 하면서 하늘을 우러러 한 점 부끄러운 일이 있었나, 없었나?"

갑작스러운 두류산의 질문에 남자는 당황했는지 "제발, 제발." 이라는 말만 되뇌었다.

"교주님, 시간이 없습니다. 남쪽과 북쪽에서 두 대의 경찰차가 올라오는 중입니다."

금정산 남쪽과 북쪽 초입에서 화형교 신도가 계속 연락한 모양이었다. 그때, 남자 옆에 떨어져 있던 무전기에서 호출이 왔다.

"여기는 북한산! 금정산 응답하라. '벼락 맞을 토끼들'은 그곳에 그대로 있는가?"

두류산이 무전기를 남자 귀에 대었다.

"있다고 해."

남자는 부들부들 떨며 송신했다.

"여기는 금정산. 아까 말한 장소에서 식사 중이다. 바로 덮치면 성공하겠다."

"알았다. 거의 다 와 간다. 10분 내로 도착할 것이다. 계속 주시하기 바란다."

부활 321

무전기가 꺼지자, 두류산이 남자의 몸에 기름을 부었다. 차에서 이 광경을 보던 김유리는 그만 눈을 감았다.

"날 봤나? 못 봤나?"

"못 봤습니다!"

"그래, 그래야지."

두류산은 라이터를 켜서, 남자가 있는 옆으로 던졌다. 그런데도 남자의 비명이 금정산 일원에 퍼졌다.

'아악~!'

"출발하지."

봉고차 한 대에는 두류산을 비롯한 채은지, 김우태 그리고 김유리가 탔고 나머지에 3기 심판 대원들이 타고 있었다. 차량은 예상을 깨고 북쪽, 화명동 쪽 내리막길로 내려가다, 우측에 움푹 패인 곳에 정차했다.

"이제 올라올 시간입니다."

그로부터 약 3~4분 뒤에 경찰차가 그곳을 통과하자, 차량은 좌측으로 핸들을 꺾어 좁은 내리막길을 시속 100km로 달렸다.

드디어 식당 마당에 남쪽과 북쪽에서 동시에 경찰차가 도착했다.

'이게 뭐지?'

나태주는 차에서 내리자마자 매캐한 연기에 숨을 제대로 쉴 수가 없었다.

"여기! 불이야!"

그때 이미 먼저 내린 요원이 기겁하며 소리쳤다. 그는 근처 수돗가에서 물을 길어 마구 뿌렸다.

'지지직~'

나태주에 이어 뒤에 내린 형사과장이 이상한 낌새를 눈치채고 권총을 빼 들고 마당으로 향했다. 놀랍게도 마당엔 김유리를 미행했던 요원이 말뚝에 매인 채 머리를 숙이며 부들부들 떨고 있었다. 오줌을 지렸는지 그의 엉덩이 주변은 축축했다. 불은 그의 옆에서 거의 꺼져가고 있었다. 근처에는 종이 등 서류뭉치가 있었다. 아마 두류산이 남기고 간 서류인 모양이었다.

"빨리 풀어줘."

풀려난 요원은 얼마나 공포에 질렸는지 눈이 돌아갔고 정신을 차리지 못할 정도였다. 요원은 경찰에 의해 즉각 병원으로 후송되었다.

"수색해!"

형사과장은 어이가 없는지 허공만 쳐다보았다. 나태주는 정보가 새어나갔다고 생각했다. 어쩐지 쉽게 잡힐 두류산이 아니라고 생각했다. 함께 있던 H경찰서 박두태는 이런 두류산의 재빠름에 혀를 내둘렀다. 잠시 후, 마당으로 요원들이 주인을 끌고 왔다.

"뭐야?"

"이 식당 주인이랍니다. 식탁에 묶여 있는 걸 데려왔습니다."

형사과장은 주인을 빤히 쳐다보다 신경질적으로 말했다.

"너도 한패지? 그놈들 어디로 갔어?"

"전, 잘 모릅니다. 손님이었던 그들이 오늘 갑자기, 아침 식사 준비하고 있는 나를 다짜고짜 묶어버렸습니다."

주인은 겁에 질린 표정으로 대답했다.

"쳇! 그 말을 믿으라고? 좋아, 손님이라고 쳐. 총 몇 명이었지?"

"세 분이었습니다. 사흘 전에 민박하겠다며 찾아와 저기 저 방과 옆에 방 한 개를 내어줬거든요."

주인은 식당 뒤에 있던 제3기 심판 대원들은 아예 언급조차 하지 않았다. 형사과장은 몽타주 세 장을 주인에게 내밀었다.

"이자들이야?"

"네, 맞습니다. 분명히 이자들입니다."

하지만 몽타주 세 장엔 채은지 대신 김유리가 있었다.

"당신은 거짓말을 하고 있군. 여기 이 여자는 오늘 새벽에 이곳에 도착했는데, 이 여자를 봤다고?"

그러자 주인은 황급하게 변명했다.

"앗! 자세히 보니 아니군요. 얼굴이 비슷해서 착각한 모양입니다. 어쨌든 남자 두 명에 여자 한 명인 건 확실합니다."

나태주는 옆에 있다, 두류산 곁에 민서라 대신 또 한 명의 여자가 누구인지 궁금했다.

"좋소, 어쨌든 당신은 범인은닉죄로 처벌받아야 하니, 우리와 함께 서울로 가야 합니다. 그전에 당신의 죄를 경감할 수 있는 방법을 하나 말씀드리죠. 어떻습니까? 그리하실 겁니까?"

"아는 대로 다 말하겠습니다. 뭐든지."

주인은 여전히 두려운 표정으로 수사팀장에게 머리를 조아렸다. 그는 오랜 기간 경험을 통해 권력과 돈 앞에서 어떻게 생존하는지를 잘 아는 사람이었다.

"어디로 갔소?"

"그들끼리 하는 말을 들었습니다. 강원도 쪽으로 간다고 하더군요."

"강원도?"

"네."

형사과장은 나태주와 박두태를 바라보았다. 주인의 말에 신빙성이 있는지 동의를 구하는 눈빛이었다.

"강원도 쪽에 그들의 근거지가 또 있다고 했잖습니까? 이 시점에서 그들과 합류하는 게 합리적인 추론 같습니다."

나태주가 대답하자 형사과장은 박두태에게도 의견을 구했다.

"저도 그렇게 생각합니다만."

"알았소."

형사과장은 판단력 있고 눈치 빠른 사람이었다. 그는 아까, 남쪽에서 올라온 경찰들에게 곧바로 그들을 뒤쫓으라고 명령했다. 그리곤 식당 주인을 앞세워 요원들에게 세세하게 건물수색을 지시했다. 여기에 나태주와 박두태도 동참했다. 나태주는 주인에게 물어 세 명 중 대장인 듯한 사람이 묵은 방이 어디냐고 물었다. 분명, 그들은 다급하게 방을 뺐으니 어떤 흔적이 있을 거로 생각했다.

"저기 끝방입니다. 그분은 여자와 함께 방을 썼습니다."

나태주는 박두태와 함께 그 방에 들어갔다. 방은 의외로 넓었다. 구석진 곳에 책상과 TV가 있었고 나머진 구석진 곳에는 더블 침대가 있었다.

"사흘 동안 묵었다는 말은 거짓말 같은데요?"

박두태가 방을 둘러보더니 나태주에게 말을 툭, 하고 던졌다.

"왜죠?"

"나 형사님은 이곳에서 묵은 땀 냄새와 여자의 분 냄새가 안 나십니까? 이 연놈들이 침대에서 얼마나 뒹굴었는지 마치, 오래된 모텔방에서 나는 냄새가 코를 찌릅니다."

그러고 보니 방에서 마치 발정난 수캐와 암캐의 냄새가 나는 것 같았다.

'뭔가 흔적이 남아 있을 텐데.'

나태주는 돋보기를 꺼내 침대를 살폈다. 과연 침대에서 여러 개의 머리카락과 음모를 발견했다. 나태주는 이것들을 조심스럽게 비닐봉지에 넣었다.

'여자가 있었다. 그녀는 도대체 누구란 말이지?'

나태주는 침대를 살펴보다 자꾸 궁금증이 일어났다.

"나 형사님! 여기 다락이 있습니다. 와 보시죠."

그새 박두태가 다락을 발견한 모양이었다. 다락은 천장과 연결되어 계단이 없었으나, 고리가 달린 밀대를 당기면 천장에 문이 열리는 구조였다. 나태주와 박두태는 얼른 다락으로 올라갔다.

'아!….'

이곳에 그들이 미처 치우지 못 한 몇 가지 단서들이 어지럽게 널브러져 있었다.

사적 복수

등신인 듯 너그런 산
선악 가려서 당기던가
도타운 사랑이여
솜같이 포근한 지리산이고 싶다

거만한 듯 겸손한 산
침묵하는 깊은 마음 뉘 알리요
무언의 위엄이여
모두를 제압하는 웅석봉이고 싶다

차가운 듯 따뜻한 산
누가 굴복시킬 수 있으리요
당당한 신념이여
흔들리지 않는 필봉산이고 싶다

간드러진 웃음들
피 흘리는 아우성들
경박한 재잘거림들
끌어안아 거느리고
사랑하며 보살피며

좋으면 좋은가 보다
궂으면 궂은가 보다
저 무거운 성품 산이고 싶다

—김규정, 「산이고 싶다」

놀라운 일이었다. 그새 두류산은 새로운 장편소설을 쓴 모양이었다. 어지럽게 널브러진 서류들을 뒤지다 보니, 누런 봉투 안에 그의 원고가 있었다. 출력한 지 얼마 되지 않아 프린터 잉크 냄새가 풍겼다. 나태주는 봉투 속의 원고를 꺼내 제목을 얼핏 보았다.

「심판의 날 Ⅱ」

두류산은 소설에 적힌 대로 행동하는 사람이니, 이번엔 과연 어떤 내용이 들어있을까, 몹시 궁금했다. 나태주는 잠시 고민하다 박두태 몰래 얼른 이 원고를 가슴팍에 구겨 넣었다. 그때 박두태가 또 뭔가를 발견한 모양이었다.

"나 형사님! 이것 좀 보세요."

박두태가 발견한 것은 일종의 장부였다. 나태주는 얼른 그의 옆으로 다가갔다. 장부에는 빽빽하게 사람 이름이 적혀있었다. 나태주는 그들이 이미 처단했거나 앞으로 처단하여야 할 사람들의 명부라고 생각했다.

"일종의 살생부입니다. 보세요. 첫 장에 나와 있는 K고수부지 방화·살인 피해자 왕춘팔부터 최근 여의도에서 처단되었던 태 씨의 최측근 이름 세 명에 빨간 줄이 그어져 있잖아요."

박두태는 나태주의 말에 연신 고개를 끄덕였다.

"확실한 물증이네요. 좋습니다. 이것만 있어도 앞으로 놈들의 행적을 파악하는 데 큰 어려움이 없겠습니다."

둘은 의기양양한 모습으로 마당으로 나왔다. 그런데 서울지방경찰청 소속 요원들은 모두 빈손이었다. 식당 등 여러 곳을 수색했지만 별다른 단서를 못 찾은 모양이었다. 형사과장은 마당에 우두커니 서서 입맛만 다시고 있었다. 나태주는 박두태에게 눈을 찡긋했다. 박두태가 형사과장에게 아까 다락에서 발견한 장부를 내밀자, 그의 눈이 휘둥그레졌다. 원래 의도는 두류산을 체포한 뒤 얼굴만 확인하는 용도로 둘을 데려왔지만, 박두태와 나태주의 성과에 형사과장은 얼굴을 붉혔다.

"그뿐만 아니라 두류산이 묵던 방에서 그와 어떤 여자의 체모도 채취했습니다."

"그래요? 음, 놀라운 성과군요. 민서라가 죽자 그에게 새 연인이 생겼다? 꽤 흥미롭습니다."

그때 한 요원이 형사과장에게 물었다.

"어떻게 할까요?"

"뭘 어떻게 해. 식당 주인을 긴급체포해서 지금 바로 서울로 올라간다. 아까 병원 응급실에 우리 요원 한 명도 따라갔지?"

"네."

"그럼, 출발하자고."

봉고차에서 형사과장은 장부만 뚫어지게 보고 있었다. 맨 뒷좌석엔 요원 두 명이 식당 주인을 감시할 겸 나란히 앉고, 나태주와 박두태는

사적 복수 329

차가 가는 방향이 아닌 역방향에 앉아 그런 형사과장을 바라보고 있었다. 그때 형사과장이 혀를 끌끌, 하고 찼다. 나태주는 분명 장부와 관련된 일이라고 생각했다.

"무슨 일이?"

"이놈들이 다음 순번을 군 장성으로 택했소. 세상에! 민중들을 괴롭히던 놈들만 상대하더니 이젠 군까지!"

"정말 겁대가리 없는 놈들이군요."

그때 박두태가 물었다.

"군인은 왜요? 지금은 군사독재 시대도 아닌데 그들이 무슨 죄가 있다고? 아시다시피 이번 정권 들어서는 권력기관 힘 빼기로 군은 굉장히 조용한데."

그런데 나태주는 무언가 감이 잡혔다.

"분명 어떤 이유가 있겠지요. 이를테면 군 의문사? 그렇다면 그 장성은 의문사 당한 병사가 속한 부대의 최고 책임자란 말이 되겠네요."

"의문사?"

"군이 변하지 않는 건 딱 하나지요. 예나 지금이나 그들 안에서 일어난 일은 그들 안에서 조용히 처리한다는 일종의 불문율이 존재합니다."

나태주의 말에 뒷좌석에 있던 식당 주인이 갑자기 소리쳤다.

"두류산 만세! 화형교 만세!"

북구 화명동 쪽으로 내려온 두 대의 차량 중 김유리가 탄 차량은 이상하게도 고속도로 IC로 진입하지 않고 바로 하단 쪽으로 방향을 틀었다. 나머지 제3기 심판 대원들을 태운 차량만 정상적으로 진입한 것이다. 김유리는 내심 놀라서 두류산에게 물었다.

"강원도로 가는 게 아닌가요? 그러려면 김해 IC에서 대구 방향으로 틀어야 할 터인데."

김유리의 말에 운전하던 김우태가 크게 웃었다.

"내가 아까 식당 주인에게 강원도로 갈 거라는 말을 넌 믿었냐?"

그제야 김유리는 아차, 했다. 이 모두가 경찰을 완벽하게 따돌리려는 두류산의 전략이었다.

"그럼, 어디로?"

두류산이 낮은 목소리로 말했다.

"오랜만에 우리 본원에 가보는 것도 나쁘진 않지."

"지리산 공동체 마을 말씀입니까?"

김유리는 말을 하면서도 두류산의 말에 너무 놀라 믿기질 않았다.

"등잔 밑이 어둡다, 하는 옛말이 있지요. 설마 그 머리 나쁜 경찰들이 유리 씨가 근무했던 경찰서 인근에 숨어들 줄 상상이나 하겠어요?"

두류산 옆에서 팔짱을 꼭 끼고 있던 채은지의 말에 김유리는 기분이 썩 좋지 않았다.

"댁에게 물은 건 아니니, 좀 빠지시죠?"

김유리는 다시 두류산에게 물었다.

"교주님. 그래도 아직 그곳은 그때 이후로 정비도 안 되었고, 한 번 들통이 난 곳이라 언제 경찰이 나타날지도 모르는 위험한 곳입니다. 차라리 아무도 모르는 계룡산으로 가시는 게 어떻겠습니까?"

김유리의 말에 두류산은 짐짓 화가 난 얼굴로 대답했다.

"그렇지 않소. 은지 말대로 등잔 밑이 어둡다는 옛 격언은 오늘날에도 유효하오. 그곳이 가장 안전한 장소니 두말하지 마시오."

"그럼, 강원도로 향한 3기 심판 대원 훈련생들은?"

"그들은 강원도 기존 신도 집에서 장은태와 이지훈 등과 합류하여 미처 마치지 못한 기초훈련을 계속 이어갈 것이오. 그런 후에 그들은 우리가 있는 지리산으로 올 겁니다. 물론 경찰의 추적에 혼선을 빚게 할 여러 가지 전략을 구사한 후가 될 테지요."

두류산은 여전히 자신만만했다. 그리곤 김우태에게 물었다.

"참! 그건 그렇고, 공동체 마을엔 아직 우리를 추종하는 마을 사람들이 남아있긴 하죠?"

"네, 물론입니다. 예전보다 못하지만, 교주님에게 은혜를 입은 수많은 충성파가 남아있습니다."

"요즘은 누가 관리하고 있습니까?"

"목수 일을 하는 촌장 백 씨라고."

"아! 예전 암에 걸렸다가 내 기도로 가까스로 목숨을 건진 분?"

"네, 맞습니다."

"전화번호 알죠? 전화해서 지금 당장 게스트하우스 아래에 있는 지하 창고를 사무실 겸 거처로 쓸 수 있도록 손을 봐달라고 하세요."

"네, 알겠습니다."

김우태는 운전하면서도 능수능란하게 촌장에게 전화를 걸었다. 그때 채은지가 놀란 표정을 하며 두류산에게 칭얼거렸다.

"지하에서 거주한다구요? 전 싫어요. 지하에는 아무리 좋게 꾸며도 퀴퀴한 냄새도 나고, 쥐도 많이 다니잖아요."

채은지의 말에 두류산은 빙긋 웃었다.

"그대는 따로 살 집과 사무실이 있어. 그곳에 가면 그대는 내 비서이자 화형교 사무국장이 될 것이야. 예전 사무국장이 쓰던 좋은 방이 있으니 걱정하지 말라고."

"그래요? 와우, 기대됩니다."

김유리는 두류산이 채은지를 사무국장으로 앉히겠다는 말에 어쩐지 마음이 씁쓸했다. 사실 그 자리는 자신이 맡기로 되어 있었다. 그런데 어디서 어떻게 왔는지 모르는 저런 풋내기를 사무국장으로 임명하는 두류산에 약간의 실망감마저 들었다. 이런 김유리의 속내를 눈치챘는지 두류산은 헛기침하며 말을 꺼냈다.

"알다시피 나와 우리 부대표, 그리고 유리 씨는 세상에 얼굴이 알려져 있잖습니까? 그러니, 하는 수 없이 당분간, 여기 있는 채은지 씨를 공동체 마을의 얼굴마담으로 앉힐 수밖에요. 이제 이해되시죠?"

김유리는 속마음이 들킨 것 같아 얼굴이 붉어졌다. 그렇지만 두류산이 내뱉은 한마디 때문에 그의 깊은 마음 씀씀이를 이해할 수 있었다.

'당분간.'

마침내 장은태와 이지훈은 4박 5일의 고된 여정 끝에 목적지에 도착했다. 이곳은 화형교 신도가 운영하는 펜션이었다. 그런데 과연 이런 곳에 손님이 찾아올까, 할 정도로 펜션은 깊은 골짜기에 있었고, 진입로조차 차 한 대가 겨우 드나들 수 있어, 펜션으로서는 매우 부적합한 곳이었다.

"뭐, 하긴 이런 곳일수록 은신처로선 딱이야."

은태가 그리 말하긴 했어도 지훈은 고개를 절레절레 저었다.

"여긴 해가 일찍 지는 곳이네. 겨울이 되면 칼바람과 눈으로 밖엔 아예 못 나가겠어."

추석이 얼마 지나지 않은 초가을이었지만, 정말 이곳은 해가 빨리 지고 있었다. 둘이 마당에서 엉거주춤 서 있을 때, 백발의 영감이 나무 등짐을 지고 밖에서 들어왔다.

"누구요?"

은태가 90도로 절을 했다.

"금정산에서 백 선생님 심부름 왔습니다."

백 선생은 두류산의 본명 '백우천'의 성만 딴 그들만의 은어였다.

"K고수부지 영웅들?"

"그렇습니다."

"잘들 왔어. 그런데 금정산에서 출발한 새끼 심판 대원들은 같이 안 왔남? 시간 상, 니네들은 산을 타며 걸어왔을 거고, 나머진 차량으로 올 거라 두 팀이 함께 올 줄 알았는데?"

장은태는 영감의 말에 고개를 갸우뚱했다. 아직 두류산으로부터 그런 이야기를 들은 바가 없었다.

"3기 훈련생들도 이곳으로 오기로 했습니까?"

"그려. 오늘 아침, 백 선생에게 그리 들었네."

장은태는 직감적으로 일이 잘못된 것으로 판단했다. 훈련생들이 이리로 온다는 것은 금정산에 무슨 일이 있다는 증거였다.

"확인해보겠습니다. 어쨌든 지금은 우리 둘뿐입니다."

"알았어, 어서 들어감세. 보아하니 며칠 동안 제대로 된 음식도 못 먹은 것 같네. 들어가서 밥이나 먹게."

밥 이야기가 나오자 지훈은 기뻐 어찌할 줄 몰랐다. 4박 5일 동안 먹은 건 미숫가루와 소주 몇 병, 그리고 뱀과 개구리밖에 없었다. 펜션 식당엔 그야말로 진수성찬이 차려져 있었다. 영감 말대로 3기 훈련생들도 오기로 되어 있으니 미리 만찬을 준비한 것 같았다. 장은태와 이지훈은 아무 생각 없이 일단 차려진 음식을 먹기로 했다.

"그런데 이 많은 음식을 누가 다 준비한 거야? 설마 영감님 혼자 할 리는 없고 말이야."

"뭐, 별도로 일하는 아주머니가 있겠지. 일단 먹자."

둘은 모처럼 허리띠를 풀고 게걸스럽게 음식을 먹어 치웠다. 그때 장은태의 말대로 주방에서 그들을 조심스럽게 지켜보던 여자가 한 명 있었다. 둘이 5~6인분의 음식을 다 먹은 후에야, 주방에서 여자가 숭늉을 들고 나타났다.

"맛있게 드셨어요? 행여 맛이 없을까 봐 걱정되네요."

여자는 전형적인 서울 말씨를 사용했으며, 기품 있고 단아했다. 나이 또한 젊어 30대 초반 정도로 보였다.

"잘 먹었습니다만, 여기서 일하세요?"

은태는 펜션에 영감 혼자 있다고 들어서인지 약간의 경계심이 들었다. 그때 영감이 나타났다.

"많이들 먹었어? 인사해. 앞으로 이분이 너희들 삼시 세끼를 책임질 분이야. 서울에서 오셨으니 말도 잘 통할 거고."

여자는 다시 주방으로 들어갔다. 은태는 여자의 얼굴이 낯설지 않다고 생각했다. 그래서 지훈에게 물었다.

"낯이 익지 않아?"

"맞아, 나도 그리 생각했어. 누굴 굉장히 많이 닮았어."

은태와 지훈은 얼굴을 마주 보다, 동시에 무릎을 쳤다.

오후 해거름이면 온다던 3기 심판 대원 훈련생들이 펜션에 도착한 것은 산중에 완전히 어둠이 깔린 뒤였다. 장은태와 이지훈은 그 시각 마당에 불을 피워, 술을 마시고 있었다. 훈련생들은 남녀 각각 5명, 총 10명이었다. 그들은 너 나 할 것 없이 기진맥진한 상태였고 몇 명은 차멀미 때문에 배를 움켜잡는 이도 있었다.

늦은 시간이라 펜션 영감과 주방 여자는 방에서 자고 있었다. 다행히 아까 식당에 차려둔 음식은 마당 한가운데 평상으로 옮겨둔 상태였다. 훈련생 중 반장인 듯한 자가 은태와 지훈을 보더니 별안간 거수경례했다. 구호는 군에서 일반적으로 쓰던 '충성', '필승' 대신 그들만의 구호였다.

"화형!"

은태가 대표로 거수경례를 받아주었다.

"늦은 시간까지 고생 많았습니다."

"1기 선배님이시자, 그때 경남 산음 K고수부지 영웅들이라고 들었습니다. 만나 뵈어 정말 영광입니다."

그들은 두류산으로부터 은태와 지훈의 정보를 들은 모양이었다. 반장의 인사가 끝나자 나머지도 우르르 몰려와서 은태와 지훈에게 깍듯이 인사를 했다. 은태와 지훈은 4박 5일의 스트레스가 이들과의 만남으로 다 풀리는 것 같았다.

"피곤할 터인데, 평상에 있는 음식부터 들어요. 세세한 이야기는 먹고 합시다."

은태는 이 말을 하면서 채은지를 생각했다. 그녀가 두류산의 여비서로 들어가지 않았다면, 아마 이 자리에 올 것이었다. 그리 생각하니 가슴이 먹먹했다. 훈련생들은 몹시 지치고 배가 고팠는지, 평상에 있는 음식을 은태와 지훈처럼 게걸스럽게 먹어치웠다.

"잘 먹었습니다!"

그 사이 지훈이 모닥불 주위로 간이의자 10개를 준비했다. 식사를 마친 훈련생들이 은태와 지훈을 중심으로 동그랗게 앉았다. 은태가 먼저 자신과 지훈을 소개하였고 이어 훈련생들이 각자 자기소개를 하였다. 깊은 밤이었으므로 주위는 새소리와 풀벌레 소리뿐, 가을밤은 아득하고 조용한 분위기였다.

장은태가 반장에게 물었다.

"왜 이리 늦게 도착한 거요? 부산에서 출발했다면 적어도 오후쯤이면 도착했을 텐데."

"경찰추적을 피해 국도로만 오다 보니 이리되었습니다. 또 막판에 차멀미하는 여 훈련생들이 있어, 산중에서 몇 번이나 쉬었습니다."

은태는 반장의 말에 코웃음을 쳤다.

"뭐? 차멀미? 위대하신 화형교 교주님을 모시고 열혈 투쟁하여야 할 심판 대원들이 그리 약해 빠졌단 말인가? 도대체 누구요? 누가 차멀미를 했단 말이오."

엄중한 표정으로 마치 문책하듯 묻는 은태의 말에 훈련생들은 주저하였다. 그런데 그때 매우 가녀린 여 훈련생이 마지못해 손을 들었다.

"접니다."

모닥불을 사이로 은태와 마주 앉아있는 여자였다. 불빛과 연기 때문에 잘 보이지 않던 그녀가 일어섰을 때, 은태는 그녀를 확인하고 가슴이 철렁했다. 그녀는 채은지의 친구였다. 채은지로부터 화형교 입단 의뢰를 받고 나간 장소에 그녀도 있었다. 당시 은태는 채은지와는 달리 그녀의 여리고 병약한 모습을 보곤 입단을 거절했다. 그런데 그녀는 어떤 경로로 이곳에 입단했는지 이 자리에 있는 것이다.

"도지수 씨?"

그녀는 은태가 자신의 이름을 기억했다는 것만으로도 감격한 것 같았다.

"네, 채은지 친구, 도지수입니다. 그때 선배님이 입단을 거절하여 빙 둘러 이곳에 오느라 애먹었습니다."

지훈과 훈련생들은 이 훈련생이 두류산의 여비서 채은지의 친구라고 말하자 모두 놀랐다. 화형교 교주의 여비서란 존재는 이 조직에서 실세 중 실세였다. 그런 실세를 둔 친구가 자신들과 동기생이란 것에 모두 가슴 뿌듯하게 여기는 것 같았다.

"오, 오랜만입니다. 그, 그때 지수 씨 몸이 너, 너무 안 좋아 보여, 걱정스러운 마음에 그리한 겁니다. 어, 어쨌든 잘, 잘 오셨습니다."

은태가 의외로 말을 더듬자 옆에 있던 지훈이 그를 찔렀다.

"야! 애들 앞에서 말을 더듬거리면 어떡하냐? 내일부터 당장 훈련에 들어갈 건데. 안 되겠다. 넌 좀 빠져. 내가 말할게."

그러더니 지훈이 자리에서 벌떡 일어섰다.

"여러분들의 입소를 환영합니다. 오늘은 이곳에서 마음껏 드시고 내일부터 우리 지휘에 따라 산악 및 생존훈련에 들어갈 것입니다. 훈련에서 피와 땀을 충분히 흘려야 실전에 들어가서 좋은 결과를 낼 수 있기에, 내일부터 마음가짐을 단단히 가지기 바랍니다. 이상! 이제부터 술도 한잔하고 마음껏 노십시오."

지훈은 말을 마치자마자 옆에 둔 소주 한 상자를 모닥불 중앙으로 내어놓았다. 훈련생들은 오랜만에 보는 술에 환장했는지, 도지수를 제외하곤 너도나도 한 병씩 꺼내 마시고 또 마셨다. 지훈은 후배들과의 술자리가 오랜만이라, 그들과 어울려 기탄없이 마시면서 자신의 무용담을 늘어놓는 등 흥이 더해갔다.

하지만 장은태는 그 시각, 도지수를 데리고 펜션 주위를 산책하고 있었다. 그녀의 멀미병도 자연스럽게 치료할 겸 해서였다. 아니, 그보다 은태는 그녀와 채은지에 관한 이야기를 나누고 싶었다.

"은지가 많이 변했더군요. 원체 예쁘고 똑똑한 아이라, 입단하면 어느 정도 위치까지 올라갈 줄은 알고 있었지만, 교주님의 여비서가 될 거라곤 상상도 못 했지요. 하긴 그럼으로써 병약한 제가 이곳에 올 수 있었지만요."

은태는 그녀의 말에 뜨끔 했지만, 그 부분은 모르는 척했다.

"그러게요. 이젠 은지 씨가 후배가 아니라 상전 같은 느낌이 듭니다."

"호호, 그러니 이젠 아예 꿈도 못 꾸시죠? 은지를 처음 볼 때 눈빛이 남달랐는데, 아주 아쉽겠어요."

그녀의 당돌한 말에 은태는 또 뜨끔 했다.

"무슨 말입니까? 제, 제가 은지 씨를 좋, 좋아하기라도 했단 말입니까?"

"여자는 알아요. 선배님의 그 눈빛은 분명, 은지를 마음에 두고 싶어 하는 눈빛이었어요. 그러니 절 탈락시키고 은지만 데려갔잖아요."

"이, 이제 그, 그만 돌아갑시다. 다들 기다리겠어요."

은태는 황급히 가던 길을 돌아섰다. 그는 이 사실이 교주의 귀에 들어가면 큰일이 나겠다는 생각이 퍼뜩 들었다.

"아잉, 전 조금 더 선배님과 걷고 싶은데."

그러거나 말거나 장은태는 얼른 모닥불이 있는 마당으로 돌아왔다. 그런데 가관이었다. 지훈뿐만 아니라 훈련생 전원은 모두 술에 취해있었다. 지훈은 아예 웃통을 벗어버리고 여 훈련생들과 어깨동무하며 모닥불 주위로 빙글빙글 돌며 춤추고 있었고, 나머지 남 훈련생들은 삼삼

오오 모여앉아 취중잡담에 열중하고 있었다.

"야! 은태야. 주방에 가서 술 좀 더 가져와. 술이 다 떨어졌어."

지훈이 은태에게 아예 명령조로 말했다. 평소 같으면 은태는 화를 내었지만, 오늘은 그도 너그럽게 지훈의 자존심을 살려주기로 마음먹었다.

"알았어. 대신, 조금만 가져올 거야. 다들 너무 취했어."

"뗵! 대장이 가져오라면 썩 가져올 것이지, 뭔 쫄따구가 그리 말이 많냐!"

지훈이 고래고래 고함지르자 그와 어깨동무하던 여 훈련생들의 함성이 터졌다.

"오빠 최고!"

"역시 지훈 선배님이야. 박력 있어."

"사랑해요. 지훈 씨!"

은태는 기가 차서 말이 안 나왔지만, 그냥 기분 좋게 넘어가기로 했다. 어차피 오늘 아니면 지훈에게 진 마음의 빚을 갚을 기회가 없다고 생각했다. 자신의 친구가 아니었다면 사실, 지훈이 가족을 버리고 화형교에 있을 이유가 없다는 게 은태의 생각이었다.

식당과 연결된 주방은 컴컴했다. 불을 켤까, 하고 생각하다 주방에 딸린 방이 아까 그 여자의 숙소라고 들었기 때문에 은태는 라이터 불로 조심조심 냉장고를 찾기 시작했다. 그런데 손을 헛디딘 모양이었다.

'쨍그랑.'

은태는 선반 위에 있던 접시에 손을 대다 그만 바닥에 떨어져 버렸다. 그때 탁, 하는 소리와 함께 불이 들어왔다.

"뭐예요?"

방에서 잠옷 차림의 여자가 나왔다. 그때 그녀를 본 은태는 화들짝 놀라고 말았다. 아름다우면서도 요염한 자태가 염염하게 타오르는 한 떨기 동백 같은 존재, 아무리 봐도 분명 그녀였다. 무엇보다 그때 지리산 공동체 마을에서 몇 번이나 보던 그녀의 나비 모양의 화려한 잠옷과 목에 두르고 있는 독특한 문양의 진주목걸이가 그 증거였다.

"민서라 부대표님?"

그 말을 하곤 은태는 그 자리에 얼어붙었다. 그는 순간, 화형교 특별 교리에 나오는 현자의 환생을 생각했다.

'그녀는 죽어 저세상으로 간 게 아니라 부활한 것이다.'

초저녁에 지훈과 생각한 게 맞았다고 그는 생각했다. 여자는 한참이나 그런 은태를 노려보고 있었다.

"민서라, 라는 이름을 어떻게 아시나요?"

그녀가 물었지만, 은태는 그녀의 소리를 듣지 못할 만큼 충격에 빠져있었다. 그때였다. 주방문이 활짝 열렸다.

"야! 장은태! 술 가지러 간 놈이 왜 이리 안 오냐? 대장인 내가 손수 와야겠어?"

지훈이였다.

"야! 너! 왜 그래?"

지훈은 얼어붙어 멍하니 여자만 쳐다보는 은태를 흔들었다. 그리곤 은태가 바라보는 쪽을 향해 고개를 돌렸다.

"어? 어…!"

은태에 이어 지훈마저 놀란 눈으로 여자를 쳐다보다 뒷걸음질 쳤다.

'부활?'

지훈도 문득 '화형교 특별교리에 나오는 구절이 생각났다.

「지상에서 우리교에 특별히 충성하고 신도들에게 헌신적이며 혁혁한 도(道)를 이룬 자는 죽어서도 죽지 아니하고, 그 육체가 어느 때인가 부활한다.」
ㅡ심판 복음 2장 15절

지훈은 뒷걸음치다, 그 자리에 엎드렸다. 그리곤 화형교 노래를 읊조리며 바닥에 이마를 몇 번이나 쩧었다.

"때가 왔음이라! 온 세상 악한 자들이 불에 태워질 때, 미륵이 왔음이라. 태워라, 처단하라, 심판의 날(A Day Of Reckoning)이 왔음이라!"

지훈의 시끄러운 소리에 겨우 정신이 든 은태는 땅에 엎드린 지훈을 보고 그를 일으켜 세웠다.

"왜 이래?"

"너야말로 왜 그래? 빨리 엎드리자. 그분이 부활하셨잖아."

지훈은 은태보다 더 충격에 빠진 모양이었다. 그건 아까부터 훈련생들과 마신 과다한 술 때문일 수도 있었다. 그때 여자가 그들 앞으로 다가왔다.

"다들 이 야밤에 무슨 일이죠? 술이 필요한가요? 술이라면 저기 저 냉장고에 가득 들어있으니 꺼내 가시죠. 그리고 전 민서라가 아닙니다."

갑자기 환한 불빛에 정신이 혼미하던 은태는 정신이 번쩍 들었다.

"민서라 님이 아니라면 댁은 누구십니까?"

"제 이름은 민지원입니다. 물론 민서라란 이름은 저의 어릴 때 예명이었고, 그 이름을 제 동생이 무척 좋아하긴 했죠. 나랑 있으면 원래 내 이름인 '지원' 대신에 '서라 언니'라고 동생이 불렀으니까요."

"동생분의 이름이 혹?"

"민채원이에요."

그때 어느 정도 정신이 든 지훈이 은태에게 나지막하게 말했다.

"민서라 님의 본명이잖아."

기억이 났다. 은태는 지리산 공동체 마을에 있을 때, 연명부를 본 적이 있었다. 그때 신상정보에 부대표의 이름은 민서라가 아니라 민채원으로 적혀있었다.

"그렇다면 민서라 부대표님의 언니분 되십니까?"

여자는 팔짱을 끼고 도도하게 말했다.

"그런데요."

그 말에 은태와 지훈은 깊은 안도의 한숨을 쉬었다.

"어쩐지 아까부터 낯이 익다, 싶었습니다. 죄송합니다. 미처 몰라 뵈었습니다. 언제 저희 화형교에 입단하셨는지요?"

"그런 자세한 이야기는 날이 밝았을 때 하는 게 낫지 않을까요? 보아하니 술이 필요한 모양인데, 얼른 냉장고에서 술이나 꺼내 가시죠?"

민서라, 아니 민서라와 똑같이 닮은 여자는 정말 민서라같이 찬바람이 쌩, 하고 부는 차가운 표정으로 방에 들어갔다.

그랬다. 민지원. 그러니까 민채원의 언니이자, 어릴 때 예명인 민서라가 동생의 죽음을 접한 건 TV에서였다. 그때 산음 K고수부지 방화·방화 살인에 동생인 민채원이 연루되었다는 것은 그녀의 집을 방문한 산음경찰서 나태주 형사에게 얼핏 들었다. 믿기 어려웠지만, 정황상 동생이라면 그럴 수 있다고 생각했다. 그녀는 이후 몇 번이나 나태주 형사에게 채원과 관련된 일을 묻고 싶었지만, 그러지 않았다. 만약 그게 사실로 확인된다면 그녀로서도 너무 힘든 거였다.

그렇게 차일피일 채원이 직접 연락이 오기만 기다리던 지원은 TV에서 참혹한 동생의 죽음을 보았다. 사건이 종결되고 시신 수습 때문에 산음경찰서에서 연락받은 후, 그녀는 찢기고 훼손된 동생의 살아생전 몸이 아닌 사체를 처음 보았다. 부모님도 계시지 않고, 피붙이라곤 자신밖에 없었던 지원은 할 수 없이 동생의 시신을 산음 인근에서 화장했다. 지원은 채원과 관련된 일은 거기까지라고 생각했다. 그런데 동생을 화장한 후 서울 집으로 돌아오니, 아파트 현관 앞에 택배가 와 있었다. 택배 상자 겉에 보낸 이가 표기되어 있었다.

'산음경찰서 나태주.'

상자를 들고 집 안으로 들어간 지원은 불길한 마음으로 상자를 뜯었다. 거기엔 편지 한 통과 예전 채원이 차고 다니던 진주목걸이가 있었다. 목걸이를 보자, 지원은 참았던 눈물이 쏟아졌다. 그 진주목걸이는 지원이 동생의 대학입학을 기념하여 사준 거였다. 그렇게 한참을 운 뒤, 지원은 편지를 조심스럽게 뜯어보았다. 편지는 채원이 죽기 하루

전에 쓴 거였다.

「지원 언니.
　몇 년을 그리워했지만, 직접 언니를 찾아갈 수 없었던 나의 사정을 이해해주면 좋겠어. 어릴 때부터 언제나 날 따뜻하게 품어주고 예쁘게 바라보던 언니가 오늘따라 너무 생각이 나. …(중략)… 언니! 기뻐해 줘. 마침내 부모님의 철천지원수였던 그놈, 보이스피싱 총책 '왕춘팔'을 해치웠어. 그것도 최고의 수단인 불로 말이야. 죽어 마땅한 자를 처단하려던 나의 오랜 바람이 성취되던 날, 난 하늘에 계신 아빠, 엄마를 보며 비로소 안도의 눈물을 흘렸어. …(중략)… 언니. 아무래도 내일이 되면 난 이 삶을 마감할 것 같아. 언니와 오래오래 함께 있고 싶었지만, 그의 마음이 변한 것 같아. 물론 내 잘못도 있겠지. 난 그를 사랑했을까? 그렇겠지. 내가 부모님 일로 지옥 같은 삶을 살고 있을 때 그는 내게 유일하게 손을 내밀어주었지. 그리곤 우리는 연인이 되어 이 세상의 죽어 마땅한 자들을 화형으로 함께 처단하고 조직을 키웠지. 그와 함께 한 세월은 정말 꿈만 같았어. 그의 수려한 외모와 강단 있는 언변, 그리고 감미로운 입술은 절대 잊을 수는 없을 거야. …(중략)… 그러니 그를 너무 미워하지 마. 나 역시 이게 운명이라 생각하고 그를 용서할 거야. 난 천국에 가서 엄마, 아빠랑 행복하게 지낼 거니까, 언니도 삶을 정리하는 그날까지 제발 행복하게 살길 바라. 그럼 안녕.
　p.s) 진주목걸이가 항상 언니의 예쁘고 긴 목에 걸려있었으면 해. 그게 날 기억하는 유일한 증거니까.」

언니의 하나밖에 없는 동생, 채원

지원은 편지를 다 읽고 난 후, 다시 한번 더 목놓아 울었다. 정황상 동생과 두류산은 연인관계였다. 그런데 어찌 된 일인지 동생의 죽음은 TV 보도에 나온 대로 동반 자살이 아니었다. 이미 동생은 자신이 다음 날, 천왕봉에서 홀로 죽을지를 알고 있었다. 그렇다면 동생을 죽인 자는 놀랍게도 언론에서 떠드는 화형교 교주인 '두류산'이었다. 민지원은 입술을 깨물었다. 두류산은 자신의 동생을 두 번 죽인 자라고 생각했다. 그때부터 민지원은 생업을 접고, 의도적으로 화형교에 들어오기 위해 할 수 있는 일을 다 한 결과, 얼마 전에 이곳으로 들어왔다.

서울지방경찰청 별관에 합동 수사본부가 있었다. 나태주와 박두태는 그제야 기존 근무자와 합류, 정식으로 인사를 나눴다. 총 수사요원은 대충 15명~20명 정도였고 수사본부장은 산음경찰서 정갑태 팀장이 말한 대로 직급이 꽤 높았다. 신고차 그의 집무실에 방문했을 때 그는 나태주 형사를 잘 알고 있었다.
"기대가 큽니다."
그는 이 한마디로 환영의 인사를 마쳤다. 이어 나태주와 박두태를 인솔한 형사팀장이 출장 및 외근 인원을 빼고 긴급회의를 열었다. 그는 자기 전용근무 책상에 앉고, 나머지는 그를 중심으로 빙 둘러 서 있었다. 나태주는 그의 책상 위에 있는 명패를 보고 깜짝 놀랐다. 그의 나이에 비해 계급이 너무 높은 것 때문이었다.
'합동 수사본부 수사과장 경정, 최태림'
후에 알았지만, 그는 행정고시 출신이었다. 일반적으로 행시 출신들은 중앙부처의 기획재정부 등을 선호했지만, 그는 도리어 아무도 가지 않는 경찰을 택하였다. 그건 그의 학력과 관련이 있었다. 지방대 출신이었던 그는 행정고시 출신은, 이른바 명문대 졸업생 외에는 일반 관료에서 승진이 어렵다고 판단했다. 그의 판단은 적중했다. 그는 삼십 중반의 나이에 이른바 출세와 승진이 보장된다는 합동 수사본부의 수사과장이 된 것이다. 나태주는 명패를 보고 그에 대한 존칭을 바꿀까, 하고 물었다.
"형사팀장이 아니라 수사과장님이라고 부르겠습니다."
그러자 그는 크게 웃었다.
"예전 직책이 팀장이라 나도 과장이란 용어가 좀 어색하지만, 좋소. 그렇게 불러주시오."
그는 예리하고 샤프한 사람이었다.
"오늘 서울로 올라올 때, 보고받은 게 있습니다. 부산 금정산에서 강원도로 도주한 용의차량을 우리 요원이 끝까지 추적하였지만, 어느 시점에서 그만 놓쳤다고 합니다. 그래서 일단, 수사본부에 복귀하라고 지시하였습니다."
그러자 어떤 요원이 반박했다.
"이리로 올 필요가 뭐 있습니까? 현재 강원도 평창 쪽에 파견한 우리 요원들과 합류하여 바로 그쪽을 수색하는 게 낫지 않습니까?"
그의 말에 수사과장은 인상을 찌푸렸다.
"평창 초입로에 여의도 방화·살인 사건의 용의차량이 발견되었다지만, 범인들은 사라진 지 오래입니다. 추정하건대, 그들은 전문 산악꾼들입니다. CCTV도 없는 산악지역에서 그들에 비해 모든 게 열세인 우리 요원들만 수색하는 것은 무의미합니다. 따라서 내일부터 우리 수사본부에 새롭게 합류한 나태주, 박두태 형사와 오늘 올라올 요원들을 붙여 정식으로 수색작업을 시작할 계획입니다."
나태주는 그의 말에 고개를 끄덕였고, 박두태는 내일부터 시작될 산악수색작전에 벌써 힘이 빠졌다.

"나머지… 강원도 쪽에 혹시 범인들에 관한 정보가 있습니까?"

이번에는 나태주가 수사과장에게 물었다.

"아니요. 아직은 별다른 건 없소. 단지 버려진 차량을 조회한 결과, 이상하게도 차량에는 단, 두 명의 쪽지문만 발견되었다는 것이오. 그나마 놈들이 지운 희미한 지문을 우리 요원이 겨우 발견했소."

"그럼 된 것 아닙니까? 지문만 있으면 놈들을 특정할 수 있잖아요?"

박두태가 물었지만, 수사과장은 고개를 저었다.

"너무 희미해서 거의 불가능하다는 의견입니다. 내가 말하고 싶은 것은 그 차량에 왜 두 명만이 승차하고 있었는지에 관한 겁니다. 왜냐하면, 그 차량엔 적어도 그날 탈주한 김유리와 김우태, 그리고 탈출을 도운 두류산을 비롯한 서너 명, 도합 5~6명이 타고 있어야 정상인데 말입니다."

"서울에서 강원도로 가는 도중에 한 번이라도 CCTV에 걸린 게 없습니까?"

나태주가 묻자 수사과장은 기다렸다는 듯 CCTV 판독 사진을 여러 장 꺼냈다.

"몇 건 걸렸습니다. 판독해보니 놈들은 봉고차 옆, 뒷면 창을 까맣게 선팅했습니다. 번호판을 가린 건 당연하고요. 그래서 앞면의 운전자와 조수석 두 명 외엔 뒤에 누가 타고 있는지 특정할 수가 없습니다."

"그렇다면 도중에 핵심 몇이 내렸을 수도 있다는 말이네요."

맨 끝에 서 있던 다른 요원이 물었다.

"그럴 수 있지요."

수사과장은 담담하게 대답했다. 그런데 나태주는 그 봉고차의 운전자와 조수석에 앉아있는 두 명에 주목했다.

"그 사진 좀 보여주십시오."

나태주는 희미하지만, 윤곽이 비교적 또렷한 사진 속의 두 명을 면밀하게 살펴보다 수사과장을 쳐다보았다.

"아는 자들입니까?"

"이 자들은 경남 산음 K고수부지 방화·살인 사건의 용의자입니다. 또한, 산음경찰서 방화·살인 사건 때 두류산과 민채원을 도와 탈출시킨 장본인이기도 합니다."

수사과장은 고개를 끄덕였다.

"나도 그렇게 짐작했습니다. 그렇다면 나 형사님은 그들이 어디로 도주했을 것 같습니까? 또 오늘 아침에 금정산에서 도주한 두류산 일당들이 과연 그들과 합류할 것으로 생각합니까?"

수사과장의 질문에 박두태를 비롯한 모든 요원은 나태주에게 시선을 집중했다.

"분명하진 않지만, 설악산에도 그들의 아지트가 있을 거로 추정됩니다. 지리산처럼 은신하기 좋게 무성한 수풀, 그리고 깊은 골짜기가 있으니, 두류산은 그쪽에 기존 화형교 신자가 사는 집이나, 암자, 점집 등 비밀스러운 장소에 그들과 합류할 것으로 보입니다."

"그래서 정확한 장소는?"

"그야, 지금 말할 순 없지만, 지리산의 경우처럼 대청봉 아래가 되겠지요."

박두태는 나태주의 말을 듣고 내일부터 대청봉 근처까지 수색할 생각에 끔찍했다. 수사과장은 한참을 생각하더니, 나태주를 비롯한 전 요원들에게 지시했다.

"내일부터 설악산 전역을 수색한다."

지리산 민들레공동체 마을로 가기 위해 김우태가 운전하는 차량은 이상하게도 산음방향으로 가지 않았다. 대신, H읍을 통과하여 멀리 다른 쪽으로 돌아갔다. 김유리는 이게 안전과 보안 때문이라고 짐작했다. 예상한 대로 차량은 지리산 천왕봉과 가장 가까운 지점에 정차했다. 차량을 수풀 사이에 깊숙이 숨긴 후, 두류산과 김우태 그리고 김유리와 채은지는 걸어서 천왕봉을 넘어야 했다.

"얼마 정도 소요될까요?"

김유리는 답답한 마음에 김우태에게 물었다. 두류산과 채은지의 여분의 짐을 대신 짊어진 김우태의 어깨는 무거워 보였다.

"빨리 가야 네다섯 시간이야. 서둘러야 해."

그들은 각자 짐을 지고 가파른 지리산 북쪽 산등성이를 타기 시작했다. 산을 타고 넘는 건 그들의 전문분야이니 별 상관없었지만, 문제는 채은지였다. 그녀는 조금만 길이 가팔라도 두류산에게 투정을 부리며 쉬어가자고 떼를 썼다. 몇 번이나 참고 참던 김유리가 드디어 폭발했다. 그녀의 남은 짐을 할 수 없이 김우태가 떠맡자, 김유리는 두류산 뒤에 있던 채은지의 뺨을 때린 것이다.

'짝!'

사적 복수 351

그런데 이 사건이 김유리의 산중생활에 치명적인 결과를 초래할 줄, 아무도 몰랐다.

강원도 펜션에 은신한 은태와 지훈은 각자 역할분담을 하기로 했다. 은태는 시시각각으로 좁혀올 경찰의 추적에 대비하여 훈련생 중 남자 5명과 함께 매일 산 아래쪽으로 내려가 정찰을 시도했다. 반면 지훈은 여 훈련생 5명을 데리고 금정산에서 미처 마치지 못한 산악·생존을 훈련을 위해 대청봉으로 올랐다. 둘은 대포폰을 이용해 수시로 연락하며 정찰과 훈련을 이어갔다. 그 와중에 은태가 두류산으로부터 직접 지령을 받은 것은 이곳에 들어온 지 일주일 되는 날이었다.

"두 팀으로 나누어 한 팀은 백담사, 또 다른 팀은 울산바위 쪽에서 교란작전을 시행하시오."

은태는 두류산의 지령을 받고 심각한 고민에 빠졌다.

"뭐래? 교란작전이 뭐야?"

지훈이 안절부절못하는 은태에게 물었다.

"말 그대로야. 적들의 시선을 분산하는 것."

"어떻게?"

"어떻게라니? 넌 우리 화형교의 기본 작전개념도 까먹었냐?"

"그럼 또 살인·방화?"

"살인은 아냐. 그럴 대상자도 없는데, 그냥…, 방화야."

은태의 말에 지훈은 한숨을 크게 쉬었다.

"그러다 국립공원에 큰 산불을 내면 어떡하라고. 내, 참! 교주님은 왜 그런 지령을 내린대?"

은태는 지훈의 불만에 속이 답답했지만, 두류산이 왜 그런 지령을 내리는지 알 것 같았다. 두류산을 비롯한 지휘부에선 한 달 정도 민들레공동체 마을을 정비하는 모양이었다. 그러니 그가 마치 강원도에 있는 것처럼 경찰을 속이려는 거였다. 그렇게 경찰과 언론의 시선이 이쪽으로 집중될 동안 그들은 흐트러진 마을과 조직을 정비할 시간을 벌 속셈이었다.

"방화하는 건 크게 어렵지 않아. 그따위야 우리가 늘 해왔던 거잖아."

은태의 말에 지훈의 눈이 휘둥그레졌다.

"그럼, 뭔데?"

"사람 대신 제물을 태워야 해. 그러면서 늘 그랬던 교주님의 서명이 들어간 유인물도 만들어야 하고."

"멧돼지나 곰 같은 산짐승을 태우고 그 주변에 유인물을 뿌린다고?"

"그렇게 해야 경찰들이 믿지 않겠어?"

"이것 참, 고민이네. 아직 훈련 중인 애들을 데리고 멧돼지나 곰을 어떻게 잡냐?"

"무슨 소리? 우리가 훈련생이던 1기 땐 일주일 만에 멧돼지를 사냥했어. 이번 애들도 우리가 잘 이끌면 충분히 소화해낼 거야. 그리 알고 내일은 각자 사냥부터 가자. 그리고 내가 백담사 쪽을 맡을 테니까, 넌 여자 훈련생 5명을 데리고 울산바위 쪽으로 가. 멧돼지나 곰을 잡기 어려우면 토끼 정도도 가능해."

"그런 후엔?"

"한 달 후에 지리산으로 복귀다."

은태의 말에 지훈은 또 한 번 놀랐다. 하지만 사실, 두류산이 한 달 후에 지리산으로 들어오라고 말한 이는 은태와 제3기 심판 대원 훈련생 중 똑똑한 5명이었다. 은태는 지금 이 상황에서 이런 사실을 지훈에게 밝힐 수가 없어, 혼자 전전긍긍할 수밖에 없었다. 이런 장은태에게 두류산은 이틀 후, 비밀리에 지령 하나를 더 내렸다.

설악산 국립공원 사무소 2층 건물이었다. 나태주를 비롯한 서울지방경찰청 요원 5~6명으로 구성된 합동 수사본부 분원이 이곳에 차려졌다. 나태주는 두류산 일당이 설악산 대청봉 인근에 은신할 거로 추정했다. 수사과장은 서울에 남아 유선으로 모든 상황을 관장하고, 이곳은 이례적으로 나태주가 팀장을 맡았다. 통신 장비와 보안 장비까지 설치한 그날 밤에 수사과장이 나태주에게 전화를 걸었다. 수사과장은 조금 흥분한 상태였다.

"일전 두류산을 비롯한 일당들을 은닉, 도피한 혐의로 서울로 압송한 식당 주인 있잖소."

"네."

"그가 오늘 모든 것을 실토하였소."

나태주는 무슨 의미인 줄 몰라 전화기만 들고 있었다.

"그는 화형교 신자였고 두류산과 일당들을 무려 3개월이나 그의 식당 겸 민박집에 숨겨두었다고 하네요. 그리고 그날."

수사과장은 목이 말랐는지 전화기 너머로 물 마시는 소리가 들렸다.

"그들만 있는 게 아니라, 제3기 심판 대원 훈련생 10명도 있었다고 하오."

"그렇다면 현재 강원도 쪽에 은신하고 있는 놈들의 수가 만만찮다는 말이잖습니까?"

"그렇소. 그러니 내가 강원지방경찰청에 연락해 두겠소. 아무래도 지원 병력이 필요할 것 같소."

"그렇게 해주시면 고맙겠습니다. 지원 병력이 오는 대로 즉각 전방 위적으로 수색을 시작하겠습니다."

수사과장은 나태주의 당찬 목소리에 기분이 좋은 듯했으나, 이내 목소리가 떨렸다.

"그보다, 일전 박두태 형사가 내게 준 놈들의 연명부 아니, 살생부 있잖습니까?"

"네, 기억납니다."

"거길 보면 다음번 처단 대상자가 현직 군 장성입니다."

"그렇죠. 저도 봤습니다."

"조사한 결과 식당 주인의 아들과 그 군인이 관련되어 있더군요. 나 형사가 추정한 군 의문사가 맞았어요. 아들이 부대에서 죽을 때, 그가 책임자였어요."

나태주는 직감적으로 수사과장이 어떤 부분을 걱정하는지 눈치챘지만, 아직은 그럴 단계는 아닌 것 같았다.

"하지만 우리가 쫓고 있다는 걸 잘 아는 두류산이 설마 이 상황에서 범행을 저지르겠습니까?"

"그 장성이 강원도에 근무 중입니다. 그쪽에서 멀지 않아요. 그래서 혹시나 해 전화하는 겁니다. 놈은 워낙 비상하고 예측 불가하여 설사, 실행 가능성이 없다 하더라도 항상 예의주시하고 있으라는 말입니다."

"설마요? 그래도 과장님 지시이니, 새겨듣겠습니다."

"고맙소. 속히 검거하길 기대합니다."

설악산 인근 육군 부대를 관장하는 사단장 고팔승 소장은 사복 차림으로 백담사를 찾았다. 휴일인 만큼 그는 비서 없이 운전병 하나만 데리고 이곳을 방문했다. 독실한 불교 신자인 그는 한 달에 두어 번 꼭 백담사를 방문하여 대웅전에서 기도드렸다.

장은태가 지리산에 있는 두류산으로부터 재명령을 받은 것은 이틀 전이었다. 이번 주 일요일 정오를 기해, 양방향, 즉 백담사와 울산바위 근처에서 화형의식을 거행하라는 거였다. 두류산은 은태에게만 은밀하게 백담사 쪽 거사계획이 바뀌었다고 통보했다. 울산바위 근처에서는 상징적으로 산짐승을 태우지만, 백담사 쪽에는 짐승이 아니라, 사람이었다.

"어떤 자입니까?"

"자신의 영달을 위해 부대원에게 구타, 폭행당하여 억울하게 죽은 병사의 죽음을 타살이 아닌 자살로 내몬 어처구니없는 군바리지. 병사의 아버지가 아들의 진상규명을 위해 부대 앞에 죽기를 각오하고 누워, 그와의 면담을 요구했지만, 그는 군용차량을 세우기는커녕, 누워있는 아버지를 깔고 지나갈 정도로 몰상식한 놈이야. 그 때문에 병사의 아버지는 차를 피하다 골절상을 입었지."

"병사의 아버지는 왜 청와대나 군인권센터에 고발하지 않았습니까?"

"한심한 소리! 아들의 억울한 죽음을 밝히기 위해 아버지는 그보다 더한 일도 하지 않았겠나? 그들이 아버지의 소리에 귀를 기울이지 않은 거지."

은태는 두류산의 질책을 받자 할 말이 없었다.

"……."

"철저히 준비해서 차질이 없도록!"

이틀 전에 펜션을 출발한 은태 일행은 백담사에 새벽에 도착했다. 사람의 눈에 띄지 않도록 험한 산길을 골라, 걸어서 왔기 때문이었다. 그들은 백담사 근처 수풀에서 잠시 눈을 붙인 후, 정각 12시가 되기만을 기다렸다.

11시 45분. 은태와 제3기 심판 대원 훈련생들이 조심스럽게 사단장 고팔승의 자가용 근처로 다가갔다. 마침 운전병은 차 안에서 자고 있었다. 훈련생 한 명이 재빠르게 운전병 옆에 올라타 칼로 위협했다.

"차를 저쪽으로 빼!"

경내에 있는 차량이 인적이 드문 곳으로 이동할 때쯤 고팔승이 대웅전에서 나오다 이 장면을 목격했다.

"저놈이 멀쩡하게 있는 차를 왜 구석으로 몰지?"

고팔승 소장은 마침, 법회를 마치고 나오는 주지 스님과 잠깐 인사를 나눈 후, 차량 쪽으로 다가왔다. 그때 차 뒤편에 숨어있던 장은태가 기름통을 들고 그의 앞에 섰다.

"고팔승 사단장님이시죠?"

"그렇소만."

순간, 3기 심판 대원들이 그를 재빨리 포박하여 무릎을 꿇렸다.

"뭐야? 네 놈은!"

"입부터 막아."

은태가 지시하자 심판 대원 한 명이 수건으로 그의 입을 틀어막았다.

「당신은 군에서 타살당한 병사의 억울한 죽음을 헤아리지 않고 오직, 당신의 안위와 승진을 위해 그를 자살로 내몬 군의 부적격자이므로 오늘 이 시간을 기해, 판결자 전원일치로 극형인 화형에 처함.」

심판의 날, 두류산.

은태는 판결문을 읽자마자 그의 몸에 휘발유를 뿌렸다. 그리곤 미련 없이 라이터를 켜서 그의 몸에 던져버렸다.

'아악!'

순식간에 그의 몸에는 불이 붙으면서 비명이 경내에 울렸다. 이어 은태는 지훈에게 전화를 걸어 울산바위 쪽의 상황도 종결된 것을 확인하고 재빨리 그곳을 벗어났다.

일요일이라 마침, 나태주와 박두태는 고향에 가지 않고 설악산 울산바위 쪽으로 등산을 하고 있었다. 나머지 요원들은 어제, 이미 주말을 기해 서울로 떠난 상태였다. 수사과장이 요청한 강원지방경찰청 지원

병력이 내일 오기로 하여, 팀장인 나태주는 그들의 외박을 허용한 터였다. 그동안 나태주를 비롯한 요원들은 두류산이 은신할 것으로 추정되는 암자와 점집 등을 수색했지만, 워낙 인원이 적어 큰 성과가 없었다.

"날씨는 정말 좋네요. 가을이 되니 이곳, 설악산의 전경이 지리산이나 황매산과는 비교가 되지 않을 정도로 멋집니다."

박두태는 오랜만에 일에 해방되어서인지 한껏 기분이 부풀어 올라있었다.

"그래도 저는 지리산에 더 깊은 정감이 갑니다. 이맘때쯤 되면 천왕봉 근처에 억새 군락이 꽤 멋이 있잖습니까? 하하."

그들은 울산바위 근처 밑까지 도달했다. 그런데 바위 쪽을 쳐다보던 박두태의 입에서 비명이 나왔다.

"저거, 저게 뭐죠? 불? 산불인가?"

나태주 또한 무척 놀랐다.

"어서 가봅시다."

그들은 뛰다시피 하여 울산바위 근처로 왔다. 이미 구경꾼들이 주위에 몰려있었다.

"저건 멧돼지 아닙니까? 왜 이런 곳에서 산짐승을 태우지?"

구경꾼들의 웅성거리는 소리가 대단했다. 그때 어떤 등산객이 소리쳤다.

"유인물이 있어요!"

나태주는 불타는 산짐승 근처에서 유인물을 얼른 주었다.

「우리는 민중의 밭에 함부로 침입하여 그들의 수확물을 마구잡이로 먹어 치우는 멧돼지를 처단하는 것처럼, 앞으로도 민중을 위해(危害)하거나 그들의 생명과 재산을 사적으로 짓밟는 이 세상의 멧돼지 같은 놈들은 극형인 '화형'으로 처단할 것이다.」
심판의 날, 두류산.

명백한 기습이었다. 강원지방경찰청에서 병력을 지원받아 내일부터 대대적으로 전방위적 수색을 계획하던 나태주로선 뼈아픈 실책이었다. 설악산 백담사 방화·살인 사건과 울산바위 방화사건은 그야말로 두류산의 도발적인 작전이었다. 여의도 방화·살인 사건이 일어난 지 채 한 달도 안 된 상황에서 벌어진 이 사태로 경찰은 청와대와 여·야당, 그리고 언론으로부터 호되게 질타 받았다.

당연히 두류산 체포 작전의 선봉인 합동 수사본부와 설악산에 파견된 나태주의 분원이 언론의 질타 대상이 되었다. 주요 방송사와 종편채널은 휴일임에도 이례적으로 그날 오후에 이 사건을 대대적으로 보도했다. 특히 발 빠른 주류 신문사는 방송사와 마찬가지로 그날 오후에 호외 형식으로 신문을 발간했는데, 제목이 과히 선정적이었다. 이를테면 '두류산. 잡나, 안 잡나?', '군(軍)으로 간 영웅' 등이었고, 유튜버들은 한발 더 나아가 '두류산의 설악 대첩', '국민 영웅이자 현대판 의적, 두류산의 승부수.' 등 자극적인 보도를 일삼았다. 이에 수사과장은 그날 오후에 헬기로 나태주가 있는 합동 수사본부 분원으로 날아왔고, 서울로 외박 나간 요원들도 모조리 복귀했다.

"면목 없습니다."

헬기 도착 장소로 마중 나간 나태주로선 이 말밖에 할 말이 없었다.

"아니요. 예상하였지만, 놈들이 더 빨리 일을 진행했을 뿐이니 개의치 마시오."

박두태를 비롯한 요원들은 수사과장이 분원에 들어오자, 모두 기립하여 빳빳이 서 있었다. 수사과장이 미리 준비한 좌석에 앉자, 나태주가 재빨리 브리핑을 시작하였다.

"살해당한 고팔승 소장은 오늘 운전병만 데리고 백담사 대웅전을 방문했고, 범행시각은 정확히 12시이며, 범인들은 대략 5~6명으로 추정됩니다. 이번 범행 역시 그들의 방식인 '화형'입니다. 범행 후 그들은 백담사 뒷산으로 도주했으며 목격자인 운전병은 목에 상처를 입어 현재 군 병원에서 치료 중입니다. 또한, 울산바위 방화는…."

그때 수사과장이 나태주의 말을 끊었다.

"울산바위 쪽은 됐고. 백담사에 출몰한 범인 중 두류산이 있던가요? 그쪽에 우리 요원이 나가 있죠?"

"네, 물론입니다. 현재 우리 쪽 요원 2명과 강원지방경찰청 형사팀이 공조 수사 중입니다. 그런데 질문하신 두류산의 행방은 솔직히 파악되지 않았습니다. 오늘 백담사 경내의 CCTV가 모두 꺼져있었고, 목격자 또한 운전병 외엔 거의 없는 것으로 파악되었습니다."

"범인들이 주도면밀하게 범행을 저질렀다? 지금 그 말이죠?"

"……."

수사과장이 비꼬는 투로 묻자 나태주와 나머지 요원들은 바짝 긴장했다.

"그래, 이제 어떡할 겁니까? 이렇게 모여, 아무런 대책 없이 우리끼리 반상회나 할까요?"

"아닙니다! 내일 아침, 강원지방경찰청에서 지원 병력이 오면…."

나태주의 말이 끝나기도 전에 수사과장이 또 말을 끊었다.

"아니요! 지금 지원 병력이 올 것이오. 내가 그쪽에 긴급요청을 해두었소. 그러니, 지금 당장! 전원 설악산 일대를 샅샅이 수색하시오."

공교롭게 수사과장의 말이 끝나자마자, 설악산 국립공원 사무소 마당에 경찰병력을 태운 버스 2대가 도착했다.

지리산 민들레공동체 마을 지하 벙커에서 TV를 보던 두류산은 박수를 치며 환호했다. 옆에 있던 김우태와 김유리는 감격에 겨워 서로를 부둥켜안았다.

"대성공입니다. 장은태! 이 녀석 정말 대단한 친구입니다."

김우태가 입에 거품을 물고 그를 칭찬하자 두류산이 자리에서 일어났다.

"그렇습니다. 아직 햇병아리에 불과한 훈련생 일부를 데리고 이런 큰 건에 성공했으니, 장차 그의 장래가 촉망됩니다."

두류산은 말을 끝내고 인터폰을 눌렀다. 마을회관 사무실에 있는 그의 여비서, 채은지에게 연결되는 전화선이었다.

"축배를 들어야지. 촌장에게 말해 여기 삶은 닭과 술 좀 내어오라고 해."

인터폰 너머에서 애교 섞인 목소리가 카랑카랑하게 들렸다.

"넹, 축하드려요. 교주님."

그 목소리에 김유리는 마음에 거슬렸지만, 두류산이 앞에 있어 내색하지 않았다. 그날 엄살 부리던 채은지의 뺨을 때린 사건으로 두류산은 좀처럼 김유리에게 곁을 내어주지 않았다. 게다가 두류산이 혼잣말로 한 말 때문에 김유리는 마음이 상하고 말았다.

"여의도 거사보다 이번이 훨씬 나은 것 같아."

잠시 후, 마을 촌장이 백숙과 술을 가져오자, 분위기가 한결 좋아졌다. 두류산이 직접 김우태와 김유리에게 잔을 따라 함께 축배를 들어 화기애애한 분위기를 만들었기 때문이었다. 그들은 오랜만에 마음을 터놓고 먹고 마셨다. 그러던 중에 채은지가 두류산에게 전화기를 건넸다.

"교주님. 전화 연결되었습니다."

"장은태입니다."

김우태와 김유리는 두류산이 장은태에게 단순하게 축하와 격려의 의미로 전화를 한 줄 알았다.

"오늘 대단히 수고했어. 그런데 방송을 보니, 예상을 뛰어넘어 그쪽이 아주 시끄럽겠어. 그러면 너와 훈련생들이 위험해져. 그래서 지령을 다시 내린다. 지금 당장, 도보로 우리 쪽으로 넘어오도록 해."

"한 달 후라고 말씀하시지 않았습니까?"

"지금 출발해도 그 정도는 걸려."

"그럼, 이지훈 대원과 나머지 훈련생들은요?"

"그들은 그때 말한 것처럼 그곳에 남아, 교란작전을 계속한다. 건투를 빈다. 무사히 복귀하도록!"

그때였다. 두류산이 전화를 끊으려 하자, 장은태가 그에게 긴히 청이 있다며 다급한 목소리로 말했다.

"뭔데? 뭔지 몰라도 오늘 같이 성공을 거둔 우리, 은태 영웅의 요청이라면 다 들어주어야지. 말해봐."

"그때 말씀드린 그 여자분도 함께 데려가겠습니다."

"그 여자?"

"네, 그분요."

두류산은 썩 내키지 않았지만, 방금 자신이 한 말도 있고 해서인지 호탕하게 웃었다.

"그래, 그렇게 해!"

장은태는 산중에서 두류산의 전화를 받고 깊은 고민에 빠졌다. 자신은 차를 타고 가든, 뛰어가든, 걸어가든 그곳에 가기만 한다면 더할 나위 없이 좋겠지만, 문제는 친구 이지훈이었다. 이 사건 이후로 경찰의 대대적인 추격이 설악산 쪽으로 몰리는 상황에서 그의 체포는 시간문제였다. 그렇다고 두류산의 허락 없이 지훈까지 지리산으로 데려갈 순 없었다. 그리고 또 한 사람, 은태가 신경 써야 할 사람이 있었다. 그녀는 민채원의 언니, 민지원이였다.

백담사에서 고팔승을 처단하라는 두류산의 지시가 있던 날 밤, 은태는 마음이 뒤숭숭하여 홀로 마당에 있었다. 지훈을 비롯한 훈련생들은 그날 훈련이 고되어서인지 초저녁부터 곯아떨어졌다. 청승스럽게 달을 보고 있는데 뒤에서 인기척이 들렸다. 은태는 뒤돌아보다 깜짝 놀랐다. 달빛 아래 실루엣은 마치 죽은 민채원과 흡사했다.

"이 시간까지 안 주무셨어요?"

애써 마음을 다잡은 은태는 태연한 척했다.

"엿들으려고 한 건 아닌데, 그냥 알게 되었어요. 부탁이 있어요."

은태는 무슨 말인 줄 몰라 고개를 갸웃거렸다.

"어떤 부탁이신지?"

"한 달 후에 지리산, 공동체 마을로 복귀한다고 들었습니다. 그때 저도 데려가 주시면 안 될까요?"

"네?"

"비록 밥 짓고, 빨래하는 일 정도밖엔 못 하겠지만, 그분과 거기 계신 대원들께 도움이 되고 싶습니다."

은태는 지원의 말에 적잖이 놀랐다.

"이유가 뭐죠?"

"자신이 없더라도 제가 그분을 곁에서 보살펴달라는 채원이의 마지막 부탁을 들어주려구요. 저 또한, 그 공동체 마을에서 채원이가 어떻게 살았는지 직접 보고 싶습니다."

은태는 선뜻 이해가 가지 않았다.

"그렇다면 민서라, 아니 민채원 부대표님과 이전에도 연락이 되었단 말씀이세요?"

"아뇨. 그 아이가 내 곁을 떠난 뒤, 단 한 번의 연락도 없었습니다. 하지만 채원이가 죽기 전, 마지막으로 제게 편지를 했죠. 두류산, 그분을 끝까지 보필하고자 했지만, 그러지 못할 상황이 되니, 그 역할을 제게 부탁한 셈입니다. 그런데, 은태 씨에게 하나 묻고 싶은 게 있어요."

사적 복수 365

"말씀하십시오."

"우리 채원이가 그분을 정말 사랑했나요?"

너무 갑작스러운 질문이었다. 은태는 어떻게 말하는 게 최선일까, 고민하다 그냥 솔직하게 답하는 게 나을성싶었다.

"그렇게 알고 있습니다."

"그렇다면 그분은요? 그분은 우리 채원이를 사랑했습니까?"

은태는 대답 대신, 그냥 고개를 끄덕였다. 이 시점에서 둘의 복잡하고 미묘한 관계를 밝히는 것은 무의미하다고 판단했다.

"부탁입니다. 동생이 사랑했던 그분의 곁에서 제가 할 수 있는 일을 하게 해주세요."

은태는 민지원의 마음을 이해할 것 같았다. 그건 죽은 동생을 너무 아낀 나머지 동생의 유언을 차마 거절할 수 없는 언니의 사랑이라고 생각했다. 하긴, 민지원을 데려가면 손해 볼 게 없었다. 두류산 옆에 여비서인 채은지가 있지만, 그녀가 교주와 나머지 대원들을 위해 밥을 짓고 빨래를 하는 게 아니었다.

결국, 다음 날 은태는 두류산에 이런 상황을 알렸지만, 무슨 이유엔지 두류산이 머뭇거리다, 마침내 오늘 승낙한 것이다. 은태는 민지원에게 바로 전화했다.

"그분이 승낙했습니다. 그런데 일정이 바뀌었어요. 시간이 촉박합니다. 내일 오후 5시, 오대산 등산로 입구에서 만납시다. 강릉 시외버스 터미널에 버스가 있을 겁니다. 옷차림은 등산복입니다."

그런 후 은태는 지훈에게 전화를 걸어 두류산의 결정을 통보했다.

지훈은 예상대로 많이 서운했는지 대답조차 하지 않다가, 마지막에 한 마디 했다.

"운명인 것 같아. 조심해서 내려가."

지훈의 목소리에는 울음이 섞여 있었다. 설령 일이 잘 풀린다 하더라도 이제 은태는 그와 만날 일이 없다고 생각했다. 은태는 마음을 다 잡고 대원들을 집합시켰다. 훈련생들은 종일 산을 타는 바람에 피곤함에 절어 여기저기 널브러져 있다가, 은태의 부름에 다람쥐처럼 모였다.

"지리산에서 수정 지령이 내려왔다. 이 시간 이후로 우리는 펜션으로 복귀하지 않고 그곳으로 간다."

한 훈련생이 놀란 나머지 은태에게 물었다.

"그, 그곳이 어디입니까?"

"지리산, 그분이 계신 곳이다."

그러자 훈련생들은 모두 환호했다. 꿈에 그리던 화형교 본원지에서 위대한 교주를 만난다 생각하니 마음이 들뜨는 모양이었다. 그런데 그들의 인상은 잠시 뒤, 종잇장같이 구겨졌다.

"뭘 타고 갑니까?"

"도보로 간다. 우린 백두대간을 타고 갈 거야. 오대산, 태백산, 속리산을 통해 지리산으로 갈 거니까, 마음 단단히 먹도록 해. 지금부터 10분 후 출발이다. 이상! 질문 있나?"

은태의 말에 훈련생들은 모두 넋이 나가버렸다.

나태주와 박두태는 수사과장의 지시에 따라 강원지방경찰청 지원병력과 함께 백담사에 도착했다. 그때가 이미 해가 서쪽으로 넘어가 어둑어둑할 시간이었다. 경내에는 경찰 통제선이 쳐져 있었고, 미리 이곳에 도착하여 공조 수사 중인 합동 수사본부 요원들이 대기해있었다. 지방에서 파견 형식으로 합수부에 합류했지만, 수사과장의 배려로 팀장인 된 나태주는 어깨가 무거웠다. 먼저 그는 이곳에서 감식과 채증을 진행했던 요원들에게 사건의 단서가 될 만한 보고부터 받았다.

전체 사건과 관련된 것은 TV에서 보도한 내용과 별다른 차이가 없었는데, 다행히 요원들이 고팔승 소장의 운전병 외에 목격자 몇을 추가 발견했다는 게 성과면 성과였다. 나태주는 요원들에게 계속 남아서 목격자 진술 및 감식과 채증을 마무리하도록 지시했다. 그리곤 곧장 야간 수색을 위해 팀을 A, B조로 나누었다. 나태주가 선봉이 되는 A조는 백담사에서 영시암, 수렴동 대피소를 거쳐 봉정암으로, 박두태를 임시조장으로 한 B조는 영시암에서 아랫길, 즉 오세암 쪽으로 방향을 틀어 봉정암으로 수색을 지시했다.

결국, 서너 시간에 걸친 대대적인 수색 끝에 1차 집결지인 봉정암에서 합류하는 것으로 결론을 냈다. 이쪽으로 수색하는 이유는 범인들이 분명히 대청봉 아래쪽으로 도피했다는 나태주의 직감 때문이었다. 하지만 나태주는 봉정암까지 수색만으로 범인들을 검거하리라곤 생각하지 않았다. 그들은 범행 후 신속히 이동, 도피함으로써 지금쯤 백담사와 대청봉 중간지점에 있을 것으로 추정했다. 단지 나태주는 범인들의 도피과정에서 분명히 찢긴 옷가지, 흘리고 간 물통 등 어떤 흔적이 남아있으리라고 생각했다.

야간 수색은 생각보다 어려웠다. 컴컴한 산길을 플래시 불빛으로 의존하여 걷다 보니 평소보다 힘이 배가 들었다. 게다가 해가 떨어지면서 이곳 설악산의 기온은 뚝 떨어져 있었다. 나태주는 팀원 몇 명과 지원 병력을 데리고 봉정암 쪽으로 출발하면서 예전, K고수부지 방화·살인 사건의 범인 검거를 위해 폭설 속에서도 지리산 수색에 목숨을 걸었던 권 팀장을 떠올렸다. 그때 그가 느꼈던 막막함을 나태주는 이제 알 것 같았다.

수색 두 시간 무렵이었다. 수렴동 대피소에서 한 시간쯤 지나 계곡을 따라가고 있는데, 먼저 가던 팀원 한 명이 소리쳤다.

"팀장님! 여기."

그가 플래시를 비추었다. 계곡 길에서 산비탈 쪽에 있는 다소 평평한 곳이었다.

"뭐가 있습니까?"

나태주는 다급히 그쪽으로 뛰어 올랐다. 과연 그곳엔 일단의 사람들이 쉬고 간 흔적이 고스란히 남아 있었다. 다른 곳에 비해 풀들이 군데군데 누워있었고, 빵 부스러기와 먹다 남은 봉지, 그리고 결정적으로 빈 생수병 몇 개가 있었다. 그 병에 범인의 타액이 묻어있을 것이었다.

"범인들이 아니라, 일반 등산객이 쉬었다 간 흔적이 아닐까요?"

나태주는 혹시나 하는 마음으로 팀원에게 반문했다. 하지만 그 팀원은 확신에 찬 듯 고개를 저었다.

"저는 경찰청 등산모임의 총무입니다. 산에 관하여선 제법 알지요. 누운 풀의 상태로 보아, 이건 아마 한두 시간 전이 됩니다. 설악산에

놈들과 우리 빼곤 이렇게 야간에 일반 등산객들이 산행하는 일은 흔치 않은 일입니다. 놈들이 쉬고 간 흔적이 분명합니다."

나태주는 그의 말에 타당성이 있다고 판단했다. 그는 다른 요원을 시켜 봉지와 생수병을 수거하게 하고, 곧바로 B조의 박두태에게 전화를 걸었다.

"놈들의 흔적을 발견했으니 B조는 수색을 포기하고, 최대한 빠른 걸음으로 봉정암으로 오기 바랍니다."

나태주는 봉정암에서 B조와 합류하여 합동으로 수색작전을 펼칠 계획이었다. 목표는 소청, 중청을 넘어 대청봉이었다. 대청봉까지 안 가더라도 그 중간에 범인들이 휴식을 겸해 산중에서 취침한다면 운 좋게 검거할 수도 있었다.

"출발! 우리도 빠르게 걸어 봉정암으로 갑시다."

그때부터 수색조는 희미한 불빛에 의존하여 마치 산악행군하듯 봉정암으로 향했다. 그런데 놀라운 것은 봉정암에 도착하니 B조가 이미 도착했다는 사실이었다. 원래 코스 상 A조보다 B조가 30분에서 한 시간 더 걸리게 되어있었다. 나태주는 이게 지방에서 함께 올라온 박두태 형사의 힘이라고 생각했다.

나태주의 직감은 맞았다. 은태 일행은 그 시각 나태주가 예상한 백담사와 대청봉의 중간지점인 소청 입구에 있었다. 하지만 은태와 훈련생들은 그곳에서 대청봉 쪽으로 올라가는 게 아니라, 도로 백담사 쪽으로 내려오고 있었다.

그들의 목적지는 오대산이었다. 설악산이 있는 인제에서 오대산이 있는 홍천군까진 백담사에서 승용차로 가면 불과 2시간 30분밖에 걸리지 않았다. 하지만 두류산의 명령대로 그들은 오직 발로 움직여야 하는 힘든 여정이었다. 정확한 예상 시간은 가늠할 순 없지만, 지도상으로 볼 때 적어도 그들이 있는 소청에서 오대산 등산로 초입까지는 하루하고도 반나절이 걸리는 여정이었다. 그마저도 사력을 다한 속보일 때가 그렇다는 이야기였다.

은태는 다음 날 오후 5시에 오대산 입구에서 민지원과 약속한 것을 기억하곤 훈련생들을 재촉했다. 필사적으로 걷지 않으면, 도저히 약속 시각에 도착하지 못할 거리였기에 은태는 훈련생들이 초인적인 힘을 발휘하도록 그들을 채찍질했다. 그들은 할 수 없이 소청에서 올라왔던 길을 도로 내려가면서 뛸 수밖에 없었다. 은태는 훈련생들을 격려하기 위해 노래를 선창했다.

"때가 왔음이라! 온 세상 악한 자들이 불에 태워질 때, 미륵이 왔음이라. 태워라, 처단하라, 심판의 날(A Day Of Reckoning)이 왔음이라!"

과연 노래의 힘은 대단했다. 훈련생들은 이 노래를 부르면서 잠시 가졌던 열패감과 굶주림, 그리고 목마름을 단번에 극복하고 있었다. 합창으로 부르는 노래 때문에 그들은 하나가 되어 험하디험한 산길을 뛰듯이 내려왔다. 얼마나 빨리 달렸던지 봉정암에서 소청까지 4시간이나 걸렸던 거리를 그들은 야간임에도 불구하고 불과 2시간 반 만에 내려왔다. 그만큼 그들은 초인적인 힘을 발휘하고 있었다.

그때였다. 산 밑쪽에서 불빛이 듬성듬성 보였다.

"모두 제자리!"

은태는 훈련생들을 산 쪽으로 대피시킨 후 자신은 높은 바위에 올라갔다. 예상한 대로 경찰이었다. 불빛이 가까이 옴에 따라 은태는 경찰의 머릿수를 대충 헤아릴 수 있었다.

"세상에! 1개 대대 병력이야. 모두 소리 없이 산 쪽으로 튄다. 즉각 시행하라."

은태와 훈련생들은 재빨리 산 쪽으로 달아났다. 그 길을 어리석게도 나태주 일행은 땀을 뻘뻘 흘리며 올라가고 있었다. 경찰이 소청 쪽으로 올라간 뒤, 은태와 훈련생들은 조심스럽게 내려와 봉정암을 거쳐 백담사로 재빨리 이동했다.

한편 그 시각, 은태로부터 그와 일부 훈련생들이 지리산으로 간다는 말을 들은 지훈은 여 훈련생들과 펜션에 무사히 도착했다. 그는 도착하자마자, 펜션 마당에 모닥불을 피우고, 울산바위에서 화형에 처했던 멧돼지 사체의 일부(뒷다리)를 불에 굽기 시작했다. 어차피 두류산이 자신을 희생양으로 삼았다고 생각한 지훈은 홧김에 이곳에서 자신이 교주가 되기로 마음먹었다. 그에겐 이제 화형교의 교주인 두류산도, 친구인 은태의 존재도 아예 없었다. 일종의 반역인 셈이었다.

지훈은 민지원에게 부탁하여 밤새워 먹고 마실 술과 안주를 준비하게 하고, 목욕을 마친 여 훈련생들을 모닥불 주위로 집합시켰다. 민지원은 어차피 내일이면 이곳을 떠날 사람이기에 그가 부탁한 것은 모조리 준비했다. 마침, 펜션 주인인 노인도 일이 있어 그곳에 없었다. 지훈은 예전 민채원이 그랬듯 모닥불 한가운데에 서서, 일장 연설을 시작했다.

"오늘 위대한 처단식을 성공적으로 수행한 여러분들의 노고를 치하합니다. 우리 화형교단에서는 이런 날만큼은 심판 대원들을 격려하기 위해 모든 지원을 아끼지 않습니다. 여러분은 오늘 이 처단식에 참여함으로써 이제 훈련생이 아닌 제3기 정규 화형교 심판 대원이 되었습니다. 진심으로 축하드립니다."

그러자 여 훈련생들의 환호가 터져 나왔다. 민지원은 이런 그들의 의식을 베란다에서 묵묵히 지켜보고 있었다.

"그리고 하나 더! 여러분께 기쁜 소식을 전하겠습니다. 아까 지리산에서 지령이 왔습니다. 그게 뭐냐면, 여기 이 자리에 서 있는 나, 이지훈이 설악산 화형교 교주로 임명되었다는 사실입니다."

이번에는 여 훈련생들이 모두 눈을 동그랗게 떴다.

"아니, 지리산에 있는 교주님도 계시는데 이곳에 또 교주를 세웠다는 말씀입니까? 그리고 잠시 후면 백담사 처형식에 갔던 장은태 선배님도 오실 거잖아요. 그렇다면 그분은 뭐죠?"

어떤 여 훈련생이 미심쩍다는 표정으로 물었다.

"장은태와 남 훈련생들은 이곳에 오지 않습니다. 그들은 바로 지리산으로 합류하기 위해 이미 출발했습니다. 따라서 이 지역은 제가 선봉이 되어 성전을 치러야 할 의무와 책임이 있기에, 교주님께서 이곳을 제2의 화형교 거점으로 삼고, 저를 이 지역 교주로 임명한 것입니다. 뭐? 문제가 있습니까?"

지훈의 말이 워낙 유창했다. 그제야 여 훈련생들의 환호가 이어졌고 박수가 나왔다.

"교주님! 교주님! 설악산 교주님! 이지훈!"

지훈은 어여쁜 여 훈련생들이 자신에게 환호하자 그간 가졌던 두류산이나 장은태에 대한 미움과 서운함이 순식간에 가셨다.

"좋습니다. 여러분의 환호에 보답하는 훌륭한 교주가 되겠습니다. 자, 그렇다면 앞으로 성전을 수행할 저의 여비서를 지명하겠습니다. 지리산 교주이신 두류산 님에겐 채은지라는 아리따운 여비서가 있습니다. 저는 이 자리에서 역시 미모가 출중하고 오늘 처단식을 훌륭하게 수행한 도지수 씨를 지명하려는데 여러분의 의견은 어떻습니까?"

그러자 도지수는 난데없는 이지훈의 제안에 얼굴이 빨개졌지만, 나머지는 열렬한 박수로 그녀를 추천했다.

"좋아요!"

"지수가 딱, 입니다."

지훈은 혼자 빙그레 웃으며 도지수를 앞으로 나오게 하고 여 훈련생들에게 인사를 시켰다.

"자아~, 이제 눈치 볼 것 없이 먹고 마십시다!"

지훈의 제창에 화형교 훈련생에서 제3기 심판 대원으로 승격했다고 생각한 여 훈련생들은 가차 없이 잔을 높이 들었다. 지훈은 도지수를 비롯한 훈련생 개개인에게 직접 술을 권하고 받으며 분위기를 돋우었다.

그렇게 초저녁부터 시작한 술판은 자정 무렵이 되자 분위기가 완전히 무르익어버렸다. 지훈은 진짜 자신이 교주가 된 양, 여 훈련생들의 신체에 접촉하는 등 그녀들을 희롱했지만, 거부하는 훈련생들은 없었다. 지훈이 재차 마당 한가운데에 섰다. 그의 옆에는 졸지에 비서가 된 도지수가 술에 취한 채, 비틀거리며 서 있었고 밑에는 양탄자가 깔려 있었다. 지훈은 은밀하게 침을 삼켰다.

"여러분! 제가 1기 심판 대원이었을 때, 이렇게 거사가 성공하면 당시 화형교 부대표였던 민서라 님이 저와 장은태를 위해 어떤 봉사를 해주셨는지 모르시죠?"

베란다에서 물끄러미 이 광경을 지켜보던 민채원은 동생 이름이 나오자 귀를 쫑긋 세웠다.

"어떻게 해주셨는데용?"

이미 혀가 꼬여버린 어떤 훈련생이 턱을 괴고 물었다.

"옆에 서 있는 도지수 씨를 민서라 부대표님으로 생각해봅시다. 그녀는 우리를 위해 이렇게!"

순식간이었다. 지훈은 술에 취해 반항조차 할 수 없는 도지수의 겉옷을 거침없이 벗겨버렸다. 밤이 깊은 펜션 마당에 보름달에 비친 도지수의 알몸이 그대로 드러났다.

"그분은 우리를 위해 자신의 몸을 아끼지 않았습니다. 왜냐하면, 우리 대원들끼리 몸을 섞는 것은 위대한 성전을 위한 하나의 도구라고 생각했기 때문입니다. 여러분! 오늘은 부끄럽다는 생각을 마시고 저처럼, 아니 저와 함께 섹스의 기쁨을 누려봅시다."

그리곤 지훈은 옷을 벗더니 그대로 도지수를 양탄자 위로 눕혔다.

여 훈련생들은 술김에 부끄러워하는 대신, 지훈을 환호했고 이어 노래를 불렀다.

"때가 왔음이라! 온 세상 악한 자들이 불에 태워질 때, 미륵이 왔음이라. 태워라, 처단하라, 심판의 날(A Day Of Reckoning)이 왔음이라!"

이제 순식간에 지훈과 도지수 그리고 여 훈련생들은 너 나 할 것 없이 이 성스러운 섹스 파티에 동참하고 있었다. 이 장면을 지켜보던 민지원은 차마 눈 뜨고 볼 수가 없어 얼른 방으로 들어가 버렸다. 그녀는 동생이 그토록 신봉했던 화형교란 게 이런 건가 싶어 치를 떨었다. 지훈의 말대로라면, 동생은 부대표로 있으면서 교주뿐만 아니라 그들과도 함께 몸을 섞었다는 말이었다. 그랬던 그녀가 결국 교주와 동반 자살이라는 미명 아래, 홀로 죽은 것이었다.

민지원은 언니로서 그동안 동생을 살뜰히 챙기지 못한 게 이런 결과를 초래했나 싶어 이불을 덮어쓰고 홀로 울었다. 그러다 설핏 잠이 든 모양이었다. 꿈속에서 지원은 동생을 보았다. 지원이 반가워서 다가갔지만, 동생은 안개 너머로 자꾸자꾸 멀어지고만 있었다. 할 말이 많았던 지원은 동생을 쫓아가다 그만, 돌부리에 걸려 넘어졌다. 그러는 바람에 잠이 깼다.

바깥은 아직 고성과 노래로 시끄러웠다. 그들만의 이상한 축제가 끝나지 않은 거로 생각한 지원이 몸을 일으켜 머리맡에 있는 물을 마시려 할 때, 방문을 두드리는 소리가 크게 났다.

'쾅, 쾅, 쾅!'

지원은 갑작스러운 문 두드리는 소리에 화들짝 놀랐다. 그러면서 행여 바깥에 술이 떨어진 줄 알았다.

"누구세요?"

"부대표님! 접니다. 이지훈입니다. 문 좀 열어보세요."

그놈이었다. 오늘부터 스스로 교주라고 칭하는 이지훈의 목소리였다. 그는 꽤 취해있었다. 그런데 그가 자신더러 '부대표'라고 부르는 게 이상했다.

"무슨 일이시죠? 밤이 깊었습니다. 술이 필요하면 냉장고에 있으니 꺼내 가시면 됩니다."

민지원은 이불을 가슴팍까지 당겨 오들오들 떨고 있었다.

"술이 아니고, 제기랄! 빨리 나와서 한바탕 놀아보자고요. 이, 이지훈이가 이곳의 교주가 되었단 말입니다. 그렇다면 부대표님께서 당연히 절 축하해주셔야죠. 빨랑 나와서 그때처럼 나랑 한바탕 즐기셔야죠. 안 그렇습니까? 민서라 부대표님!"

민지원은 감이 잡혔다. 그가 술에 취해 자신을 동생으로 착각하는 모양이었다. 지원은 만감이 교차하면서도 놈이 너무 괘씸했다. 하지만 오늘은 펜션 주인도 없고 이 방에는 자신을 도와줄 사람이 아무도 없었다.

"축하드려요! 하지만 지금은 제가 몸이 좀 불편해요. 내일 아침에 뵈면 안 될까요?"

"뭐요? 몸이 아프다고요? 에이, 그럴수록 한잔하시고 저랑 천국 놀이해서 땀을 쭉 빼시면 금방 나을 겁니다. 셋 셀 때까지 문을 안 열어주시면 부셔서 들어갈 겁니다. 하나, 둘⋯ 셋!"

지원이 미처 생각지도 못한 일이 벌어졌다. 그가 셋을 세는 동시에 문은 완전히 박살이 나고 말았다.

'와장창!'

지원은 고함을 지르며 뒤로 물러섰다. 더욱 놀란 것은 그가 실오라기 하나 걸치지 않은 나체였다는 점이었다.

"이러지 마세요. 난 부대표도 아니고 민서라도 아니에요."

"에이! 민서라 부대표님께서 오늘따라 왜 이러실까?"

그는 엉거주춤한 상태에서 한 손을 뻗어 그녀를 가리고 있는 이불을 확 낚아챘다.

그 바람에 지원의 잠옷이 말려 올라가 허벅지 속살이 드러나 버렸다. 그는 이글거리는 눈빛으로 그곳만 응시하며 천천히 다가왔다. 지원은 뒤로 물러서면서 물 주전자를 꼭 쥐었다.

"그동안 누구랑 할 때가 가장 좋았어? 나? 아니면 은태? 아니지. 네년을 실컷 이용해먹고 끝내 버린 그 사이코 교주? 누구냐? 누구와 할 때가 가장 좋았냐고?"

순간 지원은 놈을 더러운 짐승이라 여겼다. 그래야만 이 지옥 같은 상황에서 벗어날 수 있다고 생각했다. 그때 놈이 지원의 잠옷 한 귀퉁이를 잡고 자신 쪽으로 쭉, 하고 끌었다. 그러자 찌직, 소리가 나면서 그녀의 속옷이 드러나 버렸다. 하얀 속옷을 보고 환장한 놈은 지원을 향해 몸을 날렸다. 그때 지원은 손에 쥐고 있던 물 주전자로 이지훈의 머리를 힘껏 내리쳤고, '퍽' 하는 소리와 함께 그가 옆으로 고꾸라졌다.

지원은 아침 동이 틀 때까지 그 자리에서 꼼짝하지 않고 앉아 있다가, 동이 트자마자 옷가지 등을 챙겨 펜션 밖으로 나왔다. 그 시각까지 이지훈은 방에 꼬꾸라져 있었고, 마당에는 여 훈련생들이 곳곳에 널브러져 있었다.

초인적인 힘이었다. 은태와 심판 대원들은 백담사에서 단 한 번도 쉬지 않고 산을 타고, 넘어 오로지 자신들의 발힘으로 마침내 다음 날 오후 4시 무렵에 오대산 등산로 입구 위쪽에 도착했다. 은태야 지리산에서 충분한 훈련을 받은 전문가였지만, 나머지 대원들은 제대로 된 훈련조차 받지 못한 신입임을 상기할 때 그들의 저력이 어디서 나오는지 알 수가 없었다.

오로지 그들은 두류산에 대한 맹목적인 충성심과 생존본능만이 이곳까지 올 수 있었던 힘이었다고 은태는 생각했다. 만 하루 동안 아무것도 먹지 못한 그들은 사람들이 다니지 않는 계곡 근처에 매복하여 계곡물만 실컷 마신 후, 그대로 곯아떨어지고 말았다. 그런데도 은태는 잠시 후에 있을 민지원과의 약속 때문에 쉬지도 못하고 그대로 입구 쪽으로 내려왔다.

정각 오후 5시, 은태는 등산복 차림으로 등산로 입구 쪽을 서성거렸다. 마치 일행을 기다리는 것처럼 태연하게 있었지만, 다리가 후들거렸고 타인의 시선에 마음이 불편했다. 그때 아래쪽에서 낯이 익은 여자가 올라오고 있었다. 민지원이었다. 그녀도 역시 등산복 차림이었다.

"오셨네요."

은태는 지원에게 짧게 인사를 한 후, 입구 옆 야외 의자가 있는 쪽으로 그녀를 데리고 갔다. 지원도 몹시 상기된 얼굴이었다.

"혹시 돈 좀 있습니까? 급하게 나오다 보니 미처….”

은태의 물음에 지원은 얼른 지갑을 꺼냈다. 자신도 급히 챙긴다고 했지만, 지갑 안에 돈이 얼마나 들었는지 몰랐다. 다행히 5만 원권 몇 장과 만 원짜리 지폐가 여러 장 있었다.

"뭘 하시게요?"

은태는 창피했지만, 그녀에게 이실직고했다.

"대원들이 굶고 있습니다. 하루 동안 아무것도 못 먹었어요."

"어머! 그래요? 마침 저기 매점이 있네요. 가서 뭘 사올까요?"

"같이 가시죠. 사람들 눈치채지 않게 지금부터 누님과 저는 연인 사이입니다. 아시겠죠?"

지원은 은태가 자신더러 누나, 하고 부르자 왠지 가슴이 찡했다. 죽은 동생인 채원이보다 어려 보이는 그였지만, 그녀는 기꺼이 그녀를 동생으로 받아주고 싶었다. 둘은 팔짱을 끼고 태연한 척 매점으로 갔다. 은태는 매점에서 등산 가방에 최대한 들어갈 수 있을 만큼, **빵과 술** 그리고 과자와 컵라면, 음료수 등을 구겨 넣고선 그녀와 대원들이 기다리는 장소로 급히 이동하였다.

계곡에 있던 대원들은 은태와 지원이 도착할 때까지 모두 자고 있었다. 하긴 꼬박 하루를 잠을 자기는커녕 아무것도 먹지 않고 산을 탔으니 그럴 만도 하였다. 은태는 그들을 깨우려다 그냥 두었다. 둘은 계곡 근처 바위 위에 나란히 앉아 흐르는 물만 쳐다보고 있었다. 민지원은 새벽에 있었던 이지훈의 일에 관하여 말을 해야 하나, 하고 계속 은태의 눈치만 살폈다. 오늘 있었던 지훈의 만행을 생각하면 아직도 가슴이 벌렁거리고 치가 떨렸지만, 은태가 지훈의 친구인 것을 지원은 알고 있었다. 그런 사실을 알 리 없는 은태가 말을 꺼냈다.

"펜션에서 나오실 때 지훈에게 이리로 온다는 말을 했습니까?"

"아뇨, 그럴 시간이….'"

"하긴, 그렇겠죠. 지금쯤 녀석이 날 몹시 원망하고 있을 텐데."

은태는 진정으로 지훈을 걱정하고 있는 듯했다. 그래서 지원은 오늘 새벽에 있었던 일은 감추기로 하고 대신, 채원과 관련된 궁금한 점을 물었다.

"절 누나로 생각한다면, 제게 솔직하게 말해줄래요?"

"네?"

"어젯밤 지훈 씨랑 여 훈련생들과의 대화를 듣다 보니, 동생과 관련된 이상한 이야기가 나와서요. 정말 제 동생이 지리산에 있을 때 무분별하게 몸을 놀렸나요? 듣기론 화형의식 뒤에 동생이 지훈 씨랑 은태 씨에게 자발적으로 섹스봉사를 해주었다던데."

지원의 말에 은태는 깜짝 놀랐다. 그는 입을 함부로 놀린 지훈의 탓이라고 생각했지만, 그녀가 이런 사실을 알고 있는 이상, 어떤 대답을 할지 난감했다.

"전… 잘 모릅니다. 그때 딱 한 번 부대표님이 저와 지훈을 안아준 게 생각이 납니다만, 누님께서 혹시 잘못 들은 게 아닐까요?"

은태는 이런 식으로 얼버무렸다. 그로서도 별 방법이 없었다.

"지훈 씨가 설마 없는 말을 지어서 했을까요?"

은태는 머리가 쭈뼛거렸지만, 짐짓 아무것도 모르는 것처럼 대답했다.

"그놈이 워낙 설레발치는 걸 좋아해서요. 아마 여 훈련생들 앞에 무게 잡으려고 그런 말을 했나 봅니다."

그런데도 지원의 표정은 바뀌지 않았다. 이미 그녀는 모든 것을 다 안다는 눈치였다.

"교주님과도 그렇고, 은태 씨랑 지훈 씨와도 그런 관계였고. 하물며 거기 있던 대원들과도 상관했다고 전 들었어요. 그때 도대체 동생에게 무슨 일이 일어났던 거죠?"

끝내 지원은 울음을 터뜨렸다. 은태로서도 마음이 복잡했다. 민채원이 누구던가. 그녀는 그의 동정을 앗아갔고, 화형교로 이끌어 준 여자였다. 처음으로 이성에 대해 눈을 뜨게 한 장본인이었다. 한때 은태는 그녀를 성적 욕망의 대상을 넘어 진심으로 존경했고 사랑했다.

"그렇지 않습니다. 누님이 아마 착각하고 계신 것 같아요."

그러자 지원이 폭탄 발언을 했다.

"거짓말 말아요! 오늘 새벽, 당신의 친구인 이지훈, 그놈이 날 강간하려 하면서 했던 말이 있단 말입니다."

그 말에 은태는 그 자리에 얼어붙어 버렸다.

나태주는 그날 수많은 경찰병력을 데리고 대청봉 아래까지 수색작업을 펼쳤지만, 결국, 범인 검거에는 실패하고 말았다. 범인들은 수렴동 대피소 위 계곡 위쪽 평평한 지점에만 흔적을 남겼을 뿐, 소청, 중청, 대청 쪽은 아무런 자취가 없었다. 설악산엔 벌써 동이 트고 있었다.

"도대체 어디로 사라졌을까요?"

박두태가 가쁜 숨을 쉬며 나태주에게 물었다.

"분명 이쪽이 맞는 것 같은데, 우리 쪽 병력이 많다 보니 걸음이 좀 늦은 것 같습니다."

나태주로서도 솔직히 이 말 외에는 달리 할 말이 없었다. 하지만 그의 말은 상식적으로 맞지 않았다. 통상적으로 백담사에서 대청봉까지 보통의 등산객들도 평균 걸음으로 12시간이 걸렸다. 그에 비교하여 그들은 백담사에서 늦은 시간에, 그것도 야간 시간에도 불구하고 11시간이 채 안 되는 시간에 대청봉 아래에 있었다. 그러니 그들 역시 초인적인 힘으로 수색작전을 편 것이었다.

"그렇다면 놈들은 이미 대청봉을 넘어 반대편으로 갔다는 말씀입니까?"

나태주는 대답 대신 고개를 끄덕였다. 그리곤 그를 따르던 요원과 병력에 휴식을 지시하곤, 바위 아래로 자리를 옮겼다. 장장 11시간 동안 피우지 못한 담배 때문이었다. 박두태는 나태주 옆에 털썩, 하고 주저앉았다. 그들은 밤을 꼬박 새우고도 시험을 망친 학생처럼, 의욕을 잃은 채 멍하니 뜨는 해만 바라보고 있었다.

그때 서울 합동 수사본부 수사과장에게서 전화가 왔다. 나태주는 가슴이 철렁, 하고 내려앉았다.

"어떻게 되었소?"

"아직입니다. 어제 과장님 지시받고 곧바로 백담사에서부터 대청봉까지 전방위적으로 수색했건만, 놈들의 흔적을 발견하지 못했습니다."

나태주는 이어 쏟아질 그의 질책을 어떻게 모면할까, 하고 가슴 졸였다. 그런데 수사과장의 다음 말은 좀 엉뚱했다.

"나 형사는 어제 고팔승을 살해한 놈들이 누구라고 생각하시오?"

"그야, 정황상 두류산의 지령을 받은 심판 대원들 아니겠습니까?"

나태주는 놈들이 장은태와 이지훈이라고 생각했으나, 명확한 증거가 없어 조심스럽게 대답했다.

"그래서 정확히 누구란 말이오?"

"그건 저도…."

나태주가 우물쭈물하자 수사과장은 목소리를 바꾸었다.

"잘 들으세요. 고팔승 소장을 방화·살인한 놈들은 바로 당신의 관할구역이었던 산음의 K고수부지에서 보이스피싱 총책, 왕춘팔을 죽인 두 명 중 한 명이오."

"……"

"추가 목격자의 진술과 고팔승 소장의 운전병이 본 놈의 인상착의가 같을뿐더러, 평창 입구에 세워둔 놈들의 차량에서 그 두 놈의 지문이 나왔소. 다만, 한 놈은 그 현장에 없었던 게 확실하오."

나태주는 순간적으로 둘 중 한 놈이 어제 같은 시간에 울산바위에서 짐승을 화형에 처한 장본인이라고 생각했다. 그리고 이 두 놈이 여의도 방화·살인 사건으로 체포된 김유리와 김우태를 경찰서에서 구출할 때 두류산과 함께 있었다고 추정했다. 그런 후에 차를 나누어 이 두 놈은 강원도 쪽으로, 두류산과 김우태 등은 부산 금정산 쪽으로 도피한 것으로 결론을 냈다. 그렇다면 부산 금정산에서 강원도로 올라온 두류산 일행은 분명히 이 두 놈과 합류했다는 말이었다.

"알겠습니다. 지금 휴식 중입니다만, 잠시 뒤 대청봉 일대를 재차 샅샅이 뒤지겠습니다."

그런데 수사과장의 말은 달랐다.

"아니, 지금 철수하시오. 놈들은 거기 없습니다."

"네?"

"놈들은 별도의 근거지가 있습니다. 금정산에서 긴급체포한 식당 주인이 자백했어요. 놈들의 근거지는 어느 산이든 간에 백 프로 마을과 떨어진 식당이나 펜션이랍니다. 왜냐하면, 사람들의 의심을 피하고 하물며 삼시 세끼 먹고 잘 수가 있어 놈들이 그런 쪽을 선호한다고 하네요. 화형교 신도가 운영하는 식당, 펜션이 전국 산중에 깔려 있다 하니, 설악산도 마찬가지입니다. 당장 그쪽을 수색하세요. 이상!"

나태주는 수사과장의 말이 일리가 있다고 생각하고 그길로 전 요원과 병력을 철수시켰다.

이지훈은 머리에 타박상을 입고 민지원의 방에 자빠져 있었다. 그날 새벽 민지원이 그곳을 빠져나간 후, 아침나절에 지훈의 여비서, 도지수가 식당에 물을 가지러 갔다가 신음을 듣고 지훈을 발견했다. 놀란 그녀는 그 시각까지 마당에 널브러져 있던 훈련생들을 깨워 그를 지훈의 방으로 옮기고 응급치료를 했다. 하긴 치료랄 것도 없었다. 그저 가지고 있던 빨간약과 소독약 정도를 붓고 붕대를 감싸는 정도였다. 그나마 붕대와 소독약이 턱없이 부족했다.

오후가 되어서도 펜션 주인은 돌아오지 않았고, 그들을 위해 밥 짓는 민지원이 보이지 않자, 도지수를 비롯한 훈련생들은 당황하기 시작했다. 게다가 그녀들의 교주인 지훈은 혼수상태였다. 도지수를 뺀 여훈련생들은 수군거렸다.

"교주님이 식당 아주머니를 겁탈하려다 저리되었나 봐."

"설마?"

"정황상 뻔하잖아. 교주님이 머리에 상처를 입은 채 아줌마 방에 있었고, 그 아주머니는 소리 소문도 없이 사라졌어. 아까 그 방 봤지? 옷가지 등 짐을 챙긴 흔적이 있었잖아."

"어쨌든 대단하셔. 밤새 우리랑 그 짓을 해놓고선. 그나저나 우린 이제 어쩌냐? 펜션 주인은 코빼기도 안 보이고, 교주님은 저리 누워있고, 밥 해주는 아주머니도 사라지면, 앞으로 우린 어떻게 살지?"

아직 사회초년생에 불과한 그녀들은 현실적인 문제에 부딪히자, 고민이 깊어갔다.

"어쩌긴? 우리가 누구냐? 교주님 말씀대로 이제 훈련생이 아닌 정식 심판 대원이잖아. 그러니 앞으로 우리가 알아서 먹고 살아야지. 일단 배고프니 오늘은 내가 라면이라도 끓일게."

그렇게 하루가 지나가고, 다음 날 아침이었다. 밤새 신음하던 지훈의 옆에서 간호하던 도지수는 이대로 그를 방치할 수 없다고 판단했다. 의사를 데려오지 못할망정, 약국에 가서 그의 상태를 말하고 적절한 약을 구해오리라고 마음먹었다.

펜션에서 가장 가까운 읍내는 걸어서 두 시간이나 걸렸다. 늦은 아침나절에 출발했지만, 읍에 도착하니 정오가 훌쩍 넘어 버렸다. 읍에 가까스로 도착한 도지수는 여 훈련생 한 명과 함께 약국에 들어가서 지훈에게 필요한 약을 샀다. 그런 다음에 그녀들은 점심을 먹으려 읍내의 한 국밥집에 들렀다.

그런데 마침, 그 시간에 나태주와 박두태 또한 그 국밥집에서 밥을 먹고 있었다. 설악산 대청봉 인근에서 하산한 후 충분한 휴식을 취한 뒤, 오늘부터 나태주를 비롯한 요원들과 병력은 조를 나누어 설악산 전 지역의 식당과 펜션 수색을 시작하는 날이었다. 나태주와 박두태는 한 조로 수색을 나가기 전에 점심을 해결하러 이곳에 들른 것이다. 밥을 먹던 박두태가 식당으로 들어오는 그녀들을 먼저 발견하고 나지막한 목소리로 말했다.

"와아! 이런 시골에 저런 예쁜 여자들이 있네요?"

박두태의 난데없는 말에 나태주는 고개를 돌렸다. 과연 노인들만 북적거리는 식당에 젊은 여자 둘이 들어오자 모두의 시선이 그쪽으로 모였다.

"그렇네요. 아마 이 지역 사람이 아니라 다른 도시에서 여행 왔겠죠. 예쁘긴 예쁘네요."

"맞습니다. 맨날 남자들만 득실대는 조직에 있다 보니, 요새 저는 치마만 둘러도 다 예뻐 보입니다. 하하."

"박 형사님도 빨리 결혼해야겠습니다."

"그러는 나 형사님은요?"

둘은 고달픈 수색 전에 이런 농담으로 분위기를 띄웠다. 그리곤 얼른 밥을 먹곤 미리 지정한 곳으로 차를 타고 이동했다.

"이 마을이 펜션이 많기로 소문난 곳입니다. 한 곳 한 곳 살펴보죠."

면사무소에서 넘겨받은 자료상 이곳은 펜션이 무려 20개였다. 마을 옆에 집단으로 형성된 펜션 촌이었다. 옆에 계곡이 있고 뒤에 울창한 숲이 있어 펜션의 입지로서는 최적이었다.

"스무 곳을 다 살펴보려면 이거, 꽤 시간이 걸리겠는데요?"

하지만 열심히 돌아본 펜션에는 그들이 찾는 용의자가 없었다. 이제 해가 서쪽에 걸리고 있었다.

"오늘은 이만 철수하시죠?"

박두태가 피곤한지 손으로 자신의 어깨를 쳤다. 나태주도 그리할까, 하고 우연히 고개를 돌렸는데, 팻말이 하나 보였다.

'○○펜션. 여기서 10km'

그러고 보니 산으로 향하는 좁은 길이 하나 있었다.

"마지막으로 여기에 한번 가봅시다. 아무 성과 없이 들어가려니 마음이 좀 그래요."

박두태는 내심 가고 싶지 않았지만, 나태주의 얼굴을 봐서 그러자고 했다. 산길은 의외로 험했다. 비포장은 그렇다 치더라도 길 곳곳에 움푹 패고 돌이 많아 운전하기가 꽤 힘든 길이였다.

"이런 곳에 펜션이 있다니. 과연 장사가 되나 모르겠네."

박두태는 조수석에 앉아있다 중얼거렸다. 그런데 그가 또 난데없이 소리쳤다.

"어어! 나 형사님. 차 세워요. 빨리."

나태주는 그의 뜬금없는 소리에 뭔가, 싶었다.

"왜요?"

"저기, 저 개울가에 아까 그 예쁜 여자 둘…."

박두태의 눈은 정확했다. 개울가에 도지수와 여 훈련생이 쉬고 있었다. 나태주는 차를 세우고 박두태 쪽 창문을 열어주었는데, 그는 아예 조수석에서 내리고 있었다.

"안녕하세요?"

"……."

여자들이 눈만 깜빡거리자 박두태는 큰 소리로 말했다.

"아까 읍내 ○○ 국밥집에서 봤습니다. 여기서 뭐 하세요? 혹시 저 위에 있는 펜션에 가십니까? 그러시다면 함께 가시죠. 우리도 그곳으로 가는 길입니다."

도지수는 마침 잘 되었다 싶었다. 아까 산길을 급히 올라오다 동행하던 여 훈련생이 발목을 삐끗해서 잠시 쉬고 있는 참이었다. 도지수가 여 훈련생의 손을 잡고 부축하려 하자 이 모습을 본 박두태가 냉큼 바위 쪽으로 건너갔다.

"이런? 발목을 접질린 모양이네요. 이리로! 그냥 제게 업히세요. 아아! 괜찮습니다. 전 경찰입니다. 그러니 이상한 생각 마시고 얼른!"

경찰이란 말에 도지수는 뜨끔했다.

"경찰이 이런 곳엔 왜?"

"그건 조금 있다 말씀드리기로 하고, 빨리 이 아가씨를 제 등에 업혀 주십시오. 어서요. 해가 곧 질 거란 말입니다."

그래도 도지수가 멈칫하고 서 있자, 박두태는 나태주를 불렀다. 별수 없이 차에서 내린 나태주는 바로 상황을 인지하고 여 훈련생을 박두태가 업을 수 있도록 해주었다.

"펜션에 놀러 온 모양이죠?"

나태주는 운전하면서 뒤를 보고 말했다. 별수 없이 경찰차에 올라탄 도지수는 나태주의 대답에 머리를 굴리다 겨우 대답했다.

"아녜요. 머리도 식힐 겸 친구들끼리 공무원 시험공부 하러 왔어요."

"네? 그럼 취준생이란 말입니까?"

"뭐 그런 셈이죠. 남들은 우리더러 백수라고 부르지만요."

"그러시군요. 펜션은 아직 멀었습니까? 하도 길이 구불구불하여 얼마만큼 왔는지 감이 안 잡힙니다."

"다 왔어요."

마침내 나태주와 박두태는 그들이 쫓고 있는 곳에 정말 우연히 도착했지만, 정작 둘만 이 사실을 모르고 있었다.

심판의 날 1 ─화형, 죽어 마땅한 자들

1판 1쇄·2021년 12월 20일

지은이·이인규
펴낸이·서정원
펴낸곳·도서출판 전망
주 소·부산광역시 중구 해관로 55(중앙동3가)
우편번호·48931
전 화·051-466-2006
팩 스·051-441-4445
출판 등록 제1992-000005호
ⓒ 이인규 KOREA
값 18,000원

ISBN 978-89-7973-569-7
ISBN 978-89-7973-568-0(세트)

w441@chol.com

*저자와의 협의에 의해 인지를 생략합니다.
*이 책은 2021년 산청군 문화예술기금과 경남문화예술진흥원(창작준비금)의 지원을
  받았습니다